L'AVENTURIER DU HASARD

Réal Ouellet

L'AVENTURIER DU HASARD

Le baron de Lahontan

roman

septentrion

Les éditions du Septentrion sont inscrites au Programme de subvention globale du Conseil des Arts du Canada et reçoivent l'appui de la SODEC.

Illustration de la couverture : *Vue de la Basse-Ville à Québec vers le fleuve Saint-Laurent*, François Hav. Habermann, ANQ P600, S5, PGC8

Révision : Solange Deschênes

Correction d'épreuves : Andrée Laprise

Mise en pages : Folio infographie

Si vous désirez être tenu au courant des publications
des ÉDITIONS DU SEPTENTRION
vous pouvez nous écrire au
1300 av. Maguire, Sillery (Québec) G1T 1Z3
ou par télécopieur (418) 527-4978
ou consultez notre catalogue sur Internet :
http://www.ixmedia.com/septentrion

Dépôt légal – 4e trimestre 1996
Bibliothèque nationale du Québec
ISBN 2-89448-067-9

Diffusion Dimedia
549, boul. Lebeau
Saint-Laurent (Québec)
H4N 1S2

PROLOGUE

ISAAC DE LOM D'ARCE appartenait à une vieille famille du sud-ouest de la France. S'il vivait le plus souvent à Paris, il faisait de longs séjours dans son Béarn natal. Ingénieur du roi, il avait réussi en 1648 à rendre le gave de Pau navigable jusqu'au fleuve l'Adour qui se jette dans l'Atlantique au pied des Pyrénées. Devant pareil succès, le roi avait accordé à Lom d'Arce le monopole de la navigation et du transport sur le cours d'eau. Mais ce privilège n'avait pas empêché les riverains de multiplier les difficultés et les embarras ou même d'abîmer ou de voler ses bateaux, si bien qu'après dix autres années de travail sans relâche il n'était pas parvenu à assurer la navigation régulière entre Pau et Bayonne. À bout de ressources, il abandonna l'entreprise en 1658 et sollicita du pouvoir royal un dédommagement pour les frais engagés. En compensation des 150 000 livres dépensées, le roi lui concéda, pour 12 ans, une rente annuelle de 3000 livres, à prendre sur la coutume de Bayonne. Comme sa situation financière s'était considérablement détériorée et qu'il n'avait pas d'enfants, Lom d'Arce prêta à la Ville de Bayonne, conjointement avec sa femme, une somme de 30 000 livres moyennant une rente viagère annuelle de 10 %. C'était une manière de repousser la ruine financière qu'il voyait se profiler à l'horizon. Nommé conseiller au Parlement de Pau et réformateur des eaux et forêts de Béarn après la mort de sa femme en 1663, il quitta définitivement Paris pour aller finir ses jours dans le pays de ses ancêtres, sur les terres de la baronie de Lahontan qu'il venait d'acheter. Le 28 janvier 1665, à l'âge de 70 ans, il épousa en secondes noces Jeanne-Françoise de Couttes. Le jour de la cérémonie, trois amis l'entouraient, dont Jean Talon, devenu trois mois plus tard intendant de la Nouvelle-France. La mariée, apparentée aux Bragelonne de Paris, apportait dans sa corbeille une dot et divers avantages évalués à plus de 20 000 livres.

De ce second mariage naquirent cinq enfants, dont deux seulement survécurent : Louis-Armand, né en 1666, futur voyageur en Amérique, et Marie-Françoise trois ans plus tard. Quand Lom d'Arce mourut, le 4 novembre 1674, une jeune femme de Lahontan, Marie de Poybasque, le déclara père de son fils illégitime. Sa veuve, enceinte à nouveau, entreprit alors une longue guérilla avec les hommes de justice et de finance pour obliger la Ville de Bayonne à honorer ses engagements et empêcher la vente par adjudication de la terre et du château de Lahontan ; une fois sa dot épuisée, elle parvint à survivre grâce aux redevances des paysans et à quelques économies confiées à son cousin de Paris, Henri Bragelonne.

Dès l'adolescence, Louis-Armand voulut s'engager comme volontaire dans une compagnie de Marine qu'on recrutait pour le Canada. Il en avait entendu parler par Talon, l'ami de son père, et il en rêvait d'autant plus qu'un Béarnais comme lui, Saint-Castin, était parti là-bas 20 ans plus tôt ; il avait épousé la fille d'un chef indien abénaquis et s'était distingué dans des attaques de guérilla contre les Anglais de Boston. Malgré son appréhension de voir son fils risquer sa vie dans des terres glaciales où les Iroquois, disait-on, torturaient leurs prisonniers pendant des jours entiers avant de leur dévorer le cœur, sa mère se laissa finalement convaincre : puisque son fils voulait s'enrôler, il aurait plus d'avancement en Amérique et le risque serait moins grand que dans les Flandres, avec ces armées de mercenaires qui brûlaient et détruisaient tout sur leur passage.

Louis-Armand s'embarqua à La Rochelle le 29 août 1683 sur la frégate *Tempête* et décida qu'il s'appellerait désormais LAHONTAN, en souvenir de la terre où il était né.

Première partie

L'AMÉRIQUE

Chapitre 1

LA TRAVERSÉE

Le soleil venait à peine de se lever quand le bateau quitta La Rochelle. Après dix jours de canicule, un mince brouillard légèrement bleuté donnait à la ville une apparence irréelle, impalpable. Le vent soufflait à peine, si bien que le navire semblait hésiter à gagner la haute mer. Déjà, sur le pont, de petits groupes se formaient au gré des affinités ou des connaissances. Ils étaient près de 150 hommes, répartis en trois compagnies de Marine embarquées pour aller combattre en Nouvelle-France. Depuis des mois, en effet, le gouverneur La Barre réclamait au roi 600 volontaires rompus au métier des armes, afin de mater définitivement les Iroquois qui osaient maintenant s'approcher des villages pour massacrer les colons dans les champs et jusqu'aux portes de leurs maisons.

Louis-Armand restait à l'écart, un peu rêveur, triste peut-être de ce qui lui arrivait. Il n'avait pas été facile de convaincre sa mère qu'à 17 ans il devait partir se faire une situation. Il avait eu du mal surtout à s'éloigner de sa petite sœur Jeanne-Françoise, née après la mort de leur père. Quand sa mère lui avait parlé de la cruauté des Iroquois qui brûlaient leurs prisonniers à petit feu après leur avoir arraché les ongles et enlevé la peau de la tête pour y mettre du sable brûlant, il avait eu un accès de colère. Non pas qu'il refusait de croire les sauvages capables de telles horreurs ; les Français eux-mêmes en avaient donné de nombreux exemples. Son cousin Bragelonne ne lui avait-il pas raconté qu'on avait écartelé à Paris, sur la place publique, un de ses amis qui avait blasphémé : après lui avoir coupé les cheveux et la langue, on avait attelé un cheval à ses mains et un autre à ses pieds, puis on avait fouetté les bêtes qui étaient parties au galop, arrachant d'un coup les bras du blasphémateur dont on avait ensuite jeté le corps sur un bûcher pendant que la foule hystérique et stupide hurlait de contentement. Non, ce n'était pas le danger ni même la cruauté qui le choquait, mais plutôt sa propre hésitation. Qu'allait-il faire dans ce Canada que l'intendant Talon avait tant vanté ? Déjà le dégoûtait la compagnie de ces rustres qu'il aurait pour compagnons d'armes. La plupart parlaient laborieusement, cherchaient leurs mots et disaient bizarrement *asouère, asteure, arvoler, stènuite*... Une quinzaine de jeunes Basques lui paraissaient plus délurés, mais comment pourrait-il jamais se lier à ces fanfarons sans manières ?

Sans en prendre clairement conscience, il pressentait confusément que son malaise venait beaucoup de ce qu'il n'était pas sûr d'être prêt à assumer sa vie. Malgré son indépendance d'esprit et ses escapades de la maison, d'autres — sa mère, son oncle — avaient toujours choisi pour lui. Pourquoi fallait-il donc qu'il fût né d'un père ruiné, mort avant qu'il ait pu vraiment le connaître ? Pourquoi fallait-il qu'il soit en quelque sorte responsable d'une famille qu'il n'avait pas choisie ?

Un brusque mouvement du bateau le fit sortir de sa rumination. Le vent s'était maintenant levé et la frégate glissait rapidement sur l'eau pendant que la côte se perdait à l'horizon. Il sortit de sa poche un petit livre qui ne l'avait pas quitté ces derniers temps : *Le Satiricon* de Pétrone.

> Les matelots accueillirent cette fable par des rires soutenus et Tryphœna, qui ne rougissait pas médiocrement, déroba son visage dans le sein de Giton, avec un air de caresse.

En relisant le récit des amours paroxystiques mais impossibles de Giton et d'Encolpe, Louis-Armand retrouvait un repère au milieu du tohu-bohu des dernières semaines. Était-ce la sagesse grave sous la légèreté apparente du sujet qui intéressait le jeune homme à ce point ou l'errance sans fin du personnage pour qui ses aventures et ses rencontres, nées du hasard, s'inscrivaient dans la réalité des apparences plutôt que dans la vie romaine ? Il n'aurait su le dire, porté par une euphorie inexplicable dès qu'il ouvrait le livre. Rasséréné, sa bonne humeur retrouvée, il le referma et s'approcha de deux joueurs d'échecs, dont l'un ne demandait pas mieux que de quitter la partie devant un adversaire manifestement trop fort. Très vite, il retrouva ses réflexes de joueur, instinctif plutôt qu'intellectuel, et se sentit bien dans tout son corps. Il joua, gagna et perdit, jusqu'au moment d'aller se coucher. Il s'endormit immédiatement pour se réveiller le lendemain d'humeur joyeuse, l'esprit entreprenant. Les jours se suivirent alors sans surprise, mais sans ennui. On parlait beaucoup, on se chamaillait pour des riens, on jouait aux cartes et aux échecs. Louis-Armand se sentait moins vulnérable à côtoyer des passagers plus vieux que lui. Si la frayeur le saisit au plexus solaire pendant la tempête sur les écores de Terre-Neuve, quand les vagues grosses comme des montagnes se ruèrent sur la frégate en danger de sombrer, il s'habitua vite à la brusquerie des éléments, prenant même plaisir à voir une lueur d'effroi dans les yeux des plus braves.

Moins que les tempêtes, l'inquiétait le scorbut, cette terrible maladie qui pourrissait le corps d'un homme rapidement et qui avait frappé une dizaine de soldats. En quelques jours, leurs jambes enflaient terriblement et se couvraient de zébrures noires comme du charbon. Puis le mal s'attaquait à la bouche et décharnait les dents. Les malades ne pouvaient plus tenir debout ; ils toussaient et crachaient du sang qui avait la couleur du vin. Il eut du mal à manger le jour où l'on jeta à la mer le corps du dernier malade. C'était le neuvième.

Heureusement, quelque temps plus tard, on cria :

— Le grand Banc ! Le grand Banc !

Au milieu d'une clameur assourdissante, des matelots jetèrent à l'eau leurs hameçons qu'ils retirèrent aussitôt, frétillants de grosses morues grises. Sans attendre l'heure du souper, les cuisiniers apprêtèrent la morue et la servirent en commençant par le capitaine. Plusieurs matelots et quelques soldats mangèrent avec une telle goinfrerie qu'ils vomirent presque aussitôt ce qu'ils avaient avalé.

Il était environ midi le surlendemain quand on prit terre au cap de Rase. Oubliant le sort des hommes dont on avait jeté le corps à la mer, les anciens matelots, couverts de guenilles bariolées, saisirent les nouveaux et leur noircirent le visage de suie avant de leur plonger la tête dans une large bassine d'eau en disant à chacun, d'une voix basse et éraillée :

> Je te baptise au nom du père, du capitaine et de sa femme. Ainsi soit-il. Jure, sur ce saint livre de cartes hydrographiques, que tu baptiseras à ton tour tous ceux qui franchiront l'Atlantique pour la première fois.

Quand le dernier fut baptisé, pendant que les autres se chamaillaient pour s'arracher quelques bouteilles de vin, les anciens matelots entourèrent les passagers qui n'avaient jamais traversé l'océan. Ils entonnèrent une espèce de chant de marin rythmé qui mélangeait onomatopées et mots de diverses langues :

> Hardi les gars, adieu Bordeaux,
> Goodbye very well, goodbye very well.
> Hardi les gars, vite à vos seaux
> Ce s'ra l'baptême bientôt, oh ! oh ! oh !
> À Québec, il ne f'ra pas chaud.
> Oh ! Oh ! Oh ! Hé ! pour l'achaler
> Et faire la pêche au cachalot.

Hisse, matelot ! Oh ! Oh ! Hisse ! Eh ! Oh !
Hardi les gars, vire au guindeau,
Goodbye very well, goodbye very well,
Hardi les gars, vite à vos seaux !

Réduisant le cercle autour des passagers, ils se prirent la main et émirent un son inarticulé. Soudain, l'un des matelots, un grand gaillard de six pieds à la voix rauque et basse, psalmodia à la manière d'un chant d'église :

> Et maintenant, amis voyageurs et pieux chrétiens, je vous conjure de recevoir dignement devant l'Éternel ce saint baptême de la mer pour effacer tous vos péchés.

Avant qu'ils n'aient eu le temps de réagir, hésitant entre l'amusement et la crainte, les voyageurs virent les matelots leur lancer à la figure et sur tout le corps quantité de seaux d'eau, au milieu des rires et des cris de ceux qui avaient déjà subi le même sort. Quand la surprise et le bruit furent un peu apaisés, le matelot qui présidait cette cérémonie loufoque recommença à psalmodier :

> Et maintenant, amis voyageurs et pieux chrétiens, jurez solennellement devant l'Éternel de baptiser à votre tour tous ceux qui franchiront l'Atlantique pour la première fois.

Un mouvement des matelots qui poussaient en chœur une sorte de son guttural « Hé, héé, hé ! » fit mettre rapidement à genoux ceux qui hésitaient. Très sérieusement, les matelots entonnèrent en chœur :

— *Dominus vobiscum !*

Puis, après une seconde ou deux de silence, ils chantèrent *Amen* en traînant la voix et rirent à gorge déployée en gesticulant bruyamment.

Louis-Armand, grelottant, dégoulinant d'eau, changea vite de vêtements et se rendit compte que ni les gens d'Église ni les personnages importants n'avaient subi ce baptême. On lui dit plus tard qu'on pouvait y échapper moyennant quelques bouteilles d'eau-de-vie.

Le temps devenant beau, il regardait, amusé, les baleines qui jouaient avec leurs baleineaux tout autour du navire, quand soudain un vent de folie souffla sur l'eau écumante. Bientôt il ne resta plus qu'une baleine, à cent pieds de la frégate. Les marins crurent qu'un espadon allait l'attaquer. En réalité, c'était un épaulard qui sautait hors de l'eau pour s'élancer toutes dents dehors sur la baleine dès qu'elle voulait reprendre souffle. Voyant l'espèce de nuage sombre que le sang de la baleine formait dans l'eau, Louis-Armand ne comprenait pas comment un aussi gros mammifère pouvait être si impuissant à se défendre. La fatigue et la nuit tombée le tirèrent de sa contemplation, d'autant que tout le monde autour de lui parlait de Québec et manifestait bruyamment sa joie de prendre terre.

Il fut surpris le lendemain de voir l'île d'Anticosti à moitié couverte de neige. Plus on remontait le fleuve, plus la neige semblait accrochée aux côtes presque toutes boisées. En longeant l'île aux Coudres, même s'il ne restait que quelques lieues à faire, plusieurs matelots craignirent devoir retourner en France sans toucher terre ou périr en chemin, tellement les glaces heurtaient violemment le navire. Mais tout cela n'était que crainte mal fondée. Le 7 novembre, peu après le lever du soleil, la *Tempête* accosta à Québec, devant une trentaine de personnes lourdement vêtues et piaillant ferme.

Chapitre 2

LES BÉLANGER

PENDANT QUE LES PLUS AGITÉS se bousculaient pour quitter la frégate, Louis-Armand regardait, étonné, cette petite ville qui semblait en train de se construire. Près du quai, quelques belles maisons de pierre s'élevaient anarchiquement, au milieu d'une dizaine d'autres dont on dressait les murs en bois. Une route large et tortueuse, bordée d'autres maisons sans symétrie, montait abruptement vers la partie haute de la ville. Sur le cap aux Diamants, le château Saint-Louis, dont on ne voyait partiellement que l'angle sud-est, se perdait entre les nuages aux contours rosis par le soleil pâle.

Dès que tous furent débarqués, on envoya les trois compagnies de Marine chez des habitants des environs de Québec. Louis-Armand devait aller à Château-Richer, chez Charles Bélanger. Celui-ci l'attendait. Il s'approcha du jeune homme et lui dit :

— Tu es le petit Lom d'Arce ?

Surpris, n'étant pas sûr d'avoir bien compris, Louis-Armand regarda l'homme devant lui. Âgé d'une quarantaine d'années, Charles Bélanger, déjà voûté, dépassait à peine Louis-Armand. Il avait dû être grand : cela se voyait aux courbes élancées de son corps, à la distance qui séparait ses membres, aux articulations de ses bras et de ses jambes, comme si elles se mouvaient indépendamment l'une de l'autre.

— Je m'appelle plutôt Lahontan... Louis-Armand de Lahontan.

— Bah ! Lom d'Arce, Lahontan, c'est pareil... Moi, je t'appelle Louis-Armand. Viens, c'est chez nous que tu vas passer l'hiver.

Louis-Armand suivit Bélanger jusqu'à sa carriole attelée d'un cheval roux, impassible devant son piquet. On s'assit côte à côte et Charles Bélanger étendit soigneusement sur le jeune homme une épaisse peau de fourrure doublée d'étoffe. Louis-Armand sentit son poids bienfaisant sur ses genoux, comme si son corps, d'un seul coup, se trouvait coupé du froid sous cet abri douillet où la chaleur, petit à petit, envahissait ses membres gourds.

— C'est pas chaud l'hiver, dit simplement Bélanger.

Le cheval partit au trot comme s'il connaissait le chemin. L'homme, qui demeura un long temps silencieux, la pipe à la bouche, dit, sur un ton que Louis-Armand n'arrivait pas bien à saisir :

— Pis, mon gars, t'es pas fâché d'être arrivé ?

Voulant être aimable, mais ne sachant que dire, le jeune homme marmonna une réponse évasive qui ressemblait à un « oui ». Charles Bélanger regarda Louis-Armand du coin de l'œil, souriant à travers sa pipe. Celui-ci, avec son visage mince, ses gestes vifs et son accent curieux, ne venait sûrement pas de Normandie. On lui avait dit qu'il était un orphelin de grande famille ruinée, quelque part dans le sud de la France. Il avait l'air sympathique, plus surpris que méfiant. Sans enlever la pipe de sa bouche, Charles Bélanger dit :

— Tu vas aimer ça icitte, y a de l'espace en masse.

Louis-Armand n'en revenait pas de voir cette neige partout : sur le sol, sur les toits des maisons, même sur les branchages qui bordaient le chemin. Le cheval trottait toujours de son rythme régulier, indifférent, semble-t-il, au froid et à la fatigue. Quand on arriva à Château-Richer, le soleil glissait rapidement derrière l'horizon.

La maison, ample et solide, mesurait bien quarante pieds sur vingt. Construite pièce sur pièce, recouverte de planches à l'intérieur comme à l'extérieur, elle avait deux grandes fenêtres et une porte donnant sur le sud. Il apprit qu'au lieu de papier passé à l'huile de lin comme chez la majorité des habitants de l'île d'Orléans et de la côte de Beaupré, Bélanger avait posé des vitres, plus efficaces contre le froid et le vent. Ce dernier achevait même la fabrication de doubles fenêtres qu'il installerait bientôt.

Dès que Louis-Armand fut entré, madame Bélanger, souriante, s'avança vers lui et lui prit la tête entre ses mains pour l'embrasser sur les deux joues :

— Tu vas voir, mon p'tit Goche, tu seras bien ici !

Elle l'appelait *Goche*, parce que les sauvages surnommaient souvent les Français *Mistigoches.*

— Tiens, voici notre fille Marie-Laure, qui est grande maintenant (l'œil vif, le cheveu noir ou presque, elle devait avoir 13 ou 14 ans), puis Barbe, qui a 12 ans (sourire timide, mal assurée sur ses jambes), Madeleine, qui a 9 ans, et puis Guillaume et Alexis, continua-t-elle, en montrant deux enfants plus jeunes qui jouaient par terre avec des bouts de bois aux couleurs vives.

— Le petit dernier, qui a quatre mois, dort à côté... Marie-Laure, va chercher François et Charles — nos plus vieux —, dis-leur que la visite est arrivée.

Elle se tourna vers son mari :

— Vous devez avoir faim.

Bélanger s'assit au bout de la lourde table d'érable pendant que sa femme tirait un banc pour Louis-Armand. Elle apporta une marmite fumante de soupe épaisse qu'elle servit dans des assiettes d'étain. Avec le couteau, Bélanger fit un signe de croix sur le pain et en coupa deux tranches contre sa poitrine. Charles et François entrèrent, disant « Bonsoir » sans s'adresser à personne en particulier. Ils étaient à peu près du même âge que Louis-Armand qui les salua, se demandant s'il devait se lever.

— Dérange-toi pas, dit madame Bélanger voyant son embarras.

Il continua à manger pendant que les deux gars Bélanger se mirent à travailler : l'un aiguisait avec une pierre un canif qu'il avait sorti de sa poche, l'autre réparait une bride de cheval. Quand ils eurent fini de manger, madame Bélanger expliqua à Louis-Armand qu'il coucherait dans la même pièce avec les enfants, excepté les deux derniers qui dormiraient dans la chambre avec les parents. Les enfants approchèrent les paillasses du feu et s'y couchèrent deux par deux : Charles et François, Marie-Laure et Barbe, Madeleine et Guillaume. Louis-Armand coucherait seul.

Quand il s'éveilla le lendemain, tout le monde était levé.

— Tiens, mon p'tit Goche est réveillé. Tu as bien dormi ?

C'était madame Bélanger qui s'affairait près de l'âtre.

— Charles arrive de l'étable : vous allez manger du gruau... Avec du sirop de groseille et de la crème, c'est bon.

Bélanger salua d'un geste de la main, enleva sa bougrine et son bonnet, puis s'assit devant son assiette. Les épaules larges et hautes, le cheveu anarchique poivre et sel, il parlait peu. On avait du mal à deviner son expression tellement sa barbe envahissait tout son visage. Louis-Armand l'observait et, sans bien savoir pourquoi, lui trouvait quelque chose d'étranger, une carrure et un maintien qu'il n'avait pas l'habitude de voir en France. Il se demandait si tous les hommes du Canada étaient bâtis de cette façon et si la rudesse du climat y était pour quelque chose. Son attention se porta sur les yeux noirs, largement découpés, plissés par mille petites rides, comme si le regard, avec les années, avait cherché à se protéger (mais de quoi ?) derrière le repli des paupières.

Madame Bélanger, que son mari appelait Delphine ou « la Bourgeoise », était ronde, joviale, toujours en mouvement ; elle animait et réchauffait la maison. Louis-Armand fut surpris de se retrouver aussi vite à l'aise chez ces gens qui aimaient rire, travailler et bien manger.

Quand il eut fini de manger, Charles Bélanger amena Louis-Armand à la grange-étable. C'était une construction plus longue que la maison, à toit pointu couvert de paille, sans lucarnes. On entra d'abord dans l'étable. Des harnais étaient accrochés près de la porte. Sur la droite, dans une pièce séparée du reste, une dizaine de moutons se mirent à bêler en entendant du bruit. Derrière une autre porte deux chevaux s'agitèrent un peu :

— Wo, wo, la Grise, tranquille, le Cendré, vous allez manger !

Plus loin, à angle droit avec celles des chevaux, des stalles où trois vaches et deux veaux mastiquaient indolemment. Plus loin encore, dans un enclos au-dessus duquel s'ouvrait un soupirail, quelques cochons se mordillaient le groin en poussant de petits grognements. Enfin, dans un autre enclos, un taureau blanc et rouge levait le museau pour flairer quelque chose. Monsieur Bélanger dit que ses poules étaient toutes mortes au début de l'hiver et qu'il les remplacerait au printemps. On monta alors sur le fenil où étaient entassés le foin, l'avoine et le blé jusqu'aux combles du toit.

Quand François et son frère Charles arrivèrent, tout le monde prit un fléau pour battre l'avoine destinée aux chevaux et aux cochons. Instrument rudimentaire, il était formé d'un manche léger attaché à un lourd battoir d'érable par une lanière de cuir. Le père montra à Louis-Armand comment s'en servir. Il fallait, d'un mouvement souple et régulier, balancer le fléau par-dessus la tête puis le rabattre sur le grain, en même temps qu'on faisait un pas en arrière puis un pas en avant. En l'espace de quelques minutes, le jeune homme se trouva en nage, épuisé.

— Va pas trop vite, tu résisteras pas, lui dit le père.

Il s'arrêta un moment pour regarder faire les autres et reprit son fléau qu'il balança avec moins de précipitation. Il parvint à séparer la paille du grain, sans que celui-ci ne s'éparpille dans toutes les directions, mais se fatigua vite. Pour se reposer, on fit glisser la paille dans la tasserie qui jouxtait le fenil et descendait jusqu'au mur de l'étable. La balle dansait dans la lumière qui entrait par les deux battants de la porte. La poussière qui s'en dégageait piquait la gorge et faisait éternuer.

Une chaude odeur de boulangerie accueillit les hommes à leur retour. Madame Bélanger ouvrit les portes d'un four construit à même l'âtre et sortit deux pains fumants qu'elle déposa sur la table.

— Ne me les mangez pas d'une bouchée, dit-elle, voyant s'allumer les yeux affamés autour de la table.

Elle servit la soupe et s'assit elle-même pour manger en parlant de tout et de rien, comme si elle voulait prolonger dans l'atmosphère la chaleur du pain. Le thé avalé, les hommes retournèrent battre le grain jusqu'à la brunante qui tombait tôt. On alla nourrir les animaux puis on rentra à la maison pour le souper.

Le lendemain, François invita Louis-Armand à l'accompagner pour piéger les lièvres dans la montagne. Le froid était vif, mais le soleil chauffait à travers la bougrine épaisse qu'on lui avait donnée. Son compagnon le précédait, d'un pas alerte, se retournant parfois pour frapper de sa gaule une branche basse. Mocassins aux pieds, il portait un lourd pantalon gris sans forme précise et une espèce de chemise brune qui mettait en relief ses larges épaules. L'œil vif, le geste précis et la bouche un peu ironique, il manifestait une aisance dans ses mouvements que n'avaient pas les paysans du Béarn.

Encore ébaroui par la traversée et les images qui se bousculaient derrière ses yeux, Louis-Armand avait le sentiment de flotter entre deux mondes également irréels. Il n'arrivait plus à se rappeler avec précision le château de Lahontan ni le gave de Pau dont les eaux paisibles lui semblaient maintenant stagnantes. Il avait presque oublié le décor de son enfance : les champs étroits et serrés les uns contre les autres, les cours d'eau minuscules, les rues passantes de Bayonne. Le dos à la montagne, il voyait, à quelques lieues devant lui, le fleuve Saint-Laurent découper une longue bande grise et blanche à perte de vue. Ici et là, des îles le mouchetaient de taches plus foncées.

— Hei ! on y va !

L'appel de François le tira de sa songerie. Il accourut et l'autre déroula le fil de laiton pour tendre le premier collet, dans une talle de noisetiers perdue au milieu des bouleaux, là où la neige s'était déjà accumulée. Quand ils s'enfoncèrent plus avant dans le bois, François invita Louis-Armand à tendre à son tour les collets, mais celui-ci eut du mal à fixer le fil solidement à la branche de noisetier sans crochir l'arrondi où se prendrait le lièvre.

Sur l'heure du midi, François ramassa quelques branches d'épinette que son père avait coupées l'hiver précédent et les cassa en bouts d'un pied pour faire bouillir de l'eau. Puis il alla près de la clairière arracher quelques feuilles qu'il mit à infuser dans l'eau bouillante.

— Du thé des bois, dit-il.

Il sortit de sa musette un quignon de pain et un morceau de porc boucané qu'il trancha en lamelles et qu'il suspendit au-dessus du feu qui crépita. Voyant François manger goulûment la viande brûlante et noircie de fumée, Louis-Armand fit de même. Il sentit le regard de son compagnon posé sur lui et crut lire dans ses yeux une pointe d'amusement quand il avala la première bouchée. Cela ne ressemblait à rien de ce qu'il avait mangé jusque-là : à la fois salé et croustillant, fondant dans la bouche tout en possédant une consistance fibreuse qu'il n'arrivait pas à identifier. Sans pouvoir dire s'il trouvait cela bon, il mangea d'appétit et but l'infusion de thé des bois qui lui parut fade. Quand il eut fini son repas, François s'étendit sous un cèdre blanc et dormit une demi-heure. Il se leva sans dire un mot et alla tendre d'autres collets jusque vers le milieu de l'après-midi, puis les deux compagnons rentrèrent à la maison.

Le lendemain matin, François annonça qu'il allait lever les collets. Il faisait moins froid maintenant et la neige, commencée pendant la nuit, tombait en gros flocons ouateux, donnant aux objets et au paysage une rondeur duveteuse. Louis-Armand ne reconnaissait plus les bâtiments de ferme. Quand il regarda vers le sud pour apercevoir le Saint-Laurent au loin, la lumière aveuglante de toute cette blancheur le fit cligner des yeux comme s'il se trouvait en plein soleil. On ne distinguait rien du fleuve, mais en se retournant on devinait, à deux ou trois cents pieds, la masse plus sombre du bois. On ne pouvait pas faire un pas sans enfoncer jusqu'au genou.

— Trop de neige, on va prendre les raquettes, dit François.

Cela ressemblait aux raquettes du jeu de paume que Louis-Armand avait vues à Bayonne chez son oncle. Mais elles étaient deux fois plus grandes et sans manche. Le cadre semblait fait de frêne et deux petites barres, du même bois, le traversaient pour le solidifier. Le fond était entrelacé de longues lanières de babiche grise provenant de peaux d'orignal. Louis-Armand les attacha à ses pieds comme le lui montra François, son éternel sourire vaguement ironique accroché aux lèvres. Il fit quelques pas de canard, les jambes largement écartées, mais ne put éviter de mettre l'arrière de sa raquette droite sur la gauche. Il s'étala de tout son long, la face dans la neige. Amusé, François le regardait :

— C'est pas grave.

Il se releva et se mit à courir maladroitement sans se préoccuper du regard de François. Au bout d'un quart d'heure, il avait à peu près maîtrisé le mouvement. Il suffisait d'écarter les pieds, mais pas trop, juste assez pour que les raquettes ne s'emmêlent pas.

Il fut déçu de ne voir aucun lièvre aux trois premiers collets enterrés dans la neige. Mais, sitôt franchie la lisière du bois, ils ramassèrent six bêtes presque blanches qu'ils rapportèrent à la maison. François lui montra comment les écorcher et les vider. Madame Bélanger expliqua qu'elle ferait vieillir la viande quelques jours avant d'en faire un civet. Voyant le plaisir de Louis-Armand, elle lui dit :

— C'est rien ça, mon p'tit gars. Attends dans un mois que vous alliez chasser l'orignal ou le wapiti !

À la mi-novembre, un temps doux de quelques jours fit fondre la neige autour de la maison et des bâtiments. Bien qu'il montât moins haut à midi, le soleil était chaud et Louis-Armand ne pouvait croire ce qu'on lui avait raconté du froid qui dure au Canada six mois par année. À la Sainte-Catherine, la terre gela à pierre fendre. Le père Bélanger dit :

— Il va neiger demain, c'est sûr. On va pouvoir aller à Québec.

La neige, portée par le nordet, se mit à tomber le lendemain sans discontinuer jusqu'à la nuit. Au matin, un énorme banc de neige montait jusqu'à mi-fenêtre du côté du fleuve et obstruait presque toute la porte. François eut vite fait de la dégager avec sa pelle avant d'aller à l'étable nourrir les animaux. Louis-Armand se demandait bien comment on pourrait aller à Québec alors qu'on enfonçait dans la neige jusqu'aux genoux. Mais en voyant passer sur les battures du fleuve des traîneaux et des carrioles tirés par des chevaux, il comprit qu'au Canada on rusait avec la saison en traçant des chemins temporaires là où le vent balayait la neige. Plus tard, il apprendrait qu'à la première bordée, un habitant de la côte de Beaupré marquait le chemin d'hiver de balises faites de petits troncs de sapins et d'épinettes auxquels il laissait quelques branches.

Vers midi, Noël Paré, de Saint-Joachim, frappa à la porte des Bélanger :

— Salut la compagnie !

— Tiens, Noël, viens manger avec nous autres, on va se mettre à table.

Paré, petit homme maigre aux yeux rieurs, enleva sa bougrine et s'assit au bout de la table qui faisait face à la porte.

— Pis, mon Noël, prendrais-tu un p'tit blanc, demanda le père Bélanger.

— C'est pas de refus, répondit l'autre en apercevant Louis-Armand qui observait la scène d'un œil amusé.

— Pis, mon jeune, comment tu trouves ça par icitte ? C'est plus frette que chez vous, hein ?

Un peu habitué maintenant au parler des gens de la côte de Beaupré, Louis-Armand répondit qu'il était content d'être ici et qu'il était bien chez la famille Bélanger.

— Ah ! nous autres aussi on est contents de lui, intervint madame Bélanger. Il est bien fin, il apprend vite. Déjà il sait quasiment tout faire : chasser, bûcher, tendre les collets, soigner les animaux... et même boire un p'tit blanc.

Louis-Armand rougit un peu, de plaisir et de gêne, car les Bélanger savaient toujours dire le mot qui va au cœur.

— Comme ça, c'est ben correct : on a besoin de gars solides, avec les Iroquois qui recommencent à remuer fort du côté de Montréal.

Pendant que madame Bélanger servait son ragoût de pattes de cochon, Noël Paré ne cessait de palabrer, racontant l'accident arrivé à sa femme qui s'était cassé une jambe sur la glace ; il parlait de sa jument qui avait pouliné tard à l'été, de la grosse récolte d'avoine qu'il battrait avant les fêtes, de son gars qui était devenu coureur de bois et qu'il ne voyait plus. Même madame Bélanger avait du mal à placer son mot. Quand il eut fini de manger son morceau de tarte aux pommes et avalé sa tasse de thé, il recula brusquement son banc :

— Bon ben, c'est le temps que j'y aille asteure. Passez nous voir à queuque bout d'heure : Delina va être contente.

Pis toi aussi, le jeune, tu viendras. J'ai ma Françoise qui est pas piquée des vers. Elle aimerait ça voir un beau gars fraîchement arrivé du vieux pays.

Louis-Armand avait à peine eu le temps de se lever que Paré avait déjà franchi la porte.

— Noël, il est un peu porté sur les nerfs, mais c'est un bon diable, commenta le père Bélanger. Franc, honnête, vite sur l'ouvrage.

— Oui, pis généreux, à part ça, pas regardant de ses sous. C'est pas lui qui tondrait sur un œuf, renchérit madame Bélanger.

Chapitre 3

LES SAUVAGES DU PÈRE LEJEUNE

Le lendemain, Charles Bélanger partit pour Québec avec Louis-Armand. François préférait rester à Château-Richer. Il n'aimait pas les jésuites chez qui son père passait toujours quand il allait à Québec. Il leur en voulait de faire pression sur son père pour qu'il le laisse à leur collège. Louis-Armand, lui, en avait seulement entendu parler par madame Bélanger, qui les jugeait cauteleux. Elle détestait leur manière hautaine de regarder les femmes pour les empêcher de parler.

En sortant de la montée des Bélanger, le cheval hésita entre la droite et la gauche — entre Québec et Saint-Joachim — mais, sur une simple pression des cordeaux, il prit vers la droite. Le soleil bas de dix heures, qui tombait en avant du côté du fleuve, se réverbérait sur la neige et faisait plisser les yeux. Charles Bélanger, toujours aussi peu loquace, avait son éternelle pipe à la bouche. Louis-Armand comprit qu'il était heureux de retrouver son ami Trefflé Trudel chez qui ils coucheraient le soir et l'animation de la basse-ville où les marchands ont leurs grosses maisons de pierre.

Le trajet dura quatre heures. En arrivant à Québec, Charles Bélanger monta tout de suite chez les jésuites dont l'église et la maison à deux corps de logis constituaient les édifices les plus importants de la haute-ville. Le père Dablon les y reçut avec cordialité, serrant vigoureusement la main de Charles Bélanger qu'il semblait avoir en haute estime. Après une brève formule de politesse que Louis-Armand ne saisit pas, Bélanger dit :

— C'est le jeune dont je vous ai parlé l'autre jour.

— Ah ! oui, dit le père, celui qui aime lire.

Le père s'avança, le sourire engageant :

— Bonjour, je suis le père Dablon. On m'a dit que tu venais du pays basque.

Louis-Armand voulut répondre « pas exactement », mais l'autre continua :

— Tu as perdu ton père, et ta mère vit seule avec tes petites sœurs, c'est bien ça ?

Louis-Armand crut discerner dans la question une pointe de désapprobation. En un éclair, il revit sa mère et ses deux sœurs attablées avec lui dans la grande salle du château de Lahontan.

— Je suis venu ici comme cadet, sur le conseil de M. Talon, se contenta-t-il de répondre.

Le père Dablon porta la main à son menton.

— Alors tu veux connaître nos sauvages ? Eh bien, tu seras servi, puisque notre gouverneur compte bien utiliser vos compagnies de Marine pour faire entendre raison aux Iroquois. Tu as sans doute appris qu'ils deviennent de plus en plus audacieux. Ils ont même retenu prisonnier un de nos pères tout l'hiver dernier. Oh, ils n'ont pas osé lui faire de mal, mais ils ont rompu leur promesse de neutralité... Je parle trop. Il est temps que je te fasse visiter nos bâtiments et surtout notre bibliothèque.

Comprenant qu'il n'avait plus rien à faire, Charles Bélanger salua rapidement et dit qu'il repasserait prendre « son gars » vers la fin de l'après-midi.

— Je vais d'abord te faire visiter notre église, dit le père Dablon.

L'édifice, flanqué de deux tours et d'un clocher, mesurait bien 30 pas de longueur. L'intérieur, très clair, mettait en relief le grand autel dont les dorures brillaient sous la lumière. De chaque côté, s'élevaient deux colonnes cylindriques noires marbrées de rose, dont on ne pouvait dire depuis la nef si elles étaient massives ou creuses. Sentant que le jeune homme était peu sensible à l'architecture, Dablon l'entraîna ailleurs :

— Je ne peux te faire visiter aujourd'hui notre collège puisque nos élèves y travaillent actuellement, mais je vais te montrer nos livres.

Louis-Armand resta ébahi devant cette richesse. De gros in-quarto sur la géographie, l'histoire, l'astronomie, des dictionnaires, des traités de philosophie, tout Thomas d'Aquin, Aristote, Platon, quelques centaines de petits in-douze contenant des relations de voyages : celles des jésuites au Canada, aux Antilles et en Amérique du Sud, celles de Champlain en plusieurs exemplaires et formats... Voyant l'éblouissement du jeune homme, le père Dablon allongea le bras et prit deux livres intitulés *Relation de la Nouvelle-France.*

— Pour bien connaître le pays, il faut commencer par cela. Personne n'a mieux décrit les sauvages que le père Lejeune. Tu verras, tu ne pourras plus fermer le livre quand tu l'auras commencé... Mais il faut aussi te nourrir l'esprit d'une autre manière. Rassure-toi, je ne te ferai pas lire Aristote ni saint Thomas, qui te donneraient vite une indigestion. Un philosophe curieux, un peu dangereux, je dirais, mais qui sait rabaisser la superbe humaine. Lucien de Samosate.

Louis-Armand voyait bien que le père lui suggérait une œuvre qui sentait le soufre afin de l'attirer au collège et de lui faire lire des confrères jésuites pour l'édifier. Il hocha néanmoins la tête en signe d'approbation et se dit que ce serait toujours ça de gagné.

— Tiens, installe-toi ici près de la fenêtre. Personne ne viendra te déranger.

Le père sortit d'un pas décidé.

Louis-Armand feuilleta distraitement le livre et le referma. Il ouvrit la *Relation* du père Lejeune, datée de 1632.

La première page ne le retenant guère, il sauta un peu plus loin :

> Vous eussiez dit que les vents étaient déchaînés contre nous. À tout coup, nous craignions qu'ils ne brisassent nos mats ou que le vaisseau ne s'ouvrît. Et de fait, il se fit une voie d'eau, laquelle nous aurait coulée à fond, si elle fût arrivée plus bas, ainsi que j'entendais dire. C'est autre chose de méditer de la mort dans sa cellule, devant l'image du crucifix ; autre chose d'y penser dans une tempête et devant la mort même.

C'était déjà mieux, mais Louis-Armand reconnaissait là un vieux truc rhétorique de voyageur pour faire croire aux pires catastrophes alors qu'il s'agissait d'une simple tempête en mer. Il sauta quelques pages encore, cherchant un passage sur les Indiens.

> Il me semblait, les voyant entrer dans la chambre de notre capitaine, que je voyais ces masques qui courent en France à carême-prenant. Certains avaient le nez peint en bleu, les yeux, les sourcils, les joues peintes en noir, et le reste du visage en rouge ; d'autres avaient des raies noires, rouges et bleues, tirées des oreilles à la bouche ; d'autres étaient tout noirs hormis le haut du front, les parties voisines des oreilles et le bout du menton, si bien qu'on eût vraiment dit qu'ils étaient masqués. J'en ai vu couverts de peau d'ours, justement comme on peint saint Jean-Baptiste. Certains, vêtus entièrement, ressemblent tous à ce philosophe de la Grèce qui ne portait rien sur soi qu'il n'eût fait.

Ces sauvages-là sont trop pittoresques pour être ressemblants, pensa le jeune homme. Il avait le sentiment que Lejeune multipliait les comparaisons parce qu'il voulait à tout prix rendre ses Indiens intéressants. Il allait refermer le livre quand son regard tomba par hasard sur ces mots : « leur appliquent des tisons ardents et flambants aux parties les plus sensibles du corps ». Il relut tout le passage :

> Quand ils les font mourir, ils les attachent à un poteau, puis les filles aussi bien que les hommes leur appliquent des tisons ardents et flambants aux parties les plus sensibles du corps, aux côtés, aux cuisses, à la poitrine et en plusieurs autres endroits ; ils leur lèvent la peau de la tête, puis leur jettent sur le crâne du sable tout brûlant ; ils leur percent les bras au poignet avec des bâtons pointus et leur arrachent les nerfs par ces trous. Enfin, pour dernière catastrophe, ils les mangent et les dévorent quasi tout crus.
>
> Si nous étions pris par les Iroquois, peut-être nous en faudrait-il passer par là, pour autant que nous demeurons avec les Montagnais, leurs ennemis. Ils sont si enragés contre tout ce qui leur fait du mal qu'ils mangent les poux et toute autre vermine qu'ils trouvent sur eux, non pour le goût, mais seulement, disent-ils, pour se venger et pour manger ceux qui les mangent.

Les mots n'étaient plus de simples signes noirs sur la page ; son cœur battait si rapidement qu'il referma soudainement le livre, ne sachant si le frisson qui le parcourait de la tête aux pieds était de plaisir ou d'horreur. Il resta un moment immobile, puis il ouvrit de nouveau le livre. Le jeune homme sentait monter dans son ventre une chaleur qui lui serra bientôt la gorge, comme si les sauvages l'investissaient, le tiraient dans leur monde de feu et de cris. Quand il reprit sa lecture, Lejeune expliquait que la barbarie des sauvages, si révoltante fût-elle, était quand même moins grande que celle des anciens Germains et Espagnols, avant que la foi chrétienne ne vînt les civiliser. Le jésuite supputait ensuite que les Indiens du Canada, n'ayant que peu de superstitions, seraient faciles à convertir, pourvu qu'on extirpât en eux le goût de se venger et qu'on les contraignît à cultiver la terre. Il parlait encore des maringouins et autres moustiques importuns qui vous mettent un homme en sang en quelques secondes, puis du saccage de Québec par les Anglais en 1629.

Louis-Armand lisait maintenant sans vraiment suivre le fil du texte, comme si son esprit était mobilisé ailleurs. Il se remit à tourner les pages jusqu'à ce qu'il tombât sur un autre passage où le chroniqueur jésuite décrivait à nouveau les tortures infligées aux prisonniers. Il comprit alors que tout ce qui l'intéressait pour le moment était là, dans ces quelques lignes relatant avec un réalisme insoutenable des horreurs qu'il ne se serait jamais cru capable de supporter :

> Vous eussiez vu ces femmes enragées, criant, hurlant, leur appliquer des feux aux parties les plus sensibles et les plus vergogneuses, les piquer avec des alênes, les mordre à belles dents, comme des furies, leur fendre la chair avec des couteaux ; bref exercer tout ce que la rage peut suggérer à une femme. Elles jetaient sur eux du feu, des cendres brûlantes, du sable tout ardent, et quand les suppliciés jetaient quelques cris, tous les autres criaient encore plus fort, afin qu'on n'entendît point leurs gémissements et qu'on ne fût touché de compassion.

Louis-Armand se leva et marcha un peu dans la pièce pour reprendre contact avec la réalité. Mais, fasciné, il reprit le livre :

> Après qu'on l'eût rôti et brûlé de tous côtés, on le détacha, et ce pauvre misérable courut droit à la rivière, qui n'était pas loin de là, pour se rafraîchir. Ils le reprirent, lui firent encore endurer le feu une autre fois. Il était tout noir, tout grillé, la graisse fondait et sortait de son corps, et avec tout cela il s'enfuit encore pour la seconde fois. L'ayant repris, ils le brûlèrent pour la troisième.

Il en était là quand le père Dablon entra :

— Et alors, ces *Relations* du père Lejeune, c'est fort, hein !

À voir l'expression du jeune homme, le père comprit à quel point il était bouleversé.

— Que penserais-tu de dormir ici, sur le lit, là ? Tu pourrais continuer ta lecture tranquille. Notre père Charles passera chez Trefflé Trudel pour avertir monsieur Bélanger.

Louis-Armand ne trouva rien à répondre.

— Bien, tu seras mieux ici que chez les Trudel dont les enfants sont bruyants.

Avant de lui souhaiter bonne nuit, le père lui dit aimablement que, s'il voulait « prendre ses précautions », il n'avait qu'à sortir par la porte arrière où il trouverait « les lieux » à sa gauche. Louis-Armand se leva, vacillant sur ses pieds. Il franchit la porte, amassa un peu de neige dans sa main et l'avala. Il s'en frictionna aussi les poignets et urina comme un automate. Sitôt la porte refermée, il éteignit la bougie et se coucha.

Le sommeil mit du temps à venir. Dans sa tête défilaient des images fantasmagoriques où des Indiens nus dansaient autour d'un prisonnier attaché à un poteau, les mains derrière le dos. Son visage en eau grimaçait, mais ce n'était pas pour se plaindre. Il ne bougeait aucun membre, ni ne criait, comme s'il était pétrifié, la bouche ouverte, dans une attitude d'attente sans fin. Autour de lui, on s'agitait et criait en brandissant des bâtons enflammés qu'on lui enfonçait dans l'anus et sous les aisselles. Un vieille femme fonça sur lui, lui prenant le sexe à deux mains, qu'elle mordit goulûment. D'autres lui mettaient un doigt dans leur pipe allumée ou lui lançaient des tisons sur le torse et le ventre.

Louis-Armand se retourna pour chasser ces images de son esprit. Il avait froid et transpirait. Il aurait voulu se lever et marcher, mais il était comme paralysé. Il cligna des yeux puis réussit à s'asseoir et à retrouver un peu de calme. Il se leva alors et arpenta la pièce un long moment. Il aurait voulu allumer la bougie et prendre un autre livre, mais il en était incapable. Il se recoucha, tenta de se rappeler les collines de Lahontan, le château au soleil, sa sœur Marie-Françoise. Son esprit ne produisait que des images parcellaires, discontinues. Quand il parvint à s'endormir, il eut le sentiment de se réveiller aussitôt brutalement. Le bas de son ventre était mouillé et visqueux. Il se rendormit et se réveilla à nouveau : le jour se levait enfin. Quand il ouvrit la porte, le soleil timide émergeait du brouillard sur l'horizon. La neige ne scintillait pas ; elle semblait posée comme une mousse immatérielle sur le sol.

— Bonjour ! tu as bien dormi ?

Le père Dablon se tenait devant lui, souriant.

— Nous passons à table. Je t'attends ici.

Aussitôt qu'il pénétra dans la pièce qui servait de réfectoire, une dizaine de pères récitèrent le bénédicité, debout, les yeux fermés. Pendant qu'ils s'asseyaient, l'un d'eux, au bout de la table, prit un livre noir dont il lut un passage en latin. Il se tut, s'assit à son tour et tout le monde mangea en silence : du pain, de l'eau et une espèce de confiture de baies sauvages. Après qu'on eut récité les grâces, les pères s'agitèrent subitement, parlant et riant fort. Quelques-uns vinrent vers lui, demandant s'il aimait le pays, s'il avait peur des Iroquois, si le froid l'incommodait. Il répondait brièvement, multipliant les sourires. Le père Dablon vint lui dire que monsieur Bélanger l'attendait. Il salua, serra des mains et sortit.

Chapitre 4

LE SORCIER CORIOGAN

LE RETOUR À CHÂTEAU-RICHER sembla plus court à Lahontan. Il apprécia le mutisme de Bélanger. Il repensa à ses lectures, mais sans cette tension de la nuit dernière. Un peu comme quand il avait vu dans son catéchisme d'enfant des illustrations de l'enfer où des diables cornus tiraient vers la masse des flammes les damnés horrifiés, aux longs cheveux dressés sur la tête. S'il ne croyait plus guère au feu de l'enfer, il ne pouvait mettre en doute les supplices indiens. Trop de gens lui en avaient parlé et les écrits du père Lejeune étaient là pour en attester.

Ce soir-là, comme tous les jours suivants avant de s'endormir, il lut quelques pages des *Relations*. Il craignait et espérait à la fois retrouver un passage comme celui qui l'avait tant bouleversé dans la bibliothèque des jésuites. Même s'il ne se voyait guère l'âme d'un missionnaire, il se sentait parfois devenir un peu Lejeune qui découvrait l'Amérique et les sauvages. Loin de l'ennuyer, ces récits hagiographiques lui ouvraient un monde où tout était différent. S'agissait-il de cuire de la viande quand on n'avait plus de chaudron de métal ? Les Indiens la mettaient avec de l'eau dans un plat d'écorce où ils jetaient des pierres chauffées à blanc qu'ils remplaçaient par d'autres jusqu'à ce que la viande fût cuite. Voulaient-ils se prémunir de la maladie ? Dans une tente couverte d'écorces et de peaux, ils mettaient le feu sous cinq ou six grosses pierres sur lesquelles ils jetaient un peu de neige pour produire une vapeur épaisse. Gesticulant et chantant tout nus autour du feu, ruisselants de sueur, ils sortaient de la tente quand ils commençaient à étouffer. Incitant les Français à faire la même chose, ils prétendaient qu'on ne saurait trouver meilleure médecine. Un autre passage racontait comment les sauvages, rassemblés autour du corps d'un parent défunt, se mettent à pleurer et à gémir, puis s'arrêtent tous ensemble au signal d'un des leurs. Ensuite, ils transportent le corps dans une fosse où ils déposent aussi les objets personnels du défunt avec ce qu'ils ont de plus précieux : peaux de castor, haches, chaudrons de cuivre...

Mais ce qui frappait le plus le jeune homme, c'était de voir le sévère Lejeune oublier le sérieux de son combat contre Satan et se rouler dans la neige comme un enfant ou débouler du haut d'une colline escarpée lorsque ses raquettes se prenaient dans une branche. Louis-Armand avait plaisir à voir le missionnaire exprimer son dégoût devant la malpropreté et les manières inciviles des sauvages qui essuyaient leurs mains grasses à leurs cheveux ou sur les poils de leurs chiens. Il était très sensible à cet humour particulier du narrateur racontant comment il devenait sauvage parmi les sauvages :

> Je jetai les yeux sur mon compagnon, puis je tâchai d'être aussi brave que lui. Il prend son morceau de viande à pleine main et vous la coupe comme on ferait d'une pièce de pain. Si la chair est un peu dure ou qu'elle cède au couteau pour être trop mollasse, ils vous la tiennent d'un bout par les dents, et de l'autre avec la main gauche, puis la main droite joue là-dessus du violon, se servant du couteau pour archet.

Dans un autre passage, Lejeune racontait comment, après avoir rapiécé sa soutane de peaux d'anguille séchées, il s'était disputé avec un chien affamé qui voulait les dévorer.

Il s'amusait de voir le missionnaire prétendre tenir des discussions théologiques avec les sauvages ou encore se dire scandalisé d'entendre ceux-ci parler en riant de choses sexuelles ou de les voir s'entasser pêle-mêle, hommes, femmes et enfants, dans une cabane d'écorce enfumée. Le réjouissaient aussi ces scènes où le jésuite, plein de bonne volonté, affirmait vouloir vivre comme un frère avec les sauvages, mais refusait de mettre en commun ce qu'il avait lui-même :

— Je te donnerai, lui disait l'un d'eux, tout ce que j'ai et tu me donneras tout ce que tu as.

Lejeune répondait oui, mais se reprenait tout de suite, craignant de consommer en un mois les provisions d'une année, parce que les sauvages ne cessent de manger tant qu'ils en ont, quitte à pâtir de faim ensuite. Louis-Armand s'arrêtait sur ces passages où le missionnaire se faisait prendre à son propre jeu. Un jour qu'il décrivait l'Autre Vie, pleine de délices par opposition à la vie misérable d'ici-bas, le sorcier Coriogan lui répondit qu'il la détestait puisqu'il fallait mourir pour la connaître :

— Si j'aimais comme toi cette Autre Vie, je me tuerais moi-même pour y arriver plus vite.

— Dieu défend absolument de nous faire mourir nous-mêmes, sous peine de brûler éternellement en enfer.

— Eh bien, je te tuerai, moi, pour que tu puisses aller jouir au ciel de ces plaisirs que tu me vantes tant.

Lejeune, lui répondant que Dieu le défendait aussi, le sorcier lui répliqua en se moquant :

— Je vois bien que tu n'as pas plus envie que moi de mourir.

Parfois, Lejeune choquait profondément le jeune homme, comme lorsqu'il se plaignait qu'on ne pouvait éduquer les petits sauvages si on ne les arrachait à leur famille pour leur inculquer par le fouet le respect de Dieu et de l'autorité ou qu'il suggérait qu'on gardât au collège de

Québec des enfants hurons qui pourraient servir d'otages pour garantir la sécurité des missionnaires et des coureurs de bois français en Huronie. Il ne pouvait non plus supporter la manière qu'avait Lejeune de se substituer à Dieu quand il avait querelle avec un Indien ou un coureur de bois. Un interprète refusait-il de lui apprendre gratis une langue amérindienne, le missionnaire le jugeait suppôt du démon. Évoquant les trois frères montagnais qui avaient résisté à la conversion, Lejeune se réjouissait de leur mort violente, y voyant une vengeance divine :

> Dieu les prit tous à la gorge. Avant que l'année fût expirée, l'aîné, qui était ce misérable sorcier qui m'avait bien donné de l'exercice, fut brûlé tout vif dans sa propre maison. Le second fut noyé, ayant perdu la cervelle.

Mestigoït lui-même, le troisième frère, qui avait soutenu le missionnaire pendant son hivernement avec les Montagnais et l'avait sauvé d'une mort certaine, était aussi poursuivi par un Dieu implacable qui le fit mourir de faim dans les bois comme un chien. Louis-Armand ne pouvait s'empêcher de penser que ce Dieu-là, acharné à brûler, noyer, égorger et dévorer ses ennemis, était bien plus cruel que le plus cruel des Iroquois.

Louis-Armand se passionnait pour la longue querelle de Lejeune avec le sorcier Coriogan. Il voyait bien, derrière le combat de Dieu contre Satan, le conflit de pouvoir qui opposait les deux hommes. Se prenant au jeu, il comptait les coups et s'amusait de voir deux coqs de village tenter de s'effrayer l'un l'autre et de s'en imposer mutuellement devant le groupe de Montagnais.

Lejeune savait que les sauvages le respectaient parce qu'ils voyaient en lui une espèce de sorcier blanc habillé de noir. Avec une belle audace, il attaquait Coriogan sur son propre terrain en essayant de le ridiculiser devant son peuple. Mais, comme il maniait difficilement le montagnais, son adversaire avait habituellement le dernier mot parce qu'il faisait rire tout le monde. Sentant que Lejeune risquait d'entamer son autorité, Coriogan entreprit de harceler le missionnaire. Voyant celui-ci endormi, il se mettait à hurler et à battre le tambour comme un homme pris de folie. Ou bien il interrompait Lejeune qui tentait d'expliquer les mystères du christianisme :

— Cette robe noire n'a pas d'esprit. Il nous décrit un Dieu qui est en même temps trois personnes. Et comment peut-il parler des flammes de l'enfer s'il ne les a jamais vues ? Il prétend que les anges ont été créés au commencement du monde, et que ceux qui désobéirent furent jetés en enfer, dans le fond de la terre. Cela est absurde car, si les anges ont péché avant la création de la terre, ils n'ont pu être jetés en enfer.

Lejeune tentait de répondre :

— C'est toi, Coriogan, qui n'as pas d'esprit, car...

Mais sa parole maladroite se perdait dans les rires.

Voulant l'intimider, le sorcier se glissait parfois la nuit, le long de la tente, et imitait le cri étouffé d'une bête sauvage. Ou bien il faisait mine de se réveiller en sursaut, la hache à la main, comme s'il allait s'élancer sur un ennemi pour lui fendre le crâne. Lejeune offrait son âme à Dieu, prêt à mourir pour la conversion de son irréductible adversaire, mais n'arrivait pas toujours à retrouver la sérénité. Un jour, il commença même un brouillon de lettre à son supérieur pour lui demander de le décharger de sa mission auprès des Montagnais :

> Votre Révérence comprendra que j'ai guerre déclarée avec ce misérable sorcier que je combats de toutes mes forces. Mais je crains de ne sortir de cette mêlée que par les portes de la mort.

Il ajouta qu'il était prêt à mourir pour le salut de ce peuple et qu'il se conformerait en tout à la volonté divine.

Comme beaucoup de monde était malade, le conflit portait souvent sur le secours à attendre du ciel. Un jour qu'on était assis autour du feu, Lejeune se leva et se mit à gesticuler :

— Approche, Manitou, viens, massacre-moi si tu le peux. Je te défie, je me moque de toi, je ne te crains point. Tu n'as point de pouvoir sur ceux qui aiment Dieu. Viens et tue-moi, si tu as les mains libres. Tu as plus peur de moi que moi de toi.

La nuit suivante, Lejeune se sentit mal : une faiblesse à la poitrine qu'il ressentait parfois depuis le début de l'hiver. Il aurait préféré se trouver à mille lieues de là, car Coriogan s'en aperçut et lui reprocha bien haut de faire l'orgueilleux et d'insulter le Manitou des sauvages :

— Tu vois, tu t'es moqué de notre Manitou : il se venge de toi comme d'un orgueilleux.

Lejeune eut beau expliquer que son mal ne venait pas du Manitou des sauvages, mais de la mauvaise nourriture qui lui avait gâté l'estomac. Tous se mirent à rire quand Coriogan rétorqua :

— Voyez cette robe noire qui ne sait même pas parler et qui veut nous instruire.

Parfois, Mestigoït, le frère de Coriogan, s'approchait du missionnaire pour le calmer :

— Nicanis, mon bien-aimé, ne te fâche point. Avec le temps, tu parleras comme nous et alors tu nous enseigneras ce que tu sais.

Lejeune reprenait courage, mais en voulait à son compagnon de ne pas imposer silence au sorcier. Un jour qu'il sentait le missionnaire soucieux et malade, Mestigoït lui dit :

— Nicanis, mon bien-aimé, ne t'attriste pas. Si tu t'attristes, tu seras encore plus malade ; si la maladie augmente, tu mourras. Vois ce pays comme il est beau et aime-le. Si tu l'aimes, tu t'y plairas ; si tu t'y plais, tu te réjouiras, et si tu te réjouis, tu guériras.

Lejeune n'était pas capable d'aimer ce pays. Le seul amour qu'il pouvait ressentir était celui du Christ mort sur la croix.

Quand Louis-Armand s'arrachait à sa lecture pour glisser dans le sommeil, de grands bois sombres, secoués de bourrasques, l'entouraient sans l'effrayer.

Chapitre 5

PREMIÈRE CHASSE

AINSI SE PASSA LE DÉBUT DE L'HIVER. Dès qu'on avait déjeuné, François amenait Louis-Armand dans le bois pour tendre les collets ou simplement se promener. À la mi-décembre, Charles Bélanger se joignit à eux pour couper du bois de chauffage qu'on laisserait sécher pendant un an avant de le brûler. On apporta trois haches et un godendart. C'était une grande scie faite d'une lame dentelée de quatre pouces de largeur et de cinq pieds de longueur. À chaque bout était emmanchée une poignée de bois franc. Après avoir entaillé un gros hêtre avec la hache sur le côté où ils voulaient faire tomber l'arbre, François et son père prirent à deux mains chacun son bout du godendart et se mirent à scier le tronc. La lame enfonçait si rapidement qu'au bout de cinq minutes à peine l'arbre craqua puis tomba dans la direction voulue. Charles Bélanger commença à l'ébrancher à la hache et chargea son fils et Louis-Armand de le débiter au godendart en billes de 18 pouces. Le jeune homme arriva vite à synchroniser son mouvement avec celui de François. Mais il ne fut pas long à sentir une lourdeur dans l'épaule droite. Il réussit à la décontracter et la fatigue disparut presque complètement. Quand on eut mangé — du lard salé et du pain —, on empila le bois au bord de la clairière.

On bûcha encore pendant plus d'une semaine, puis Charles Bélanger attela sa jument grise à une longue traîne pour aller chercher le bois et le corder près de la maison : l'érable et le merisier sains pour les manches d'outils et des pièces d'instruments aratoires, l'épinette pour le bois de charpente, le reste pour le chauffage.

Tous les après-midi, vers les trois heures et demie, quand la neige commençait à bleuir l'orée du bois, on redescendait vers la maison pour nourrir les animaux. Pendant que François et son père enlevaient le fumier derrière les chevaux et les vaches avant d'y mettre de la paille, Louis-Armand montait sur le fenil pour faire débouler le foin dans la trappe qui donnait près des stalles des chevaux. Il aimait travailler à la fourche dans le foin sec qui lui donnait des picotements dans le nez et le faisait parfois éternuer. Une bonne transpiration lui humectait encore la poitrine et l'arrière du cou quand il apportait ensuite l'avoine aux chevaux qui piaffaient un peu et renâclaient de plaisir.

Le travail fini, on rentrait souper. Un jour, madame Bélanger avait préparé une soupe aux pois secs dans laquelle avait mijoté du lard salé. Puis elle servit une viande plutôt brune qu'elle avait fait cuire avec des baies sauvages. Voyant l'étonnement de Louis-Armand, elle lui demanda en riant :

— Tu ne sais pas ce que c'est, hein, mon Loup ? C'est de l'outarde avec une sauce aux cerises à grappes et du vin de merise.

Il mangea de confiance, car tout ce qu'elle cuisinait était bon. Chaque semaine, il s'étonnait de voir apparaître, avec les divers gibiers qu'on chassait, toutes sortes de baies différentes. Un jour, c'étaient des atocas en confiture, un autre des baies de pimbina ou de cormier en sauce. Il aima moins au début les baies de genévrier qui laissaient un goût amer dans la bouche, mais il s'y habitua comme au reste. Une seule chose lui manquait, et ce n'était ni le jambon de Bayonne ni le confit d'oie de son Béarn natal, mais le vin, surtout celui de Bordeaux dont la cave de son père était remplie. Charles

Bélanger n'en avait pas. En revanche, il buvait souvent de la bière : une boisson brouillée, plus blanche qu'ambrée, qui produisait une mousse épaisse et laissait un ample collet blanc sur le verre. Louis-Armand en aima vite le goût et surtout l'euphorie qu'elle provoquait. Dans les grandes occasions, on allait chercher à la cave du « p'tit blanc », une espèce de genièvre qui râpait la gorge et vous étourdissait vite.

Quand Noël approcha, François demanda à Louis-Armand de l'accompagner pour chasser le wapiti avec des Hurons de Lorette. Charles Bélanger, qui n'aimait ni la chasse ni les Indiens, ne demandait pas mieux que son fils y allât. Il n'avait pas encore assez d'animaux pour faire boucherie et se trouvait fatigué de la chair fade des canards et des lièvres. Comme il devait aller à Québec se procurer des outils et des provisions pour l'hiver, il attela la jument le lendemain, et l'on partit à la barre du jour, le père, François et Louis-Armand. Le ciel était clair, d'un bleu profond et le froid mordait la figure. La Grise trottait allègrement entre les balises de sapin, tirant la large carriole rouge qui glissait en crissant sur la neige durcie. De lourdes peaux de chat sauvage protégeaient du froid et le père avait fait chauffer des pierres de granit qu'il avait emballées de cuir et déposées au fond de la carriole, sous les pieds. L'on arriva à Québec le soir et l'on coucha chez Trefflé Trudel. Au petit matin, François et Louis-Armand prirent place sur un traîneau à chiens qu'un jeune Huron conduisit à Lorette. On y arriva l'après-midi. Louis-Armand avait déjà tellement entendu parler des Hurons qu'il ne fut guère surpris quand il les rencontra. Plus massifs que les Français, ils avaient le visage cuivré, légèrement olivâtre. Ils étaient 150 familles installées dans des cabanes de bois rond construites une dizaine d'années plus tôt. Charles Bélanger lui avait appris que vers 1650 les Iroquois avaient presque entièrement détruit cette nation qui, jadis, était la plus puissante de la région des Grands Lacs à l'ouest de

Montréal. Quelques dizaines d'hommes et 200 ou 300 cents femmes et enfants avaient réussi à s'échapper de leur lointaine Huronie et avaient franchi, dans les pires conditions, les centaines de lieues qui les séparaient de Québec. Cheminant par petits groupes serrés, plusieurs autres s'étaient fait massacrer en chemin. Ils avaient tenté d'établir un village à l'île d'Orléans, sur la pointe de Sainte-Pétronille, mais les Iroquois, qui n'osaient pas attaquer les colons français de la région de Québec, fondirent sur eux pendant la nuit et en tuèrent un grand nombre. Ils s'étaient alors établis à Notre-Dame-de-Foy avant de se fixer à Lorette en 1673. D'autres s'étaient réfugiés chez leurs voisins pétuns qui cultivaient le tabac, mais ils avaient dû fuir à nouveau, vers l'ouest, avant de se fixer à Michillimakinac, au détroit des lacs Michigan et Huron.

Les Hurons n'étant pas prêts à partir encore, François et Louis-Armand passèrent trois jours dans leur village. La neige se mit à tomber sans arrêt puis cessa d'un coup, suivie d'un temps doux et gris. Louis-Armand voyait mieux maintenant la corpulence des jeunes Hurons dont le torse presque nu était plus pâle que le visage. Il tentait d'attraper au vol quelques mots de leur langue, mais il ne parvint à saisir que des sons gutturaux sans rapport avec les langues qu'il connaissait, l'espagnol et le basque. François lui apprit des termes courants comme *agnienon* (chien), *honnonchia* (cabane), mais il avait du mal à les prononcer en raclant la gorge et en exhalant une grande quantité d'air.

— Si tu as appris à marcher en raquettes, tu sauras bien parler les langues sauvages, lui dit François.

Le quatrième jour, au petit matin, alors que les chiens semblaient particulièrement excités, un Huron vint dire qu'on partait sur-le-champ. Le redoux des derniers jours, suivi d'un froid vif, avait laissé une légère croûte sur la neige qui craquait et s'enfonçait un peu sous les pas.

— Ça va être une bonne journée pour le wapiti, aujourd'hui, annonça François en humant l'air.

À sa grande surprise, Louis-Armand vit une dizaine de femmes se joindre aux chasseurs. Dès qu'on entra dans la forêt, la file indienne s'éparpilla un peu. Les femmes tuèrent au passage quelques gélinottes qu'elles accrochèrent à leur ceinture. Vers midi, les sauvages, qui avaient détecté des pistes de wapiti le long d'un petit lac, décidèrent d'y dresser leurs cabanes. Pendant que les femmes allaient couper des perches et des écorces de bouleau, les hommes s'affairaient à déblayer la neige avec leurs raquettes sur une surface ronde d'une quinzaine de pieds. Ils dégagèrent ainsi un mur de deux pieds de neige granuleuse sur lequel ils plantèrent les perches qu'ils joignirent au sommet en laissant une petite ouverture centrale par où l'on voyait le ciel. Ils étendirent sur les perches les larges écorces de bouleau qu'ils fixèrent avec des lanières de cuir. Puis ils renchaussèrent de neige la paroi de la cabane, à laquelle ils accrochèrent une porte de peau d'orignal donnant sur le sud. Quelques femmes étendirent sur le sol, tout le long de la paroi d'écorce, des branches de sapin vert, pendant que d'autres apportèrent des branchages séchés pour faire un feu en plein centre. Pendant tout ce temps, les chiens allaient et venaient, furetant partout, flairant le pied des arbres et poussant de petits cris.

Sans prendre le temps de manger, les hommes rechaussèrent les raquettes, et partirent vers le nord, le vent dans le dos, alors que les chiens et les plus jeunes sauvages s'agitaient de plus en plus. Ils n'avaient pas fait deux lieues qu'ils virent cinq wapitis à trois cents pieds tout au plus. Comme les bêtes étaient trop loin pour les abattre au fusil, ils se mirent à les poursuivre en raquettes. Les wapitis tentèrent de fuir, mais ils furent bientôt rattrapés, car ils enfonçaient jusqu'au poitrail, leurs sabots effilés perçant la mince croûte glacée qui recouvrait la neige. Les chasseurs les abattirent tous en un tournemain, les vidèrent sur place et donnèrent les entrailles fumantes aux chiens qui se chamaillaient et couraient de tous côtés. Ils chargèrent les bêtes sur les traînes jusqu'à la cabane où ils les écorchèrent rapidement et les débitèrent en quartiers. Ils étendirent les peaux à l'air et mirent la viande dans la cabane, près de la porte en la couvrant avec des peaux d'orignal pour que les chiens n'y touchent pas. Avec le coucher du soleil, le temps était devenu très froid. Quand les femmes allumèrent le feu tout au centre, Louis-Armand eut peur qu'il se transmît à l'écorce des parois, mais les flammes s'effilaient en s'agitant puis se transformaient en fumée juste sous l'ouverture centrale du toit.

Les sauvages s'étendirent pêle-mêle, hommes, femmes et enfants avec les chiens. Surpris et un peu mal à l'aise, Louis-Armand voulut se coucher près de la porte, mais François lui dit qu'il serait vite glacé. Il s'étendit à côté de lui près du feu, sous une lourde peau de chat sauvage, et rabattit son capuchon sur ses yeux. Il eut du mal à s'endormir. Les chiens s'agitaient à tout moment et les sauvages riaient et lâchaient des vents bruyants. Il avait à peine fermé l'œil qu'il se réveilla, les paupières brûlées par la fumée. N'y pouvant tenir, il sortit de la cabane et mit de la neige sur ses yeux. Le froid le glaça jusqu'aux os. Il s'essuya la figure et tenta de regagner sa place mais une jeune sauvagesse l'avait prise. Comme il ne pouvait faire autrement, il s'allongea contre le dos d'un homme qui faisait face au feu. Au contact de la chaleur, il se rendormit, mais se réveilla en sursaut sans parvenir à se rappeler son cauchemar. Un vieux sauvage étendit la main sur lui en disant :

— Calme ! Calme ! Un chien.

Louis-Armand comprit qu'un chien était passé sur lui et l'avait léché au visage. Il se rendormit à nouveau pour se réveiller au lever du soleil, au moment où tout le monde s'affairait autour de la cabane. Il s'assit, vermoulu, la jambe gauche tellement engourdie qu'il ne put faire deux pas sans tituber. Le vieux sauvage de la nuit lui dit :

— Mistigoche trop jeune pour chasser.

Il se sentit piqué au vif, mais ne sut comment répondre ni réagir. Il sortit de la cabane et vit François qui mangeait un bout de langue de wapiti cuite sur la braise.

Les jours suivants furent moins froids et Louis-Armand s'aperçut peu à peu qu'il prenait plaisir à dormir pêle-mêle avec les autres au milieu du bruit. Il ne se sentit plus de joie quand il abattit son premier wapiti, une balle au cœur, comme le lui avait montré François. Au bout d'une semaine, les Hurons décidèrent de revenir à Lorette. Deux traîneaux hurons ramenèrent François et Louis-Armand à Québec. Ils y passèrent deux jours chez Trefflé Trudel qui les conduisit à Château-Richer, où il voulait barguiner quelques animaux avec Charles Bélanger.

Chapitre 6

NOËL

NOËL ARRIVA et ce fut l'excitation dans la maison des Bélanger. Les enfants ne tenaient plus en place et Lahontan se sentit gagné par la fébrilité générale. La maison embaumait d'odeurs de plats de viande longuement mijotés, mêlées d'effluves sucrées. La fille aînée Marie-Laure cousait près de la fenêtre des vêtements neufs pour les plus jeunes. On avait disposé autour de la porte et de la cheminée de petites branches de sapin piquées de pimbina dont les baies rouge vif brillaient quand on approchait la bougie. La table, mise pour la fête, était ornée de petits rameaux de sapin sous des grappes de baies de cormier et des pommes de pin.

Pendant la nuit du 24, on réveilla les enfants et on attela deux carrioles pour se rendre à l'église : l'une conduite par le père, l'autre par François. La lumière froide de la lune donnait au paysage bleuté une transparence onirique. Quand les cloches de Château-Richer sonnèrent à toute volée, Louis-Armand sentit son cœur battre comme si ses veines allaient éclater. Il ne comprit pas tout de suite la raison de ce bouleversement. Loin des siens et de tout ce qu'il avait connu jusqu'alors, il se sentait chez lui à présent, au milieu de ces gens qui l'avaient accueilli comme s'il était des leurs et lui avaient permis de prendre peu à peu possession de ce continent dont il ne percevait pas encore toute l'étendue. « C'est l'Amérique », pensa le jeune homme. Et cette Amérique s'ouvrait à lui. Il ferma les yeux, autant pour refouler les larmes qu'il sentait monter que pour imprégner sa mémoire de cet instant. De cette brève suite de jours qui allaient constituer sa vie, il s'en souviendrait comme d'un moment parfait.

Charles Bélanger avait pris place dans le petit jubé, près de l'harmonium, et bientôt sa voix chaude de baryton remplit l'église :

Les anges dans nos campagnes
Ont entonné l'hymne des cieux
Et l'écho de nos montagnes
Redit ce chant mélodieux.

À nouveau, Lahontan se sentit oppressé, comme si l'excès de joie en lui n'arrivait pas à s'extérioriser. Quand il reprit en chœur avec tout le monde : *Gloria in excelsis Deo,* son pouls se calma et il écrasa des larmes sur ses joues.

Après la messe, on revint à la maison pour réveillonner. Bélanger récita le bénédicité les yeux fermés et coupa le pain en disant :

— Mes gens, je vous souhaite bon appétit. Louis-Armand, passe un beau Noël avec nous autres. On est contents que tu sois là.

Les enfants applaudirent et Louis-Armand sentit à nouveau l'émotion le saisir.

On mangea bruyamment. Tout était bon et parfumé. Surtout les gélinottes que madame Bélanger avait farcies avec un mélange de foie de porc, de mie de pain et d'herbes sauvages aromatisées de genièvre. Quand les yeux commencèrent à se fermer, madame Bélanger et Marie-Laure allèrent coucher les plus petits pendant que les autres continuèrent à manger et à parler.

Lahontan mit du temps à s'endormir. Les images et les sons défilaient dans sa tête à une vitesse folle. L'odeur des bougies lui rappela celle des cierges à l'église et alors il se souvint que son père aussi avait chanté *Les Anges dans nos campagnes* d'une voix aussi grave que celle de Charles Bélanger, mais un peu chevrotante. Ce souvenir flou en amena un autre : son père, encore, à cheval, lui disait quelque chose dont il n'arrivait pas à se rappeler. Il se concentra davantage, espérant réveiller complètement sa mémoire. Il ne parvint qu'à faire sourdre le souvenir d'un juron, *Morbiou*, que son père lançait avec l'accent béarnais. Malgré ses efforts, il ne réussit pas à faire émerger les traits de son visage. Seul le regard, vif et ironique, se détachait de sa silhouette imprécise, mais peut-être inventait-il tout cela faute de l'avoir gravé en lui.

Dès que le jour fût levé, on distribua de petits cadeaux aux enfants : mitaines, foulards et bonnets pour les plus grands ; jouets de bois et poupées remplies de sciure de bois pour les plus petits. Charles Bélanger s'avança, un paquet à la main :

— Tiens, mon gars, Delphine t'a tricoté ce gros chandail avec un capuchon, mais elle est trop gênée pour te l'offrir, j'imagine. Tiens, le père Dablon m'a demandé de te donner ça.

Le jeune homme remercia madame Bélanger qui le regarda pleine de fierté quand il passa le chandail.

— Asteure que t'es beau comme un cœur, tu peux regarder ton livre.

C'était une *Relation* de la Nouvelle-France écrite par le père Dablon onze ans plus tôt.

Dès l'aube, alors que tout le monde était encore couché, Lahontan alluma une bougie pour lire la *Relation* du père Dablon, datée de 1672. Elle était bien différente de celles du père Lejeune. Dans une longue première partie, l'auteur repassait une à une les diverses missions jésuites, comme s'il les parcourait à vol d'oiseau, la plume à la main. Au bout d'une heure, Lahontan dut se rendre à l'évidence : son attention se dispersait. Le texte n'avait pas la tension ni la fougue de celui du père Lejeune. Afin de fixer son attention, il prit du papier et entreprit de constituer sa propre géographie du pays, car, si le texte manquait de panache, il savait rendre compte de manière claire et précise de vastes contrées qu'on ne parcourait pas sur des routes de terre, mais dans de frêles canots d'écorce de bouleau. Pour mieux imaginer le territoire nord-américain, Lahontan dessina une carte des Grands Lacs et y localisa tous les groupes indiens que Dablon distinguait soigneusement. Il voyait bien que se trouvait là, beaucoup plus qu'à Québec, le cœur du réseau de la traite des fourrures, seule richesse de la colonie.

Les jours suivants, il poursuivit sa lecture, sans grande passion mais avec intérêt. Il découvrit soudain, perdue au milieu du reste, la description d'un phénomène étrange que Dablon appelait *parélie*. Au plus fort de l'hiver, dans diverses missions jésuites, le soleil s'était démultiplié dans le ciel pour former d'autres soleils tout autour, plus pâles mais nettement distincts, pendant qu'à l'horizon des demi-cercles concentriques dessinaient deux arcs-en-ciel vivement colorés. Plus étrange encore, la lune brillait aussi comme s'il avait fait nuit. Le phénomène paraissait si surprenant que Lahontan en copia la description dans ses carnets pour en parler un jour avec le père Dablon.

À partir de là, le texte s'animait, surtout quand l'auteur racontait son voyage chez les Mascoutens, que les Français appelaient la nation du Feu. Dans de vastes prairies que le descripteur jésuite comparait au paradis terrestre, paissaient des troupeaux de vaches sauvages et de bisons qui pouvaient compter des centaines de bêtes. Leur chair était excellente et les sauvages en mélangeaient la graisse avec une espèce de riz sauvage appelé folle avoine pour lui donner du goût. Ces larges prairies étaient inondées de lacs et de rivières poissonneuses où vivaient plusieurs sortes d'animaux rares comme cet oiseau curieux dont le long col blanc, les pattes et la grosseur du corps faisaient penser au cygne, mais qui en différait beaucoup par le bec long d'un pied, sous lequel une nasse s'ouvrait et se fermait prestement pour attraper les poissons.

Le missionnaire décrivait ensuite divers festins au cours desquels des chefs mascoutens, qui prenaient le jésuite pour un Génie extraordinaire, lui demandaient de solliciter le Grand Esprit en sa faveur pour leur guerre contre les Nadouessis qui avaient massacré presque toutes leurs familles. Puis le relateur évoquait le grand fleuve Mississippi dont aucun Européen, disait-on, n'avait jamais pu suivre le cours jusqu'au bout et qui se déchargeait vers le sud, dans la mer Vermeille, à proximité de l'Orient fabuleux. Louis-Armand se mit à rêver de cette vaste contrée sans arbres, où les sauvages se servaient de tourbe et d'excréments séchés d'animaux pour faire du feu : un jour, lui aussi partirait à l'aventure explorer ces terres mystérieuses.

Chapitre 7

LES BOIS INCERTAINS

Après l'excitation des fêtes, janvier parut long à Louis-Armand. Une vague de temps doux annoncé par un vent de soroît amena une pluie lourde qui fit caler la neige et s'effondrer le chemin d'hiver. On entendait craquer la surface glacée du fleuve qui se fendillait et laissait passer l'eau qui le recouvrit entièrement. Quatre jours après le début du redoux, le vent tourna et le froid revint, durcissant tout comme la pierre. On ne pouvait toucher le fer d'une hache sans que la peau de la main levât comme si elle avait été brûlée et on arrivait difficilement à conserver l'eau potable sans qu'elle ne prît en glace. Dès trois heures de l'après-midi, le soleil disparaissait derrière la montagne qui surplombait Château-Richer et toute chose alors se figeait comme si la mort sourdait du cœur de la terre. Les jours commencèrent à rallonger en février, mais le froid était toujours aussi intense. Louis-Armand, emprisonné sous sa lourde carapace de vêtements, voyait bien que les Bélanger aussi se morfondaient. Ils devenaient taciturnes et avaient moins d'entrain quand ils jouaient aux cartes. Même François se renfrognait et n'avait plus le goût d'aller dans le bois. Louis-Armand, n'y tenant plus, décida un matin de partir seul en raquettes. Charles Bélanger lui dit simplement :

— Fais attention, mon gars, on se perd facilement dans le bois.

Louis-Armand sourit, car, les dernières fois qu'il était parti en raquettes, il avait presque toujours précédé François, reconnaissant son chemin à tel bouquet d'arbres, à telle marque sur un tronc qu'il avait lui-même plaqué d'un coup de hache. Certes, François sentait mieux venir le vent froid qui se lève sans avertir et savait mieux où trouver les ravages des wapitis ; mais lui-même arrivait maintenant, aussi bien que son compagnon, à retrouver la piste du matin, même quand la neige l'avait complètement recouverte.

Il mit dans sa musette un morceau de pain et un bout de lard salé. Il y laissait en permanence une boussole, quelques petites éclisses de cèdre sec, une pelote de corde et une toile mince et solide de quatre pieds sur sept, que François lui avait conseillé de ne jamais oublier avant de partir dans le bois. Il ajouta encore une petite casserole noire de suie, une paire de mitaines et une tuque de grosse laine, avec des trous pour la bouche et les yeux, que madame Bélanger lui avait tricotées. Il prit son fusil et sortit. Il fixa son sac à dos sur le toboggan et s'arrêta un moment pour regarder le fleuve qui lui parut plus proche et en même temps irréel, tellement la neige égalisait tout, abolissait les reliefs.

Il se rappela son arrivée à Château-Richer. Comme il avait changé en trois mois ! Le temps avait passé vite, mais il avait le sentiment qu'un long pan de sa vie s'y était déroulé. Lui qui avait craint de s'ennuyer chez des Canadiens, moitié paysans moitié hommes des bois, avait vécu ici beaucoup plus que ces deux dernières années où il avait rongé son frein à Lahontan. Il avait appris à aimer la songerie taciturne des hommes et l'exubérance des femmes qui parlaient beaucoup et avaient une liberté qu'on ne leur connaissait pas en France. Surtout, il appréciait cette égalité des rapports entre les gens qu'il connaissait. Il y avait bien quelques seigneurs en Canada, mais on ne les voyait pas et ils laissaient leurs censitaires pêcher et chasser à leur guise sur les terres qui leur avaient été concédées.

Le froid vif et sec sortit Louis-Armand de sa rêverie. Il accrocha le fusil à son épaule et partit vers le bois en tirant son toboggan par une bande de cuir passée sur sa nuque et sous ses aisselles. C'était une journée claire, sans nuage, où le crissement des pas sur la neige invitait à marcher rapidement. Dépassant les premiers bouquets d'arbres où il ne trouva rien, le jeune homme pénétra dans la forêt et commença à ramasser les lièvres nombreux qui s'étaient pris aux collets. Mais que ferait-il de tout ce gibier dont les Bélanger et lui-même commençaient à se lasser ? Il pourrait les apporter à Québec chez les jésuites, toujours preneurs. Il en profiterait pour leur rapporter les *Dialogues* de Lucien et leur emprunter d'autres livres.

Étaient-ce les jésuites ou leurs livres qu'il aimait ? Il aurait eu bien du mal à le dire. Ces religieux avaient des manières engageantes, semblaient tout connaître et n'hésitaient pas à faire des randonnées de centaines de lieues en hiver dans des contrées dominées par les Iroquois et où les autres Français, à part quelques dizaines de coureurs de bois, n'osaient s'aventurer. Mais quelque chose en lui résistait. Il pressentait, derrière leurs discours et leurs manières affables, une dureté et une violence qui lui faisaient peur. Il les soupçonnait capables d'accepter la destruction d'un village entier pour baptiser deux enfants sauvages, ou encore de se laisser prendre par les Iroquois, d'endurer pendant des jours les pires souffrances s'il y avait à gagner pour le ciel. Mais travaillaient-ils seulement pour le ciel ? On lui avait raconté qu'il n'y avait pas de meilleurs ambassadeurs, aussi bien chez les alliés que chez les Iroquois. Mais un coureur de bois qui servait souvent d'interprète, Olivier Turcot, avait rapporté un jour chez les Bélanger que les jésuites, tout en flattant le gouverneur en public, contestaient sa politique derrière son dos et souvent la faisaient échouer. Il en voulait pour preuve le rappel du gouverneur Frontenac en 1682, le seul administrateur français que tous les sauvages respectaient et craignaient.

Un craquement subit le fit sursauter, comme si l'on avait frappé un tronc d'arbre avec une gaule gelée. En un instant, il se vit entouré d'Iroquois prêts à se jeter sur lui, mais il se ressaisit et jeta un regard circulaire autour de lui pour reprendre la maîtrise d'un lieu qu'il commençait à connaître. Il ne vit rien mais, en voyant bouger la tête des arbres les plus hauts, il comprit que le vent s'était levé et que le bruit, qu'il entendit à nouveau, venait de branches qui s'entrechoquaient. Comme il n'était pas encore tout à fait midi, il alla vers la clairière où les wapitis venaient humer l'air plus chaud. À peine eut-il le temps d'obliquer dans cette direction qu'une bête détala à quelque trente pas devant lui. Elle était trop loin maintenant pour tenter de l'abattre. Il pensa que la croûte glacée sous la neige de surface était trop mince pour porter le wapiti dont les fins sabots s'enfonceraient, le retenant prisonnier. Il prit le pas de course, croyant rattaper l'animal facilement. Celui-ci enfonçait parfois jusqu'au ventre, mais il arrivait à trouver une croûte plus solide pour distancer son poursuivant. Plutôt que d'aller en droite ligne, il obliquait soudainement à droite puis à gauche, ou semblait vouloir décrire un arc en courant. Louis-Armand sentit monter en lui un sentiment de colère, non pas contre l'animal mais plutôt contre lui-même, contre son impuissance à attraper une bête qui semblait si fragile.

Au bout d'une heure ou deux, il cessa de la poursuivre, sachant qu'elle lui avait échappé. Le soleil avait beaucoup baissé et il avait faim. Il ramassa quelques branches sèches pour faire un feu et manger, mais le vent de nordet se leva brutalement et le ciel s'ennuagea en quelques minutes. Bientôt la neige se mit à tomber en tourbillonnant. Louis-Armand crut prudent de rentrer à la maison sans manger. Jetant un coup d'œil circulaire, il ne reconnut aucun repère. Fébrile, il regarda dans son sac : sa boussole n'y était pas. Il respira profondément pour neutraliser la panique qu'il sentait naître en lui. Il passa sa tuque sous son chapeau de fourrure, enfila ses mitaines de cuir sur ses mitaines de laine et retourna sur ses traces qui commençaient à disparaître. D'instinct, alors que la neige, très abondante maintenant, effaçait tout, il sut reprendre par où il était passé quand il poursuivait le wapiti. Mais les bourrasques devinrent si violentes qu'elles lui coupaient le souffle. La neige et le vent s'infiltraient dans sa bouche et ses yeux, le suffoquant et l'empêchant de voir, comme une nuée de moustiques sur un étang. Serrant les dents, il fonça devant lui, sachant bien que toute sa volonté ne pourrait rien contre les éléments déchaînés. Il s'arrêta, portant ses mitaines à sa figure, et pressentit à gauche une talle d'épinettes. Il s'y dirigea, tantôt debout, tantôt à quatre pattes, pensant que les conifères couperaient un peu le vent. Au bout d'un temps qui lui parut une éternité, il y arriva mais ils étaient moins compacts qu'il ne l'avait espéré. Le vent semblait se jouer d'eux, tourbillonnant sans cesse, fonçant tantôt à gauche, tantôt à droite, ou les attaquant de front, violemment. Cherchant son souffle, Louis-Armand se coucha sur le ventre et mit sur le côté le toboggan qu'il coinça contre un sapin, le long de son visage. Maintenant, il parvenait à respirer mieux. Après quelques minutes, il sortit de son sac la pelotte de corde et fixa le toboggan à deux épinettes rapprochées. Il parvint à dérouler un bout de toile qu'il attacha à la partie arrondie du tobbogan et eut beaucoup de mal à fixer l'autre bout à un jeune érable pour former une espèce de barrière tremblante qui avait plus ou moins la forme d'un arc. Il s'aperçut alors qu'il avait perdu une raquette. Avec celle qui lui restait, il tenta d'enlever la neige sous ses pieds pour la rejeter plus loin, mais les rafales la lui rabattaient sur la figure. Profitant d'une accalmie, il chargea la raquette de neige et la fit glisser sur le toboggan renversé. Le vent diminua un peu et la neige s'accumula à l'extérieur, contre la toile et le toboggan, formant une petite muraille à l'intérieur de laquelle il était moins incommodé par les bourrasques. Il entreprit alors de quitter son abri pour aller couper des branches de sapin et les étendre sur la muraille de neige en manière de toiture, comme il l'avait vu faire aux Indiens. Il y réussit tant bien que mal, en laissant une ouverture au centre.

Le vent, un peu apaisé, ne laissait quand même nul espoir de retourner à la maison. D'autant que, sans savoir l'heure qu'il était, Louis-Armand jugeait que la nuit était tombée. Mais pourrait-il tenir jusqu'au matin dans un abri aussi rudimentaire ? Il se dit qu'il fallait d'abord manger et se reposer. En prenant dans son sac le quignon de pain et le morceau de lard salé, il sentit autre chose : de l'esturgeon boucané. Il s'attendrit en pensant que madame Bélanger l'avait glissé dans son sac, sachant qu'il adorait cela. Sa fatigue du coup lui parut moins grande et il mangea de bon appétit. S'il arrivait à faire du feu, il tiendrait jusqu'au lever du jour.

Avec ses mains, il allait à tâtons, cherchant dans le noir à trouver quelque arbre sec encore debout. Il y parvint, en rompit une branche basse qu'il traîna dans son trou. Il cassa la branche en petits bouts, puis disposa ceux-ci en forme de cône sous lequel il glissa les éclisses de cèdre pour y mettre le feu. Celui-ci prit finalement, après plusieurs efforts, et jeta une faible lueur avant de gagner de la force. L'air qui s'infiltrait partout le couchait d'un côté puis de l'autre, poussant la fumée dans toutes les directions, si bien que Louis-Armand ne savait plus où se placer. Quand il se fut un peu réchauffé, il ressortit avec son canif à la recherche d'écorce de bouleau. Il en trouva tout de suite et en fixa quelques morceaux à sa raquette de manière à faire écran contre la fumée. Sans être très efficace, ce paravent de fortune lui permettait de se tenir plus près de la chaleur sans étouffer.

Louis-Armand craignit un moment que la chaleur du feu, faisant fondre la neige sur les branches du toit, rende celles-ci très sensibles au vent. Mais il comprit vite qu'il n'en était rien puisque la neige accumulée sur le toit s'épaississait et formait une couche glacée qui soudait les branches entre elles. Il alla chercher quelques autres branches mortes qu'il cassa avant de s'asseoir dessus, le front sur les genoux. Comme s'il avait traversé une contrée inconnue de lui, il se sentait au-delà de la peur maintenant, dans un autre monde où tout se réduisait à quelques gestes élémentaires : ne pas s'endormir, entretenir le feu, bouger les bras et les jambes, faire osciller la tête sur le cou... Il ne sentit pas le sommeil venir, qui le terrassa en un instant. À son réveil, le feu était éteint et il ne ventait plus. Voyant son sac à côté de lui, il comprit que le jour se levait. Tous ses membres lui faisaient mal et, quand il tenta de sortir de son abri, il retomba sur la hanche droite, des fourmis plein la jambe. Il fit jouer un peu ses muscles et parvint à sortir. Le soleil émergeait des nuages sur la ligne d'horizon. La journée serait belle et il savait qu'en se dirigeant vers le soleil il irait aussi vers le fleuve et la côte de Beaupré. Il mangea un reste de lard salé, arracha la toile et le toboggan pris dans une gangue glacée, puis chaussa son pied droit de la raquette qui lui restait. Se sentant plein de confiance et d'énergie, il tenta de marcher, clopin-clopant, mais sa jambe gauche enfonçait tellement qu'il se trouvait quasi écartelé par la raquette qui restait à la surface de la neige. Il coupa quelques branches de sapin qu'il attacha solidement avec la corde pour s'en faire une espèce de raquette. Il arrivait maintenant à avancer en claudiquant, mais il s'épuisa vite. Il s'arrêta, s'assit sur le toboggan pour reprendre haleine en se disant que, s'il avait survécu à la tempête de la nuit, il arriverait bien à sortir du bois. Il se releva et marcha une bonne heure, l'esprit fixé dans la direction du soleil. Soudain, il entendit distinctement une espèce de cri, comme un aboiement bref, un peu plaintif. Il n'avait pas rêvé : Prince, le chien des Bélanger, courait vers lui. L'émotion le fit presque défaillir. Puis il vit François et son père.

— On était inquiets, dit celui-ci. T'aurais dû amener le chien.

Quand on arriva à la maison, madame Bélanger le serra fort contre elle sans prononcer un mot.

Chapitre 8

LE MIEL DES ARBRES

AU DÉBUT DE MARS, tout changea. Le froid diminua sensiblement et l'on connut quelques après-midi de soleil où il faisait bon se dénuder les bras et le cou. On entendait croasser les corneilles dans les épinettes et toutes sortes d'oiseaux inconnus striaient le ciel du matin. Parlant de siffleux et de dégel prochain, Bélanger ne tenait plus en place.

— Dans trois semaines, on fera du sirop d'érable, dit-il un matin, le nez au vent.

Voyant l'air interrogatif de Louis-Armand, il ajouta, amusé :

— Tu verras, avec la sève des érables, on fera quelque chose de bon. Comme si le miel coulait des arbres...

En attendant, on nettoya les seaux, les douilles de bois et la grande casserole dans laquelle on ferait bouillir la sève d'érable. Avec le cheval et le traîneau, on tapa sur la neige lourde un chemin pour aller au pied de la pente où se trouvaient les érables. Bélanger entreprit alors d'installer un dalot qui passerait au centre d'une talle d'érables à sucre. C'étaient de larges troncs de chêne creusés au feu que des Montagnais de La Malbaie avaient barguiné avec Noël Paré. Ils étaient lourds, mais on pouvait les fixer solidement aux érables à quelques pieds de terre. Quand l'opération fut terminée, on mit sous le bout inférieur du dallot un large tonneau où s'accumulerait la sève qu'on transporterait ensuite facilement dans le fournil pour la faire bouillir.

Quand le soleil du midi commença à fondre la neige au pied des troncs, Bélanger entreprit d'entailler les érables. Pas à la manière des sauvages qui donnaient un coup de hache sur le tronc puis pratiquaient une incision arrondie pour y fixer une écorce de bouleau sur laquelle coulerait la sève. Il se servit plutôt d'un vilebrequin pour percer proprement un trou d'un demi-pouce dans lequel il inséra une douille en bois de deux pouces.

Louis-Armand n'en revenait pas de voir la sève couler aussi abondamment et se demandait si les arbres ne sècheraient pas sur place l'été suivant.

— T'en fais pas, mon gars, une entaille ben faite va laisser sur le tronc une cicatrice qui se refermera d'elle-même. On peut ramasser l'eau d'érable pendant des années sans que l'arbre en souffre... Tu sais, pour couler en masse, les érables ont besoin de chaleur le jour et de fraîcheur la nuit. Les miens donnent beaucoup d'eau sucrée parce que leur exposition au soleil est parfaite.

Pendant que les fils et les filles Bélanger allaient d'un arbre à l'autre chercher les seaux pour verser la sève d'érable dans le dalot, le père et Louis-Armand allumèrent le feu sur lequel reposait une énorme bassine qu'on remplit aux trois quarts. En quelques heures, le liquide réduisit considérablement et brunit sous un nuage de vapeur qui s'échappait avec la fumée par une ouverture dans le toit. Quand la chaleur du feu menaçait de faire déborder le liquide, Bélanger trempait dans celui-ci une couenne de lard et le bouillonnement se calmait. De temps en temps, il fallait enlever l'écume de surface avec une spatule en bois concave percée de trous. Bien après l'heure du souper, Bélanger laissa mourir le feu. Le lendemain, avant d'allumer, il apporta plusieurs morceaux de porc qu'il avait fait dessaler et les suspendit au-dessus de la bassine, au milieu de la fumée et de la vapeur.

— Tu vas voir que c'est bon, du jambon boucané à l'érable.

Le lendemain, le sirop était prêt. On le coula à travers une flanelle blanche puis on en mit une partie dans des cruches de verre et le reste dans deux larges casseroles que Louis-Armand apporta à la maison. Pendant qu'on remplissait la bassine de sève d'érable, Bélanger mit les casseroles de sirop sur le dessus du four pour le concentrer encore davantage. Puis il retourna « faire bouillir » au fournil, laissant à sa femme le soin de continuer l'opération. De temps en temps, madame Bélanger versait quelques gouttes de sirop épaissi sur une poignée de neige durcie dans un bol. Elle expliqua à Louis-Armand que la tire serait prête quand le sirop commencerait à figer sur la neige. Elle en versa davantage sur une grande assiette de neige.

— Goûte, c'est bon.

Oui, c'était bon ! Mais des filaments de tire se prenaient dans ses dents et il avait du mal à parler, la bouche empâtée par cette masse collante et sucrée.

— Maintenant, tu vas m'aider à brasser le sucre.

Elle mit son manteau et son bonnet puis sortit avec une casserole, lui demandant de prendre l'autre. Il fallait faire refroidir les casseroles sur la neige tout en remuant vigoureusement avec une spatule de bois pour faire cristalliser la tire. Au bout de quelques minutes, le mélange commença à pâlir et à coller à la spatule.

— Ça, mon p'tit Loup, ça va faire du beurre d'érable qu'on mettra sur le pain.

Quand le sucre liquide et fumant prit une teinte plus claire, on porta les casseroles dans la maison. On versa le beurre d'érable dans des bocaux et on coula le sucre tiède dans des moules de bois humides au fond desquels on avait sculpté un cœur.

Après trois semaines de ce travail, quand la terre commença à apparaître en grandes plaques sales sous la neige et que le sirop devint plus âcre et plus brun, Bélanger dit :

— Le sucre de sève, c'est pas bon.

On éteignit le feu et on rangea tout dans le fournil pour le printemps suivant. De grands vols triangulaires d'outardes labouraient le ciel et se dirigeaient en piaillant vers les battures du fleuve avant de s'envoler vers le Nord.

Quand on eut fini les sucres et que la fonte des neiges empêcha toute randonnée dans le bois, la famille Bélanger perdit son euphorie des dernières semaines. Un jour, le soleil tiède faisait dégouliner les toits ou fondait les dernières plaques de glace ; le lendemain, un vent froid et humide parcourait le couloir du fleuve et cassait les branches des arbres en vous glaçant jusqu'aux os. Bélanger parlait de printemps, mais Louis-Armand ne voyait que les sursauts sauvages d'un hiver toujours renaissant.

Madame Bélanger fit germer dans de petits godets d'écorce, sur les fenêtres du sud, diverses graines de fleurs qu'elle avait l'intention de planter au printemps devant la maison. Elle chantait, la seule de la famille à garder sa bonne humeur, pensant sans doute à l'été qui viendrait brusquement, après plusieurs jours de vents et de pluies froides.

Pour garder le moral, Louis-Armand se mit à noter dans un cahier les souvenirs les plus vifs de son premier hiver au Canada : son arrivée chez les Bélanger, les courses dans les bois aux côtés de François, ses randonnées de chasse avec les Hurons. Il parvenait à dérouler dans sa tête la carte du territoire français depuis le golfe du Saint-Laurent jusqu'à Québec, qu'il connaissait bien maintenant. Il commençait à imaginer Montréal, carrefour de la traite des fourrures, avec ses rapides de Lachine, que, faute de canots d'écorce, ni Cartier ni Champlain n'avaient pu franchir.

Il meublait ces longues journées monotones par la lecture. Tout en jugeant l'auteur misanthrope, il commençait à pénétrer le monde du philosophe Lucien qui vitupérait les humains de se laisser emporter par des passions qui les rendaient malheureux : la colère, l'ambition, l'avarice. Comme des cavaliers incapables de maîtriser leurs coursiers sauvages, ils tombaient tête première dans le précipice de la folie humaine.

Chaque fois qu'il en avait l'occasion, il se rendait à Québec rapporter les livres empruntés au père Dablon et en chercher d'autres. Il aimait parler avec ce missionnaire qui connaissait bien l'Amérique et semblait jeter un regard nostalgique sur ses courses passées. À défaut de publier d'autres *Relations* — le pouvoir politique l'avait interdit depuis 1672 —, il racontait longuement ses voyages et ceux de ses confrères parmi des dizaines de nations sauvages. Arrivé au Canada en 1655, il avait d'abord été chez les Onontagués du lac Ontario, puis, après avoir vainement tenté d'établir une autre mission iroquoise à Gannentaha, était revenu à Québec où il avait passé dix ans à enseigner au collège et à servir de procureur pour son Ordre. En 1661, cherchant par la baie d'Hudson le chemin de la fameuse mer de l'Ouest qui devait s'ouvrir sur la Chine et le Japon, il avait remonté le Saguenay en canot avec le père Druillettes et cinq Français. Ils s'étaient arrêtés quand ils avaient eu dépassé la hauteur du lac Saint-Jean. Si l'on n'avait trouvé aucun indice de la proximité de la mer de l'Ouest, le père Dablon était revenu quelques mois plus tard avec des notes et des cartes géographiques fort précises. Nommé en 1669 supérieur des missions de l'Ouest, il avait parcouru la région des Grands Lacs avec l'infatigable père Allouez et dressé une carte du lac Supérieur, si précise qu'on pouvait s'en servir pour explorer la région. Il cessa presque complètement de voyager quand on le nomma supérieur de Québec en 1671, mais il continua à favoriser l'exploration de l'Amérique en tous sens, certains prétendant que le travail missionnaire l'intéressait dans la mesure où il lui permettait de découvrir du pays.

Le 10 mai, au moment où les bourgeons commençaient à éclater au soleil, un officier vint annoncer que dans cinq jours les deux compagnies de Marine devaient se rassembler à Québec pour une expédition militaire du côté des Grands Lacs. Même s'il savait depuis des semaines que la fin de son séjour chez les Bélanger approchait, Louis-Armand sentit une tristesse pesante l'écraser. En même temps, une angoisse sourde s'infiltrait en lui. De quoi son avenir serait-il fait ? Il n'était pas sûr de vouloir affronter ce qu'il pressentait comme une suite ininterrompue de semaines et de mois solitaires, privé des repères qu'il avait mis des mois à se forger.

— Viens, on va sortir les vaches de l'étable.

C'était François, son compagnon des bois, son premier guide en Amérique, dont il faudrait aussi se séparer. On détacha le collier des vaches qui hésitèrent à sortir de l'étable, comme si elles avaient oublié le goût de la liberté.

— On va faire sortir aussi les chevaux : ça leur dégourdira les jambes.

En voyant la Grise pleine, sa bonne tête humant le vent, Louis-Armand pensa qu'il aurait bien aimé rester jusqu'à l'été pour voir son poulain. Il parvenait mal à chasser l'espèce de lourdeur qui fondait sur lui par vagues successives. Charles Bélanger, le pressentant confusément, dit :

— Venez, les gars, on va relever les clôtures.

On remplaça les piquets de cèdre cassés par la neige et on redressa quelques pagées que les animaux risquaient de faire tomber. On se rendit aussi au moulin à farine de Château-Richer faire moudre plusieurs minots d'avoine pour la moulée des cochons et un sac de blé pour le pain.

Chapitre 9

PREMIÈRES ARMES

Le 15 au matin, Louis-Armand se prépara à partir la mort dans l'âme, tâchant de graver en lui le paysage de cette côte de Beaupré qu'il ne reverrait pas de sitôt. Madame Bélanger l'embrassa sur les deux joues en lui caressant les cheveux :

— Va, mon p'tit Loup, tu nous reviendras bien un jour ou l'autre. Prends soin de toi.

Le père lui tendit une sacoche de cuir souple :

— Avec ça, mon gars, tu peux aller n'importe où, par n'importe quel temps, et ce que tu y mettras ne sera pas abîmé. Ouvre-la, il y a dedans une peau de jeune loup-marin pour envelopper tes papiers, de quoi allumer le feu... Tu peux la mettre en bandoulière ou l'attacher à la ceinture, comme tu veux... Bon ben, mon gars, reviens nous voir !

François ne put dire que « À bientôt ! » Louis-Armand embrassa les autres enfants et se dirigea vers le quai où l'attendaient une embarcation et quelques soldats.

À Québec, il alla coucher chez les jésuites à qui il rendit les livres empruntés. Le père Dablon semblait un peu triste de le voir partir pour Montréal. Il s'était attaché à ce jeune homme enthousiaste, avide de tout connaître. Rétif et un peu libertin, mais franc et honnête. Il lui prêta encore quelques livres, tout en sachant bien que Louis-Armand ne pourrait les rapporter avant longtemps. Le jeune homme aurait voulu le remercier de lui avoir donné pour Noël sa *Relation* de 1672, mais une inexplicable gêne lui nouait la gorge.

Le lendemain matin, après l'angélus, le père Dablon vint le saluer et lui souhaiter bonne chance. Sa figure ne marquait aucune trace d'émotion. Louis-Armand rejoignit les autres qui s'embarquaient déjà. Au sortir du goulot que forme le Saint-Laurent à Québec, il s'attendait à trouver les rives désertes. Au contraire, elles étaient parsemées d'habitations nombreuses des deux côtés du fleuve. On mouillait l'ancre tous les soirs, parce que les battures et les rochers affleurants rendaient la navigation dangereuse dans l'obscurité. En route, on put voir les claies étendues à marée basse par les riverains pour prendre les anguilles qu'on salerait ensuite et qu'on conserverait dans des barriques de chêne. On atteignit Trois-Rivières en cinq jours. C'était un village sans fortifications où s'élevaient quelques belles maisons de pierre. À proximité, sur la rivière Saint-Maurice, s'était établi un groupe d'Algonquins dont la nation avait été décimée par les Iroquois.

L'on mit encore cinq jours pour toucher Montréal. Quand on arriva dans cette petite ville sans palissade, une trentaine de canots d'écorce, chargés de fourrures et menés par des coureurs de bois, venaient d'accoster, en provenance des Grands Lacs, plusieurs centaines de lieues à l'ouest. Ils étaient suivis de quarante-cinq canots d'Outaouais et de Hurons de Michillimakinac qui venaient trafiquer leurs peaux contre des haches, des chaudrons, du tabac et des couteaux. Pendant que les coureurs de bois mettaient leurs fourrures en sûreté dans les bâtiments loués par les marchands, les sauvages dressèrent leurs tentes d'écorce à quelque cinq cents pas de la ville et y portèrent leurs peaux. Le lendemain, le gouverneur Perrot s'installa dans un fauteuil, sur la place publique, et les sauvages s'assirent à leur tour en cercle, la pipe à la bouche, attendant que le silence se fît. Un orateur huron se leva alors et parla lentement, gravement, comme s'il tirait les mots du fond de son estomac. Il palabra pendant une demi-heure puis salua et vint reprendre sa place pendant que l'interprète Turcot résuma ses propos en français :

> La nation huronne est heureuse de venir visiter les Français pour renouer amitié avec eux et leur apporter les précieuses fourrures qu'on estime tant en France. Les Hurons savent bien que les marchandises qu'on leur troque sont de petite valeur ; mais ils pensent que l'an prochain les Français leur apporteront plus de poudre et de balles et de meilleurs fusils pour faire des chasses abondantes et harceler les Iroquois qui attaquent les habitations françaises. En témoignage de la sincérité de leur parole, les Hurons jettent aux pieds d'Onontio un collier de porcelaine et trente peaux de castor gras afin que le Kitchi Okima (c'est-à-dire le « Grand Capitaine ») leur accorde protection en cas qu'on veuille les voler dans la ville de Montréal.

Le gouverneur se leva à son tour et dit qu'il était lui aussi très heureux de renouveler le pacte d'amitié avec ses amis hurons et outaouais :

> Grand chef de la nation ouendate, sache que les Français t'ouvrent leur cœur et veulent échanger avec toi et les tiens ce que nous avons de meilleur contre vos fourrures. En témoignage d'amitié du grand roi de France dont je suis l'envoyé, je te prie de recevoir en cadeau cette chemise rouge et ce fusil pour qu'ils continuent à parler quand je me serai tu.

Il s'assit et l'interprète traduisit ses paroles. Les Hurons, d'un même mouvement, hochèrent la tête en signe d'assentiment. Le chef des Outaouais s'avança à son tour pour exprimer son amitié aux Français et dire le plaisir que lui et son peuple auraient de trafiquer avec eux. Déposant lui aussi un collier de porcelaine et vingt peaux de loutre aux pieds du gouverneur, il salua, se retira et l'interprète traduisit à nouveau ses paroles. Le gouverneur l'assura de l'amitié des Français et du bien qu'il voulait à son peuple, puis il lui donna deux chaudrons de cuivre et une douzaine de haches.

Après ce cérémonial d'ouverture, la grande foire annuelle commença vraiment. Sauvages, Français et Canadiens multipliaient les conciliabules et les apartés, cherchant à se duper mutuellement. De belles marchandes laissaient entendre que les Indiens n'étaient pas aussi insensibles aux Canadiennes qu'ils le prétendaient. Pendant que les coureurs de bois mariés rentraient sagement à la maison après avoir laissé au cabaret le quart de leurs revenus, les célibataires dépensaient en deux semaines ce qu'ils avaient péniblement gagné pendant plusieurs mois à risquer leur vie dans les bois et les rapides qui avalent en quelques secondes les hommes et les canots d'écorce chargés de fourrures. Comme s'il fallait brûler tout son gain en femmes et en alcool pour entendre à nouveau l'appel des contrées sauvages. Subitement, Indiens et coureurs de bois disparurent et la vie reprit son cours habituel.

Les sauvages repartis, un officier nommé Fontaine vint dire aux militaires arrivés depuis l'automne de le suivre sur la grève où se trouvaient déjà des canoteurs expérimentés. Chacun de ceux-ci prit un « nouveau » avec lui pour l'initier aux manœuvres du canot d'écorce, seul moyen de transport dans ce pays de cours d'eau et de forêts.

— Hei, le taon, tu viens avec moé. Mon p'tit nom, c'est Gilbert. Comment tu t'appelles ?

Sans avoir le temps de réfléchir, le jeune homme répondit :

— Moi, c'est Lahontan.

— Tu viens pas de Normandie, à ce que je vois ?

— Non, je viens du Béarn.

— C'est où ça, le Béarn ?

— Dans le sud-ouest de la France.

— Bon, ben, sud-ouest ou Normandie, c'est pareil... Tu vois, mon p'tit gars, un canot de sauvages, c'est pas un bateau de France. C'est fragile, mais c'est souple, rapide, pis c'est beau comme une femme. (Il éclata de rire.) Tu dois le traiter délicatement. Quand tu sais t'en servir, y a pas mieux. D'abord, tu vas le lever avec moi, pis le mettre sur ton épaule.

Lahontan prit un bout, le souleva en même temps que Gilbert, et fut surpris de le trouver si léger.

— Bon, asteure, on l'met à l'eau. Il faut surtout pas le traîner sur les cailloux : on le crèverait... Quand on l'aura mis dans l'eau, tu monteras le premier, derrière, tu te mettras à genoux, pis tu planteras ton aviron à côté dans le sable. Moé, je m'embarquerai après, pis tu retiendras ton aviron. Tu me regarderas faire, pis tu feras pareil : c'est pas compliqué. T'auras juste à avironner à droite, pis moé à gauche.

Le jeune homme mit précautionneusement un pied dans le canot, puis l'autre, en se penchant quand il entendit Gilbert dire :

— Mets ton aviron en travers du canot.

En prenant place à genoux, il sentit le canot tourner sous lui, se demandant comment on pourrait faire des centaines de lieues sur une embarcation aussi précaire. Lui jetant un coup d'œil malicieux, Gilbert prit place à l'autre bout sans même faire vibrer le canot, qui cala de quelques pouces. Il commença à avironner d'un geste souple, étrangement élégant pour un homme qui paraissait frustre sur la terre ferme. Sans regarder derrière lui, il dit :

— Tu avironnes trop près du corps. Détends tes bras. Cesse de penser pis de surveiller ton corps.

Lahontan essaya de décontracter ses muscles tout en mimant l'élan souple de son guide.

— Tu sais, avironner, c'est comme danser avec une belle fille. Si tu la tiens toute raide, elle peut pas trouver son erre d'aller, pis tu lui marches sur les pieds...

Au moment où il commençait à se sentir plus à l'aise dans ses mouvements, Gilbert éloigna puis rapprocha rapidement son aviron du canot qui obliqua brusquement à gauche. Sans voir ce qui se passait, Lahontan se retrouva dans l'eau la tête la première, son aviron entre les jambes, pendant que Gilbert, tranquillement assis sur ses talons dans le canot, riait à gorge déployée.

— Allez, t'avais besoin d'un bon nettoyage, mon gars. Tiens, donne-moé ton aviron, parce que là tu peux pas faire grand-chose avec. C'est ça, mets les mains sur le bord du canot près de moé, pis soulève-toé doucement, j'vas t'aider.

Sans trop d'effort, Lahontan parvint à se retrouver à genoux et rit à son tour quand Gilbert reprit sa place. Après qu'on eut avironné en zigzag pendant un quart d'heure, Gilbert dit :

— Bon, asteure que t'es capable de te débrouiller, on va se lancer à l'eau en même temps, pis on va remonter dans le canot. Mais t'avale pas une tasse d'eau !

L'embarcation tourna comme une allumette et Lahontan se retrouva une main sur le bord du canot et l'autre sur son aviron.

— Pendant que j'tiens le canot, tu remontes dedans. J'monterai moé aussi quand tu l'auras stabilisé.

Lahontan admira à nouveau la souplesse et la légèreté de mouvement de son compagnon qui fit obliquer le canot vers la grève.

— Ben, mon jeune, t'es pas pire pour un p'tit Français.

Il lui donna une grand claque sur l'omoplate en riant bruyamment.

Quand on eut soupé, Gilbert vint le retrouver.

— Mon p'tit gars, il faut que j'te parle des Iroquois, parce qu'on va en guerre contre eux. Tu sais, il faut pas te fier à tout ce qu'on te dit sur eux autres. Ils sont durs, épouvantables même, quand on se bat contre, mais c'est des maudits bons hommes. Pis les Iroquois, ils sont pas tous pareils. J'veux dire qu'y a pas d'Iroquois, si tu me comprends. Ils sont cinq tribus alliées : les Agniers, les Onontagués, les Onneyouts, les Goyogouins, pis les Tsonnontouans. Ils sont pas toujours d'accord entre eux pour le commerce avec nous autres ou pour partir en guerre, mais ils se tiennent entre eux. C'est surtout les Agniers qui nous donnent du fil à retordre, pis qui montent les autres le plus souvent. Tu comprends, les Français pis nous autres, les Canadiens, on voudrait qu'ils commercent avec nous, mais les Anglais de Nouvelle York leur vendent des munitions pis toutes sortes d'affaires meilleur marché que nous autres. Tu comprends, ils seraient ben fous de traiter avec nous quand ils peuvent avoir mieux ailleurs. Pis, tu sais, tant qu'à me battre, j'aime mieux contre les Agniers que contre les Anglais. Les Agniers, c'est intelligent, ça ruse, ça te guette pendant la nuit que tu peux même pas aller pisser sans qu'ils te scalpent ou te fendent la tête d'un coup de hache. T'es étendu raide mort que t'as pas encore ouvert ta braguette.

Il rit puis ajouta :

— Qu'est-ce tu veux, moé, j'su né à Montréal, pis j'aime pas ça quand un gars des vieux pays prend des airs supérieurs pour me dire quoi faire. En tout cas, t'es un bon gars, j'pense. Tu te débrouilles ben, pis t'es pas fendant. T'auras pas de misère avec moé si tu m'achales pas avec l'autorité. Le problème, c'est nos commandants qui arrivent sur le terrain sans connaître ça, pis qui nous font faire des choses stupides. Y a quinze ans passés, par exemple, quand j'ai fait ma première campagne — j'avais à peu près ton âge —, le gouverneur nous avait envoyés chez les Agniers, en plein mois de janvier. On n'a jamais trouvé leurs villages, mais on a perdu 60 hommes. Le froid pis la faim, tu comprends, on savait même pas chasser pis faire du feu. Malgré tout ça, on est repartis en septembre de la même année, pis on a brûlé leurs villages pis leurs champs de blé d'Inde. Mais, tu comprends, un village iroquois, ça se remonte en trois jours. Pis le blé d'Inde, ils pouvaient en avoir tant qu'ils voulaient par leurs alliés... Mais tout ça, tu l'apprendras ben par toi-même. M'est avis que tu manques pas de jarnigouenne.

Gilbert se leva puis ajouta en manière de conclusion :

— Ah ! pis t'en fais pas, mon p'tit gars, tu vas aimer ça icitte.

C'était la parole même que lui avait dite Charles Bélanger, quand il était venu le chercher à sa descente du bateau. Sentant une bouffée de chaleur lui monter au ventre, il essaya de ne pas se laisser attendrir. Gilbert dit :

— On va se coucher parce que demain on part de bonne heure.

Le soleil n'avait pas complètement émergé de l'horizon quand on partit le lendemain. Gilbert prit place à l'avant d'un canot, Lahontan derrière. On avironna d'abord à contre-courant sur trois lieues, puis on arriva aux rapides de Lachine, où l'on dut se jeter à l'eau jusqu'à la ceinture pour traîner les canots contre la force de l'eau qui éclaboussait les roches. On put ensuite se remettre à avironner quelques heures sur le lac Saint-Louis. Gilbert et Lahontan ouvraient la marche sur l'eau, qu'un léger brouillard rendait opaque, comme sans consistance. Un vent doux en faisait frémir la surface, près du canot. Lahontan prit alors conscience qu'une espèce d'euphorie montait en lui sans qu'il en connût la cause. Il avironnait vigoureusement, en souplesse, sentant le bonheur dans tous ses membres. Seuls ses genoux s'engourdissaient de temps en temps, même s'il les avait posés sur un paquet de mousse de tourbe qui lui servait de coussin. Il pouvait maintenant bouger le bas de son corps sans que le canot en reçût la moindre secousse. Un peu comme un danseur dont les pieds exécutent des mouvements compliqués et rapides pendant que ni la tête ni les épaules ne perdent leur balancement harmonieux. Il revit alors en esprit la grande salle du château où Jeanne-Françoise lui avait appris ses premiers pas de danse. Elle riait de le voir s'emmêler les pieds tout en gardant le rythme.

— Toi, tu pourrais danser sur un volcan, lui avait-elle dit.

Il avait cru comprendre que son corps avait une aisance particulière à se mouvoir même si ses membres demeuraient un peu gauches. Jeanne-Françoise, sa folle sœur intrépide qui grimpait aux arbres comme un écureuil et qui emmaillottait ses chatons comme des bébés, les promenant des heures dans son tablier sans qu'ils ne protestent. Sa mère la grondait souvent parce qu'elle rentrait toujours avec une éraflure au genou, la robe déchirée, les cheveux dans la figure. Il ouvrit les yeux, voyant la silhouette de Gilbert se détacher sur fond de paysage aquatique, avec les montagnes bleutées en arrière-plan. Le léger vent était tombé maintenant. Gilbert, qui avait allumé sa pipe, lui cria par-dessus son épaule :

— Mets-toé de la graisse, les maringouins vont t'manger tout rond.

Son compagnon lui avait recommandé d'avoir toujours à la main un mélange de graisse d'ours et de feuilles broyées qui ressemblaient à du romarin sauvage. Il s'enduisit les mains et la figure de graisse, et sentit qu'il avait déjà des piqûres dans le cou et derrière les oreilles. Soudain, il se trouva au milieu d'un nuage de moustiques qui semblaient immobiles tellement ils étaient nombreux. Malgré la graisse, ils se posaient sur lui, le piquaient à travers ses vêtements, lui entraient dans les oreilles, la bouche et le nez. Il soufflait brusquement dans ses narines, crachait et toussait, mais cette maudite engeance ne lui laissait pas de répit. Il ne pouvait s'empêcher parfois de porter une main à ses yeux qui piquaient et commençaient à enfler. Il avait du mal à ne pas laisser l'aviron pour tenter de chasser cette poussière de bestioles acharnées sur lui. Il avait un peu de répit quand la pipe de Gilbert laissait devant sa figure un petit nuage de fumée qui le faisait tousser. Il n'aimait pas la senteur âcre du tabac brûlé, mais il se dit qu'un jour il essaierait de fumer comme le lui avait conseillé Gilbert.

On s'arrêta enfin quand celui-ci montra une crique du rivage avec son aviron.

— Eh ben, mon gars, ils t'aiment en maudit ! On va faire d'la boucane avant d'manger un peu. Pour chasser les frappe-abord pis les brûlots surtout. Les maringouins, ça te pique, pis ça démange après, c'est pas grave. Mais les frappe-abord pis les brûlots, tu les entends pas. Ça te brûle comme une étincelle, pis ça chauffe pendant des jours. Mais t'en fais pas, ta peau va se durcir vite. Moé, j'les sens quasiment plus. J't'ai apporté une espèce d'étamine qu'une sauvagesse m'a donnée — elle l'avait eue d'un Français qui était amoureux d'elle sans bon sens. T'auras qu'à la mettre en dessous de ton bandeau d'écorce.

Ils burent de l'eau et mangèrent un peu d'anguille séchée. Lahontan avala avec peine cette chair filandreuse comme du bois et dont les fibres lui restaient collées au palais et entre les dents. Ils repartirent un quart d'heure plus tard. Les rapides devenant plus vifs, il fallut regagner la rive et portager sur près d'une lieue. Gilbert prit un bout du canot sur son épaule droite et Lahontan mit l'autre sur son épaule gauche. La marche était difficile parce que des rochers et des fouillis de branchages obstruaient le chemin à tout moment. Les hommes se remirent à pagayer, mais d'autres rapides les obligèrent à se mettre debout dans les canots pour piquer de fond : ils enfonçaient des perches dans le sable et les cailloux afin de refouler le courant violent. Quand on campa, peu avant la nuit tombée, Lahontan était si épuisé qu'il voulut dormir tout de suite, mais Gilbert le força à boire beaucoup et à manger une bouillie insipide et jaunâtre. S'éveillant le lendemain matin tout en sueurs, il vit que Gilbert avait tendu au-dessus de lui un mince tissu sur des branches disposées en demi-cercle pour le garantir des moustiques pendant la nuit.

On navigua et on portagea ainsi pendant trois semaines avant d'arriver au fort Frontenac, sur la pointe du lac Ontario. Concédé à Cavelier de La Salle sept ou huit ans plus tôt, le fort était une construction carrée, trop basse pour être efficace, flanquée de quatre petits bastions. Il était en si mauvais état qu'il fallut d'abord le réparer pour éviter de devenir une proie facile pour les Iroquois des environs. Pendant ce temps, des Iroquois tsonontouans de Ganéousse et de Quenté vinrent souvent au fort trafiquer des wapitis, des dindons sauvages et toutes sortes de poissons, contre des couteaux, des aiguilles et des chaudrons.

— Si nous allons nous battre contre les Iroquois, pourquoi trafiquons-nous avec eux ? demanda Lahontan à Gilbert.

— Oui, on va se battre contre eux, c'est sûr. Mais en attendant on serait ben bêtes de pâtir de faim quand ils ont des provisions en masse. Tu sais, mon gars, quand on n'est pas en guerre ouverte, c'est comme ça. On survivrait pas autrement, pis eux autres manqueraient de chaudrons pis d'aiguilles.

Des soldats se mirent à grogner parce que le gouverneur La Barre n'arrivait toujours pas. Ils craignaient de rester embourbés pendant l'automne dans ce coin reculé où les ennemis pouvaient les surprendre à tout moment et se cacher ensuite dans les bois environnants. La Barre arriva enfin le 7 août. Dès le surlendemain, les officiers comprirent qu'il tergiversait, passant de longues heures avec le jésuite Lamberville, missionnaire chez les Onontagués. Ils soupçonnaient le missionnaire de vouloir mener une opération diplomatique auprès des Iroquois à seule fin de consolider son emprise sur eux, peu importe ce qu'il en coûterait à la colonie. Gilbert ne décolérait pas. Il pestait contre le gouverneur, disant qu'il ne cherchait qu'à protéger son propre commerce clandestin avec les Iroquois et celui de gros marchands comme Aubert de La Chesnaye. Il ajoutait que le père Lamberville était un flagorneur qui se prenait pour un grand négociateur, qu'il voulait s'assurer une position d'intermédiaire inattaquable entre Français et Iroquois pour le plus grand profit de son Ordre. Il accusait les jésuites de casser du sucre sur le dos des coureurs de bois et des miliciens canadiens, qui seuls permettaient à la France de garder sa colonie d'Amérique. De tous les officiers, gouverneurs et intendants qu'ils avaient connus, seul Frontenac avait su se faire respecter par les sauvages et apprécier des Canadiens. Mais les jésuites l'avaient fait rappeler par le roi en 1682 parce qu'il contestait leur autorité. Sur une question de Lahontan, Gilbert repartit, déchaîné :

— Ces maudits jésuites, ils passent leur temps à dire du mal de nous, à essayer de nous empêcher d'avoir des congés de traite, mais ils nous courtisent en même temps pour qu'on leur donne gratis ce qu'on sait des langues pis des secrets des sauvages. C'est vrai qu'on couche avec les sauvagesses, mais on les force pas. C'est même elles qui nous attirent en disant qu'on leur fait mieux l'amour que les sauvages. Mais je l'crois pas tellement. M'est avis plutôt que les sauvages veulent qu'on couche avec leurs filles pour faire des enfants plus forts. Ils prétendent que nous, on lève des poids plus pesants, mais qu'eux ont plus de résistance. En tout cas, c'est ce que m'a dit Kondiaronk, le chef huron des Grands Lacs. Tu le rencontreras ben un jour. J'pense que tu t'entendrais avec lui. Il est peut-être pas aussi savant qu'un Français instruit dans les livres, mais il sait discuter avec les jésuites, pis il gagne quasiment toujours son point. Moé, j'aime ça parler avec lui, mais on discute pas beaucoup ensemble parce que moé, j'sus plutôt un rumineux.

On rapporta un matin qu'une fièvre maligne avait forcé La Barre à s'aliter. Certains prétendaient même qu'il était à l'article de la mort. Gilbert, qui soupçonnait le gouverneur de faire courir le bruit de sa maladie pour ne pas attaquer les Iroquois, décida d'aller aux nouvelles. Il apprit que La Barre et une cinquantaine de miliciens avaient dû s'aliter. Un soldat affirma à Gilbert que les malades, attaqués d'une forte fièvre, étaient pris de tremblements convulsifs ; quand un chirurgien de la milice les saignait, leur sang était brunâtre et épais, marbré d'une sérosité gris jaune comme du pus. Un officier français qui se piquait de connaissances médicales expliquait que l'air, raréfié par la trop grande humidité qu'il contenait et chargé d'insectes et de petits corps impurs, entrait dans les poumons sans les nourrir, y laissant plutôt une myriade de particules qui empoisonnaient l'organisme. En outre, les viandes salées et l'eau-de-vie, agissant comme le vinaigre dans le lait, aigrissaient le sang et l'épaississaient, l'empêchant de passer dans le cœur à son débit habituel. Tout cela provoquait des fièvres violentes, une palpitation irrégulière du pouls et des tremblements du corps. Gilbert fulminait en entendant ce discours que les officiers français prenaient fort au sérieux, disant à qui voulait l'entendre que cette explication alambiquée ne tenait pas debout du seul fait que seuls les miliciens étaient malades. Il expliquait que ceux-ci, moins expérimentés que les soldats qui étaient demeurés dans les canots avec leurs perches, s'étaient continuellement jetés jusqu'à la taille dans l'eau glacée, puis s'étaient retrouvés ensuite dans la lourde chaleur de juillet sans que le corps n'eût le temps de s'adapter. Lahontan souriait et commençait à penser que la pseudo-science bavarde des savants était beaucoup plus éloignée de la nature des choses que l'explication prosaïque de son compagnon.

Chapitre 10

LA PAIX HONTEUSE

QUAND LE GOUVERNEUR SE FUT UN PEU REMIS, on repartit avec 200 miliciens, 150 soldats et 350 sauvages alliés. On canota sans arrêt, mais la marche était gênée par la grande quantité de malades qu'on devait encore soigner. Les troupes arrivèrent six jours plus tard à l'anse à la Famine, épuisées, mal en point et de mauvaise humeur. La Barre dépêcha un habile négociateur, le marchand et interprète Charles Le Moyne, chez les Iroquois-Onontagués du village voisin pour les inviter à entamer des négociations avec lui. Le 3 septembre, Le Moyne revint avec quatorze délégués iroquois conduits par le chef Otreouti que les Français appelaient *la Grande Gueule*. Celui-ci monta sa tente à une lieue du campement français. Dès qu'il apprit son arrivée, le gouverneur chargea Le Moyne de lui transmettre ses amitiés et de lui donner, même si les provisions de bouche tiraient à leur fin, du pain, du vin et une grande quantité de truites saumonées. Il fit partir de nuit les malades vers la colonie, craignant qu'Otreouti n'apprît l'état piteux dans lequel se trouvaient ses hommes.

Le 5 septembre, Otreouti et les siens s'approchèrent du campement de La Barre. Un jeune guerrier s'avança, portant un long calumet de paix orné de plumes dont le fourneau, taillé dans la pierre rouge, semblait vibrer au soleil. Les autres guerriers formaient deux figures ovales concentriques autour du porteur de calumet. L'un derrière l'autre, ils martelèrent la terre d'un pas grave, tournant soudain tous ensemble le haut du corps à droite puis à gauche, avant de fixer le calumet qu'ils saluèrent en penchant la tête jusqu'aux genoux. Ils reprirent ensuite leur marche, accompagnée d'une rumeur sourde et monocorde, ponctuée toutes les cinq secondes de la triple exclamation « Ho, ho, ho ». Au bout d'un quart d'heure, le porteur de calumet déposa celui-ci sur un tétreau, avec plusieurs colliers de porcelaine. Tous les hommes s'assirent en demi-cercle sur leurs talons et Otreouti s'assit par terre à son tour, la pipe à la bouche, devant ses compagnons, les yeux fixés sur le calumet. La Barre fit disposer quarante de ses hommes sur les trois côtés d'un carré, de manière qu'une rangée se trouvât en face des Iroquois. Lentement, il prit place dans un fauteuil en face d'Otreouti, séparé de lui par le calumet et les colliers de perles. Charles Le Moyne s'avança alors pour lire en langue iroquoise le discours rédigé par le secrétaire de La Barre.

> Grand chef des Onontagués, moi, gouverneur de la Nouvelle-France, je viens, au nom du roi mon maître, te parler de paix. Mon grand roi a appris avec mécontentement les nouvelles venues des Grands Lacs. Les cinq nations iroquoises, en violation des traités de paix conclus avec mes prédécesseurs, ont pillé et maltraité les coureurs de bois qui allaient trafiquer avec les Oumamis, Illinois et autres peuples enfants de mon roi. Il m'a chargé de fumer le calumet de paix avec le grand Otreouti s'il obtenait que les Agniers, Onontagués, Onneyouts, Goyogouins et Tsonnontouans fassent réparation des torts et dommages causés à ses fils d'Amérique. À défaut de quoi il leur déclarera la guerre, même s'il lui en coûte, car il apprécie plus que tout l'amitié des peuples iroquois.

Un officier français s'avança devant Otreouti et déposa à ses pieds un wampum de perles bleues et rouges sur fond blanc, pendant que Le Moyne, la main droite levée, disait, d'une voix forte, *recto tono*:

> Ce collier affermit ma parole.

Reprenant son discours, Le Moyne continua, imperturbable, sans un geste :

> Les guerriers des Cinq Nations ont introduit dans les lacs du roi mon maître les fourbes Anglais pour détruire le commerce des Français et soustraire les peuples alliés enfants de mon roi à l'obéissance qu'ils lui doivent. Mondit roi veut bien oublier ces démarches pourvu qu'elles ne se renouvellent pas. Sinon, j'ai ordre de vous déclarer la guerre.

À nouveau, l'officier français déposa aux pieds d'Otreouti un wampum de perles de verre pendant que Le Moyne leva la main droite pour dire :

> Ce collier affermit ma parole.

Le Moyne reprit son discours :

> Les guerriers des Cinq Nations ont rendu esclaves des hommes, des femmes et des enfants des peuples illinois et oumamis que le roi mon maître considère comme membres de sa grande famille. En conséquence, il m'a chargé de demander au grand chef Otreouti de les renvoyer dans leur pays, sinon j'ai ordre exprès de vous déclarer la guerre.

Encore une fois, l'officier français déposa aux pieds d'Otreouti un wampum de perles pendant que Le Moyne reprenait la même formule :

> Ce collier affermit ma parole.

S'avançant de deux pas, Le Moyne conclut :

> Voilà ce que j'avais à dire au grand chef Otreouti, que le roi mon maître considère comme son ami, de même que les valeureux guerriers des Cinq Nations avec lesquels il serait bien fâché d'avoir querelle.

Ce collier affermit ma parole.

Pendant que Le Moyne regagnait sa place, le gouverneur se leva, s'inclina profondément devant le chef iroquois puis se rassit dans son fauteuil. Otreouti se leva à son tour, donna sa pipe à l'un de ses guerriers, puis se promena lentement, avec dignité, dans l'espace qui séparait Français et Iroquois. Revenant à sa place, il resta debout pour faire sa harangue :

> Onontio, maintenant que ta bouche s'est tue et que j'ai gravé tes paroles dans mon cœur, prête-moi ton oreille que je parle à mon tour. Onontio, je t'honore au-delà de tout ce que tu peux croire et je te remercie d'avoir laissé sous terre la hache de guerre qui a rougi trop souvent du sang de valeureux guerriers pour venir fumer le calumet de paix avec les fils les plus fiers de la terre d'Amérique. Mais ta langue parle mieux que ton cœur. Onontio, je ne dors point et mes yeux ouverts ont vu que le grand capitaine envoyé par le roi de France n'est pas venu pour fumer le calumet de paix avec les Onontagués et leurs frères, mais pour leur casser la tête. Mes yeux ont vu qu'Onontio rêve dans un camp de malades dont les bras affaiblis seraient facilement désarmés par nos femmes et nos enfants. Écoute, Onontio, j'ai retenu nos guerriers de prendre leurs fusils et leurs casse-tête pour venir vous détruire parce que je tiens à l'amitié des Français.
>
> Ce collier affermit ma parole.
>
> Oui, Onontio, nous avons introduit les Anglais dans nos lacs pour trafiquer avec les Hurons et les Outaouais, comme vous avez conduit vos robes noires et vos coureurs de bois chez les Cinq Nations. Nous sommes libres, Onontio. Si les alliés des Français sont leurs esclaves, nous ne sommes les esclaves ni d'Onontio ni du gouverneur de la Nouvelle York. Nous allons où nous voulons et nous achetons de qui nous plaît.

> Ce collier affermit ma parole.
>
> Onontio, nous avons cassé la tête des Illinois et des Oumamis parce qu'ils ont envahi nos terres, chassé nos castors et fourni des fusils à nos ennemis chouanons pour nous détruire. Sache que nous ne voulons pas déterrer la hache de guerre et que nous tenons à la vie autant que le grand roi de France.
>
> Ce collier affermit ma parole.
>
> Écoute-moi, Onontio, ma voix parle au nom des Cinq Nations qui ont enterré la hache de guerre avec ton prédécesseur à Cataracouy et ont planté au centre du fort l'arbre de paix pour que ledit fort soit une retraite de marchands plutôt qu'un repaire de guerriers, pour qu'au lieu de fusils et de poudre on y transporte des castors et des chaudières. Je t'assure, Onontio, que les guerriers des Cinq Nations veulent danser sous cet arbre la danse du calumet avec leurs amis français. Ne les force pas à le couper, car le cœur de tous saignera.
>
> Ce collier affermit ma parole.

Se tournant alors vers Le Moyne, Otreouti lui dit :

> Prends courage, Akouessan, et rapporte fidèlement à Onontio les paroles sorties de ma bouche. En gage de l'amitié des Cinq Nations qui t'ont toujours reçu chez elles avec tendresse, je te prie de transmettre ce présent de castors au grand Onontio.

Quand Le Moyne eut résumé la réponse d'Otreouti à La Barre, celui-ci rentra sous sa tente en pestant de se voir forcé de signer un traité qui l'humiliait. Pour comble d'opprobre, Otreouti régala les Français d'un grand festin qui dura tout le jour suivant et pendant lequel il disait à la ronde qu'il n'avait pas de plus grand ami que le valeureux guerrier Onontio. La Barre ravalait sa salive, dévoré de rage impuissante. Gilbert, amenant avec lui Lahontan, fraternisait avec les jeunes guerriers iroquois comme s'il retrouvait de vieilles connaissances. Lahontan comprit que Gilbert, malgré son habillement et son langage, était plus près des sauvages que des soldats français, engoncés dans leur uniforme et mal à l'aise sur un terrain qui ne leur était pas familier. Comme Otreouti faisait mine de vouloir festoyer tout le reste de la saison avec ses « amis français », La Barre prétexta l'arrivée d'un canot pour dire que le gouverneur de Montréal l'appelait d'urgence. Il ordonna à ses hommes de se préparer à partir le lendemain, avant le lever du soleil.

Lahontan fut réveillé par de violents éclats de voix où il était question de bateaux pour les soldats et de canots déjà partis. Il entendit clairement Gilbert dire d'une voix sourde :

— En tout cas, le jeune, il vient avec moé en canot.

Plus tard, il apprit que tous les soldats devaient s'embarquer sur de lourds bateaux de planches de sapin construits expressément pour eux, mais que Gilbert voulait s'en retourner en canot.

— Tu viens avec moé, si tu veux, dit Gilbert en entrant dans la tente pour la démonter et empaqueter ses bagages.

Lahontan n'eut pas besoin de répondre que l'autre lut l'acceptation enthousiaste sur son visage. En chargeant les bagages, il entendait les soldats français parler de la folie des coureurs de bois qui voulaient descendre les rapides dans leurs fragiles embarcations, leur prédisant un naufrage infaillible au milieu de bouillons d'eau tumultueuse et de rochers effrayants où iraient se briser les canots. Gilbert dit simplement :

— T'occupe pas d'eux autres, c'est des pisseux ! Si tu veux descendre à Montréal avec moé, t'as besoin d'avoir le cœur accroché solide, pis des bons bras, parce que le canot va filer des fois comme une balle pis d'autres fois va être bordassé à mort. Quand j'te crierai « Freine », tu tiendras solidement ta pagaie sur le bord du canot, la palette à plat contre l'eau pour ralentir. Pis fais attention, des fois on devra sauter à l'eau pour pas s'assommer sur une roche. Perds ta pagaie ou le canot si tu veux, mais pas la tête.

On pagaya d'abord lentement sous un vent léger, presque frais, puis le courant se fit plus rapide. Lahontan commença à freiner pour s'habituer au mouvement, les bras soutenus par la posture du corps, à la fois souple et ferme. Des roches commencèrent à affleurer puis devinrent plus nombreuses et plus grosses, pendant que la vitesse du courant augmentait rapidement. Gilbert dirigeait le canot avec facilité, d'une main experte, comme s'il s'agissait d'un jeu d'adresse. Un bouillon subit projeta le canot de côté et faillit le renverser, mais Gilbert le redressa en un tournemain et évita un tronc d'arbre gros comme un cheval. Le canot zigzaguait maintenant sans cesse et filait presque aussi vite qu'un boulet de canon sans que Gilbert n'en perdît sa calme assurance. Lahontan se sentait entraîné, impuissant, mais n'en continuait pas moins à travailler de la pagaie pour ralentir ou pousser une roche qui risquait de crever l'écorce du canot. Soudain, à quelques pieds devant, une rocher énorme fonça sur eux. Gilbert cria : « Débarque » et sauta lui-même dans l'eau bouillonnante. Lahontan se sentit saisi au collet par une main de géant qui le remonta à la surface et lui permit de reprendre souffle au milieu du fracas de l'eau sur les pierres. « Accroche-toé au canot », cria Gilbert qui tenait l'embarcation par une corde attachée à son poignet. Le courant s'étant calmé, Lahontan put remonter dans le canot que Gilbert avait réussi à vider de son eau en le roulant sur le côté. Ce diable d'homme était parvenu à garder son fusil même s'il avait perdu sa pagaie. L'eau était maintenant tout à fait calme et Lahontan crut reconnaître le lac Saint-François qu'on avait franchi dans l'autre sens pour se rendre à l'anse à la Famine. Dès qu'on eut accosté pour boire et manger, Gilbert dit :

— On a été secoué un bon coup, hein !

Épuisé, souriant, il paraissait moins fier de lui que rempli d'une espèce d'euphorie sportive qui gagna aussi Lahontan.

Il annonça à celui-ci qu'on trouverait facilement une cache de blé d'Inde iroquoise.

— Mais s'ils nous attrapent, ils vont nous tuer.

— T'en fais pas, si tu prends seulement ce qui t'est nécessaire, les sauvages t'en voudront pas. Moé, j'ai jamais été inquiété pour ça. Tu sais, plusieurs me connaissent par icitte.

On découvrit effectivement, sous un amoncellement de pierres et de branchages, de petits sacs de cuir remplis de farine de maïs. Gilbert en prit deux et redisposa soigneusement les pierres, puis demanda à Lahontan d'allumer un feu pendant qu'il détacha de sa ceinture une hachette avec laquelle il découpa une pagaie dans une grosse branche de bouleau. Dans une petite casserole de cuivre il mélangea la farine d'un des sacs à de l'eau froide et fit cuire le tout à feu doux en brassant continuellement. En dix minutes, le mélange épaissit pour former une bouillie consistante.

— La sagamité, mon gars, quand t'as pas de fusil pis de quoi pêcher du poisson, ça te sauve la vie. Au commencement, tu trouves ça fade, mais quand on y met de l'oseille sauvage ou du poisson, c'est pas pire. Aujourd'hui, on a des bleuets pis des framboises. Ça va faire pareil.

Trop affamé pour goûter vraiment, Lahontan avala rapidement ses premières bouchées.

— Pas si vite, ça va t'faire un moton dans l'estomac.

Il ralentit, trouvant que la sagamité goûtait vaguement la pâte à crêpe mal cuite.

Quand on arriva à Montréal, à la mi-septembre, plusieurs blâmaient le gouverneur pour ses hésitations, voire sa pusillanimité ; d'autres parlaient de paix honteuse avec les Iroquois et prétendaient même que le comportement inattendu de La Barre s'expliquait par le fait qu'il avait voulu couvrir le passage de plusieurs canots de castors trafiqués pour lui en contrebande chez les Indiens des lacs. Gilbert annonça à Lahontan qu'il passerait l'hiver chez les sauvages des environs. Le jeune homme lui souhaita bonne chance sans lui dire qu'il aimerait le revoir, mais il vit que l'autre avait compris.

Chapitre 11

UN DEUXIÈME HIVER

LAHONTAN AURAIT SOUHAITÉ RETOURNER CHEZ LES BÉLANGER pour y passer de nouveau l'hiver, puisque les troupes seraient inactives jusqu'au printemps. Mais on lui ordonna de se rendre chez Pierre Mallet, à Montréal, qui avait besoin d'un homme débrouillard pour tenir ses comptes et surveiller les entrées et sorties de marchandises de son modeste commerce. Il obtint de Mallet, petit homme rond aux manières engageantes, de se rendre à Québec par le premier bateau. Le père Dablon le reçut avec une chaleur qu'il ne lui connaissait pas.

— Alors, raconte-moi ce qui s'est passé depuis tout ce temps-là. Tu as changé, tu sais.

Lahontan lui raconta l'expédition désastreuse chez les Iroquois et le retour en canot dans les rapides avec Gilbert. À voir l'enthousiasme du jeune homme, le jésuite le sut gagné irrémédiablement par l'esprit d'indépendance des coureurs de bois. Pourquoi ces jeunes gens sans expérience échappaient-ils à toute tutelle, à peine débarqués ? Pourquoi étaient-ils possédés d'une telle fureur de nomadiser ? Pour un Louis Jolliet qui, dix ans plus tôt, avait découvert le grand fleuve Mississippi avec le père Marquette, on comptait dix, vingt, cinquante jeunes fous qui rompaient pendant des années tout contact avec le monde civilisé pour se perdre chez les sauvages. Ses courses vers le Mississippi puis vers le nord, chez les Esquimaux, n'avaient pas empêché Jolliet de devenir un des plus riches marchands de la colonie, tout en demeurant lié aux jésuites chez qui il touchait l'orgue et enseignait l'hydrographie. Pour quelle obscure raison ne parvenait-on pas à retenir les jeunes hommes audacieux et débrouillards comme Louis-Armand ?

— Mais je rêve, Louis-Armand. Tout ce que tu me racontes est si palpitant. Je puis te prêter d'autres livres si tu veux. Nous venons de recevoir une belle édition des *Essais* de Montaigne en deux exemplaires, en veux-tu un ? Et aussi les *Maximes* de La Rochefoucauld. Mais c'est bien vieux pour toi, ces maximes d'un homme hautain qui n'aimait au fond que sa propre morgue pessimiste.

Lahontan prit un exemplaire des *Essais* dont son père lui avait déjà lu le passage du livre II sur les Lahontanais qui vécurent heureux jusqu'à ce qu'un médecin et un notaire leur apportent la chicane et une foule de maladies qu'ils ne connaissaient pas. Il remercia le père et le salua avant de se rendre chez Trefflé Trudel. Celui-ci le regarda d'abord avec surprise puis l'embrassa en lui disant :

— Comme t'as changé ! T'es un homme fait maintenant. Je me colleterais pas avec toé.

Les enfants l'entourèrent comme s'il arrivait d'une contrée fabuleuse et madame Trudel l'embrassa à son tour, vantant sa bonne mine et l'invitant à coucher chez eux.

— Ça tombe à pic, dit Trudel. J'vais chez Bélanger demain. Il sera content de te voir.

On arriva chez les Bélanger vers la fin de l'après-midi. Le fleuve était luisant comme s'il allait pleuvoir. Le soleil avait déjà glissé derrière la montagne, mais une espèce de clarté dorée baignait toute chose de sa douceur. Devant la maison, de grandes fleurs jaunes, rouges et mauves poussaient leurs bouquets jusqu'au bas des fenêtres et un arbuste ployait, chargé de petites prunes violacées.

— Ah bien, mon p'tit Loup qui est revenu ! Un peu plus et je te reconnaissais pas. Ce que tu t'es remplumé !

Elle le serra affectueusement et l'embrassa sur les deux joues. François et le fils Charles l'embrassèrent aussi, semblant un peu intimidés.

— Hei, tu parles d'une surprise !

C'était le père rentrant de la grange.

— Pis tu nous as pas oubliés ! En tous cas on est contents de te voir.

Les enfants firent cercle autour de lui. Marie-Laure, qui était presque aussi grande que lui maintenant, le regardait de ses yeux verts, étrangement pénétrants. Lahontan se sentit rougir et madame Bélanger, qui avait peut-être deviné son trouble, dit :

— Bon, les enfants, laissez-le respirer. Il va sûrement rester avec nous quelques jours.

Secrètement, elle souhaitait quelque chose comme un miracle pour qu'il passe un autre hiver avec eux. Mais le miracle ne se produisit pas, même si l'on festoya pendant trois jours et qu'on courut les bois et les champs. Lahontan, comme ses hôtes, avait du mal à dormir tellement il était surexcité. Le samedi matin, il fallut bien partir. François attela la Grise dont le poulain vigoureux avait un beau poil noir luisant. On s'embrassa un peu triste et Lahontan ne put s'empêcher de trembler, une boule dans la gorge, quand les yeux verts de Marie-Laure allèrent chercher en lui une douleur et une joie indicibles.

François était plus bavard maintenant. Il racontait les chasses dans la forêt et disait son envie de devenir coureur de bois comme son oncle Marcel. Il fut content d'entendre le récit de la descente des rapides, car il était possédé du même appétit d'aventure que Gilbert. Ils se séparèrent à Québec, sans beaucoup de gestes ni de paroles, pensant que leurs routes se recroiseraient un jour. Lahontan coucha à nouveau chez Trefflé Trudel qui lui remit une lettre de sa mère :

Lahontan, ce 26 juillet 1684

Ce petit mot, très cher fils, pour te demander de m'écrire un peu, car, n'ayant pas de nouvelles de toi, je me demande parfois si tu n'es pas allé rejoindre ton pauvre père. Rassure-moi, cher fils, et dis-moi que tu es bien vivant. Je t'embrasse avec tout mon amour.

Ta mère aimante

Lahontan s'empressa de lui répondre, se reprochant de ne pas penser à elle souvent :

Québec, 29 octobre

Ma très chère mère,

Vous vous plaignez de n'avoir pas de nouvelles de moi depuis longtemps. Je suis surpris que vous n'ayez pas reçu la longue lettre où je vous faisais le récit de notre campagne désastreuse contre les Iroquois. Sans même nous être battus, nous avons été ridiculisés comme des enfants prétentieux et maladroits. Outre que la maladie s'est mise furieusement chez nous, notre gouverneur a conduit cette affaire en novice, préférant se fier à des intrigants plutôt qu'aux hommes expérimentés de la colonie.

Je ne saurais vous en raconter davantage, chère mère, puisque l'hiver se déroulera sans doute sans histoire et que nous passerons vraisemblablement l'été en paix, Monsieur La Barre craignant de s'engager à nouveau dans le bourbier iroquois. Au reste, ces barbares ne nous ont donné ces derniers mois aucun sujet de mécontentement, si ce n'est qu'ils préfèrent trafiquer avec les Anglais de la Nouvelle York qui leur prennent leurs fourrures à meilleur prix que nous.

Ne craignez pas, chère mère, pour ma santé ni ma sécurité. Une Providence aimante veille sur moi. Je pense passer en France à la fin de l'été prochain. Embrassez Jeanne et Marie-Françoise pour moi.

Votre fils affectueux

Sa lettre écrite, il monta sur un bateau qui partait pour Montréal.

Lahontan s'entendait bien avec Pierre Mallet, mais le travail monotone lui laissait peu de loisirs. Voyant que sa vie sédentaire pesait au jeune homme, Mallet lui suggérait parfois d'aller s'amuser avec les autres soldats, mais Lahontan ne les appréciait guère. Ils étaient tapageurs, souvent ivrognes, et passaient leurs soirées à jouer aux cartes. Il préférait donc se retirer dans un coin pour lire. Mallet respectait son silence et s'arrangeait pour ne pas faire de bruit.

Un jour qu'on rangeait sur les tablettes, le curé Guyotte entra, furetant ici et là avant de saluer.

— Bonjour, curé, lui dit Mallet. J'espère que vous cherchez pas de traces du diable chez moi ?

— Non, non, mon brave Pierre, je suis seulement venu acheter un peu de sucre... Mais qui est ce jeune homme que je ne connais pas ?

— Je m'appelle Lahontan et je suis soldat.

— Ah bon, ah bon, c'est bien ça !

L'homme déplut souverainement à Lahontan, avec sa grosse figure suiffeuse et son regard par en dessous.

—Tiens, tiens, tiens, Pierre, votre engagé est un lecteur de livres... J'espère que ce sont de bons livres au moins... Montaigne, Montaigne, ouais, passons. Ce ne sont pas les meilleures lectures pour un jeune homme qui fréquente les sauvages et les gens de guerre.

Soudain, il leva les bras au ciel en criant :

— Ah ! ça, par exemple, un livre aussi infâme ! Vous, mon bon Pierre Mallet, vous laissez entrer cela chez vous !

Se précipitant comme un fou furieux sur le livre, le prêtre en déchira les pages avec une rage incompréhensible. Lahontan voulut s'élancer sur lui pour lui arracher tous les poils de la barbe, mais Mallet le retint.

— Curé, vous exagérez, dit-il au prêtre.

L'empoignant fermement par l'épaule, il l'amena vers la porte et le salua :

— Bon, vous reviendrez quand vous serez calmé.

Ramassant son livre en lambeaux, Lahontan en voulait à Mallet de l'avoir empêché de donner une correction à cet intrus qui avait abîmé *Le Satiricon* de Petrone auquel il tenait plus qu'à la prunelle de ses yeux :

— Pourquoi m'avez-vous empêché de le frapper ? Il n'avait pas le droit de détruire mon livre. Quel pays où l'on va chez les gens pour tout casser !

Mallet lui expliqua que, s'il voulait exercer sa profession, il ne pouvait entrer en guerre ouverte avec le curé de Notre-Dame. Quelques années plus tôt, son ami Pierre Lenoir, l'un des plus importants marchands de Montréal, avait été sorti de l'église *manu militari* à la suite d'un différend avec Guyotte. Son commerce en avait beaucoup souffert. Tout le monde se plaignait du curé, qui exigeait à tout bout de champ un billet de confession, fulminait du haut de la chaire contre la danse et les parures des femmes à qui il refusait parfois l'absolution. À la Mardi gras, il courait les rues pour arracher les masques des fêtards. Tout le monde se plaignait, mais personne n'osait l'affronter ouvertement. Lahontan pensa qu'il aimerait bien le rencontrer un soir de fête pour lui donner devant tout le monde une furieuse bastonnade. Il ne comprenait pas comment les ecclésiastiques avaient réussi à établir une autorité aussi tyrannique dans un pays qui favorisait tant la liberté. Sa colère passée, il se dit que la liberté n'était pas donnée d'avance et que, pour en jouir, il fallait parfois en payer un prix élevé.

Le 25 novembre 1684, il se rendit chez le notaire Claude Mauge pour y faire son testament. Il léguait tout son maigre avoir à sa mère, excepté une petite somme d'argent qu'il souhaitait partager entre Charles Bélanger, Pierre Mallet, l'église et l'hôpital de Montréal. En relisant avant de signer, le jeune homme sentit monter en lui une sorte de tristesse inexplicable, comme si ce premier acte officiel lui faisait quitter définitivement le monde du rêve pour celui de la bataille pour la vie dont il ne savait pas ce qu'elle lui apporterait.

Pressentant son malaise et voyant qu'il se mortifiait à la tâche, Mallet conduisit Lahontan au sud de Montréal, là où un groupe d'Algonquins roulaient les écorces de leurs tentes avant de partir. Mallet présenta Lahontan à Akané, qui parlait français.

— Si t'es prêt à marcher pis à tirer du fusil, viens avec nous. La chasse va être bonne.

Les autres sauvages le regardèrent à peine — certains le saluèrent d'un petit signe de tête —, tellement ils étaient habitués à partir à la chasse avec des Français. Après avoir avironné presque toute une journée, les sauvages dressèrent leurs cabanes sur le bord d'un marais et construisirent de petites huttes de feuillage sur l'eau. Prenant ensuite des peaux d'outardes séchées remplies de foin, ils les fixèrent par les pieds avec deux clous sur un bout de planche légère, qu'ils laissèrent flotter autour des huttes où ils se cachèrent, après avoir attaché leurs canots. Quand les outardes vivantes vinrent se poser en piaillant près des oiseaux empaillés, les sauvages les abattirent à la volée, puis se jetèrent dans leurs canots pour aller les ramasser.

Le lendemain matin, on alla à l'autre bout du lac pour chasser le wapiti. Les sauvages expliquèrent au jeune homme qu'on prendrait les bêtes dans une espèce de parc triangulaire entouré d'arbres abattus les uns sur les autres et entrelacés de broussailles, au bout duquel on avait aménagé un carré de pieux à l'entrée assez étroite. S'éloignant par des sentiers bourbeux sinuant parmi des marécages, on fit un demi-cercle avant de lancer les chiens sur un troupeau de wapitis. Affolés par les aboiements des chiens et les cris des sauvages, les bêtes couraient en tous sens puis s'arrêtaient brusquement, craignant de s'enfoncer dans la boue d'où elles n'auraient pu se tirer. Ne trouvant pas de passage, elles se précipitèrent dans le parc par l'ouverture du carré de pieux. On prit trente-cinq bêtes, mais on ne tua pas les femelles parce qu'elles étaient pleines. On écorcha et dépeça quelques wapitis qu'on mit à rôtir immédiatement en même temps qu'on préparait d'autres feux pour faire boucaner ce qu'on ne mangerait pas aujourd'hui. Lahontan apprécia la langue et la moelle qu'il mangeait pour la première fois.

On se remit en marche, car les sauvages cherchaient des ours nichés dans les arbres creux. Ils donnèrent quelques coups de hache au pied des troncs et les animaux, sortant de leur cachette, étaient aussitôt criblés de coups de fusil. Lahontan trouva leur chair exquise et les sauvages soutenaient que les pieds contenaient la viande la plus délicate qu'on pût manger.

Parfois, les sauvages passaient des jours entiers à flâner autour des cabanes d'écorce pour parler, rire et fumer leur pipe jusqu'à la nuit. D'autres fois, comme s'ils étaient pris de frénésie, ils se séparaient en deux groupes pour jouer à la crosse. Ils prenaient des espèces de raquettes, plus petites que celles dont on se servait pour marcher dans la neige et dont la partie tressée de babiche formait une poche ouverte avec laquelle ils attrapaient une balle de cuir remplie de poils d'animaux. Courant comme des déchaînés après cette balle, les joueurs de chaque équipe essayaient de la lancer derrière les buts de la partie adverse. Les Indiens jouaient des heures à ce jeu et, quand il ne faisait pas trop froid, ils se roulaient ensuite presque nus dans la neige puis se séchaient près du feu. Ils prétendaient que l'activité intense du corps, tout en le gardant délié pour les opérations militaires, chassait de l'organisme les infimes particules qui l'auraient autrement empoisonné.

Lahontan aima d'abord le jeu de crosse qui lui permettait d'échapper aux interminables palabres indiennes. Mais avec le temps il y participa moins souvent, n'aimant guère les corps-à-corps qu'il provoquait. Il préférait la compagnie d'Akané qui trouvait toujours à s'occuper. Parfois il prenait un bout de tronc bien sain, le creusait à la hache puis y mettait des pierres rougies au feu pour creuser davantage le bois. Prenant alors un silex, il grattait le bois charbonné et remettait une pierre rougie, recommençant l'opération jusqu'à ce que le bois eût la forme d'une casserole. Il expliqua alors qu'avant l'arrivée des Français, ou quand ils se trouvaient dans le bois sans chaudron de cuivre, les sauvages s'en fabriquaient en écorce de bouleau ou en bois. Ils le remplissaient aux deux tiers d'eau et de viande puis y mettaient des pierres chauffées à blanc jusqu'à ce que la cuisson fût terminée. Un autre jour, il partait avec Lahontan chasser quelque oiseau d'hiver ou pêcher sous la glace. C'est lors d'une de ces promenades que le jeune homme apprit à fumer l'âcre tabac des sauvages qui déclenchait en lui de longues rêveries quand il s'y fut habitué. Il s'étouffa souvent au début, pour la plus grande joie de son compagnon, mais finit par aimer fumer, croyant presque ce que lui disait Akané : « Le tabac fait penser. »

Un jour, un peu fatigué par la promiscuité et les cris des sauvages, il s'éloigna du groupe pour aller s'asseoir sous un arbre à la lisière de la forêt. Toute la journée, on avait couru le gibier ; toute la journée, on avait tendu des pièges et débusqué. Moins fébrile maintenant qu'il s'était éloigné de ses compagnons, Lahontan déposa son fusil sur la terre moussue et s'étira les bras, longuement, en bâillant. Il aimait ces fins d'après-midi quand le soleil oblique, filtré par le feuillage, caresse doucement la peau. Toute chose alors baignait dans une espèce de douceur immatérielle, comme si le temps s'était arrêté. Avait-il jamais été aussi heureux ? Il respira profondément, puis sentit couler dans ses veines une longue bouffée de bien-être. Il repensa aux douces collines de Lahontan, au gave de Pau dont les eaux roulent à peine, s'attendant qu'une vague nostalgie le reprît. Rien ne vint. Le poignet sur la joue, il entendait battre son pouls et savourait la vie qui chantait dans tout son corps, comme autrefois les chatons de Marie-Françoise, boules de bien-être ronronnant sur la véranda du château.

Mais soudain, un bruit derrière la talle de sapins à droite le fit tressaillir. Un animal ? Un Iroquois embusqué ? Depuis quelques semaines, ils avaient commencé à rôder du côté de

Trois-Rivières, où Charles Martin en avait vu sortir un de son étable au petit matin, une poule sous le bras. Martin n'avait pas eu le temps de saisir son mousquet que déjà le rôdeur avait disparu derrière les broussailles. Lahontan tendit à nouveau l'oreille. Rien. Peut-être avait-il rêvé, car il lui arrivait, maintenant qu'il se sentait bien au Canada, de perdre conscience de la réalité extérieure au point de se demander s'il avait vraiment entendu ou rêvé un son de voix, un bruissement derrière une porte. Mais là, plus de doute possible, il a bien entendu un bruit venant du fourré à droite. Son cœur bat si fort qu'il fige sur place, incapable de prendre à la main le pistolet qu'il glisse chaque jour à sa ceinture. Il se voit, étendu dans le fourré, une flèche au cœur, une fleur rouge sur la chemise. Quelques secondes. Une éternité. À nouveau, quelque chose du côté du fourré. Son regard enfin lui obéit. Ce n'est pas un Iroquois tapi, prêt à fondre sur lui, mais une gélinotte des bois, cet oiseau stupide qui se laisse tuer à coups de bâton sans s'enfuir.

Ramassant son fusil, il rejoignit les autres qui voulaient retourner à Montréal avant de regagner leur territoire de chasse.

Le 30 mars, les glaces du fleuve se détachèrent pour descendre vers le golfe. On demanda à Lahontan de rejoindre un petit détachement de soldats, à quelque six lieues au sud-est de Montréal, au fort de Chambly, où les habitants étaient exposés au harcèlement des Iroquois. Comme Chambly se trouvait lié au lac Champlain et qu'au sud de celui-ci divers cours d'eau menaient à Nouvelle York, il s'y faisait un grand trafic illicite que personne n'arrivait à empêcher. D'autant moins que le gouverneur lui-même, si l'on en croyait la rumeur, y trouvait son profit.

Lahontan s'y ennuya moins qu'il ne le craignit d'abord parce que le fort et la région constituaient un carrefour où passait beaucoup de monde : des sauvages de diverses nations, des Français et des Canadiens. Le plus difficile pour lui était de s'isoler pour retrouver ses livres ou consigner ses observations sur l'Amérique. À défaut de lire, il parlait avec tout le monde, surtout les coureurs de bois qui ne l'évitaient pas comme certains officiers et soldats français, mais avaient plaisir à lui raconter leurs exploits. Ils voyaient bien que le jeune homme prenait avec un grain de sel leurs récits de trafiquants et d'explorateurs que rien ne faisait trembler. Mais son sourire ironique ne masquait pas le respect et l'admiration qu'exprimait son visage. Il les voyait aussi à l'aise avec les Indiens qu'avec les officiers français qu'ils rembarraient quand ils leur rebattaient les oreilles avec l'art militaire et la discipline. Malgré une certaine timidité, le jeune homme discutait avec eux, leur posait des questions et même les interrompait parfois (« Là, tu exagères ! »). Ils ne s'en formalisaient pas, car ils sentaient qu'il deviendrait bientôt, d'une certaine façon, l'un des leurs.

À la mi-mai, son détachement retourna à Montréal d'où il pouvait partir à tout moment pour contrer une attaque surprise des Iroquois ou pour mener une opération défensive au sud de la ville d'où venait habituellement le danger. Avec le premier bateau lui arriva une lettre de sa mère :

Pau, 24 avril 1685

Très cher fils,

Ma lettre t'apprendra une bien triste nouvelle. Le château de Lahontan a été vendu par adjudication à Charles de Casamajour, le 5 décembre. Si je n'ai pu empêcher cette action judiciaire injuste, je compte me pourvoir en cassation auprès de la Chambre des enquêtes du Parlement de Paris. J'ai de bons appuis là-bas, dans la personne des cousins Bragelonne. J'espère que cette mauvaise nouvelle ne t'attristera pas trop.

Comment vas-tu, cher fils ? Ici, les nouvelles du Canada sont rares et j'ai souvent peur qu'il te soit arrivé un malheur. Je suis heureuse du contentement que t'apporte la vie là-bas, mais quand tu me parles de ces courses en forêt sur des embarcations plus fragiles que des bateaux de papier, je tremble qu'un jour on ne m'annonce que tu es mort comme un chien sur un rivage rocheux, ou qu'un de ces terribles Iroquois ne t'attrape et te fasse subir les pires traitements.

Marie-Françoise s'est amourachée d'un bel officier. Elle l'a épousé le mois dernier et ils sont allés s'installer à Carcassonne. Qu'ont donc mes enfants pour être attirés ainsi par tout ce qui sent la guerre ? Quant à la petite, Jeanne-Françoise, elle apprend vite et m'aide déjà pour la maison. Ce sera une belle jeune fille, intelligente, débrouillarde et le cœur bien placé. Elle a grande hâte que tu reviennes.

Prends bien soin de toi, mon grand, et que Dieu te protège !

Ta mère aimante qui t'embrasse

Lahontan fut submergé d'une tristesse sans fond. Tout ce qui lui restait de son enfance, le château et la terre dont il avait pris le nom, était déjà passés en des mains étrangères. Il n'arrivait pas à croire que les efforts de sa mère pussent aboutir : trop de gens de chicane avaient intérêt à les ruiner complètement. Il multiplia les démarches pour rentrer en France régler ses histoires de famille. Mais au lieu de la permission souhaitée, il reçut de Versailles la confirmation de sa montée en grade. Il était maintenant capitaine réformé, ce qui signifiait qu'il pouvait avoir des hommes sous son commandement. Cette promotion l'eût touché davantage si elle lui eût donné plus de liberté. Mais il n'en était rien.

Il passa l'été à courir de côté et d'autre avec son détachement. Dès septembre, il suivit une trentaine de sauvages qui allaient chasser dans les parages du lac Champlain.

Chapitre 12

AKÉA

UN SOIR QU'IL AVAIT COURU LE WAPITI TOUTE LA JOURNÉE, Lahontan alla s'étendre sous un arbre, fatigué du bruit et des cris de ses compagnons. Une jeune Algonquine se coula contre lui, glissant la main sous sa chemise. Il tressaillit, paralysé, le cœur battant. Il sentait son souffle chaud dans son cou et son corps souple coller ses cuisses, son ventre, sa poitrine. D'une main, elle fit glisser son brayer sur ses jambes et s'étendit nue sur lui en le faisant rouler de côté. Il la pénétra, suffocant, mais eut plutôt l'impression qu'elle le pénétrait jusqu'à la moelle. Elle lui mit une main sur la nuque et l'autre sur les yeux, puis, quand il se fut calmé, s'éloigna doucement, sans bruit. Quelque chose en son corps jubilait, criait de joie, mais il sentait aussi comme un malaise ténu, logé sous le plexus solaire. Il se leva, regagna sa tente et se coucha. Le lendemain, sur un sentier pierreux, il rencontra la fille de la veille, qui le regarda dans les yeux :

— Tu as bien dormi ? Moi, j'ai bien dormi. Le Dieu des Français a veillé sur moi, et moi je suis ailleurs. Poursuis ton chemin sans te détourner.

Était-ce une manière de lui dire qu'elle voulait le revoir ou au contraire de lui signifier qu'il ne l'intéressait plus ? Il y pensa tout le jour, sans sortir de son incertitude. Il se trouva bien nigaud de n'avoir jamais imaginé qu'il rencontrerait une fille sauvage, après avoir entendu toutes les allusions des jésuites et les récits des coureurs de bois qui se vantaient d'avoir laissé chez les Indiens plus de demi-Français qu'on pouvait compter d'étoiles dans le ciel. Le soir venu, il retourna sous son arbre mais la fille ne vint pas. Le lendemain non plus. Il décida de l'oublier, mais, au moment où il allait se coucher, la fille lui fit signe de le suivre à légère distance. Quand ils eurent gagné le premier bouquet d'arbres, elle lui dit :

— Je m'appelle Akéa. Mon père veut que je me marie avec un officier français, et moi aussi. Mais chez mon peuple, on ne se marie jamais sans connaître celui qu'on veut épouser. L'homme doit d'abord entrer dans la tente avec une bougie allumée et s'approcher sur la pointe des pieds. Si l'homme lui plaît, elle souffle la bougie et il s'étend à côté d'elle. S'il ne lui agrée pas, elle cache sa tête sous la couverture et il s'en va. Quand elle a soufflé la bougie, elle reçoit le soupirant dix nuits de suite pour voir s'ils peuvent s'accorder. Tu viendras donc chaque soir dans la cabane vide que je te montrerai et nous dormirons ensemble pendant dix jours. Si nous nous entendons, je dirai à mon père que je veux bien me marier.

Akéa l'entraîna plus loin et se coucha contre lui. Sans avoir pleinement conscience de ses gestes, il enleva son brayer, la tourna sur le ventre, souleva la fourrure qui lui servait de robe et la pénétra lentement, profondément. Ils dormirent une partie de la nuit l'un contre l'autre. Quand il s'éveilla le matin, Akéa n'était plus là. À son arrivée au campement français, son camarade Boyer s'exclama :

— Dis donc, Lahontan, t'es ben fripé ! As-tu couru les sauvagesses toute la nuit ?

Il aurait voulu le frapper mais se retint, de peur d'avoir l'air stupide. Toute la journée, il pensa moins à Akéa qu'à cet ébranlement de tout son être qu'elle avait provoqué et il se demanda si elle voulait vraiment l'épouser.

À l'heure fixée, il se rendit chez Akéa avec une bougie et une couverture de peau d'orignal. Il s'assit au pied du lit où elle était couchée, la regarda fixement dans les yeux :

— Akéa, princesse de ces bois, tu es belle et ton amour m'émeut au plus haut point, mais je ne peux pas t'épouser.

Il caressa sa joue du revers de la main, déposa la bougie près d'elle, cacha sa figure sous la peau et sortit, les larmes aux yeux, bouleversé comme il ne l'avait jamais été.

Deux jours après il rencontra Akéa qui lui demanda en le fixant dans les yeux :

— As-tu bien dormi ? Moi, j'ai très mal dormi. Un Français que j'aimais a refusé mon amour.

Elle détourna légèrement la tête et continua son chemin sans se retourner. Il revint au campement, prit son canot et rama sans relâche jusqu'au soir. La nuit il vit en rêve une longue fille brune, les cheveux matachiés de poils rouges de porc-épic, s'avancer à pied sur le fleuve, les mains ouvertes, puis disparaître dans les rapides. Il se réveilla trempé de sueur et ne se rendormit qu'au matin d'un sommeil agité. Il se leva, mangea sans appétit et essaya de lire. Il n'arrivait pas à se concentrer sur ce qu'il lisait et les mots sautaient sous ses yeux. Il pendit sa hachette à sa ceinture, prit son fusil et partit en direction du bois. Il marchait moins qu'il ne cherchait à activer son corps pour retrouver son assiette. Il visa une gélinotte et la rata. Son attention n'arrivait pas à se fixer, car quelque chose bougeait au fond de lui, comme une légère irritation, un point de souffrance indéfinissable. Il reconnut la fine douleur imprécise qui l'avait saisi au plexus après son premier soir avec Akéa. Marchant sans voir où il allait, il s'arrêta soudain, figé par une image nette et fulgurante : les yeux verts de Marie-Laure Bélanger le perçaient de leur incandescence.

Il s'assit pour reprendre ses esprits, mais un flot de réflexions le submergea comme s'il n'arrivait pas à ordonner le foisonnement de ses pensées. Marie-Laure était-elle donc la douleur qui le lancinait parce qu'il avait possédé une fille sauvage ? Qu'avait-il échangé avec Marie-Laure, sinon un regard d'orphelin attristé ? Quel pacte avait-il lié avec elle dans le secret de son inconscience pour se sentir malade comme s'il l'avait trompée ? N'avait-il pas inventé tout ce qu'il voyait dans ce regard ? Et Akéa, la fille indienne, n'était-elle pas tout simplement une autre porte d'entrée sur l'Amérique, une manière d'ouvrir un chemin sur l'inconnu ? Il se leva et décida de regagner sa tente, dût-il encore passer une nuit sans sommeil.

Heureusement, un ordre du gouverneur l'enjoignant de retourner au fort Chambly avec son détachement vint bientôt le sortir de sa torpeur. Il s'agissait de patrouiller les environs du fort pour permettre aux habitants de faire leur récolte sans crainte de raids iroquois. L'hiver venu, il regagna Montréal et passa de longs mois à lire Horace, Anacréon, Lucien, Montaigne, s'échappant de temps à autre pour aller à la chasse avec quelques sauvages. Il retourna à Québec saluer les Trudel et rendre des livres aux jésuites. Il ne poursuivit pas jusqu'à Château-Richer, pressentant l'excès de peine qu'il aurait.

Chapitre 13

LE DÉSASTRE DE GANNARO

LAHONTAN AVAIT ESPÉRÉ ÊTRE LIBRE JUSQU'À L'ÉTÉ, mais, au printemps 1687, il dut se rendre à Québec où l'intendant Champigny levait des milices chez les habitants de la colonie pour une opération d'envergure contre les Iroquois tsonnontouans. Denonville, le nouveau gouverneur, avait décidé de frapper un grand coup. Lahontan se rendit donc à Québec d'où Champigny partit le 3 mai pour l'île aux Oies, l'île d'Orléans et la côte de Beaupré. Les Bélanger, tout heureux de le revoir, étaient intimidés par la présence de l'intendant. Même la mère ne savait quelle contenance adopter. Elle embrassa le jeune homme en lui demandant s'il allait bien, car elle le voyait confus et embarrassé. Quand le regard de Marie-Laure se posa sur lui, il détourna le sien, incapable de faire un pas vers la jeune fille pour l'embrasser. On se sépara dans la gêne, Champigny ne percevant rien de ce qui se passait.

On revint heureusement vers Québec où on devait lever un contingent de miliciens, de sauvages et de coureurs de bois. Partout on sentait la même désapprobation silencieuse pour une opération militaire dont on prévoyait déjà l'échec. On ne comprenait pas pourquoi il fallait aller provoquer les Iroquois, alors qu'on vivait en paix avec eux depuis que La Barre s'était cassé les dents à l'anse à la Famine. On grognait contre Mgr de Laval, contre ses vicaires généraux Bernières et Ango, contre les jésuites surtout qui parlaient d'une guerre sainte à mener contre les Iroquois qui gênaient l'expansion missionnaire chez les différents peuples indiens de l'Amérique. Pour calmer la population et pour que la colonie ne restât pas sans défense ni moissonneurs, on ne rassembla que mille six cents hommes de milice pour aller chez les Iroquois. Lahontan fut soulagé de voir que ni François ni Charles Bélanger ne se trouvaient parmi les miliciens.

À la mi-juin, avec une vingtaine d'hommes, il accompagna Champigny jusqu'au fort Niagara, précédant de quelques semaines les milices et les troupes régulières. Quand l'intendant eut examiné l'état des lieux et surveillé le renforcement de la partie sud-est du fort, il retourna à Québec pour vaquer aux affaires courantes, laissant au gouverneur la suite des opérations. Il eut grand tort, car Denonville, connaissant mal la colonie et les Indiens, envoya un détachement de quarante miliciens surprendre les Iroquois des villages voisins. Les miliciens firent quatre-vingts prisonniers, dont seize guerriers qu'on fit défiler devant un groupe de soldats qui les narguaient et les insultaient au passage. On les attacha solidement à des poteaux plantés au milieu du fort. Au coucher du soleil, ils se mirent à chanter, à la manière des sauvages prisonniers, disant qu'on les trahissait, qu'on leur rendait le mal pour le bien, que pour les récompenser d'avoir ravitaillé le fort en poissons et en gibier, on les attachait à des piquets, de manière qu'ils ne pouvaient ni dormir ni se défendre des moustiques ; qu'en reconnaissance des castors qu'ils avaient procurés aux Français, on les faisait esclaves, après avoir égorgé leurs pères et leurs vieillards sous leurs yeux.

— Est-ce que ce sont ces Français, disaient-ils, dont les jésuites nous ont tant prêché la bonne foi ? Non, la mort n'est rien pour nous, si cruelle soit-elle, en comparaison de l'horreur du sang répandu de nos pères, de nos femmes et de nos enfants. Les Cinq Nations nous vengeront bien de cette action odieuse.

Plusieurs soldats riaient en entendant cette complainte, mais ils ne faisaient rien, car ils savaient qu'on ne peut empêcher un prisonnier sauvage de chanter.

Lahontan reconnut parmi eux un homme avec lequel il avait fraternisé dans le fort, durant l'été 1684. Il était blessé à la hanche. Pendant la nuit, l'entendant gémir, il s'approcha pour lui donner un peu d'eau. L'autre le remercia :

— Ami, j'apprécie ton geste. Mais je ne comprends pas la folie de tes frères qui, il y a une lune à peine, nous parlaient de paix en trafiquant avec nous et qui seraient morts de faim si nous ne leur avions pas apporté du blé d'Inde et du gibier en abondance. Est-ce là la récompense de notre humanité ?

Lahontan ne pouvait le délier pour lui permettre de s'enfuir, car il savait que les soldats se vengeraient sur les autres de sa fuite. Le lendemain midi, il ne put se contenir quand il vit quelques soldats et sauvages alliés brûler les doigts d'un prisonnier dans une pipe. Il bouscula ces énergumènes avec une telle autorité qu'ils décampèrent. Mais un jeune sauvage, qui était allé chercher son fusil, menaçait de tuer Lahontan quand un officier ramena le calme en assignant à trois jours d'arrêt dans leur tente Lahontan, deux soldats et le jeune sauvage.

Quand Denonville apprit que la présence de prisonniers dans le fort risquait de troubler les esprits, il décida d'envoyer les guerriers iroquois à Québec sous bonne escorte pour qu'ils soient transférés aux galères de France. Le père Lamberville lui conseilla plutôt de relâcher tous les prisonniers pour ne pas défier ouvertement les fiers Iroquois. Le gouverneur répondit froidement qu'il ne voyait aucune raison de ménager des ennemis qu'il venait combattre. Le jésuite insista, plaidant qu'on risquait des représailles inutiles, mais l'autre demeura sur ses positions, disant que l'insolence des Iroquois venait justement de ce qu'on avait toujours manqué de fermeté envers eux. Il fit donc partir les guerriers pour Québec et renvoya chez eux les autres prisonniers.

Par l'intermédiaire des coureurs de bois répandus dans tout le pays, le gouverneur avait ordonné de rassembler tous les Français, Canadiens et sauvages alliés qu'ils pourraient et leur avait donné rendez-vous à six lieues du grand village des Tsonnontouans, Gannaro, situé sur la rivière Genessee, au sud du lac Érié. Il partit lui-même le 4 juillet avec ses troupes, les coureurs de bois formant l'avant-garde, suivis des soldats, des miliciens et des sauvages alliés. Par une chance extraordinaire, que certains qualifiaient de miracle, tous les groupes arrivèrent le 10 juillet à Gannaro. Le gouverneur y vit le présage d'une victoire éclatante sur les Iroquois.

Dès le lendemain, on posta des sentinelles un peu partout et l'on construisit un fort de pieux pour mettre les provisions et les bagages en sûreté. Quand des soldats amenèrent à Denonville un jeune coureur de bois et deux Anglais qu'ils avaient pris avec leurs canots chargés de fourrures sur la rivière Genessee, le gouverneur ordonna de fusiller le coureur de bois et fit garder les Anglais prisonniers pour servir ultérieurement de monnaie d'échange. Plusieurs hommes en manifestèrent un grand mécontentement. Ils connaissaient le jeune homme, Lafontaine Marion, qui avait rendu de grands services lors de négociations difficiles avec les sauvages de la région. Fort de sa connaissance de trois ou quatre langues indiennes et de l'amitié dont l'honoraient plusieurs chefs, il avait demandé de pouvoir trafiquer chez les sauvages en échange de services divers, mais le gouverneur La Barre avait refusé. Marion était alors passé en Nouvelle-Angleterre, n'y voyant aucun mal, puisque les deux Couronnes n'étaient pas en guerre. Les coureurs de bois virent son exécution comme une injustice flagrante et une attaque qui les visait clairement. Ils maugréaient contre le gouverneur, car des hommes indépendants et aventureux comme Marion, jugés fortes têtes par l'administration, étaient en réalité le fer de lance de la colonie. Il fallait leur passer quelques écarts de conduite et quelques petits profits illicites. Lahontan sentait que ses compagnons voyaient juste, il était, comme eux, dévoré de rage impuissante.

Le 12 juillet, on marcha vers Gannaro. Il fallut toute la journée pour traverser un bois de haute futaie où des amoncellements rocheux couverts d'arbustes compacts rendaient la marche difficile. On dormit à la lisière du bois, après avoir posté des sentinelles du côté de la prairie qui jouxtait le grand village des Tsonnontouans. Dès l'aurore, quelques éclaireurs s'en approchèrent à une portée de pistolet, sans trouver âme qui vive. Sur le rapport qu'ils en firent, le gouverneur décida d'attaquer avec la vitesse de l'éclair : ou bien les Tsonnontouans dormaient sur leurs deux oreilles sans se méfier ou bien ils avaient fui avec précipitation et l'on pourrait rattraper quelques vieillards, femmes et enfants. Voyant le village abandonné, les troupes foncèrent au pas de course, mais furent immédiatement chargées de tous côtés par un contigent de cinq cents Iroquois déchaînés qui hurlaient en déchargeant leurs mousquets. Le désordre des forces françaises fut tel que les pelotons couraient de côté et d'autre, se tirant dessus et criant :

— À moi, soldats du 5e bataillon, rangez-vous à droite !

Après quelques salves qui laissèrent sur le carreau plusieurs hommes de Denonville, les Tsonnontouans fondirent, le tomahawk à la main, en criant toujours d'une manière horrible. Les sauvages alliés, plus vifs à la course et dans les corps-à-corps, les repoussèrent et les poursuivirent avec une telle ardeur qu'ils rapportèrent quarante chevelures à leur ceinture. Denonville avait perdu ce jour-là une centaine d'hommes, dont au moins quatre-vingts Canadiens et Français. Parmi les blessés se trouvait le père jésuite Enjalran qu'un coup de fusil avait atteint aux parties. En un autre temps, Lahontan aurait souri en pensant que, comme Origène, il avait perdu cet organe qui lui permettrait de prêcher et de confesser sans danger les belles pécheresses de Montréal.

Chapitre 14

LA RUSE DE KONDIARONK

Les sauvages alliés pressaient Denonville de poursuivre immédiatement les Tsonnontouans, mais le gouverneur leur expliqua qu'il fallait d'abord soigner les blessés et faire reposer un peu les troupes épuisées. Afin de les tranquilliser, Denonville ajouta que, dès le lendemain, on irait détruire leurs villages et leurs moissons pour les affamer. Les alliés maugréaient que les Français n'étaient pas venus faire la guerre mais se promener, que leur ardeur n'était qu'un feu de paille, que les Tsonnontouans reconstruiraient en trois jours leurs villages et qu'ils trouveraient facilement du blé d'Inde chez les autres nations iroquoises. Ils s'en retournèrent presque tous dans leurs villages, affirmant qu'ils ne se fieraient plus aux paroles des Français qui avaient juré de détruire complètement les Iroquois, mais ne conduisaient pas à terme leur action.

Parmi ces alliés, se trouvait le fameux chef des Hurons de Michillimakinac, Kondiaronk, que les Français appelaient *le Rat.* Grand et fort, habile diplomate, il maniait le français avec une facilité incroyable, laissant souvent ses interlocuteurs bouche bée. Le gouverneur ne savait comment l'aborder, car ce diable de sauvage vous prenait dans le piège de sa dialectique plus facilement que le plus habile jésuite. Aussi eut-il du mal à cacher son mécontentement quand il vit

Kondiaronk lever le bras droit à la hauteur des yeux pour prendre la parole sur un ton interrogatif :

— Ainsi donc Onontio a décidé de défier les Iroquois ?

Le gouverneur lui répondit que telle était son intention et qu'il n'écouterait aucune proposition de paix des Iroquois, mais les harcèlerait plutôt sans relâche, hiver comme été, jusqu'à ce qu'ils fussent entièrement détruits.

— J'espère, Onontio, que tes gestes suivront tes paroles, car, depuis des lunes, les Français ne nous ont pas habitués à pareille fermeté. Je te le redis aujourd'hui, jamais le peuple ouendat n'acceptera que les Français écoutent une seule proposition de paix des Iroquois qui ont détruit presque toute la génération de leurs pères.

Denonville aurait préféré éviter cet échange public et Kondiaronk le savait, qui continuait :

— Je m'en vais chez les miens, Onontio, leur apporter ta promesse formelle que jamais tu ne déposeras les armes avant que les Iroquois ne soient entièrement exterminés.

À contre-cœur, Denonville jura qu'il ne démordrait pas de son dessein et qu'il attaquerait ces barbares avec tant de vigueur qu'ils périraient ou seraient obligés de se jeter dans la mer.

— Je ne saurais trop louer ta détermination, Onontio, quand je vois plusieurs de tes compagnons encore hésitants. Auraient-ils peur des guerriers iroquois ou plutôt chercheraient-ils à sauver le commerce clandestin qu'ils font avec eux ? Sache que mes guerriers et moi nous partons aujourd'hui enlever quelques chevelures dans le premier village iroquois que nous trouverons sur notre route.

Sentant qu'il avait suffisamment engagé le gouverneur mais craignant sa faiblesse, il décida de ne pas attaquer tout de suite le village iroquois mais d'aller au fort Frontenac prendre langue avec ses amis coureurs de bois qui ne manqueraient pas de lui apprendre ce que tramaient vraiment les Français.

Dès qu'il y fut arrivé, le commandant Juchereau lui apprit que Denonville cherchait à faire la paix avec les Cinq Nations iroquoises dont il attendait les ambassadeurs avec leurs otages français et alliés :

— Le meilleur parti que toi et tes hommes pouvez prendre est de retourner à Michillimakinac.

Kondiaronk avala sa salive de dépit mais ne laissa rien paraître, assurant Juchereau qu'il repartait le jour même pour Michillimakinac. Craignant une longue discussion inutile, le commandant ne chercha pas à le retenir.

Ainsi donc, pensa Kondiaronk, les Français ont décidé, une fois de plus, de tromper leurs alliés. Et non seulement nous trompent-ils, mais encore veulent-ils notre perte. Kondiaronk savait qu'une alliance entre les Français et les Cinq Nations se ferait sur le dos des Hurons-Ouendats, car jamais les Iroquois n'accepteraient d'inclure dans un traité de paix tous les alliés des Français. Son peuple serait alors une proie facile pour son héréditaire ennemi. Au lieu de gagner Michillimakinac, il décida d'attendre les ambassadeurs iroquois à la tête des chutes Sainte-Marie où ils seraient forcés de descendre de leurs canots pour portager. Kondiaronk et ses hommes n'eurent pas de mal à prendre une quarantaine de prisonniers et à tuer sept ambassadeurs et trois guerriers. Dès que les survivants furent solidement ligotés, Kondiaronk leur apprit qu'il avait reçu ordre du gouverneur de massacrer les cinquante Iroquois qui passeraient à Saint-Marie, car ils avaient dessein de mettre à feu et à sang le village ouendat de Saint-Matthieu.

Les guerriers iroquois maudirent les Français de leur perfidie, jurant qu'ils s'en vengeraient d'une manière telle qu'ils ne l'oublieraient jamais. Jouant la plus grande surprise, Kondiaronk gesticulait et criait qu'il se vengerait aussi des Français qui s'étaient servis de lui et des siens pour la plus horrible trahison. Regardant dans les yeux un ambassadeur iroquois nommé Theganesorens, il lui dit :

— Oublie, si tu peux, le sang que nos mains ont répandu.

Puis, s'adressant à tous, il continua :

— Allez, mes frères, je vous délie et vous renvoie chez vos gens, quoique nous ayons guerre avec vous. Le gouverneur des Français m'a fait faire une action si noire que je ne m'en consolerai jamais, à moins que vos Cinq Nations n'en tirent une juste vengeance.

Trop heureux de trouver une raison de détester les Français, Theganesorens ne douta pas un instant de la sincérité du chef huron. D'autant plus que celui-ci leur donna des fusils, de la poudre et des balles pour s'en retourner dans leur pays. Kondiaronk leur demanda en contrepartie de lui céder un esclave chouanon pour remplacer le Huron tué pendant l'échauffourrée.

Ce jour même, Kondiaronk prit à part un esclave iroquois qui le servait depuis longtemps et lui dit :

— Tu es libre maintenant. Va raconter à tes frères ce que les Français ont fait à l'un des vôtres.

L'esclave retourna chez les siens qui devinrent tellement enragés contre les Français qu'ils brûlèrent l'envoyé chargé par Denonville de leur dénoncer la conduite de Kondiaronk. Dans la nuit du 4 au 5 août, ils débarquèrent, au nombre de 1200 guerriers, au bout de l'île de Montréal, à Lachine, saccageant toutes les habitations sur leur passage et tuant au moins deux cents personnes. Avant que Denonville eût vraiment pu organiser une riposte, ils repartirent vers leur pays, avec une centaine de prisonniers et quantité de fusils.

Chapitre 15

AU BOUT DU MONDE

QUAND L'ARMÉE FUT REVENUE À NIAGARA, Denonville convoqua Lahontan. Il lui expliqua qu'il l'envoyait garder le fort Saint-Joseph, situé à l'embouchure de la rivière Sainte-Claire, au sud du lac Huron. Ce poste était nécessaire au commerce de l'Ouest parce qu'on y pouvait empêcher les Iroquois de menacer les Français. Lahontan figea sur place, car cette affectation l'empêcherait pendant au moins deux ans de rentrer en France pour régler ses affaires de famille. Il se ressaisit et expliqua qu'il avait reçu son congé de Seignelay lui-même, secrétaire d'État à la Marine.

— Lahontan, tout le monde ici me vante votre hardiesse et votre débrouillardise. Vous m'êtes indispensable pour le plan que j'ai de mater les Iroquois. D'ailleurs, rassurez-vous, j'ai déjà mandé à la cour les raisons qui m'obligeaient à vous garder au Canada.

— Mais, Monseigneur, je n'ai ni l'expérience des postes éloignés en milieu hostile ni l'âge pour commander des hommes beaucoup plus vieux que moi.

— Allons, Lahontan, ne vous mésestimez pas. Je vous ai observé attentivement et les hommes vous respectent malgré votre jeune âge. Les Indiens aussi, avec qui vous avez passé des mois à chasser l'orignal et le castor. Ne parlez-vous pas aussi certaines de leurs langues ?

— Mais...

— Pas de *mais*, je vous en prie, cette responsabilité que je vous confie est en réalité une promotion. Vous n'avez pas l'air de vous en rendre compte.

Lahontan se fichait bien d'une promotion qui le condamnait à s'isoler pendant deux ans au diable vauvert, avec des hommes solides mais grossiers, à qui il n'était pas sûr d'en imposer. Encore une fois, il sentit l'absurdité de la situation : dans un pays de liberté sans bornes, il se trouvait forcé de faire tout autre chose que ce qu'il souhaitait.

Il écrivit une courte lettre à sa mère pour lui dire sa déception de ne pouvoir retourner prochainement en France :

Niagara, 15 juillet 1687

Mère chérie,

Je comptais passer en France par le dernier bateau, mais le gouverneur en a décidé autrement. Me croyant indispensable pour établir de solides avant-postes dans les régions les plus reculées, il m'envoie au bout du monde, garder le fort Saint-Joseph où je rongerai mon frein pendant deux ans. J'apprendrai d'autres langues indiennes, je réfléchirai sur la vanité des choses humaines, mais je n'aurai guère à vous raconter.

Adieu, chère mère. Ne me plaignez pas trop, car j'aurai la consolation de m'entretenir dans ces grands bois avec Montaigne, Corneille et mon fidèle Lucien. Dites à mes sœurs qu'elles m'écrivent et qu'elles me manquent.

Votre fils affectionné

Le gouverneur confia à Lahontan les meilleurs soldats et lui fit donner force livres, munitions, tabac et autres choses indispensables dans un avant-poste isolé. Lahontan se mit en route le 4 août, avec trois hommes expérimentés, Dulhut, Tonty et La Durantaye, qui retournaient à leurs postes de l'ouest, pendant que Denonville partait pour Québec en laissant au fort une centaine d'hommes. Il fallut d'abord traverser un terrain montagneux qui débouchait sur un portage étroit où quarante sauvages pouvaient prendre en embuscade des centaines d'ennemis quasi sans défense. Les hommes devinrent fort nerveux quand ils apprirent qu'un millier d'Iroquois s'approchaient d'eux. Ignorant leur dessein, Tonty et Dulhut suggérèrent d'abandonner la moitié des bagages pour avancer plus vite pendant la nuit.

L'on marcha si bien qu'aux petites heures du matin on se trouva face aux chutes du Niagara. D'où l'on était, elles semblaient avoir 300 pieds de hauteur et 800 de largeur. Deux grandes nappes d'eau, séparées par une île prête à tomber, semblait-il, formaient ces chutes où la force du courant entraînait avec fracas des arbres déracinés et des bêtes qui étaient venues boire tout près du sommet. Une cinquantaine de sauvages cabanés au pied des chutes offrirent aux voyageurs des orignaux et des wapitis qu'ils avaient rapportés dans leurs canots. Lahontan et ses hommes donnèrent aux sauvages des haches et deux fusils, puis ils firent bonne chère, en gardant un œil du côté de la forêt, car ils craignaient une attaque-surprise. Sans éterniser les politesses, ils se jetèrent dans les canots et avironnèrent sans arrêt jusqu'au lac Érié, où ils furent en sûreté, car les lourdes embarcations iroquoises, creusées dans des troncs d'orme, n'auraient jamais pu rattraper les rapides canots d'écorce. Ils côtoyèrent ensuite le lac Érié par le nord, tuant au passage quantité de dindons sauvages qui couraient sur la grève. Le 14 septembre, ils arrivèrent enfin au fort Saint-Joseph, à l'entrée du lac Huron. Dulhut, Tonty et leurs hommes se reposèrent trois jours avant de continuer leur route.

Ne sachant à quoi s'attendre pour l'hiver, Lahontan fit récolter quelques boisseaux de blé que des coureurs de bois avaient eu la sagesse de semer ; il fit aussi tuer une vingtaine de wapitis qui venaient boire dans le lac et envoya dix soldats trafiquer un grand rouleau de tabac de Brésil que lui avait donné Dulhut. Les soldats revinrent avec du blé et ramenèrent le jésuite Aveneau, qui passerait l'hiver au fort. Le missionnaire apprit à Lahontan que le truchement Turcot, accompagné de cinq coureurs de bois, arriverait dans quelques jours, quand il aurait trafiqué chez des Indiens neutres campés à une quinzaine de lieues.

En janvier, le chef huron Saentsouan passa aussi au fort et annonça qu'il allait surprendre un village iroquois situé à quarante lieues vers le sud-ouest. Lahontan tenta de le dissuader, craignant quelque conséquence funeste.

— Les guerriers hurons n'ont jamais eu peur des Iroquois, répliqua le chef qui se barbouilla la face de sa peinture de guerre et remit ses armes en état.

Lorsqu'il revint au fort deux semaines plus tard, Saentsouan ramenait dix-huit prisonniers, dont quatre femmes. Il n'avait perdu que trois hommes dans une opération qu'il se vantait d'avoir menée rondement, au milieu d'une tempête de neige. Un des prisonniers apprit à Lahontan que des centaines d'Iroquois s'approchaient du fort Saint-Joseph dans l'intention de se venger. Les prisonniers mentaient-ils pour ne pas être brûlés vifs par les Hurons ? Lahontan ne pouvait le savoir, mais, de toute évidence, des représailles étaient à craindre. Non pas que les Iroquois attaqueraient les palissades : ils tenteraient plutôt d'affamer les habitants du fort en les empêchant de sortir pour chasser et pêcher sous la glace. Les Hurons partirent au bout de quinze jours, amenant avec eux leurs prisonniers et donnant à entendre que les coureurs de bois et les soldats français craignaient les Iroquois. Ceux-ci ne paraissant pas, Lahontan pensa que les prisonniers des Hurons avaient menti.

La semaine suivante, s'étant éloigné du fort avec deux chasseurs outaouais, Lahontan entendit un bruit suspect, suivi d'un hululement lointain. Était-ce le cri d'un hibou ou d'un Iroquois dissimulé derrière un arbre ? Les trois hommes tendirent l'oreille mais n'entendirent que le vent dans les branches et le chant plaintif d'un oiseau. Soudain, les

Outaouais aperçurent des signes hiéroglyphiques étranges sur un gros bouleau :

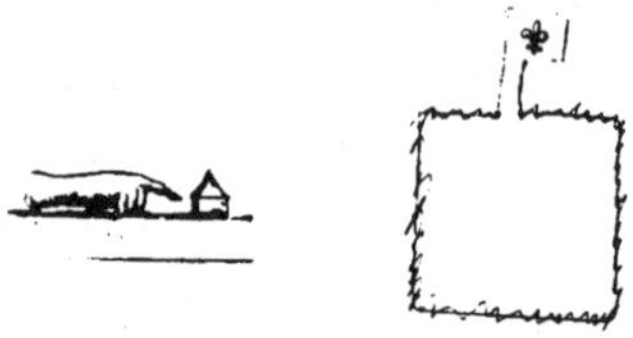

Voyant l'expression de ses compagnons, Lahontan comprit tout de suite que ses hommes et lui risquaient d'être pris en souricière au fort ou attrapés comme des wapitis dans la neige molle s'ils sortaient chasser. La maison iroquoise surmontée d'une hache signifiait manifestement que les Iroquois avaient levé la hache de guerre et qu'ils étaient au nombre de cent (représentés par les dix arcs verticaux). Plus bas, la main et la cabane voulaient dire que ces mêmes Iroquois s'étaient approchés à une journée de marche du fort français, figuré par le rectangle et le drapeau à fleur de lys. Mais n'était-ce pas plutôt un piège des Iroquois pour inciter Lahontan et ses hommes à déserter le fort Saint-Joseph ?

Au lieu de revenir au fort immédiatement, Lahontan imagina un stratagème qui obtint l'assentiment des Outaouais. L'un d'eux dessinerait, en dessous des signes déjà gravés dans l'écorce de bouleau, un message qui ferait croire aux Iroquois tapis dans la forêt environnante que quarante coureurs de bois venaient vers le fort d'un côté et cinquante soldats français d'un autre :

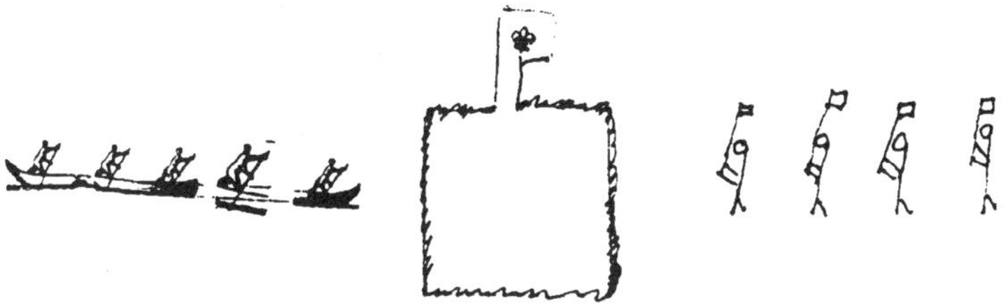

La ruse sembla parfaitement réussir, car les hommes de Lahontan purent aller chasser sans être inquiétés.

Le 1er avril, un curieux équipage arriva sous la conduite du sulpicien Jean Cavelier, frère du fameux Cavelier de La Salle qui était parti explorer l'embouchure du Mississippi : un sauvage et quelques Français, dont le neveu de Cavelier, Henri Joutel, et le missionnaire Anastase Douai. Cavelier allait à Québec prendre le premier bateau pour la France afin d'annoncer au roi de grandes découvertes. Quelques coureurs de bois, voyant la mine déconfite des voyageurs, supputaient plutôt que Cavelier de La Salle n'avait rien découvert de nouveau et qu'il était peut-être déjà mort dans une embuscade.

Quand Cavelier et ses compagnons partirent deux jours plus tard, Lahontan confia au père Douai une lettre pour le ministre de la Marine. Se disant victime de créanciers mal fondés qui voulaient profiter de son absence au Canada pour s'emparer du domaine de Lahontan, il sollicitait un congé de quelques mois pour pouvoir passer en France régler cette affaire et obliger la ville de Bayonne à lui verser les 100 000 livres qu'elle lui devait en vertu d'une entente avec son père qui s'était saigné les quatre veines pour rendre le gave de Pau navigable jusqu'à Bayonne. Lahontan chargea aussi le père Douai d'une lettre pour sa mère :

Michillimakinac, 26 mai 1688

Ma chère mère,

J'apprends à l'instant que le père Douai partira bientôt pour Québec, où il fera le nécessaire pour que cette lettre vous parvienne dès que possible.

J'ai passé le meilleur hiver qu'on puisse imaginer dans un coin perdu où le vent du nord parle plus souvent que ces hommes renfrognés sous mes ordres. Mais j'exagère un peu, car ce sont de braves gens qui respectent mon autorité et ne voudraient pour rien au monde que je me perde dans ces bois impénétrables. Ils pourrissent d'inactivité et leur seul délassement est de jouer aux cartes, de chasser la gélinotte et de se raconter des histoires de leur pays.

Pour moi, je passe mon temps à chasser, lire et essayer de les divertir. Comme il n'arrive rien ici, je reprends de temps en temps mes carnets de voyages que je remets en ordre. J'ai commencé à faire une description détaillée du Canada et des contrées avoisinantes. Chaque soir, je revois mon vocabulaire algonquin que je perfectionne avec quelques sauvages des environs. Auriez-vous cru, chère mère, que votre fils pourrait vous entretenir un jour des langues sauvages aussi savamment qu'un jésuite de Laflèche ?

Je dois vous quitter, car deux hommes me réclament pour régler un différend relatif aux tours de garde. Je vous embrasse comme je vous aime.

Votre fils affectionné

Le 28 juin, une quarantaine de jeunes Sauteux arrivèrent surexcités à Saint-Joseph. Ils apprirent à Lahontan que les Iroquois du front ouest s'agitaient de plus en plus et attaquaient les tribus alliées des Français, dans la région de Saut-Sainte-Marie. Les Sauteux, particulièrement visés, voulaient prendre l'offensive, cherchant à entraîner dans leur parti un groupe d'Outaouais qui devait arriver dans quelques jours. Le jésuite Aveneau, sans conseiller Lahontan, lui suggérait de se méfier, car les Iroquois étaient de fins politiques et de redoutables guerriers. Les coureurs de bois soutenaient qu'il fallait de toute évidence attaquer les Iroquois pour les rendre prudents. Lahontan n'eut pas vraiment à prendre une décision, tellement les Sauteux étaient survoltés. Quand le détachement d'Outaouais arriva quelques jours plus tard, Lahontan confia le fort à Juneau, son homme de confiance, qui garderait avec lui les chasseurs outaouais et douze soldats.

En deux semaines, l'expédition arriva à l'embouchure de la rivière Condé, sur la rive sud-est du lac Érié. On y construisit un fort rudimentaire avec des troncs d'arbres pour y mettre les bagages en sécurité et s'y réfugier au besoin. Le 20 juillet au matin, tous les hommes, excepté une dizaine qui garderaient la redoute, se mirent en route pour attaquer par surprise un village iroquois. Deux jours plus tard, alors qu'on avait cabané sur une petite île boisée, un Outaouais vit venir de petites embarcations que le soleil donnant à plomb sur l'eau empêchait de bien distinguer. Le chef des Sauteux asssura que c'étaient trois canots iroquois, chargés chacun d'une vingtaine de guerriers. Il suggéra à Lahontan de se poster avec les Outaouais et ses soldats au bout de l'île d'où ils sortiraient brusquement, l'arme au poing, forçant les Iroquois à pagayer vers le rivage où les Sauteux, plus agiles, les attendaient cachés dans les broussailles. La manœuvre faillit échouer parce que les Outaouais, dans leur précipitation, ouvrirent le feu trop vite, si bien que les Iroquois gagnèrent la terre plus loin que prévu. Les Sauteux les poursuivirent et les prirent presque tous, au nombre de vingt-deux ; ils en tuèrent trois dans les corps-à-corps.

Les dix-huit prisonniers oumamis et les sept femmes enceintes que les Iroquois avaient amenés avec eux manifestaient leur joie en levant les mains au ciel et en poussant de grands cris. Une femme se précipita sur Lahontan pour lui frotter les bras et danser autour de lui une main sur le ventre. Les Oumamis délivrés apprirent à Lahontan qu'un second groupe d'Iroquois, revenant par la rive du lac, amenait une trentaine d'autres prisonniers. Les Outaouais opinaient qu'on devait en rester là, alors que les Sauteux soutenaient qu'ils aimaient mieux périr que de laisser filer ces barbares avec leurs prisonniers et que, si les Outaouais et les Français étaient trop lâches pour les accompagner, ils iraient seuls. Malgré le peu d'envie qu'il avait de poursuivre, Lahontan vit bien qu'ils ne pourraient s'en tirer sans attaquer cette seconde bande d'Iroquois. Aussi s'affaira-t-il à convaincre les Outaouais qu'une infamie éternelle demeurerait sur eux s'ils s'en retournaient sans combattre et que, du reste, il valait mieux attaquer les Iroquois que d'être attaqués par eux.

Sans grand enthousiasme, les Outaouais acceptèrent et l'on se mit en frais de tendre une embuscade. Dans une confusion de cris et de mouvements désordonnés, on tua douze Iroquois, dont les Sauteux suspendirent la chevelure à leur ceinture. On délivra tous les prisonniers oumamis, qui ne s'attendaient pas à être libérés aussi vite, et l'on gagna à toute allure le détroit du lac Huron où les Iroquois ne viendraient pas attaquer. On y resta huit jours pour s'y rafraîchir et panser les blessés. On festoya et l'on fit bonne provision de cerf boucané pour se rendre au fort Saint-Joseph où l'on arriva le 24 août. Quatre-vingts Oumamis s'y trouvaient déjà, ne comprenant pas par quel miracle leurs camarades avaient été sauvés. Ils dansèrent pendant trois jours, chantant et discourant avec une éloquence qui eût fait blêmir d'envie les orateurs antiques les plus célèbres.

Au milieu de ces réjouissances, le chef des Miamis apprit à Lahontan de bien mauvaises nouvelles pour la colonie. Presque tous les hommes des forts Niagara et Frontenac étant morts du scorbut, Denonville avait décidé d'abandonner les postes de l'ouest. Au reste, le gouverneur cherchait, sinon la paix, tout au moins une trêve avec les Iroquois. Embarrassé, Lahontan tint conseil avec les chefs oumamis, sauteux et outaouais, qui lui suggérèrent de retourner avec ses hommes à Michillimakinac ; le fort Saint-Joseph n'avait plus aucune utilité après l'abandon de Niagara et de Frontenac. Lahontan se rangea à leur avis et annonça à ses hommes qu'on brûlait le fort et qu'on pliait bagage pour Michillimakinac. Même s'il n'aimait pas cette opération de repli, il la souhaitait maintenant, ne pouvant plus supporter cette fureur qui saisissait les hommes les plus calmes dès qu'ils avaient une arme à la main.

Quand tout le monde arriva à Michillimakinac le 10 septembre, un ordre du gouverneur attendait Lahontan : il devait revenir à Montréal avec ses hommes s'il le pouvait, sinon de passer l'hiver là-bas. Il lui avait aussi envoyé de quoi faire subsister son détachement jusqu'au printemps. Ne voyant pas comment, dans une saison aussi avancée, il pourrait franchir sans danger une multitude de cascades et de cours d'eau dans des canots que ses soldats ne savaient pas bien manier, Lahontan décida d'attendre au printemps, quand les coureurs de bois et les sauvages pourraient amener sans danger tout son monde à Montréal.

Le soir même de son arrivée, on lui remit une lettre de sa mère :

À Paris, ce 16 août 1687

Mon bien cher fils,

Ces procès ruineux et interminables pour empêcher la vente du château de Lahontan m'ont obligée à m'installer à Paris l'hiver dernier. Grâce aux cousins Bragelonne, j'ai loué rue Saint-Honoré, vis-à-vis du Grand Conseil, une maison dans laquelle je sous-loue deux appartements et des chambres qui me rapportent un peu. Tu me pardonneras, mais j'ai dû, pour ne pas tomber dans la gêne, ouvrir une salle de jeu clandestine où je sers des rafraîchissements et perçois un pourcentage sur tous les gains en argent. Le roi a pris des mesures sévères pour arrêter ce genre d'activités, mais, grâce aux cousins Bragelonne encore, qui sont dans les bonnes grâces du lieutenant général de police, nous ne serons pas inquiétées.

Faut-il croire que je n'avais pas assez de soucis avec toi qui cours l'Amérique ? Jeanne-Françoise, comme sa sœur aînée, s'est entichée d'un militaire. Et encore n'est-il pas français, mais mercenaire venu de Moscovie il y a une dizaine d'années. C'est un pauvre diable, balafré comme un corsaire, qui nous amène chaque soir des joueurs moins argentés que bruyants. J'ai bien peur qu'un jour les voisins ne se plaignent. En attendant, nous pouvons vivre convenablement même si certaines fins de mois sont difficiles. Heureusement que ton père avait fait préparer un contrat de mariage qui nous préserve d'un désastre total.

Et toi, comment vas-tu, cher fils ? Penses-tu quelquefois à ta mère et à ta petite sœur que tu ne reconnaîtras peut-être pas, tellement elle a changé ? J'en suis bien fière même si elle me donne parfois du tintouin. Parle-moi de ta vie, j'en craindrai moins le danger si toi-même le décris. Il y a si longtemps que je t'ai vu que tes traits se brouillent parfois dans mon souvenir.

Je prie Dieu qu'il veille sur toi et te protège comme il m'a soutenue depuis la mort de ton père. Je t'embrasse de tout mon cœur.

Ta mère qui te trouve bien loin

Lahontan s'éloigna du campement pour trouver un peu de calme. Pourquoi le sort s'acharnait-il sur lui et sur sa famille ? Pourquoi était-il toujours empêché de faire ce qu'il voulait ? Un haut-le-cœur le saisit à la pensée qu'il avait lui-même choisi cette vie militaire inhumaine et absurde. Si ses hommes ignoraient pourquoi ils allaient risquer leur vie et leur santé chez des sauvages qui ne demandaient qu'à troquer leurs peaux contre des chaudrons et des haches, lui savait que la traite des fourrures dont vivait la colonie ne pouvait se faire sans alliés ni ennemis. Pourquoi son père avait-il disparu si tôt, sans rien laisser à son fils qui pût guider sa vie ?

Chapitre 16

COURIR L'AMÉRIQUE

PLUTÔT QUE DE CROUPIR DANS L'INACTIVITÉ de Michillimakinac pendant six mois, Lahontan décida de partir en expédition exploratoire vers le sud-ouest, dans une région où les coureurs de bois les plus audacieux ne s'aventuraient guère. Connaissant maintenant les soldats qu'il avait sous ses ordres, il en choisit vingt. Non les plus remuants, dont il craignait les coups de tête, mais des hommes résistants, aimant l'aventure et fiables en toute circonstance. Au moment où il réglait les derniers préparatifs avec six bons chasseurs outaouais qui acceptaient de se joindre à lui, il vit venir Gilbert, auquel il n'avait guère pensé ces derniers temps. Il s'écarta avec lui comme s'il retrouvait un vieil ami et les deux hommes bavardèrent jusqu'à la nuit. Le lendemain matin, Gilbert lui demanda s'il pouvait l'accompagner. Lahontan réfléchit un moment, car il craignait l'impétuosité de l'homme, sa rudesse dans les rapports humains.

— Oui, je l'sais, j'sus pas trop délicat, surtout avec les hommes que je n'connais pas. Mais si j'vas avec toé, c'est toé qui commandes. J'te donnerai mon avis, mais t'auras le dernier mot.

— D'accord, on part ensemble.

La figure de Gilbert s'illumina et perdit cette expression brutale qu'elle avait à l'occasion. Lahontan savait que Gilbert

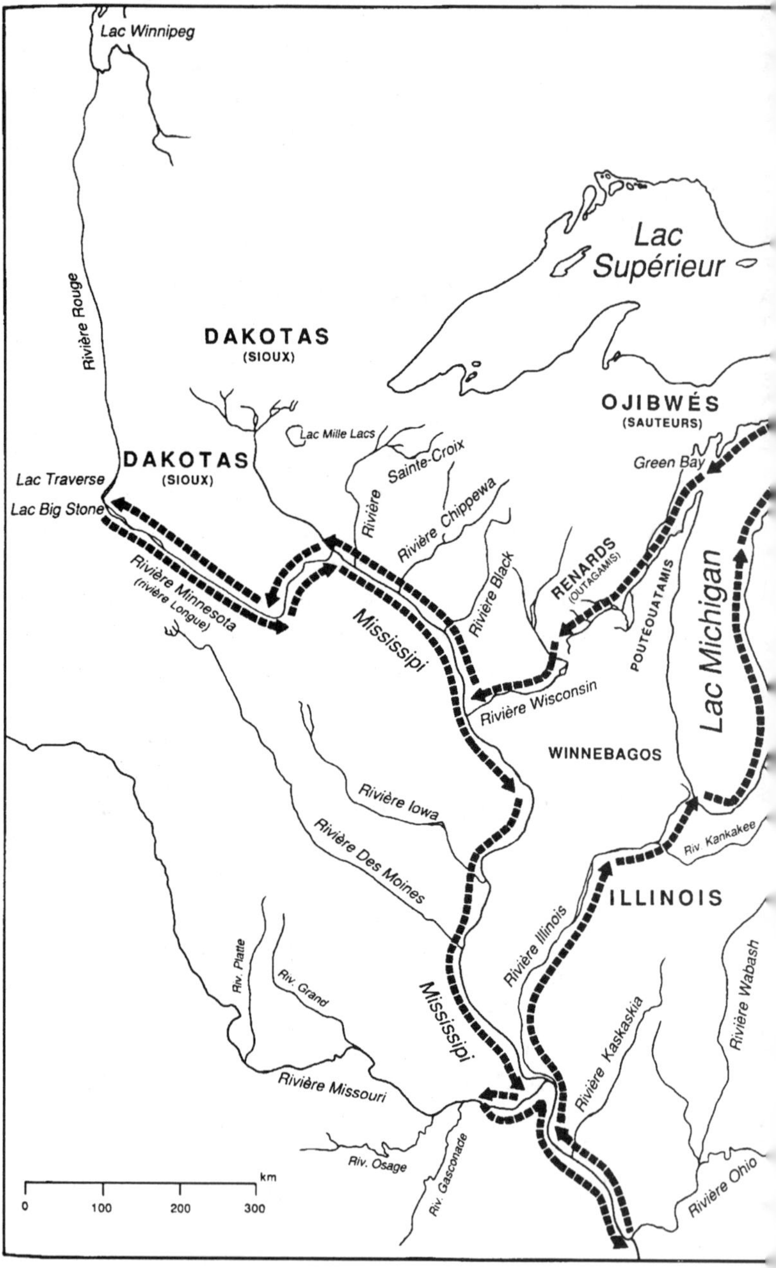

Lahontan, *Œuvres complètes*, I, Montréal, PUM, 1990.

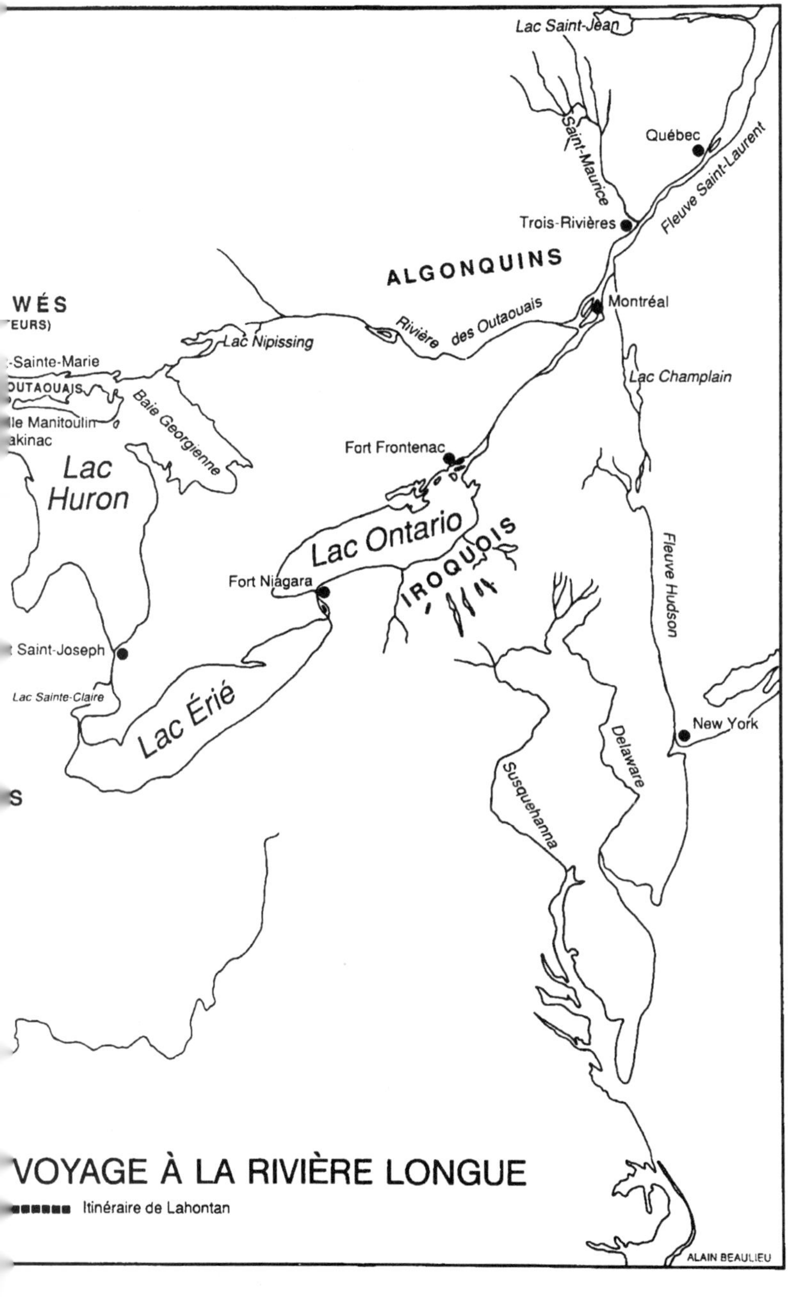
Lac Saint-Jean
Saint-Maurice
Québec
Fleuve Saint-Laurent
Trois-Rivières
ALGONQUINS
Montréal
Rivière des Outaouais
Lac Nipissing
Lac Champlain
Baie Georgienne
Fort Frontenac
Lac Huron
Lac Ontario
IROQUOIS
Fleuve Hudson
Fort Niagara
Saint-Joseph
Lac Sainte-Claire
Lac Érié
New York
Delaware
Susquehanna
VOYAGE À LA RIVIÈRE LONGUE
Itinéraire de Lahontan
ALAIN BEAULIEU

serait parfois difficile à manier, mais il savait aussi qu'il pourrait toujours compter sur lui.

Les canots, chargés de vivres, de munitions et de produits de traite, s'ébranlèrent le 24 septembre, à la faveur d'un bon vent du nord, et atteignirent la baie des Puants trois jours plus tard. Le 29, en fin d'après-midi, on arriva à la mission jésuite de Saint-François-Xavier, sur la rivière des Renards, appelée aussi Ouiconsinc. Il s'y trouvait un grand nombre de sauvages et de coureurs de bois, car une dizaine de nations indiennes y traitaient des peaux contre des hachettes, des chaudrons et des fusils. Lahontan et ses hommes étaient à peine débarqués que des guerriers sakis, potéouatamis et malominis, en témoignage d'amitié et de considération, les régalèrent de leur danse du calumet et déposèrent aux pieds de Lahontan une large corbeille de fruits inconnus en France, avec une quantité énorme de viandes boucanées servies sur des peaux de cerfs et de loups. Quand ils s'arrêtèrent pour reprendre souffle, Lahontan fit donner à ceux qui paraissaient leurs chefs quelques paquets de tabac de Brésil avec des sacs de petites perles de verre pour broder leurs capots et leurs mocassins.

Les sauvages s'assirent en demi-cercle sur leurs talons, en face des voyageurs. Lahontan, vêtu d'une veste rouge vif, se leva, fit quelques pas et dit qu'il était fort honoré de l'amitié qu'on lui témoignait. Faisant une profonde révérence, il demanda au missionnaire jésuite Janvier de traduire ses paroles, sans être sûr que l'autre rendrait bien sa pensée. Tous les sauvages se levèrent alors, puis s'inclinèrent en faisant sortir de leur gorge une modulation rauque dont on ne savait pas si c'était une longue onomatopée ou une courte chanson.

Tout le monde se rassit et trois hommes apportèrent plusieurs plats en même temps : des poissons blancs bouillis, des langues de wapiti rôties, des gélinottes accompagnées de queues de castor et un bouillon de diverses viandes. En guise de dessert, on servit une liqueur que les soldats ne connaissaient pas, mais que Lahontan reconnut tout de suite : du sirop d'érable, légèrement tourné, battu avec de l'eau. Une bouffée de nostalgie le saisit à la gorge quand il pensa aux Bélanger, mais il n'eut pas le temps de s'attendrir qu'on déposa devant lui quantité de fruits odorants et qu'on se remit à danser et à chanter jusqu'à la nuit. On festoya ainsi pendant deux jours puis la troupe de Lahontan repartit, refoulant les courants de la rivière des Puants qu'il fallait remonter. Les Puants s'appelaient ainsi parce que l'eau de la baie dans laquelle se jetait leur rivière devenait si corrompue pendant l'été qu'elle dégageait une odeur nauséabonde.

La forêt, moins dense que celles de la vallée du Saint-Laurent, était tellement giboyeuse qu'en moins d'une heure les chasseurs outaouais rapportèrent de quoi nourrir tout le monde pendant deux jours. On toucha le lac des Indiens Folles Avoines sur le soir. Le truchement expliqua à Lahontan que les coureurs de bois appelaient ainsi les Malominis parce qu'ils ramassaient une sorte de riz sauvage, la folle avoine, qui poussait en abondance sur le lac où ils avaient établi leur village. Lahontan leur donna deux brasses de tabac de Brésil contre quelques sacs de farine de folle avoine qu'ils lui offrirent dans un cérémonial de chants, de danses et de cris, comme si l'on venait de régler le sort du monde. Chaque fois que se mettait en branle semblable cérémonial, le jeune homme oubliait sa condition militaire, saisi par une sorte de vibration intérieure déclenchée par le rythme des pas sur le sol et encore accentuée par la triple exclamation gutturale qui ponctuait certains mouvements du corps. Il y avait chez les sauvages une élégance certaine dans leur manière de danser, en même temps qu'une énergie qu'ils semblaient puiser de la terre elle-même. Faute de prendre un sens, sa vie alors paraissait toute simple, comme allant de soi.

En quelques jours, les voyageurs arrivèrent chez les Outagamis, autrement appelés Renards, qui trafiquaient depuis longtemps avec les Français, mais tentaient d'empêcher ceux-ci d'étendre leur réseau de traite chez les Sioux-Dakotas du haut Mississippi. Le chef examina si longuement les voyageurs et leurs bagages que les soldats commencèrent à s'énerver. Certains murmuraient qu'il fallait déguerpir après avoir déchargé sur les Renards une bonne salve de fusil, car ce comportement bizarre n'augurait rien de bon. Pour calmer ses hommes, Lahontan les fit ranger derrière lui et tint ce discours au chef :

— Ami Renard, sache que je ne passe pas sur le territoire de ta grande nation pour aller trafiquer chez tes voisins dakotas, mais pour découvrir du pays. Tu ne trouveras dans nos hardes que ce qu'il nous faut pour faire longue route et remercier les nations qui nous témoigneront bonne amitié.

— Je sais, repartit le chef, que tu ne viens pas dans le dessein de trafiquer, mais de faire quelque grande découverte chez la multitude de peuples qui se trouvent au sud et à l'ouest. Si tu le souhaites, je te donnerai dix bons guerriers qui t'introduiront chez les Éokoros avec qui nous sommes en paix depuis vingt ans et dont ils parlent la langue. Mais avant ton départ, permets-moi de te festoyer pour te manifester l'amitié que nous avons pour les Français.

Gilbert n'en revenait pas de voir l'assurance que Lahontan, encore tout jeune homme, avait prise en quelques années et l'ascendant qu'il avait sur des gens dont il ne partageait ni la langue ni les manières.

Son discours fini, Lahontan remercia le chef et lui donna un fusil, trois livres de poudre, une hachette et un rouleau de tabac de Brésil. Les Outaouais se réjouissaient de la présence des Renards dont trois parlaient un dialecte algonquin assez proche de celui que Lahontan avait appris. En quatre jours, le courant de la rivière Ouisconsinc amena sans fatigue les voyageurs jusqu'à la Prairie-du-Chien, sur le Mississippi, bordé à cet endroit de larges prairies et de bois de haute futaie parsemés de conifères. On avança à la voile pendant dix jours sur le Mississippi, dont les eaux calmes rendaient la navigation facile. Les choses se compliquèrent quand on arriva à l'embouchure de la rivière Minnesota, aussi appelée la rivière Longue. Le chenail était encombré de joncs et de plantes aquatiques dont les tiges raides et dressées ralentissaient la marche. Les hommes dormirent le premier soir dans les canots, comme ils purent, à travers les bagages, car on ne voyait pas comment accoster sans danger. Les nuits suivantes furent plus faciles : on monta les tentes sur de petites îles protégées du vent et des bêtes sauvages. La navigation devint vite aisée, car les eaux calmes et un bon vent permettaient d'utiliser la voile, pour le plus grand contentement des soldats qui n'aimaient guère pagayer, d'autant que l'air froid leur engourdissait les doigts.

Gilbert se révéla d'une aide remarquable, sachant quand lever ou descendre les voiles, quand se remettre à pagayer. Au surplus, sans parler beaucoup, il se faisait vite comprendre et tous le respectaient, soldats aussi bien que sauvages. Malgré tout, certains jours étaient plus difficiles. Lorsqu'il avait plu longtemps et que le gel rendait les pistes de portage glissantes, les hommes maugréaient du matin au soir et ils regrettaient d'avoir suivi Lahontan dans cette expédition. Le jeune homme se félicitait alors d'avoir amené avec lui deux musiciens qui remontaient souvent le moral de ses hommes.

Il y avait Florent, le violoniste, et Bernard, un joueur de trompette. Celui-ci, d'un naturel mélancolique, jouait de son instrument comme un dieu ; mais il était perdu dès qu'il fallait monter la tente ou abattre un arbre. Florent, gourmand et sociable, appréciait la musique de Bernard, mais se méfiait de sa tristesse qui vous collait à la peau pendant des heures. Certains soirs, Bernard, perdu de mélancolie, jouait un adagio de Marin Marais tellement triste qu'il aurait fait pleurer les pierres. Quand il voyait ses hommes commencer à devenir sombres en pensant à leur pays ou à leur femme, Lahontan s'approchait de Bernard puis de Florent et leur suggérait de jouer quelque rigaudon entraînant. Les musiciens acceptaient mais, après quelques mesures, ils enchaînaient avec un allegro de Corelli qu'ils reprenaient en canon. Les épaules se redressaient et les hommes sortaient de leur songerie, comme si la musique réveillait en eux une énergie et une joie qu'ils avaient oubliées. On ne se débattait plus alors au bout du monde dans la boue et le vent glacial, la forêt n'était plus cet espace hostile où l'on risque à tout moment de se faire scalper par un groupe d'Indiens tapis derrière les arbres.

La première fois que Bernard joua, les Indiens furent sidérés. Ils portèrent la main à la bouche, comme s'ils étaient frappés d'apoplexie. Quand quelques soldats se mirent à taper du pied, deux Outaouais firent de même, puis, se prenant au jeu, se levèrent et martelèrent le sol au rythme de la musique en frappant dans leurs mains. Florent joua alors une gigue qu'il entreprit lentement et dont il accéléra le rythme à mesure qu'il sentit les hommes saisis par cette musique simple. Tous étaient debout maintenant, suant et soufflant pour suivre le rythme endiablé qui les remuait jusqu'à la moelle. Parfois, quelques Français et coureurs de bois attrapaient des Indiens par le bras et, deux à deux, ils dansaient en cercle autour des autres, puis, se retournant, ils mettaient une main sur la taille et l'autre sur l'épaule de leur partenaire et tourbillonnaient sur place comme s'ils avaient retrouvé l'atmosphère des fêtes villageoises de leur jeunesse. Lorsque le feu s'éteignait doucement et que les danseurs épuisés commençaient à perdre le pas, Florent reprenait son allegro de Corelli, qu'il jouait sur un rythme plus lent et plus léger jusqu'à ce que les hommes eussent envie d'aller se coucher.

Le 8 novembre, on rencontra un groupe de chasseurs sioux-dakotas venus planter leurs tentes dans une petite prairie à l'abri du vent. Ils étaient entièrement nus, hormis une étroite bande de cuir qui leur couvrait le sexe. La chose était d'autant plus surprenante que, malgré le soleil, l'air frais du matin engourdissait vite les mains et les pieds. Ils donnèrent aux voyageurs plus de wapitis que n'en pouvaient porter leurs canots et les invitèrent à leur village où l'on festoya et l'on échangea des cadeaux : couteaux, aiguilles, tabac, contre peaux et venaisons. Lahontan et sa bande étaient accueillis avec chaleur dans tous les villages où il s'arrêtaient pour dormir. Dans le dernier, le chef Okiré lui apprit qu'à soixante lieues se trouvait la nation Essanapé avec laquelle les Dakotas étaient en guerre depuis un temps immémorial. Il lui dit aussi que, malgré le grand désir qu'il avait de l'obliger, il ne pouvait l'accompagner là-bas puisqu'ils seraient automatiquement enveloppés dans l'inimitié des Essanapés. Il lui donna en revanche six hommes essanapés qui parlaient la langue dakota et dont Lahontan ne comprit pas s'il s'agissait d'esclaves ou d'interprètes. Des centaines de Dakotas escortèrent les voyageurs sur une dizaine de lieues, multipliant les marques d'amitié.

On navigua rondement jusqu'au premier village essanapé qu'on atteignit le 27 novembre en arborant un calumet de paix en pierre rouge, long d'un bras et décoré de plumes. Trois ou quatre cents hommes et femmes se mirent à danser, faisant signe aux voyageurs d'accoster. Quand ils s'élancèrent sur les canots, les soldats portèrent la main à leurs fusils. Ce que voyant, Lahontan fit demander aux Essanapés qui l'accompagnaient de dire à leurs compatriotes de s'éloigner un peu. Ceux-ci reculèrent et se mirent à danser à nouveau, pendant que les soldats, les Outaouais et les Renards débarquèrent. Les Essanapés, dont le nombre augmentait continuellement, se prosternaient devant Lahontan et son groupe, mettant la main au front et lançant des cris de joie. Ils les entraînèrent ensuite à leur village. Le chef s'avança, accompagné de six hommes portant l'arc et la flèche à l'épaule. Les Renards, ombrageux et querelleurs, prétendaient que les Essanapés étaient des insolents pour recevoir des étrangers les armes à la main. Un Essanapé ramené de chez les Dakotas dit que telle était leur coutume et qu'il n'y avait rien à craindre. Il tenta d'expliquer qu'on avait atteint la carrière sacrée dont aucun voyageur armé ne pouvait franchir l'entrée et d'où les Essanapés tiraient la pierre rouge dont ils fabriquaient leurs calumets. Il ajouta encore que cette pierre rouge, faisant partie de leur chair, les hommes blancs ne devaient pas en prendre, car le sang essanapé s'écoulerait par cette blessure. Sans bien comprendre les propos de l'interprète, Lahontan sentait qu'on avait franchi en quelque sorte les portes du religieux. Les Renards s'agitant de plus en plus, il fit dire au chef par l'interprète essanapé :

— Ami, je sais que jamais homme blanc ne devrait franchir en armes la porte sacrée du territoire qui mène au Grand Esprit. Considère que mes compagnons ont moins d'esprit que toi et craignent en vain vos flèches rapides. Pense que ce sont des enfants qui ne comprennent pas les choses de l'Au-Delà.

Le chef fit un signe et les six guerriers déposèrent leurs arcs et leurs flèches. Puis il invita Lahontan et ses hommes à entrer dans une grande tente, mais refusa aux Outagamis d'y pénétrer parce que leur comportement hostile leur interdisait l'accès à la cabane de la paix. Les Outagamis, faisant mine d'armer leurs fusils, dirent qu'on devrait mettre le feu au village et brûler toute cette canaille. Lahontan hésita un moment sur quel parti prendre, puis, se retournant lentement comme s'il avait l'éternité devant lui, fit dire au chef essanapé :

— Grand chef, nous reviendrons te porter nos amitiés quand les esprits surchauffés se seront calmés. Sois remercié de ton accueil.

Tout le monde s'embarqua dans les canots et pagaya rapidement jusqu'au plus grand village essanapé, installé sur le lac Traverse, au confluent des rivières Rouge et Minnesota. On reçut les voyageurs avec empressement et on les régala de faséoles et de viandes de toutes sortes.

Après les salutations d'usage, le chef confia à Lahontan, par la bouche de l'interprète, que sa nation s'appelait *Wahpetonwans,* c'est-à-dire « gens des feuilles », parce qu'ils avaient l'habitude, les jours de grandes cérémonies, de répandre des feuilles de chêne et de tremble sur les chemins du village où devaient passer les visiteurs. Au lieu de tentes légères, ils habitaient des maisons rondes comme des fours, construites de roseaux cimentés avec de la terre grasse. Voyant passer une trentaine de femmes qui couraient à toute allure, une espèce de tablier à la main, Lahontan interrogea du regard un interprète essanapé qui lui dit :

— Ces femmes vont recueillir l'âme d'un vieillard mourant pour aller la déposer dans le corps d'un bébé qui vient au monde.

Comme Lahontan s'étonnait que ce peuple crût à la métempsycose mais mangeait des animaux de toutes sortes, l'autre lui expliqua que l'âme ne passait pas des animaux aux humains.

Le chef leur dit aussi que, s'ils voulaient poursuivre leur route jusque chez les Gnascitares, il leur fournirait quatre pirogues de cinquante pieds et quelques douzaines d'hommes, car son peuple était lié d'amitié à cette nation depuis vingt générations, les aidant à se défendre d'un ennemi commun, les Mozeemleks, belliqueux et instables. Lahontan prit congé du chef qui lui donna une carte du pays dessinée par un de ses hommes sur une peau de cerf. Il promit ausssi de garder ses canots jusqu'à son retour.

Les jours suivants furent pénibles. Le froid devint si intense que l'eau prenait en glace la nuit. En outre, les grandes prairies qu'on longeait maintenant ne fournissaient rien pour faire du feu, si bien qu'on gelait jusqu'aux os et qu'on devait se contenter le plus souvent de viande boucanée et de senelles rouges restées accrochées aux arbustes. Le neuvième jour, les Essanapés et Gilbert, envoyés en éclaireurs dans un village gnascitare, revinrent avec une très mauvaise nouvelle : le chef prenait les hommes de Lahontan pour des Espagnols. Comme il n'en était pas absolument sûr, il dit aux éclaireurs essanapés qu'il festoierait avec plaisir les gens de Lahontan quand il aurait vérifié s'ils n'étaient pas des Espagnols. À cet effet, il demanda à six de ses hommes de venir examiner Gilbert des pieds à la tête pendant un quart d'heure, puis les envoya chez des peuples installés quelque quatre-vingts lieues plus au sud pour vérifier si les hommes de Lahontan étaient ou non des Espagnols. Les Renards faillirent d'abord s'étouffer de rire mais, quand ils apprirent que les coureurs reviendraient dans plusieurs jours seulement, l'arme leur démagea sous la main. Lahontan, aidé de Gilbert, parvint à les calmer, leur expliquant que les Gnascitares étaient nombreux et bien armés et qu'il ne servait à rien de tout gâcher quand on était si près du but. Les Renards se demandaient bien de quel but il s'agissait et auraient préféré décharger leurs fusils sur les Gnascitares que d'attendre plus longtemps. Excédé, Lahontan leur lança : « Suffit ! » Ils comprirent que ce jeune Français n'hésiterait pas à leur faire sauter la cervelle s'ils n'obtempéraient sur-le-champ.

Les coureurs revinrent, décrétant que les hommes de Lahontan n'étaient pas des Espagnols. Tous les Gnascitares présents se jetèrent sur eux et les accablèrent de caresses, de faséoles et de venaisons. Ils chantaient et dansaient sans discontinuer, ne s'arrêtant qu'après la nuit tombée. Le grand chef ne quittait pas Lahontan, l'interrogeant sur les Espagnols et Lahontan le maintenait dans le doute sur leur position exacte, car lui aussi voulait savoir quelque chose de ces maudits Espagnols dont tout le monde parlait. Il invita Lahontan à s'installer avec une dizaine de ses hommes dans une grande maison. Il y fit entrer plusieurs jeunes femmes pour aider ses hôtes à passer la nuit. Gilbert et quelques autres se réchauffèrent auprès de ces amazones superbes, mais Lahontan déclina l'offre, disant qu'il avait d'abord besoin de sommeil. Il lui revint en mémoire un vers de Térence qu'il avait retrouvé chez Rabelais et Lescarbot : « *Sine Cerere et Baccho, friget Venus.* » Ventre affamé n'a plus de sexe. En réalité, il n'avait perdu ni le sexe ni le goût de la femme, mais voulait garder un œil sur ses rudes compagnons.

Lahontan ne dormit pas tout de suite. Il pensa à Marie-Laure dont les yeux verts lui revinrent en mémoire. Ses longs cheveux noirs, nattés à l'indienne, coulaient sur son cou fin et soyeux qui s'épanouissait comme une fleur sur ses épaules. Il se dégageait d'elle une douceur, une force et une détermination qui le remuaient et le faisaient se demander s'il inventait la jeune fille ou s'il se souvenait d'elle. Il s'endormit enfin, avec l'image de Marie-Laure disparaissant dans les brumes du fleuve à Château-Richer.

Quand le soleil atteignit son zénith, le cacique des Essanapés vint trouver Lahontan, accompagné de quatre esclaves Mozeemleks qu'on pouvait prendre pour des Espagnols : ils avaient le teint basané, une barbe longue de deux doigts, des cheveux jusque sous les oreilles et portaient une robe de cuir qui leur couvrait les genoux.

— Ami français, je t'amène ces esclaves Mozeemleks pour qu'ils t'apprennent quelque chose des pays du couchant que tu veux connaître. Ils ne parlent pas ta langue, mais, à l'aide des truchements essanapés, ils te feront part de ce qu'ils connaissent. Sache d'abord que nous les appelons Mozeemleks, c'est-à-dire « hommes du Métal », parce que du fer se trouve dans l'île qu'ils habitent au milieu d'un grand lac de trois cents lieues de circuit. D'autres les appellent Assiniboines, ou « Sioux de la pierre », en raison des enceintes de pierres qui entourent leurs villages.

À l'aide de grands gestes, d'onomatopées bruyantes et de croquis dessinés au charbon sur des écorces de bouleau, les Mozeemleks se mirent en frais de donner de longues explications aux Essanapés qui tentaient de les traduire pour les Sauteux. De ceux-ci, qui traduisaient à leur tour en algonquin, Lahontan crut comprendre que les Mozeemleks vivaient au bord de la rivière Rouge qui se jette dans un grand lac salé, appelé Winnipeg et situé à une lune de marche du territoire essanapé. Ils habitaient des villages fortifiés et naviguaient sur le grand lac salé avec des bateaux de cent pagayeurs. Toujours en guerre avec des nations puissantes, ils n'attaquaient pas les tribus errantes qui venaient à l'occasion chasser le bison près de leur territoire. Vivant sous un gouvernement despotique, ils tissaient des étoffes, travaillaient le cuivre et avaient domestiqué de jeunes bisons dont ils mangeaient la viande et qui leur servaient pour le labourage. Les esclaves parlaient aussi de la nation Tahuglauk, c'est-à-dire « gens du Bison », mais Lahontan ne parvint pas à savoir si ce nom désignait aussi les Mozeemleks-Assiniboines ou un groupe apparenté.

Lahontan aurait aimé en savoir davantage sur ces mystérieux gens du Fer et du Bison, mais plus les esclaves parlaient et gesticulaient, plus leurs explications devenaient confuses. Il les invita à le suivre au Canada, mais ils refusèrent, préférant la servitude en pays connu à une liberté hypothétique à l'étranger.

Malgré l'envie qu'il avait de poursuivre l'exploration jusqu'au grand lac salé, Lahontan résolut de revenir sur ses pas, craignant que le froid plus vif n'emprisonnât les pirogues dans la glace. Il regagna donc le pays des Essanapés, où il arriva le 5 février après dix jours de navigation. Le chef des Wahpetonwans reçut les voyageurs avec un grand festin ; il leur remit leurs canots dont il avait fait enduire les coutures de gomme de sapin. Lahontan se hâta de descendre la rivière Minnesota jusqu'au Mississippi qu'on toucha le 2 mars. Au lieu d'obliquer à gauche sur la Ouisconsinc d'où il était venu des Grands Lacs au début de l'hiver, il continua sur le Mississippi gonflé par les crues.

Toujours attiré vers l'ouest même si le bon sens lui suggérait d'aller vers le sud où le climat était plus clément, il prit à droite sur la rivière des Missouris. Quelques soldats et sauvages, envoyés pour explorer les alentours d'une crique où l'on voulait camper, revinrent fort alarmés, les Renards-Outagamis prétendant qu'on les avait insultés. Les soldats, se méfiant toujours de la pétulance des Outagamis, dirent seulement que ceux-ci avaient échangé des paroles dans une langue qui devait être celle des Illinois. Lahontan eut du mal à calmer les Outagamis qui le pressaient de brûler le village.

— Amis Renards, méfions-nous de l'emportement si nous voulons continuer notre route et savoir ce que nous voulons.

Au lever du soleil, le chef missouri, accompagné de gens chargés de viandes boucanées, de maïs et de raisins secs, vint saluer les voyageurs en tremblant. Les Outagamis dirent à Lahontan que les Missouris refusaient de les renseigner, leur suggérant d'interroger les nations campées plus avant sur la rivière. Jouant de prudence, Lahontan rembarqua ses hommes puis cabana à l'embouchure de la rivière des Osages.

Pendant la nuit, les hommes furent réveillés par un bruit sourd et continu comme un long roulement de tambour répercuté au loin. La terre vibrait si fort que Lahontan pensa à un tremblement de terre, mais les Outagamis lui dirent qu'un troupeau de bisons allait boire à la rivière et qu'à l'aube on ferait une grande chasse. Quand il se réveilla, les Outagamis et les Outaouais revenaient sous la pluie, rapportant trois bisons. Quelqu'un cria et un Outaouais tira un coup de mousquet, mettant en fuite une bande d'Indiens qui n'avaient manifestement jamais vu ni entendu d'armes à feu. Les Outagamis se déchaînèrent alors, soutenant qu'on n'aurait jamais la paix si l'on ne brûlait quelques villages de cette racaille plus nombreuse que le sable de la rivière. Pour éviter une mutinerie et malgré sa répugnance, Lahontan accorda aux Outagamis de brûler le village pendant la nuit, mais après seulement qu'on en eût fait sortir les femmes, les vieillards et les enfants, qui, épouvantés, ne savaient où courir. Lahontan avait averti les Outagamis qu'il n'hésiterait pas à faire feu sur eux s'ils tuaient ou maltraitaient un seul vieillard ou enfant. Dès qu'il eut fini de parler, il se reprocha sa faiblesse et se dit qu'il aurait dû imposer plus tôt sa volonté aux Outagamis, qui, du reste, n'avaient guère été utiles comme interprètes. Il les savait maintenant plus vindicatifs que courageux. Il en parla à Gilbert qui lui suggéra de s'en débarrasser le plus tôt possible.

Décidé à ne plus plier devant leurs menaces, Lahontan leur imposa silence quand on rencontra un groupe d'Akansas que le grand explorateur Cavelier de La Salle avait bien connus. Ils chantèrent et dansèrent avec entrain, puis disposèrent devant Lahontan et ses hommes de belles peaux de bison peintes de couleurs vives et représentant un combat entre les fils de la lune et des guerriers à longs cheveux. Ils apportèrent aussi un crocodile du Mississippi qu'ils avaient assommé après l'avoir écorché vivant. Voyant l'étonnement des Français, les Akansas leur dirent de se méfier de ces bêtes qui pouvaient renverser un canot ou sectionner une jambe d'un coup de gueule. On festoya pendant deux jours avant de reprendre le voyage jusqu'à la rivière Ouabache, en se méfiant des crocodiles. Le temps ne permettant pas de remonter jusqu'à sa source, Lahontan décida de continuer sur le Mississippi pour prendre la rivière des Illinois le 9 avril. Il fallut dix jours pour atteindre le fort Crèvecœur, que tenait Tonty avec une trentaine de coureurs de bois.

D'origine napolitaine et cousin de l'explorateur Greysolon Dulhut, Tonty avait perdu une main contre les Espagnols en Sicile. Grâce à sa finesse diplomatique et à sa fermeté, il avait su se faire respecter de tous si bien que, quand il levait le crochet de fer qui lui servait de main droite, ses amis disaient :

— Attention quand le bras de fer s'abattra !

Lieutenant de La Salle, il réussissait sur le terrain mieux que son chef, aussi bien dans ses négociations d'alliances avec les sauvages que dans la traite des fourrures. Il accueillit Lahontan comme un ami et lui « prêta » plusieurs sauvages pour le pénible portage de douze lieues qu'il fallait faire un peu plus haut sur la rivière. Quand on arriva à Chicago, le 14, une pluie lourde et froide ralentissait considérablement la marche et faisait maugréer les hommes. Lahontan fut bien content de se débarrasser de ses encombrants Outagamis, même s'il lui en coûta quatre fusils et autant de pistolets.

Il pensait camper au bord d'un village oumami, mais on y brûlait trois Iroquois qui chantaient leur chanson de guerre au milieu des cris des femmes et des enfants rassemblés autour des prisonniers attachés à des poteaux. Horrifié par ce supplice qui pourrait durer deux jours et craignant que ses soldats, enivrés pendant la nuit avec des Oumamis, ne participent aussi à ce sinistre spectacle, il décida, malgré les grognements de quelques-uns, d'aller camper à bonne distance.

Côtoyant la rive est du lac Michigan, les hommes de Lahontan, par des sentiers boueux et malaisés, arrivèrent à Michillimakinac le 22 mai, sous un chaud soleil de printemps. On les reçut cordialement, plus intéressé à la paix que Denonville voulait conclure avec les Iroquois que par leur randonnée exploratoire qui ne rendrait personne plus riche.

Chapitre 17

LE RETOUR DE FRONTENAC

APRÈS S'ÊTRE REPOSÉ PENDANT QUELQUES JOURS, Lahontan décida de revenir à Montréal avec douze jeunes Outaouais. Greysolon Dulhut, lui-même fort téméraire, le mit en garde contre une entreprise aussi risquée :

— Vous avez de l'audace et vous êtes débrouillard, Lahontan, mais vous connaissez mal encore l'Amérique et les sauvages. Méfiez-vous, pour un bruit qu'ils entendront dans un portage, ils craindront une embuscade des Iroquois et s'enfuiront à toutes jambes, vous abandonnant là avec les canots.

Lahontan respectait Dulhut au plus haut point. Il le savait intrépide, expérimenté, entreprenant. Mais il n'en pouvait plus de se trouver jour après jour dans les bois avec des hommes qu'il aimait rencontrer à l'occasion mais non pas côtoyer quotidiennement. Il remercia Dulhut de son conseil, mais lui dit qu'il partait quand même, quitte à s'enfoncer aussi dans les bois. Dulhut sourit, se revoyant lui-même, dix-sept ans plus tôt, en train de découvrir le vaste territoire du Nouveau Monde.

— Bonne chance alors, mon bonhomme ! Si vous vous rendez à Montréal, vous irez loin.

Lahontan ne sentit guère la fatigue du voyage. Endurci moralement et physiquement, il s'était habitué à manger et à dormir à n'importe quelle heure du jour ou de la nuit, à se reposer en demeurant aux aguets. Ses compagnons, qui ne lui parlaient pas beaucoup, demeuraient pleins d'entrain.

Sur la rivière, on rencontra un convoi de quarante coureurs de bois conduits par Lemoyne de Sainte-Hélène qui allait rejoindre son frère d'Iberville à la lointaine baie d'Hudson pour reprendre des forts que les Anglais avaient enlevés aux Français. Lahontan dut alors s'avouer que, malgré son goût de l'aventure en territoire éloigné, il n'avait rien de ces Canadiens aventureux prêts à aller passer des mois dans un pays de glaces polaires pour défendre ou enlever deux ou trois forts qui servaient seulement à protéger le commerce de quelques marchands. Il en fut un peu déçu d'abord, puis se dit qu'il était né sur une terre trop méridionale pour être attiré par le Nord.

Sainte-Hélène lui apprit une nouvelle surprenante. Guillaume d'Orange était monté sur le trône d'Angleterre après en avoir chassé Jacques II qui s'était enfui en France. Cette révolution sans violence laissait prévoir une guerre longue et sanglante en Europe. Jacques II n'était pas seulement un allié de Louis XIV, il était catholique comme lui et fils d'Henriette-Marie de France. Avec Guillaume d'Orange, la fureur protestante, qu'avait provoquée en Europe la révocation de l'édit de Nantes quelques années plus tôt, se déchaînerait bien davantage contre la France. Préférant ne pas s'attrister sur ces sombres hypothèses, il reprit le chemin de Montréal.

Lahontan et ses hommes longèrent d'abord le lac Huron, du côté de la baie Georgienne. Ils avancèrent facilement et, bien à l'abri d'une attaque-surprise des Iroquois, ils montèrent chaque soir la tente sur l'une des nombreuses îles qui parsèment le littoral. La navigation devint plus difficile quand ils prirent la rivière des Français où ils durent faire de nombreux portages dans des sentiers encombrés de pierres et de broussailles avant d'atteindre le lac des Népissingues, puis la rivière Creuse, que les Indiens appellaient Mattawa. Ils descendirent alors les rapides et les forts courants qui mènent à la grande rivière des Outaouais.

Si près de Montréal, Lahontan pensait terminer un voyage sans histoire quand ils atteignirent les rapides de Lachine. Était-on épuisé d'avoir franchi plusieurs centaines de lieues en un mois ou manqua-t-on d'attention pour franchir des rapides qu'on connaissait bien, le canot dans lequel Lahontan avait pris place fut subitement saisi par un tourbillon d'eau et alla s'éventrer sur une roche en perdant toute sa cargaison de fourrures. Lahontan lui-même, pourtant habitué aux courants brutaux et imprévisibles des rivières canadiennes, eut seulement le temps de sauter dans l'eau bouillonnante quand il vit venir vers eux, plus vite qu'une flèche, un amas rocheux auquel un gros chêne était encore accroché. Il perdit conscience dans un grand fracas d'eau sur les pierres. Quand il revint à lui, au bas des rapides, le chevalier de Vaudreuil était penché sur lui.

— Eh bien, mon gars, tu l'as échappé belle. L'un de tes compagnons a eu moins de chance : on a retrouvé son corps à cent pas d'ici.

Vaudreuil l'invita chez lui pour se remettre, mais Lahontan préféra gagner l'auberge *La Grande Ourse* où il pourrait dormir enfin dans un bon lit et trouver un peu de quiétude. Il respira d'aise quand il sentit encore attaché à sa taille le sac de cuir contenant ses précieux carnets de voyages.

Le lendemain, 11 juillet, il passa chez le gouverneur Denonville pour l'informer de ses récents voyages et pour lui annoncer que Dulhut arriverait bientôt avec une grande troupe de sauvages et de coureurs de bois. Il espérait que le gouverneur l'enverrait présenter lui-même ses découvertes à Versailles.

— Jeune homme, vous avez du cran et vous savez vous débrouiller avec les gens d'ici. Vous irez loin... Quand vous vous serez remis de vos fatigues et de vos émotions, passez me voir, je veux m'entretenir avec vous d'une chose d'importance. En attendant, vous lirez ce mémoire de monsieur

Cavelier, le frère de La Salle. Le ministre Seignelay me demande mon avis. D'après ce que vous m'en avez raconté, vous connaissez bien ces pays du côté du fameux Mississippi. Revenez me voir d'ici une semaine et dites-moi ce que vous en pensez. Mais n'en parlez à personne.

Le gouverneur regarda sa montre et dit brusquement :

— Maintenant, veuillez m'excuser, je dois vous donner congé parce que l'intendant m'attend. N'oubliez pas : n'en parlez à personne !

Lahontan repassa chez Denonville quelques jours plus tard, qui ne parut pas content de le revoir.

— Écoutez, je reviendrai si vous préférez...

— Non, non, jeune homme, vous ne me dérangez pas. Mais les choses ont beaucoup changé en quelques jours. Les Iroquois ont recommencé à s'agiter du côté de Kawita et nous ne devons pas éparpiller nos forces. Repassez me voir à Québec.

Quand Lahontan arriva à Québec à la fin de septembre, tout le monde était en émoi. On venait d'apprendre que des forbans anglais avaient rasé les établissements de Plaisance et de Percé quelques mois plus tôt et que Port-Royal, mal défendu, avait été pillé sans résistance par l'amiral Phips. Seignelay, le ministre de la Marine, déçu du comportement de Denonville contre les Iroquois, le rappelait en France et le remplaçait par Frontenac qui arriverait avant l'hiver. La nouvelle était d'autant plus surprenante que Frontenac lui aussi avait été rappelé en France à la suite des plaintes conjuguées et véhémentes des jésuites, de l'évêque Saint-Vallier, de l'intendant Duchesneau et de plusieurs membres du Conseil souverain. Lahontan crut comprendre que le pouvoir des religieux en Canada était tel qu'il fallait ou bien en passer par leur volonté ou bien mener une guerre incessante sur plusieurs fronts.

Les marchands et l'ensemble des habitants semblaient voir ce retour avec plaisir, car jamais les choses n'avaient été aussi mal que depuis son départ. On ne pouvait plus s'aventurer en canot sur le Saint-Laurent ni aller travailler dans ses champs sans risquer de se faire égorger par les Iroquois que les désastreuses campagnes de Denonville avaient rendus enragés et entreprenants. Quelques membres de l'entourage de Denonville pensaient que Frontenac revenait en Canada pour renflouer sa fortune avec le commerce clandestin des fourrures, car c'était un secret de polichinelle qu'il était ruiné. Mais ils n'osèrent en parler de peur qu'une oreille indiscrète les entendît et le rapportât ensuite au nouveau gouverneur. Craignant l'ire vengeresse de celui-ci, ils se demandaient plutôt à quelle sauce ils seraient mangés.

Lorsque Frontenac mit pied à terre le 12 octobre 1689, vers les huit heures du soir, il fut reçu en grande pompe. Coups de canons et mousqueterie, feux de joie, illuminations dans les maisons, *Te Deum* chanté dans la cathédrale, grand cortège pour l'accompagner jusqu'au château Saint-Louis, rien ne manqua pour l'acclamer comme le sauveur de la patrie. Même les jésuites lui firent une harangue pathétique où plusieurs devinaient le cœur moins présent que la diplomatie. Frontenac naviguait dans ces réjouissances avec une aise et une dignité qui en imposaient. Il remercia les révérends pères avec une chaleur telle qu'ils se demandèrent s'il n'avait pas décidé de jouer la grandeur d'âme et de tirer un voile sur le passé maintenant qu'il triomphait.

Le nouveau gouverneur profita des festivités du lendemain pour présenter aux ecclésiastiques, aux membres du Conseil souverain et à la foule rassemblée quelques Iroquois survivants que Denonville avait envoyés aux galères de France en 1687. Parmi eux se trouvait un chef goyogouin de Kenté, Ourehouare, à qui il voulait rendre un hommage particulier. Il souligna le plaisir qu'il avait de les ramener au Canada, ne les considérant pas comme des prisonniers, mais comme des ambassadeurs qu'il chargeait d'aller porter aux Iroquois les propositions de paix que le roi lui avait demandé de leur présenter.

— Quant à toi, Ourehouare, chef respecté des Goyogouins, je souhaite de tout cœur te garder à Québec pour te festoyer comme tu le mérites et profiter de ta sagesse pour construire avec toi cette paix qui me tient tant à cœur avec les Cinq Nations. Que les clairons sonnent et que les tambours retentissent pour acclamer notre ami Ourehouare !

Lahontan comprit que cette bruyante fanfare, que cet hommage grandiloquent visaient surtout à faire oublier qu'Ourehouare demeurait l'otage du gouverneur qui s'en servirait comme d'une monnaie d'échange dans ses tractations avec les Cinq Nations. Il savait aussi que les Goyogouins ne constituaient pas le noyau dur de l'Iroquoisie, mais que Frontenac saisissait le casse-tête iroquois par le seul bout qu'il pouvait prendre.

Quand il apprit qu'on avait détruit le fort qui portait son nom, Frontenac eut du mal à retenir un mouvement d'humeur. Comment pouvait-on assurer l'approvisionnement en fourrures de l'Ouest si les Outaouais et les nations sauvages des pays d'en haut ne trouvaient pas, à la pointe est des Grands Lacs, un lieu de retraite assurée où ils pouvaient se mettre à l'abri des Iroquois et d'où ils pouvaient au besoin les harceler dans leurs chasses ? Il décida alors de se rendre jusqu'à Cataracoui. Sans lui rappeler qu'à 68 ans, fatigué par une longue traversée, il était sage de remettre le voyage au printemps, on lui représenta qu'on avait trop besoin de lui pour qu'il s'exposât au danger des portages et des rapides qu'il lui faudrait franchir et qu'au surplus la saison avancée risquait de geler les cours d'eau avant son retour. Il se dit touché de l'intérêt qu'on portait à sa personne, puis ajouta qu'il se rendrait tout au moins à Montréal, se réservant de juger sur place ce qu'il ferait par la suite.

Lahontan, qui avait accompagné Frontenac à Montréal, vit bien que celui-ci n'avait pas vraiment eu l'intention de se rendre à la décharge du lac Ontario avant l'hiver, mais qu'il avait voulu montrer que malgré son âge il était l'homme de la situation, prêt à tout pour que la colonie redevînt ce qu'elle était quinze ans plus tôt. Pendant son séjour à Montréal, le nouveau gouverneur s'entretint avec les principaux coureurs de bois, ecclésiastiques et officiers qu'il put rencontrer. Lahontan était l'un d'eux. Le gouverneur eut immédiatement de la sympathie pour ce jeune méridional dont la vivacité d'esprit, voire l'impertinence lui plurent. Un jour que le gouverneur avait vitupéré la « traîtrise » du Huron Kondiaronk, qui avait entraîné le massacre d'habitants français de Lachine par les Iroquois, Lahontan lui avait répondu :

— Monseigneur, à traître traître et demi.

— Je ne peux pas croire, Lahontan, que vous parlez sérieusement. Expliquez-vous.

Sans faire de détour, Lahontan lui expliqua que, dans leurs tractations avec les Iroquois, les Français oubliaient souvent l'intérêt de leurs alliés de longue date, les Sauteux et les Hurons.

— Si vous me permettez de vous dire ce que je pense, nous pouvons ruser avec nos alliés comme avec nos ennemis, mais jamais leur manquer de respect. Un vieux proverbe latin disait : *Oderint dum metuant* : « Qu'ils me haïssent pourvu qu'ils me craignent. » Je traduirais plutôt : « Qu'ils me haïssent, si je ne puis l'éviter, pourvu qu'ils me respectent. » Sans vous flatter, je vous dirai que les Iroquois vous respectent parce que vous les respectez. De même les Hurons, les Sauteux et les Outaouais.

— Vous avez raison, Lahontan, il faut respecter ses amis comme ses ennemis. J'apprécie votre franchise mais elle vous jouera de mauvais tours... Quand je serai installé à Québec, passez me voir, j'aimerais parler avec vous de l'état de la colonie. Ne me flattez jamais, je vous mépriserai.

Fier de ce rôle nouveau qu'il entrevoyait pour lui, Lahontan était quand même un peu effrayé, sa lecture de Lucien lui rappelant que la faveur des grands est passagère et que la critique de la chose publique ne leur agrée plus quand ils sont au pouvoir. Au reste, même s'il ne voulait pas y penser, il se sentait pris dans un engrenage de violences dont il ne voyait pas comment se sortir.

Lorsque Frontenac et tout son monde furent revenus à Québec et que les derniers bateaux eurent quitté le port pour la France, Lahontan vint au château Saint-Louis, se demandant s'il n'exagérait pas l'intérêt que le gouverneur lui portait. Monseignat, le secrétaire de Frontenac, qui s'apprêtait à aller rencontrer Mgr de Saint-Vallier, le fit asseoir dans l'antichambre en lui disant que le nouveau gouverneur achevait son entrevue avec l'ancien et qu'il le recevrait bientôt. Lahontan ouvrit un livre déposé sur la crédence, à côté d'une bouteille de vin et de trois verres. C'était une anthologie des pièces de Corneille :

> Allons, mon cher Polyeucte, allons aux yeux des hommes,
> Braver l'idolâtrie et montrer qui nous sommes.

Lahontan, qui n'avait jamais lu cette tragédie, comprit vite que le néophyte Polyeucte avait décidé de braver la mort en brisant les statues d'un temple païen :

> Il faut (je me souviens encor de vos paroles)
> Négliger, pour lui plaire, et femme, et bien, et rang,
> Exposer pour sa gloire et verser tout son sang.

Encore un croisé qui se croit investi du ciel pour tyranniser les humains, se dit-il en tournant les pages. S'arrêtant au hasard, il tomba sur le début du Ve acte de *Cinna* :

> Prends un siège, Cinna, prends, et sur toute chose
> Observe exactement la loi que je t'impose.
> Prête, sans me troubler, l'oreille à mes discours...

Lahontan sourit, se demandant s'il n'était pas dans la position de ce personnage assis dans l'antichambre d'un grand. Il se ravisa bientôt quand l'empereur Auguste sembla reprocher à Cinna quelque faute impardonnable de ses parents :

> Tu fus mon ennemi avant même que de naître...

Ne connaissant pas la pièce, il ne comprenait pas pourquoi Auguste se vantait (mais se vantait-il ?) d'avoir accablé son ennemi de bienfaits :

> Je t'ai préféré même à ceux dont les parents
> Ont jadis dans mon camp tenu les premiers rangs...

Des éclats de voix interrompirent sa lecture. Il s'approcha discrètement de la porte avec son livre et y prit un siège.

— Vous n'aviez pas le droit, Monsieur, de détruire ce fort sur le lac Ontario. En agissant ainsi, vous avez gaspillé l'argent du roi et vous nous empêchez de protéger nos sauvages alliés et nos coureurs de bois.

— C'est vous, Monsieur, qui avez gaspillé l'argent du roi pour une dépense qui ne favorisait que vos intérêts. Tout le monde sait que pendant votre premier mandat vous vous êtes enrichi d'un commerce illicite avec nos alliés comme avec nos ennemis.

— Le dépit vous fait perdre la raison, Monsieur, et vous fait oublier que le roi lui-même m'a demandé de faire revivre une colonie que votre incapacité a conduit à l'agonie.

— Ne triomphez pas trop vite, Monsieur. Pour l'instant vos ennemis se terrent parce qu'ils craignent votre vengeance, mais attendez qu'ils puissent s'exprimer en toute impunité...

— Vous me croyez bien petit, Monsieur, pour penser que je m'abaisserais à me venger d'un évêque qui veut imposer son autorité en cherchant à se faire prendre pour un envoyé de Dieu et de quelques jésuites qui me diffament à la cour, mais qui font en cachette le commerce des fourrures et n'ont jamais réussi à baptiser cinquante sauvages en santé. Cela dit, nous n'avons plus rien à nous dire, Monsieur. Permettez-moi de vous tirer ma révérence.

Lahontan s'empressa de rouvrir son livre et de prendre l'attitude de celui qui est perdu dans sa lecture. Un claquement de porte, un furieux bruit de talons sur les dalles de granit et la voix étrangement calme de Frontenac :

— Ah ! c'est vous, mon jeune ami. Vous avez entendu, j'imagine, le bruit de notre querelle. Tant mieux ! Ainsi saurez-vous que les choses doivent changer en Canada. Justement, deux gentilhommes canadiens, messieurs d'Iberville et Robineau, me demandent l'autorisation d'aller saccager deux villages côtiers de la Nouvelle-Angleterre pour rabattre le caquet des Anglais qui narguent la France depuis l'avènement de leur maudit Guillaume d'Orange et montrer aux Iroquois que nous nous faisons craindre de ceux qui les manipulent et leur fournissent des fusils contre nous. Qu'en pensez-vous ?

— Certes, Monseigneur, ces attaques auraient l'effet que vous dites, mais, une fois la première surprise passée, il faut craindre les représailles des Anglais et des Iroquois. Avons-nous le moyen d'y répliquer le printemps prochain, quand ils auront regroupé leurs forces ? S'il faut les attaquer par surprise pendant l'hiver, pourquoi ne pas les frapper où le coup portera davantage ?

— Vous ne pensez tout de même pas que nous devrions attaquer Albany ?

— Effectivement, monseigneur, là même où les Iroquois se ravitaillent et écoulent chez les Anglais une grande partie de leurs fourrures.

— Vous n'y allez pas de main morte. Attaquer tout de suite Albany. Je préférerais pour ma part que quelques centaines d'hommes et de sauvages se fassent la main auparavant. Les soldats sont comme les armes : ils se rouillent si on ne les utilise pas, et les nôtres n'ont pas beaucoup servi ces derniers temps. Les Anglais et les Iroquois se coaliseront pour attaquer Québec et Montréal, fort bien ! Dans la mesure où nous le prévoyons, nous saurons nous préparer en conséquence.

Lisant l'embarras sur la figure de Lahontan, il ajouta :

— Ne croyez pas, jeune homme, que votre avis a peu de poids à mes yeux. Seulement, dans ce cas-ci, je pense qu'il faut frapper vite nos ennemis pour les rendre prudents.

— Peut-être avez-vous raison, Monseigneur, et faut-il attaquer ces deux villages. Mais...

— Mais vous ne partagez pas mon avis. Ça ne fait rien. Repassez me voir, votre clairvoyance me plaît.

Chapitre 18

CLAIR-OBSCUR

Au milieu de ce brouhaha de rumeurs et de discussions sans fin entre officiers, Lahontan, d'abord enthousiaste et fébrile, sentait sa vitalité diminuer de jour en jour. S'il gardait en public le masque de la bonne humeur et de l'optimisme, il s'assombrissait dès qu'il rentrait dans sa chambre. Quelque chose le minait, comme une fatigue dont il ne connaissait pas la cause. Des officiers le taquinaient parce qu'il n'était pas marié et ne parlait pas des femmes devant eux : ils lui demandaient s'il était atteint du même mal que Monsieur, le frère de Louis XIV, dont l'homosexualité notoire faisait circuler les histoires grivoises les plus folles dans le corps de garde. Lahontan souriait, disant :

— Eh ! oui, j'ai même été son mignon avant de venir en Canada.

Ils riaient grassement puis proposaient de lui arranger quelque rendez-vous avec une femme « facile » de Québec. D'autres, plus délicats, lui présentaient à l'occasion une cousine ou une sœur qui en restaient pour leurs frais. Immanquablement, Lahontan leur débitait une théorie fumeuse qu'il prétendait avoir expérimentée chez les Algonquins et selon laquelle l'exercice vénérien répété affaiblissait le mollet et émoussait cette pointe de vivacité qui permet à un soldat de charger son fusil et de tirer le premier. Ils riaient, se demandant si Lahontan se moquait d'eux ou s'il n'avait pas une araignée dans le plafond.

Plus les jours passaient, plus Lahontan se morfondait. Une nuit, il s'éveilla tout en sueur, croyant voir Marie-Laure Bélanger assise sur son lit. Il essaya de se remémorer les bribes de son rêve. La figure de Marie-Laure, dont il ne distinguait que la forme vague et les yeux verts incandescents, était penchée sur lui. Elle ne bougeait ni ne parlait, souriant dans les ténèbres. Il eut beau se concentrer et fermer les yeux, il ne put éveiller d'autres images de son rêve. Il se leva, mit une épaisse couverture de laine sur ses épaules et sortit. La pleine lune naviguait lentement dans le ciel gris bleu, passant d'un léger nuage à l'autre. La clarté crémeuse qui baignait les maisons donnait l'impression qu'on n'était plus à Québec mais dans quelque paysage lunaire de Cyrano de Bergerac.

Lahontan n'arrivait pas à comprendre les caprices de son imagination. Au cours de ses voyages et de ses expéditions militaires, il ne pensait pas à Marie-Laure pendant des semaines, puis, soudain, son image s'imposait à lui et le poursuivait parfois des jours durant. Il sentait d'abord comme un vague malaise, une agitation intérieure sans motif palpable, puis l'image de sa figure devenait si présente qu'il en clignait des yeux et sentait une bouffée de chaleur au plexus solaire. Parfois, il la voyait dehors, à Château-Richer, prenant dans son tablier bleu remonté en forme de sac de larges poignées de grain qu'elle jetait aux poules piaillantes et aux poussins effarouchés. Le vent qui courait dans les couloirs du fleuve faisait battre contre ses yeux et ses tempes quelques mèches de cheveux ondulés qui s'étaient échappées du bandeau rose avec lequel elle les attachait souvent.

Les premières fois, il s'était dit que Marie-Laure n'était probablement qu'un beau souvenir de sa première année en Amérique. À des centaines de lieues dans les bois, après plusieurs semaines au milieu d'hommes peu expansifs, des images de douceur et de tendresse naissent facilement dans les cœurs les moins sensibles. Mais à chaque retour à Québec et à Montréal, s'il cherchait la compagnie des femmes avec lesquelles il prenait plaisir à causer, il n'était jamais épris. Seule, peut-être, Geneviève D'Amours, la fille du marchand, l'émouvait et le faisait parfois bafouiller, mais quand il ne l'avait pas vu pendant une semaine, il ne pensait plus à elle. En rentrant pour se recoucher, il décida qu'il irait passer ce Noël 1689 chez les Bélanger.

On l'accueillit comme un enfant de la famille. Tout le monde voulait lui parler en même temps. François cherchait à l'entraîner chaque jour dans le bois où il chassait la gélinotte et tendait ses collets à lièvres. Le soir, les enfants l'entouraient, lui demandant de raconter ses voyages. Bélanger et sa femme intervenaient peu, voyant la joie de tous. Marie-Laure avait changé. Était-ce sa coiffure ou sa poitrine gonflant légèrement sa robe ? Elle écoutait attentivement et l'interrogeait sur les mœurs des Indiens qui habitaient loin de Québec. Elle s'intéressait particulièrement à la médecine des sauvages et s'informait sur les plantes curatives et la manière de réparer les cassures et les foulures. À sa courte honte, Lahontan devait souvent avouer son ignorance, car il s'était jusqu'ici contenté d'observer distraitement ces choses. Une seule fois, il s'était enfermé avec des Outaouais dans une tente exiguë où l'on se mettait presque nu pour se faire transpirer autour de pierres rougies au feu sur lesquelles on versait de la neige. Il n'avait guère aimé l'expérience, ayant failli s'étouffer dans la vapeur. Un peu piteux, il promit de se renseigner sérieusement.

Lui qui aimait raconter se sentait presque gêné devant Marie-Laure qui voulait tout savoir : son sourire énigmatique et ses grands yeux l'intimidaient. Elle l'interrogeait sur le mariage des Indiens, leur manière de manger, leurs cérémonies funéraires. Un soir, quand tout le monde fut endormi, il alluma la bougie pour prendre ses carnets de voyages. Il relut les pages qu'il avait écrites sur le cérémonial précédant et suivant la mort des Indiens. Il pressentit soudain une présence près de lui quand la flamme de sa bougie fit danser des ombres sur le mur. C'était Marie-Laure qui chuchota :

— Je ne veux pas te déranger, Louis-Armand, mais je n'arrive pas à dormir. Qu'est-ce que tu fais ? Es-tu malade ?

— Non, non, je ...

— Tu lisais. Qu'est-ce que c'est ? Tes notes de voyages ?

— Oui, bredouilla-t-il.

— Me les feras-tu lire un jour ?

Il lui tendit le cahier, sans bien mesurer la portée de son geste. Elle le prit et le feuilleta, le dos appuyé contre le mur. Elle se mit à lire sans qu'aucun muscle de son visage ne bougeât :

> Quand un sauvage est mort on l'habille le plus proprement qu'on peut et les esclaves de ses parents viennent le pleurer. Ni mère, ni sœur, ni frère n'en paraissent affligés, disant qu'il est bien heureux de ne plus souffrir, car ces bonnes gens croient que la mort est un passage vers une meilleure vie. Dès que le mort est habillé, on l'assoit sur une natte de la même manière que s'il était vivant. Ses parents s'assoient autour de lui et chacun lui fait une harangue où on lui raconte tous ses exploits et ceux de ses ancêtres : « Frère, te voilà assis avec nous, tu as la même figure que nous, il ne te manque ni bras, ni tête, ni jambes. Cependant, tu cesses d'être et tu commences à t'évaporer comme la fumée de cette pipe. Qui est-ce qui nous parlait il y a deux jours ? Ce n'est pas toi, car tu nous parlerais encore. Il faut donc que ce soit ton âme qui est à présent dans le grand pays des âmes avec celles de notre nation. Ton corps que nous voyons ici sera dans six mois ce qu'il était il y a deux cents ans. Tu ne sens rien, tu ne connais rien et tu ne vois rien, parce que tu n'es rien. Cependant, par l'amitié que nous portions à ton corps lorsque l'esprit t'animait, nous te donnons des marques de la vénération due à nos frères et à nos amis. »
>
> Dès que les harangues sont finies, les parents sortent pour faire place aux parentes, qui lui font les mêmes compliments. Ensuite, on l'enferme vingt heures dans la cabane

des Morts, et pendant ce temps-là on fait des danses et des festins. Les vingt heures étant expirées, ses esclaves le portent sur leur dos jusqu'au lieu où on le met sur des piquets de dix pieds de hauteur, enseveli dans un double cercueil d'écorce, dans lequel on a eu la précaution de mettre ses armes, des pipes, du tabac et du blé d'Inde. Pendant que ces esclaves portent le cadavre, les parents et les parentes dansent en l'accompagnant, et d'autres esclaves se chargent du bagage dont les parents font présent au mort, puis ils le transportent sur son cercueil.

Les sauvages ne connaissent point de deuil et ne parlent jamais des morts en les nommant par leur nom. Ils se moquent de nous, lorsqu'ils nous entendent raconter le sort de nos parents, de nos rois et de nos généraux.

Elle s'arrêta, referma le cahier et le rendit à Lahontan. Puis, levant les yeux comme si elle regardait au loin par-delà le fleuve, elle respira longuement.

— Merci, Louis-Armand. Je vais me recoucher. Je dormirai bien maintenant. Bonne nuit !

Lahontan souffla la bougie et se recoucha aussi. Le cœur lui battait et il ne savait si cela venait de la présence de Marie-Laure près de lui, à l'autre bout de la pièce, ou de ce qu'elle lui avait dit. Il la revoyait, penchée sur le cahier, ses longs cheveux noirs encadrant son visage.

Retourné à Montréal, Lahontan apprit que le gouverneur avait décidé d'aller surprendre quelques agglomérations de la Nouvelle-Angleterre. En février 1690, trois corps expéditionnaires, composés d'Indiens de Français, de Canadiens et commandés par Nicolas de Manthet, Hertel de la Fresnière et Robineau de Portneuf, parcoururent des centaines de kilomètres sur la neige pour brûler trois villages : Corlar, à six lieues d'Albany, Casco sur la côte du Maine, et Salmon Falls, au nord de Boston. Ils jetèrent la terreur sur leur passage et ramenèrent de nombreux prisonniers à Québec.

Cherchant à imposer l'image d'une France déterminée à prendre l'initiative en Amérique du Nord, Frontenac demanda à Lahontan d'aller porter des propositions de paix aux Iroquois.

— Monseigneur, vous avez eu la bonté de me faire participer aux plaisirs de votre table et de votre conversation cet hiver, je serais bien marri de devoir m'en priver maintenant que j'y suis habitué.

— J'apprécie votre humour, Lahontan, mais seriez-vous en train de vous défiler ? Je vous croyais plus brave.

— Peut-être ne suis-je pas aussi brave que vous le croyiez, Monseigneur, mais je ne cherche pas à me défiler. Je ne vois pas comment nous pourrions espérer un accueil favorable des Iroquois pour plusieurs raisons.

— Je ne m'attends pas que les Iroquois nous accueillent à bras ouverts. Je pense seulement que la sagesse la plus élémentaire leur fera accepter quelques propositions où ils trouveront leur intérêt autant que nous.

— N'y comptez pas trop, Monseigneur, ils doivent être déchaînés contre nous. Premièrement, la guerre déclarée entre la France et l'Angleterre incitera les gouverneurs de la Nouvelle York et de la Nouvelle-Angleterre à pousser les Iroquois à s'attaquer à nous ; croyez-moi, ils ne manqueront pas de leur fournir des fusils pour se venger de nos raids contre leurs villages. En outre, ces mêmes Iroquois n'ont pas encore digéré le coup de Kondiaronk et ne l'auront pas digéré aussi longtemps qu'ils n'en auront tiré une vengeance éclatante contre nous. Aussi je crois devoir vous suggérer d'attendre que les Iroquois eux-mêmes nous tendent une perche. Comme vous le dites fort raisonnablement, leur intérêt coïncide ici avec le nôtre. Mais si vous tenez toujours à m'envoyer là-bas, j'irai volontiers.

— Non, Lahontan, je n'ai pas l'habitude de confier des missions aussi délicates à des gens qui n'y croient pas. Je demanderai donc au capitaine Pierre d'Aux de s'en charger.

Quand le capitaine d'Aux et ses quatre compagnons arrivèrent au village des Iroquois-Onontagués, ceux-ci les bastonnèrent pour les ridiculiser, puis le chef, faisant mine de désapprouver cette conduite, les invita à manger pendant que le conseil des Anciens délibéra. Il y fut décidé qu'on les enverrait à Québec avec une réponse favorable, mais qu'en route ils seraient attaqués au pied de la cascade Kawaki, par quelques Agniers qui en tueraient trois et en garderaient deux vivants pour en envoyer un à Québec et le dernier aux Anglais qui ne manqueraient pas de le faire fusiller. C'était servir aux Français la médecine qu'ils leur avaient servie par l'intermédiaire de Kondiaronk en 1687. Mais les choses tournèrent autrement, car quelques jeunes Onontagués, excités par des marchands d'Albany, devancèrent le détachement et brûlèrent sur place quatre négociateurs français, gardant comme prisonnier le capitaine d'Aux qu'on amena à Boston et que les Anglais torturèrent pour lui faire révéler l'état de la colonie française et la stratégie du nouveau gouverneur.

Chapitre 19

MARIE-LAURE

Après avoir passé quelques jours au château Saint-Louis, Lahontan demanda l'autorisation d'aller rendre visite aux Bélanger. Frontenac acquiesça facilement, car il déplorait que les troupes fussent trop éloignées des habitants, sans lesquels on ne pouvait administrer efficacement la Nouvelle-France.

Lahontan avait hâte de retrouver la famille Bélanger, mais en même temps il sentait un malaise grandissant monter en lui. Marie-Laure, Marie-Laure, pensait-il, comme tu m'as investi ! Tu as fait de moi un Bénédict shakespearien possédé jusqu'à l'âme par sa Béatrice. Il essaya de changer le cours de ses pensées en se disant que ses réminiscences littéraires prenaient le pas sur son sentiment véritable, que sans doute il avait beaucoup d'amitié pour la jeune fille, mais ne l'aimait pas d'amour. De toute manière, pris par sa vie militaire et les problèmes financiers de sa famille, il n'était pas en état d'être amoureux.

— Ah ! mon grand Loup, quel plaisir de te voir, lança madame Bélanger courant vers lui pour l'embrasser.

— T'es ben fin de penser encore à nous autres, ajouta Charles Bélanger, l'air vieilli et soucieux.

— Tu sais, j'imagine, que François passe son temps au loin maintenant. On ne le voit quasiment plus depuis qu'il est devenu coureur de bois. Et Charles travaille à Québec pour des agents du marchand Berthelot.

Marie-Laure entra, la tête ébouriffée, sans voir immédiatement Lahontan.

— Maman, la poule...

Elle s'arrêta, paralysée en voyant le jeune homme.

— Ah ! c'est toi, Lahontan, balbutia-t-elle en rougissant jusqu'à la racine des cheveux.

Lahontan, aussi embarrassé qu'elle, s'avança pour l'embrasser. Sa bouche ne tomba pas sur sa joue mais dans ses cheveux.

— Bon, mes gens, dit le père, si nous passions à table, c'est tantôt l'heure de souper. Marie-Laure, va donc chercher un p'tit blanc pour fêter ça.

La fille ne demandait pas mieux que de descendre à la cave retrouver ses esprits. Elle remonta bientôt, déposa la bouteille sur la table et Bélanger remplit le verre de Lahontan.

— Une fois dans l'année, mon gars, c'est pas de refus, hein ?

Lahontan le remercia en souriant.

— Laissez faire, maman, je vais servir. J'ai été assise toute la journée, j'ai besoin de me dégourdir les jambes.

Lahontan retrouva un peu de son calme quand on commença à manger. Il raconta de nouveau son voyage exploratoire de trois mois sur le Mississippi et la Minnesota, les étranges tribus rencontrées et le coude à coude quotidien avec soldats et sauvages. Madame Bélanger parla de la vie sur la ferme, des enfants qui étaient partis, des plus jeunes qui grandissaient vite... Sa voix, toujours aussi chaleureuse, semblait teintée d'une pointe de nostalgie, voire de tristesse à peine palpable. Quand on eut fini de manger, Bélanger, fier de lui, montra la nouvelle grange-étable qu'il avait construite en juin avec ses voisins :

— On a fait une corvée. C'était beau de voir tous les hommes valides du village qui travaillaient ensemble.

T'aurais aimé ça. J'te dis que ma Delphine pis Marie-Laure, elles savaient nourrir tout ce monde-là.

L'étable, plus grande maintenant et mieux protégée de l'hiver, permettait de garder cinq vaches, un taureau et quelques taures, en plus des moutons, des chevaux et des poules. Lahontan devina que Bélanger aussi avait gardé la nostalgie de son premier hiver. Une nostalgie négative, comme si l'irrémédiable n'ouvrait plus sur l'avenir.

Marie-Laure était déjà couchée quand on revint à la maison où l'on parla jusque tard dans la nuit. Lahontan comprit que les Bélanger avaient perçu depuis longtemps son trouble face à leur fille aînée, sans pouvoir évaluer exactement jusqu'où allait son sentiment. On se souhaita bonne nuit et le soleil déjà paresseux en cette saison les tira du lit quelques heures plus tard.

Madame Bélanger appela son mari et Marie-Laure qui étaient sortis tôt et l'on déjeuna plutôt gaiement.

— Mes grands, dit le père en s'adressant à Marie-Laure et à Lahontan, vous devriez aller chasser la gélinotte aujourd'hui.

— Tu te rappelles, mon grand Loup, que mon homme n'est toujours pas meilleur chasseur qu'il était.

Il protesta qu'il serait aussi bon chasseur que n'importe qui, mais qu'il n'aimait pas la chasse.

— Mais oui, mon Charlot, tu n'es peut-être pas le plus grand chasseur devant l'Éternel, mais tu es le meilleur homme que je connaisse, ajouta-t-elle en l'embrassant généreusement.

Marie-Laure avait cligné des yeux, puis s'était ressaisie. Tout comme Lahontan qui avait senti son cœur battre follement. Bélanger alla chercher deux fusils pendant que sa femme emplissait un havresac de provisions et que Marie-Laure était allée se changer. Quand il la vit franchir la porte, il ne put retenir un geste de surprise. Elle avait noué ses cheveux derrière sa tête et quelques mèches ondulées battaient sur ses tempes et ses yeux. Son long cou tanné par le vent et le soleil avait la couleur des feuilles mortes avant qu'elles ne perdent leurs dernières couleurs. Elle semblait plus grande et élancée dans son pantalon d'étoffe marine et sa blouse de taffetas rose, légèrement piqué de tulipes noires.

Marie-Laure prit les devants dans la côte qui montait vers la forêt. Le soleil chaud les faisait transpirer. Lahontan avait oublié le climat du pays laurentien, ces brusques retours d'été qui assaillent plus sûrement que les grandes chaleurs de juillet.

Il leva la tête. Marie-Laure montait toujours aussi rapidement, de son pas assuré, comme si elle ne sentait pas la chaleur. Son regard se fixa sur ses épaules qui dansaient, légères, sur ses hanches enserrées dans l'épais tissu sombre et ses jambes dont les muscles bombaient légèrement le pantalon. Il eut soudain envie de toucher ce qu'il voyait et d'un bond il la rattrapa. Marie-Laure, qui avait entrouvert sa blouse, s'arrêta puis retourna les épaules et la tête vers lui :

— Ça va ? Tu te retrouves dans notre bois ? Nous avons dû couper quelques érables rongés par un chancre.

— Les retiges viennent bien, répondit Lahontan embarrassé.

On reprit la marche, atteignant un plateau d'où l'on pouvait voir le fleuve jusqu'au cap Saint-Ignace. Vers l'est, les îles de Montmagny ressemblaient à de petites embarcations qui avaient jeté l'ancre pour faire le plein de soleil avant l'hiver. Sur la rive nord du fleuve, les rondeurs harmonieuses des montagnes de Charlevoix tombaient dans l'eau pailletée de taches brillantes, plus grises par endroits.

— Tu vois, Louis-Armand, je pense que je ne pourrais jamais quitter ce pays. Il fait partie de moi comme mon sang et mes os.

Lahontan n'était pas loin de penser la même chose. Il voulut dire à Marie-Laure que ce paysage lui ressemblait, beau, harmonieux et sauvage, mais les mots ne lui vinrent pas. Il s'approcha d'elle qui le regarda :

— Ah ! Louis-Armand, tu m'as manqué, si tu savais !

Ils se jetèrent ensemble l'un sur l'autre, roulèrent dans les fougères, bientôt nus sur leurs vêtements, haletants, comme hors d'eux-mêmes et en même temps soudés si fort l'un à l'autre qu'ils avaient perdu conscience de leurs membres, n'étant plus qu'une nébuleuse en fusion.

Quand ils se retrouvèrent dans leurs corps, un écureuil roux les regardait, goguenard, la joue pleine de provisions pour l'hiver. Marie-Laure respira fortement et sourit, toute tension tombée. Elle ne bougeait pas, engourdie de bien-être. Les yeux mi-fermés, elle regardait sans bien voir vers la lisière de la forêt. Les érables commençaient à rougir et les feuilles des bouleaux viraient au jaune. Un léger brouillard atténuait les formes et leur donnait des couleurs d'aquarelle. Le paysage s'anima un peu quand un carouge à épaulettes se posa sur une branche balancée par un vent léger qui venait du fleuve. Lahontan embrassa Marie-Laure sur la nuque. Elle s'étira, l'embrassa à son tour sur la tempe et lui tendit sa chemise. Elle commença à se rhabiller et dit qu'il fallait faire diligence si l'on voulait rapporter quelques gélinottes. Lahontan avait à peine fini qu'elle en abattit une à dix pas. Elle la mit dans son sac à dos et s'enfonça dans le plus épais du bois.

Lorsqu'ils en eurent abattu quatre autres, ils prirent en silence le chemin de la maison, la tête bourdonnante et confuse. Au sortir du bois, Lahontan voulut parler :

— Ah ! Marie-Laure...

Elle lui mit un doigt sur la bouche en soulevant les sourcils. Ils arrivèrent à la maison à l'heure du souper. Tout le monde mangea de bon appétit et l'on parla fort avant dans la nuit. Avant de repartir pour Québec le lendemain, Lahontan glissa dans le tablier de Marie-Laure une lettre qu'il lui avait écrite en s'éveillant :

Chère Marie-Laure,

Je repars pour Québec le cœur plein de soleil et de joie comme si toute la forêt chantait dans ma tête. Tu as ouvert en moi des jardins que je ne connaissais pas. Je t'aime, Marie-Laure, je t'aime. Je reviendrai bientôt.

Lh.

Lahontan partit pour Québec vers dix heures avec un voisin, François Gariépy. Heureusement, celui-ci n'était pas loquace, car le jeune homme n'avait nulle envie d'entrer en conversation, préférant se refermer sur cette plénitude de joie qui l'habitait.

— Mon Dieu, Lahontan, êtes-vous amoureux ?

C'était Frontenac qui le taquinait en le voyant à la fois pensif et réjoui.

— Ça tombe bien, parce que l'atmosphère commence à être sinistre ici. Je compte sur vous pour m'aider. Tous les samedis soirs je réunis à ma table de bons esprits dont le franc-parler me plaît : le chef huron Kondiaronk qui adore les joutes verbales, le jésuite Germain qui se débat comme un diable dans l'eau bénite pour l'honneur de son Ordre, le marchand bostonnais John Nelson qui est homme de distinction. Quelques autres encore. Vous serez donc en bonne compagnie.

Lahontan sourit et répondit qu'il ne se sentait guère le talent ni le goût pour devenir le bouffon de cette divertissante compagnie.

— Voyons, Lahontan, vous savez très bien que personne ici ne veut vous faire jouer les bouffons. Je sens le moral de mes gens au plus bas, avec toutes ces rumeurs d'une attaque par terre et par mer sur Québec. Autant vous le dire, je suis moi-même inquiet. Vous le savez aussi bien que moi, si Boston et Albany unissent leurs forces contre nous, nous sommes faits comme des lapins. Ils ont beaucoup plus d'hommes que nous et les défenses de Québec sont quasi inexistantes. Nous avons donc besoin de tous pour que le château Saint-Louis redevienne ce qu'il était : une petite société qui irradie son optimisme sur celle qui l'entoure. J'aurai justement une nouvelle invitée, Clara Dumais, dont l'esprit est aussi libre que les mains sont expertes à soigner les blessures les plus graves.

Lahontan ne connaissait pas Clara Dumais mais avait entendu parler d'elle par des miliciens de Québec. Elle était fille d'un officier qui passait pour avoir des dons de guérisseur. Il savait effectivement remettre en place une articulation déboîtée et préparer des pommades efficaces pour les plaies suppurantes. Des soldats prétendaient même qu'il savait guérir les chaudes pisses cordées, non pas avec de l'onguent napolitain au mercure qui coûtait cher, mais avec un remède dont il affirmait avoir seul le secret. Pendant les dernières années de sa vie, il faisait même office de chirurgien. Voyant la dextérité et l'intérêt de sa fille Clara, il lui faisait tenir le scalpel. Adolescente encore, elle était devenue domestique à l'Hôtel-Dieu de Québec, sachant s'attirer l'affection des malades et la confiance des religieuses hospitalières et du chirurgien Ménard. L'une des deux sœurs apothicaires lui confiait parfois le secret de ses remèdes et le chirurgien pouvait opérer plus facilement quand elle prenait la main du malade et qu'elle lui parlait doucement, d'une voix ferme, en le regardant intensément dans les yeux. Après son mariage, elle devint sage-femme, mais elle n'eut pas elle-même d'enfant. Pendant les grands froids de février, elle n'hésitait pas à parcourir en raquettes une vingtaine de kilomètres et on racontait même qu'elle s'était un jour débarrassée d'un Iroquois qui voulait la scalper en lui donnant un violent coup de genou dans les parties avant de l'assommer avec son propre tomahawk. En moins de dix ans, elle s'était fait une renommée qui dépassait largement les environs de Québec. Quand son mari mourut, pour son plus grand soulagement, elle engagea un neveu de Charles Bélanger pour s'occuper de la terre et des bestiaux. On disait qu'elle savait utiliser les simples aussi bien que les Indiens guérisseurs et qu'elle avait appris d'eux à chanter et à danser pour divertir les malades de leur maladie. On ajoutait encore que ses soins étaient moins chers et plus efficaces que ceux des médecins, à l'exception du docteur Sarrazin, celui-là même qui envoyait des plantes canadiennes au Muséum d'histoire naturelle de Paris. Un jour, elle avait même disséqué avec lui un siffleux.

Un matin, on la demanda chez l'habitant Blanchette de Beauport dont elle avait aidé la femme à accoucher à cinq reprises et qu'elle avait guéri de maux de dos qui l'avaient presque paralysé. Cette fois, il avait un cancer ulcéré au genou. Le chirurgien Malot, qui avait sans succès incisé l'ulcération, entreprit de faire lécher celle-ci par un crapaud dont le venin devait faire cicatriser la plaie. Après trois jours de souffrances horribles, Blanchette renvoya le chirurgien et fit venir Clara qui lui annonça une fort mauvaise nouvelle : il fallait cautériser la plaie au fer rouge pour brûler les tissus atteints. Elle ajouta que la douleur serait grandement atténuée par une décoction de plante qui le ferait dormir presque continûment pendant trois jours. Son genou guérit rapidement ; il lui resta seulement une raideur qui le faisait boitiller par temps humide. Le chirurgien Malot la menaça de poursuites, mais Blanchette et sa femme le menacèrent à leur tour pour négligence professionnelle, si bien qu'il crut préférable de ne rien faire, craignant pour sa réputation.

Même Frontenac avait recours à Clara pour atténuer les douleurs articulaires qui le saisissaient avant et après l'hiver. Il lui suggérait seulement, pour ne pas s'attirer d'ennuis, de travailler discrètement et de ne pas dénigrer les médecins, en privé comme sur la place publique.

Si Clara ne parlait jamais des médecins, elle ne se privait pas de critiquer le cours du monde. Elle en avait long à découdre contre le mariage et traitait de superstition la croyance en la Providence. Même si elle remettait en cause toute autorité, le gouverneur aimait l'avoir à sa table, car elle tenait des positions paradoxales avec une bonne humeur constante, sans jamais devenir vindicative. Elle embarrassait souvent le père Germain avec ses questions saugrenues, et même Frontenac, qui souriait alors en penchant la tête.

Chapitre 20

UNE SENTENCE HORRIBLE

LE SAMEDI SOIR VENU, une tablée bruyante était réunie au château Saint-Louis. Frontenac présidait le repas, avec sa femme à sa droite, le jésuite Germain à sa gauche, puis Clara Dumais, le marchand anglais Nelson, quelques personnes que Lahontan ne connaissait pas, et Kondiaronk à l'autre bout de la table.

Pour lancer la conversation, Frontenac, dont tout le monde savait qu'il avait un vieux compte à régler avec les jésuites et l'évêque de Québec, lança sur un ton exagérément sérieux :

— On me dit, mon Révérend Père, que monseigneur de Saint-Vallier a dû excommunier les outardes qui dévastaient les champs du séminaire au Petit Cap. Qu'en pensez-vous ?

— Vous vous moquez, Monseigneur. Vous savez bien que la divine Providence a trop de chats à fouetter en Amérique pour perdre son temps avec les outardes de Saint-Joachim. Elle est assez occupée déjà avec les offensives que vous lancez sur tous les fronts du côté de la Nouvelle York et des Grands Lacs.

Tout le monde rit, Frontenac moins que les autres, ne sachant pas si le père Germain condamnait sa politique d'intimidation des Iroquois et des Anglais ou cherchait seulement à faire rire la tablée.

— Le roi m'a envoyé ici pour mater ces gredins d'Iroquois et je le ferai avec ou sans l'aide de la Providence. Mais j'espère qu'elle sera de notre côté.

— Voilà une Providence bien occupée et surtout bien embarrassée, dit Clara Dumais qui voulait empêcher Frontenac de faire dévier la discussion vers les affaires militaires.

— Que voulez-vous dire ? demanda Nelson.

— Pardi ! répondit Kondiaronk, les Français et les Anglais se disputent continuellement pour savoir de quel côté elle penche, les Anglais affirmant qu'elle favorise leur victoire et les Français soutenant qu'elle ne saurait être l'alliée d'un peuple qui a chassé son roi catholique dont l'autorité vient de Dieu même. À moi, cette Providence ne dit rien de bon. Si mes guerriers et moi écrasons un groupe d'Iroquois, je veux qu'à nous seuls revienne le mérite de la victoire ; si nous sommes vaincus, nous sommes assez hommes pour prendre sur nous la responsabilité de la défaite.

Nelson, qui craignait qu'on l'oublie, répliqua :

— Chef Kondiaronk, vous prétendez connaître les Anglais, mais votre discours montre que vous les avez peu fréquentés. Alors que les Français font chanter le *Te Deum* dans leurs églises, nous nous contentons de tirer trois salves de canon afin de saluer notre victoire. Pour ma part, je ne crois guère, comme vous, en la Providence. Mais j'en aurais bien envie quand je vois le roi de France révoquer l'édit de Nantes et persécuter les protestants qu'il force ainsi à sortir de son pays pour aller grossir les armées anglaise et hollandaise. Notre bon roi protestant Guillaume me disait un jour que seule une Providence amoureuse du peuple anglais pouvait avoir inspiré pareille politique au roi Soleil.

Le père Germain n'aimait pas la tournure que prenait la discussion, car les jésuites avaient été de zélés défenseurs de cette politique royale ; Frontenac non plus, même s'il avait toujours jugé stupide cette persécution des protestants à qui on n'avait pas permis d'essaimer en Nouvelle-France avec leur argent, leur savoir-faire et leur habileté à commercer. Sentant naître la tension, Lahontan dit en guise de diversion :

— Comme Kondiaronk, je crois Dieu assez occupé à des besognes trop urgentes pour s'amuser à arbitrer les mesquines querelles des moucherons humains.

— Mon cher Lahontan, répartit Frontenac, vous pouvez bien regarder de haut nos mesquines querelles, comme vous dites, mais attendez d'avoir la responsabilité d'un territoire vingt fois grand comme la France et de devoir refouler ces hordes iroquoises dans leur pays. Nous verrons alors si vous jugerez encore les choses du point de vue de Sirius. J'ai un beau problème pour vous, justement — pour vous tous, mes amis. Nous avons ici trois prisonniers iroquois que je ferais brûler en public pour faire un exemple, si je m'écoutais. Que feriez-vous à ma place ?

Lahontan répondit comme si la question s'adressait à lui seul :

— Je les ferais fusiller sur-le-champ et j'enverrais leurs dépouilles dans leurs villages.

Le père Germain trouva trop rigoureuse cette sentence prononcée par un chrétien. Il suggéra plutôt qu'on les gardât en otage pour les échanger contre des prisonniers français.

— Je vous croyais moins naïf, Lahontan, vous qui avez passé six ou sept ans à vous battre contre eux. Et vous aussi, mon père, vous qui avez perdu l'index de votre main droite dans le fourneau de leurs pipes. Je me contenterais de les faire exécuter comme des criminels ordinaires ou de les enfermer en prison aux frais des habitants d'ici qu'ils assomment dans leurs champs quand ils les attrapent ou qu'ils font rôtir à petit feu pendant des jours ! Non, non, si nous les traitons comme ils traitent les nôtres, ils seront moins entreprenants et n'oseront plus s'approcher de nos villages.

Le père Germain et madame Frontenac, voyant que le gouverneur ne discutait plus mais prononçait une sentence effroyable, tentèrent en vain de le dissuader. Le père Germain, surtout, protesta de toutes ses forces, mais Frontenac mit fin au repas et annonça qu'il avait déjà fait préparer un bûcher sur le cap aux Diamants.

— La seule chose que je vous accorde, mon père, dit-il en se levant, c'est de tenter de convertir ces gredins avant de mourir puisque pour vous ce supplice n'est rien comparé à celui de l'enfer.

Rentré précipitamment au collège des jésuites, le père Germain pria Dieu et tenta de calmer son âme, mais en vain : il détestait Frontenac de toutes ses forces, qui le poussait à expliquer en une heure les grands mystères de la Foi. Il avait l'impression de les profaner en les exposant à la risée de barbares trop endurcis dans leurs coutumes pour que la grâce pût les toucher si rapidement.

Quand il vint annoncer aux prisonniers la nouvelle de leur mort et qu'il voulut leur parler de Dieu, du ciel et de l'enfer, ils lui rirent au nez répliquant qu'ils avaient le cœur trop fier pour croire au Dieu des Français et que du reste ils iraient à la mort avec empressement puisqu'ils ne pouvaient plus y échapper. Ils entonnèrent peu après leur chant funèbre :

> Onontio et les Français se trompent s'ils pensent nous intimider. Nous sommes des guerriers intrépides dont aucune torture, si cruelle soit-elle, ne saura nous arracher un cri ni ébranler notre courage. Nos frères des Cinq Nations sauront bien nous venger quand ils attraperont des Français et qu'ils leur feront subir un sort mille fois plus terrible.

Lahontan se retira en hâte dans sa chambre du château après avoir vomi dans un buisson. Il n'en revenait pas d'avoir suggéré de fusiller les prisonniers iroquois, comme si la discussion autour de la table n'avait eu aucun rapport avec la vie d'hommes réels condamnés à mort. Il voyait avec effroi qu'il avait peut-être conforté Frontenac dans sa décision. Tant de fois dans ses voyages, et malgré lui, il avait vu des sauvages brûler à petit feu leurs ennemis au milieu des clameurs et des rires des tortionnaires. Il maudissait ses compatriotes de se livrer à leur tour à cette barbarie. Il se rendait compte maintenant que le père Lejeune ne faisait pas de littérature quand il racontait par le menu les supplices indiens. Il haïssait tout le genre humain de sa cruauté, mais se voyait forcé d'admettre qu'il était en train de devenir un rouage de ces machines de guerre qui font désespérer de l'humanité. Au reste, il ne savait pas jusqu'où lui-même aurait pu aller si on l'avait torturé ou si l'on avait pris Marie-Laure, car certains sauvages, lui avait-on rapporté, suppliciaient aussi les femmes. Il chassa cette pensée insupportable et en voulut à Dieu d'avoir eu la cruauté de mettre au monde des créatures assoiffées de sang et de souffrance.

Chapitre 21

L'AMOUR À LA SAUVAGE

MALGRÉ L'ENTÊTEMENT DE FRONTENAC à faire brûler les trois prisonniers iroquois, la bonne humeur revint vite à la table du gouverneur. Son action était horrible, certes, mais il fallait montrer aux Iroquois qu'ils ne s'approcheraient plus impunément des villages français.

Trois jours après l'exécution, quand on vit Frontenac et Kondiaronk entrer en riant dans la grande salle à manger, on devina que le chef huron venait de débiter une de ses vérités sauvages qui avaient le don de réjouir le gouverneur.

— Dis-moi, Gouverneur... Permets-moi de ne pas t'appeler Onontio, car je ne m'habituerai jamais à ce titre ronflant dont se gourmaient tes prédécesseurs. Dis-moi, s'il te plaît, pourquoi t'es-tu marié si tu apprécies tellement l'amour à la huronne ?

— Ma foi, Kondiaronk, je me suis marié voilà quarante ans déjà avec une dame dont je ne saurais plus me passer parce qu'elle est la moitié de mon âme, comme disait je ne sais quel obscur poète que notre ami Lahontan lit en secret dans sa chambre.

— Cette douce moitié de ton âme (madame Frontenac toisa son mari d'un air faussement réprobateur) n'est-elle pas plutôt une habitude dont tu ne peux plus te passer ?

Cette question faussement insolente permit à la tablée de protester par des « Oh ! le vilain ! Quel mal poli ! » qui firent rire l'intéressée d'autant plus que Frontenac répliqua :

— Mon cher Kondiaronk, je suis habitué à mon âme, c'est vrai, depuis si longtemps que je ne la changerais pas pour la tienne, même si tu te penses l'homme le plus sage du monde parce que tu philosophes avec nous comme ce pédant de Socrate devant ses disciples béats. Mais si j'avais connu plus tôt votre coutume de *courir l'allumette*, madame mon épouse aurait eu, voilà bien longtemps, le plaisir d'apprécier par elle-même l'amour à la sauvage.

— Ma foi, Gouverneur, tu sembles connaître mieux que moi ce chapitre de nos coutumes les plus secrètes.

Nelson, qui prenait toujours plaisir à ce théâtre de paroles, voulut flatter le gouverneur qui le traitait comme un invité prestigieux :

— Racontez-nous, s'il vous plaît, Monsieur le Gouverneur, cette coutume dont je n'ai jamais entendu parler.

Tout le monde se cala dans son fauteuil, sachant que Frontenac ne demandait pas mieux que de leur raconter une histoire de sauvages un peu verte où il mettrait sans doute beaucoup du sien.

— Puisque vous insistez, mes amis, je vous raconterai l'essentiel. Quand un Huron célibataire se sent démangé là où vous savez par une belle fille de sa nation, il ne lui fait porter ni billet doux, ni collier, ni bouquet de fleurs. Il se présente lui-même, à la nuit tombée, une allumette à la main. Ils échangent quelques formules de politesse et, si la fille accueille favorablement le jeune homme, elle souffle l'allumette et ils passent la nuit ensemble. S'il ne lui plaît pas, elle se cache la tête sous la peau qui lui sert de couverture et il s'en va tenter sa chance ailleurs.

Tout le monde se récria, suggérant que le gouverneur avait beaucoup d'esprit...

— Je reconnais bien là l'incuriosité des Français, reprit Kondiaronk, qui traitent de fable toute coutume qui leur est étrangère. Mais j'apprécie trop les cailles et le vin du gouverneur pour en découdre longtemps sur ce chapitre. Aussi lui demanderai-je de quelle manière il a soufflé l'allumette avec madame...

— Kondiaronk, mon cher, tu deviens grivois. Ne sais-tu pas que certains secrets d'alcôve doivent rester obstinément cachés ?

— Ami Gouverneur, tu ne me révèles jamais rien sur les Français que je ne sache déjà, mais tu veux tout savoir sur nous, jusqu'à nos plus secrètes pensées et émotions.

— C'est que nous vous aimons, cher ami, repartit madame Frontenac. Plus que nous-mêmes, peut-être.

— Je voudrais vous retourner votre compliment, Madame, mais je vois Lahontan qui rêve sans doute à une belle Huronne qui ne dédaignerait pas souffler l'allumette avec lui s'il ne partageait avec le père Germain cette complexion nerveuse qui l'éloigne des femmes.

Sortant de sa songerie, Lahontan repartit que, malgré le respect qu'il vouait au père Germain, il ne se sentait pas une âme d'anachorète :

— Comme j'ai moins fréquenté les femmes sauvages que les coureurs de bois et les jésuites (le père Germain sursauta en entendant ce rapprochement choquant), je voudrais en savoir plus sur ce mariage à la mode sauvage.

Frontenac, voulant embarrasser un peu Kondiaronk, demanda à celui-ci de répondre.

— Mon ami le gouverneur me cède généreusement la parole parce qu'il espère que mon récit lui donnera occasion de s'ébaudir de nos coutumes. Au risque de lui donner à rire, je parlerai franchement... Donc, lorsque deux jeunes gens se plaisent assez pour passer ensemble plusieurs années et que le garçon a fait ses preuves à la guerre et à la chasse, on fait une grande fête dans la cabane du plus ancien parent. Quand on a dansé et mangé à satiété, tous les invités sortent puis la fille entre dans la cabane accompagnée de quatre vieilles parentes. Le jeune homme entre à son tour avec ses quatre vieux parents. Pendant que les vieillards s'assoient autour d'eux, le garçon et la fille s'avancent sur une natte matachiée de couleurs vives une baguette à la main. Ils la rompent en huit bouts qu'ils distribuent aux vieux parents. Puis ils dansent autour de la natte, dans le cercle formé par les vieillards. Ils sortent ensuite en se tenant par la main, devant la foule qui les acclame, et douze jeunes filles conduisent la mariée chez son père où le jeune homme viendra la voir jusqu'à ce qu'elle ait un enfant. Alors seulement, elle fera porter ses choses chez son mari, non sans avoir auparavant demeuré pendant trente jours dans une cabane isolée où ses sœurs et ses cousines lui apporteront à manger et prendront soin avec elle de l'enfant.

Le père Germain manifesta une certaine émotion en entendant ce récit. Tout comme Lahontan, qui se voyait en imagination rompant avec Marie-Laure une baguette de coudrier sur une natte décorée de couleurs vives. Parlant sur un ton dont on ne pouvait savoir s'il était ironique ou simplement enjoué, Clara Dumais dit :

— Je ne saurais trop, Kondiaronk, louer cette cérémonie pleine de dignité. Toutefois, je m'étonne qu'après cela vous divorciez aussi facilement. Quant à cette coutume des « femmes de chasse », dont je m'accommoderais plutôt mal, je laisse au père Germain le soin d'apprécier la chose à sa valeur.

— Tout doux, tout doux, chère amie et sage femme, ne mélange pas tout dans ta hâte de nous condamner à l'aune de vos propres coutumes. Il est vrai que le mariage chez nous ne dure pas toute la vie comme chez vous, même si j'ai vu en France des unions dûment scellées par vos prêtres se défaire avec l'accord de ceux qui pourtant décrètent le mariage éternel. On évoqua alors je ne sais quel accès de folie ou une impuissance qui serait passée inaperçue chez nous parce qu'un frère ou un ami auraient généreusement compensé une nature défaillante de manière que les époux ne se trouvent pas sans enfants... Mais procédons par ordre.

Les Hurons se marient en sachant qu'ils peuvent divorcer s'ils n'arrivent plus à bien vivre ensemble. Qu'y a-t-il là de si déraisonnable ? Je ne m'entends plus avec ma femme et elle ne s'entend plus avec moi, pourquoi n'irions-nous pas là où le cœur nous conduit, vers une autre femme et un autre homme ? N'est-ce pas véritablement « se mettre la corde au cou », comme vous le dites justement, que de se condamner à vivre vingt, trente ou quarante ans avec une personne qui ne vous agrée plus ? J'aimerais mieux me lancer dans le fleuve Saint-Laurent du haut du cap aux Diamants que de vivre avec un boulet pareil. Le père Germain, qui condamne ces séparations devrait s'en réjouir, lui qui ne cesse de prêcher qu'il est criminel d'empêcher la famille. Quelle envie peut-on avoir de faire des enfants avec une femme qui vous refroidit davantage que les glaces de la Saint-Charles en hiver ? Quant au sort des enfants déjà nés, dont il s'émeut aussi très fort, lui qui a pourtant juré solennellement de n'en jamais avoir, ils ne sont pas à plaindre puisque, ne prétendant pas comme les Français avoir droit de propriété sur eux, nous les voyons comme le trésor de toute la nation.

Les « femmes de chasse » ne devraient pas non plus choquer une nation dont les hommes guettent nos Huronnes comme des proies et n'hésitent pas à les violenter pour faire ce qui est si agréable quand elles aussi le désirent. Nous avons des femmes de chasse parce qu'il n'est pas bon que nos chasseurs restent de longs mois sans femme : une aussi longue abstinence leur causerait des maux de rein, des rétentions d'urine et des vapeurs qui les feraient tomber en langueur. Je ne vois donc pas pourquoi vous vous scandalisez des enfants nés de ces unions, car ils sont réputés frères des autres et traités comme tels.

Tout en suivant distraitement la conversation, Lahontan rêvait à Marie-Laure, tantôt courant avec lui à la chasse, tantôt pagayant sur le fleuve dans les rapides de Lachine. Regardant Kondiaronk d'un œil malicieux, Clara ajouta :

— Où est-il de cet amour fidèle que tu nous vantes tant chez les Hurons si, à la moindre expédition de chasse, vous changez de femme plus facilement que de mocassins ? Ne nous as-tu pas raconté que souventes fois un Huron survivant à la mort de sa femme s'enlevait la vie de douleur, ne pouvant envisager de vivre en compagnie d'une autre ? Si, comme tu le dis, les enfants sont le trésor de toute la communauté, ta femme pourrait t'accompagner à la chasse et confier les vôtres au reste de la tribu.

— Telle n'est pas notre coutume, chère dame Clara, tu le sais.

— Je te soupçonne, ami, de masquer ton désir de changement sous le commode alibi de la coutume... Si ta femme partait à la chasse avec un beau coureur de bois, tu philosopherais avec moins de détachement sur l'amour à la Huronne.

— Non, non, mon amie, ce n'est pas parce que je passe un mois d'hiver avec une femme de chasse que j'aime moins la compagne de ma vie. Mais reprenons cette droite logique que tu veux me faire perdre en me soupçonnant de désir caché ou de fausseté... L'amour chez nous n'est pas cette espèce de fureur aveugle qui porte les Européens aux pires excès. On n'a jamais vu un Huron se jeter comme un enragé sur un rival comme si c'était son pire ennemi. L'amour chez nous est une amitié tendre, un sentiment de bienveillance qui porte à la sagesse. Considérant les femmes comme nos égales, nous les voulons aussi libres que nous-mêmes et n'aimerions pas des épouses soumises comme j'en ai tant vues en France. Aussi n'ont-elles pas besoin de recourir comme les Françaises à tout ce théâtre de grimaces, de mots à double entente et de cachotteries quand elles n'aiment plus leur mari. Je vous dirais même qu'elles ont d'autant moins envie de le tromper qu'elles sont libres de leur cœur et de leur corps.

Craignant une vive repartie de Clara qui faisait la moue, Kondiaronk retraita rapidement :

— Chère amie, je ne saurais généraliser quand je vois devant moi une femme française aussi libre et sincère...

— Pas de basse flatterie, mon ami ! Et je ne suis pas française : je suis née ici, comme toi, et je suis plus libre que vos femmes et que toi, puisque moi je n'accepte pas que la coutume tienne lieu de loi. Votre cérémonie est touchante, mais je ne me vois guère attendant dans mon lit qu'un bel Indien m'apporte une allumette à souffler.

Voyant le père Germain froncer le sourcil, elle ajouta :

— Et je ne suis pas moins libre de mon corps que les Huronnes...

— Non, Clara, non ! nous ne sommes pas entièrement maîtres de notre corps. Il y a des choses que nous ne devons pas faire parce que Dieu l'interdit.

— Je ne vous comprends pas bien, Père Germain. Si Dieu nous a créés avec un tel appétit pour l'autre sexe, c'est parce qu'Il a voulu que nous aimions cet autre sexe.

— Si Dieu a donné aux humains cet appétit pour l'autre sexe, comme vous dites, c'est pour que les hommes et les femmes aient envie de procréer et pas seulement de s'unir à tout venant.

— Voyons, mon ami, si Dieu avait vraiment voulu cela, Il nous aurait faits comme les animaux qui ont leurs périodes de rut. Tandis que nous, nous sommes à tout moment susceptibles de désirer la femme ou l'homme.

Le père Germain ne put retenir une grimace d'horreur qui réjouit fort Kondiaronk.

— Justement, nous ne sommes pas des animaux. Dieu nous a créés libres et Il souhaite que nous n'en abusions pas, quoi que tu en penses, Kondiaronk.

Celui-ci prit la balle au bond :

— Je n'appelle pas liberté cette défense de faire une chose qui n'apporte que du bien.

— Mais une liberté dont vos femmes ne jouissent pas toujours, lança Clara à Kondiaronk, puisque vous interdisez de se marier aux femmes qui ne peuvent plus avoir d'enfants, tandis qu'on voit des hommes de soixante ans épouser des jeunes femmes de trente.

— Nous n'interdisons rien, mon amie. Ce sont les femmes elles-mêmes qui choisissent de ne pas se marier après cinquante ans.

— N'essaie pas de nous leurrer, Kondiaronk. Vos femmes de cinquante ans ne se marient pas parce qu'un discrédit unanime s'attacherait à elles si elles voulaient épouser des hommes en état de faire des enfants. Cette loi naturelle à laquelle tu prétends te conformer en tous points n'est que la loi de votre coutume. Elle n'est pas imprimée dans les livres comme la nôtre mais dans les cœurs. Elle contraint d'autant plus que vous n'en avez pas conscience, tandis que les livres, étant extérieurs à nous, se combattent mutuellement.

— Tu uses d'arguments, mon amie, pour tenter de nous convaincre. Tu sais bien que nos femmes de cinquante ou soixante ans adoptent souvent des prisonniers qui leur tiennent lieu de maris et que nous intégrons au corps de la nation.

— Justement, ce sont des prisonniers, reprit le père Germain, souvent des esclaves. Appelles-tu homme libre celui qui ne peut retourner chez les siens ni épouser chez vous la femme qu'il veut ?

Kondiaronk allait répondre quand Lahontan intervint pour embarrasser le père Germain :

— Mes amis, vous ne vous entendrez jamais là-dessus. Aussi bien passer à une chose sur laquelle vous serez peut-être d'accord.

Encore échauffé par la discussion, le père Germain se méfiait de ce qui allait venir car, quand Lahontan ou Frontenac annonçait une coïncidence de doctrine entre sauvages et chrétiens, c'était pour contester un point de dogme.

— J'ai trouvé une ressemblance étrange entre une histoire biblique et une coutume huronne. On m'a raconté que lorsqu'une femme perdait son mari elle le remplaçait souvent par un frère cadet de celui-ci comme chez les Hébreux. Cela est-il exact, Kondiaronk ?

— Oui, c'était la coutume chez nous, quand notre nation était la plus puissante d'Amérique. Six mois après la mort de son mari, la veuve épousait le frère cadet de celui-ci pour perpétuer sa mémoire de génération en génération. Il en allait de même si la femme mourait la première : le mari épousait souvent l'une des sœurs. Mais cette coutume n'a plus cours chez nous.

— Mon cher Kondiaronk, dit Clara, je ne vois pas quelle inclination naturelle on peut avoir si la coutume oblige d'épouser une femme contre son cœur. Ne souhaite-t-on pas alors divorcer le jour même de son mariage ?

— Pour être franc, Clara, je ne saurais expliquer correctement cette coutume puisque je ne l'ai pas connue. Mais la tendre amitié dont nous avons parlé tout à l'heure peut s'étendre naturellement à la sœur ou au frère quand on vit déjà en harmonie avec sa famille et son village.

Contre toute attente, le père Germain prit la parole pour dire :

— Malgré ce que vous pourriez croire, Lahontan, et vous aussi Madame Dumais, cette coutume ne me scandalise pas outre mesure. Surtout qu'elle a disparu. Elle me semble correspondre à un élargissement de la famille, à une forme de collectivisme dont le Corps mystique chrétien représenterait la forme la plus achevée.

Frontenac avala une dernière coupe de vin puis se leva :

— Mes amis, il se fait tard et nous avons laissé au père Germain le plaisir de conclure notre conversation par une pensée qui serait du plus bel effet dans son sermon de demain.

Chapitre 22

« IL NE FAUT PLUS NOUS VOIR »

LAHONTAN REGAGNA VITE SA CHAMBRE après ces discussions, mais il était trop fébrile pour se coucher immédiatement. Il voulut reprendre les *Dialogues* de Lucien, mais n'arriva pas à lire deux phrases sans que son esprit se mît à battre la campagne. Les images de Marie-Laure le poursuivaient comme si chaque terme de la discussion le touchait dans sa chair vive. Comment pourrait-il considérer Aude Bélanger autrement que comme la petite sœur de Marie-Laure ou la sienne ? Comment pourrait-il étendre son corps nu contre celui de sa propre sœur ? Là-dessus il ne comprenait pas l'étrange laxisme du père Germain. Surexcité, il ne ferma l'œil qu'à l'aube pour se réveiller peu après. On frappa à sa porte et on lui remit une lettre dont il devina immédiatement qu'elle venait de Marie-Laure. Il ne l'ouvrit pas tout de suite, voulant prolonger le plaisir d'un bonheur rare.

Mon cher Louis-Armand,

Ta lettre m'a beaucoup touchée, mais j'ai peur de te décevoir. Nous avons cédé dans la montagne à une poussée naturelle mais déraisonnable, je le crains. Je ne regrette pas, crois-le bien, cet après-midi de bonheur sous les arbres. Mais céder à l'amour serait nous jeter dans un tourbillon qui nous apporterait les pires souffrances et minerait d'avance toute joie. Pensons-y, cher Lahontan, je suis la fille d'un habitant canadien. Je sais lire, écrire, chasser, me débrouiller dans la forêt et je n'hésiterais pas à aller tirer le coup de feu contre les Iroquois. En cela je suis comme plusieurs femmes d'ici. Et justement, toi, tu n'es pas d'ici, même si tu aimes ce pays. As-tu songé que la liberté que tu y trouves rendrait difficile toute histoire d'amour entre nous ? Tu es venu sur une terre d'aventure tandis que moi j'y suis née. Toutes mes racines sont sur les rives de ce Saint-Laurent que je contemple chaque jour.

Non pas que je ne saurais vivre ailleurs. Comprends-moi, Louis-Armand, même si je n'arrive pas à le dire clairement. Je ne pourrai pas t'oublier, mais il ne faut plus nous voir : ce serait trop difficile. Si tu m'aimes bien un peu, accepte-le, car Dieu sait si j'ai eu du mal à prendre cette décision.

Je voudrais te souhaiter tout le bonheur du monde, mais ces pauvres mots te sembleront bien légers en regard de ta peine.

Marie-Laure

Lahontan s'assit sur son lit, foudroyé. Mille images s'entrechoquaient dans sa tête sans qu'il pût fixer son esprit sur une idée simple. Il se leva, arpenta sa chambre puis sortit sous la pluie fine qui le trempa bientôt. Quand l'ondée l'eut un peu calmé, il se mit à sa table et écrivit :

Ma chère Marie-Laure,

Ta lettre m'a chaviré. Je ne sais plus où je suis ni qui je suis. Pardonne mon embarras et ma brutalité, mais je ne comprends pas ton acharnement à refuser ce bonheur qui nous arrive comme un cadeau du ciel. Que crains-tu donc tellement de l'avenir, toi, femme forte que nul obstacle ne ferait reculer ? Aurais-tu peur de ma faiblesse, moi qui ai tout quitté pour adopter ce pays que j'aime ? Et que j'aime encore plus depuis que je t'y vois partout.

Je t'aime, Marie-Laure, je t'aime, et je voudrais que ces simples mots te traversent de joie. Moi aussi, je te veux tout le bien du monde, et c'est pour cela que je voudrais te revoir bientôt. Un mot de toi et j'accours.

Je t'embrasse de toute mon âme.

Lahontan

Un peu rasséréné, Lahontan porta sa lettre chez Hubert Saindon qui allait régulièrement sur la côte de Beaupré vendre aux habitants du sucre, des épices et toutes sortes de menus objets et outils. Saindon partait à l'instant, voulant revenir le lendemain soir, car des rumeurs donnaient à croire qu'une flotte anglaise remontait le Saint-Laurent : des Micmacs gaspésiens prétendaient avoir vu une dizaine de bateaux à la hauteur de Matane.

Lahontan se hâta de regagner le château Saint-Louis, où on lui confirma la nouvelle. On lui apprit aussi que Frontenac s'était rendu à Montréal la semaine précédente : des coureurs de bois qui commerçaient en sous-main avec des marchands d'Albany avaient appris qu'un fort contingent d'Anglais s'apprêtait à envahir la région de Montréal par la rivière Richelieu.

Chapitre 23

« PAR LA BOUCHE DE MES CANONS »

LE 10 OCTOBRE 1690, un canot apporta à Montréal la nouvelle qu'une flotte anglaise de trente-quatre voiles, commandée par l'amiral Phips, cinglait vers Québec. Frontenac venait d'apprendre que les troupes anglaises de Schuyler et Winthrop, désorganisées, venaient de regagner le lac Champlain, après le départ de leurs alliés iroquois décimés par la petite vérole. Le gouverneur ordonna alors à l'intendant Callières de se rendre à Québec sur-le-champ et de rassembler en route tous les habitants qu'il pourrait. Lui-même réquisitionna bateaux et canots pour embarquer toutes les troupes et donna ordre de voguer jour et nuit. Lorsqu'on débarqua à Québec trois jours plus tard, les Anglais n'étaient pas encore en vue. Le gouverneur vérifia immédiatement l'état des défenses de la ville, qui pouvait compter sur seulement douze pièces de gros canon et manquait de munitions. Il ne perdit pas son temps à maugréer contre son prédécesseur, mais travailla sans relâche à renforcer les défenses de la ville et à rassurer tout le monde.

Il fut aidé dans son entreprise par Phips lui-même qui n'attaquait pas. Des habitants de Kamouraska apprirent au gouverneur que l'amiral anglais avait tenté une descente sur les battures de Rivière-Ouelle, mais que les habitants du lieu, sous la conduite vigoureuse du curé Francheville, s'étaient cachés dans les broussailles et avaient déchargé leurs fusils au moment où la première chaloupe s'était approchée de la rive, tuant tous les hommes qui s'y trouvaient. Ensuite, une quarantaine de Micmacs, accompagnés d'autres habitants, s'étaient mis à courir et à hurler sur les battures du fleuve, tirant des flèches et des coups de feu, tout en suivant l'avance des bateaux jusqu'aux abords de l'île d'Orléans, donnant à croire que les bois de la rive sud — la seule où l'on pouvait débarquer — étaient remplis d'Indiens.

Quand il vit la flotte s'immobiliser à deux lieues de Québec pendant trois jours, Frontenac se demanda si les Anglais avaient été paralysés par la vigoureuse action des habitants de la rive sud ou par les vents contraires qui soufflaient sans discontinuer. Il ne l'aurait jamais dit, mais en son for intérieur il savait que, si les Anglais avaient attaqué avec diligence, ils auraient pris la ville, ouverte de tous côtés. Au lieu de cela, Phips se contenta de capturer une barque perdue au milieu du fleuve dans laquelle avaient pris place l'explorateur et marchand Jolliet, sa femme et sa belle-mère.

Le 15 au midi, une chaloupe portant pavillon français s'approcha de Québec en sonnant de la trompette. Le gouverneur dépêcha un officier à sa rencontre. L'envoyé de Phips, Thomas Savage, lui expliqua qu'il était chargé de remettre en mains propres une lettre que l'amiral destinait au gouverneur du Canada. L'officier fit monter l'envoyé anglais dans son embarcation, lui banda les yeux et le mena jusqu'au fort où l'on feignit la bousculade autour de lui pour lui laisser croire que Québec était remplie de soldats et d'officiers. On l'amena jusqu'à la chambre du gouverneur à qui il remit la lettre de Phips :

Moi, Chevalier William Phips, commandant par mer et par terre les forces de la Nouvelle-Angleterre, au Comte de Frontenac, Gouverneur Général de Québec, par les ordres et au nom de Guillaume III et de Marie, roi et reine d'Angleterre, je viens pour me rendre maître de ce pays, car la destruction faite par les Français et sauvages sous votre commandement et encouragement sur les personnes et biens des sujets de leurs Majestés de la Nouvelle-Angleterre, sans aucune provocation de leur côté, les oblige de faire cette expédition pour leur propre sûreté et satisfaction, comme aussi les cruautés et barbaries qui ont été exercées par les Français et les sauvages pourraient par cette présente occasion nous engager à nous revenger.

Cependant, désireux d'éviter les actions inhumaines, contraires au christianisme, et pour prévenir l'effusion de sang autant qu'il se pourra, moi, William Phips, par ces présentes et au nom de leurs très excellentes Majestés Guillaume et Marie, roi et reine d'Angleterre, Écosse, France et Irlande, défenseur de la foi, et par ordre de leurs susdites majestés, du gouvernement de Massachusetts, colonie dans la Nouvelle-Angleterre, demande que vous rendiez immédiatement vos forts et châteaux sans les démolir, que vous libériez tous les captifs anglais et que vous mettiez vos personnes et vos biens à ma disposition.

Si vous n'acceptez pas cette proposition sans restriction, je tâcherai par le secours du ciel, auquel je me confie, et par la force de mes armes, d'en faire la conquête. J'attends une réponse positive par écrit dans une heure, en vous avertissant que je ne serai point d'humeur à entrer en accommodement dès que j'aurai commencé les hostilités.

Signé : William Phips

Quand il eut terminé la lecture de la lettre, Frontenac, entouré d'officiers, fit planter un gibet devant le fort :

— Qu'on pende haut et court cet envoyé qui ose nous présenter une lettre aussi injurieuse. Québec ne se laissera jamais insulter par une bande de forbans qui ont banni leur roi légitime pour faire monter sur le trône d'Angleterre le petit-fils d'un gueux hollandais qui se prenait pour un monarque.

L'évêque et l'intendant s'approchèrent immédiatement, disant que le courroux du gouverneur était justifié, car les Anglais avaient gravement offensé Dieu en déposant leur monarque catholique ; mais un noble soldat, un généreux chrétien, ne devait pas punir un subordonné pour la faute de son supérieur. Frontenac acquiesça puis, déchirant avec colère la lettre de Phips, la lança au visage de l'envoyé qui demeura de glace :

— Monsieur, allez dire à votre général que je ne connais point le roi Guillaume et que le prince d'Orange est un usurpateur qui a violé les droits les plus sacrés du sang en détrônant son beau-père, que je ne connais en Angleterre d'autre souverain que le roi Jacques, que votre général n'a pas pu être surpris des hostilités faites par les Français dans la colonie du Massachussets, puisque le roi mon maître, ayant reçu sous sa protection le roi d'Angleterre et étant prêt à le replacer sur son trône par la force de ses armes, Sa Majesté m'ordonnerait de porter la guerre en ces contrées chez les peuples qui se seraient révoltés contre leur prince légitime.

Puis, lui montrant quantité d'officiers dont sa chambre était remplie, il ajouta :

— Votre général croit-il que je sois d'humeur à accepter ses conditions méprisantes et que je me fie à la parole d'un homme qui n'a pas respecté la capitulation qu'il avait faite avec le gouverneur du Port-Royal, et à un rebelle qui a manqué à la fidélité qu'il devait à son roi légitime, en oubliant tous les bienfaits qu'il en avait reçus, pour suivre le parti d'un prince qui, en essayant de persuader qu'il veut être le libérateur de l'Angleterre et le défenseur de la foi, y détruit les lois et les privilèges du royaume et renverse la religion catholique. C'est ce que la justice divine ne manquera jamais de punir quelque jour très sévèrement.

Ce discours surprit et alarma l'envoyé qui demanda à Frontenac s'il ne voulait pas lui donner sa réponse par écrit :

— Assurément non, repartit le gouverneur. *Allez dire à votre maître que je lui répondrai par la bouche de mes canons et de mes fusils.* Il apprendra que ce n'est pas de la sorte qu'on envoie sommer un homme tel que moi.

La foule massée sur la place applaudit bruyamment pendant qu'un groupe d'Indiens micmacs et abénaquis se mit à courir et à danser autour de Frontenac et de l'envoyé, alors que les soldats bombaient le torse et riaient. Frontenac leva la main pour imposer le silence et ordonna de conduire l'envoyé à sa chaloupe après lui avoir bandé les yeux.

La flotte anglaise resta paralysée deux autres jours. Frontenac pensa que le mauvais temps et surtout sa stratégie visant à impressionner l'adversaire portaient fruit. Il était aidé en cela par les autorités religieuses qui avaient demandé aux fidèles de témoigner leur confiance en la Providence par de grandes manifestations publiques. À toute heure du jour, de longues processions se formaient aux portes des six églises — dont les cloches ne sonnaient pas le tocsin mais l'allégresse — et convergeaient vers la rade du bas de la ville où les Anglais pouvaient les voir chanter et défiler avec dais, chants et costumes brodés d'or. Québec ressemblait davantage à une cité en liesse qu'à une ville assiégée.

Le 18 octobre, les Anglais commencèrent leur débarquement vis-à-vis de la pointe ouest de l'île d'Orléans, du côté de la Canardière sur la côte de Beauport. Mille cinq cents hommes se mirent en marche tambour battant vers la ville. En voyant avancer en même temps de petits bateaux vers la rivière Saint-Charles, Frontenac soupçonna Phips de vouloir attirer l'attention du côté de Beauport pour décharger son arsenal sur le bord de la rivière où il dresserait sûrement un barrage de canons pour couvrir l'armée qui traverserait le cours d'eau. Il dépêcha immédiatement Lahontan avec trois cents habitants et sauvages vers Beauport où ils se cachèrent dans les broussailles à une demi-lieue des bataillons anglais. Les hommes se répartirent en petits groupes et laissèrent les Anglais s'avancer dans le sous-bois. Comme s'ils ne s'étaient pas concertés, les hommes de Lahontan tirèrent sans ordre apparent sur les ennemis qui déchargèrent leurs armes à la hâte vers des cibles invisibles. Les sauvages profitèrent de ce que les Anglais rechargeaient ventre à terre pour sortir de leurs caches, criant et hurlant, le fusil à la main. N'ayant pas eu le temps de recharger, les Anglais tentèrent de fuir dans le plus grand désordre, criant *Indians, Indians*, pendant que les sauvages, glissant d'arbre en arbre autour d'eux, déchargeaient leurs fusils. Au bout d'une heure, les Anglais laissèrent sur place cent cinquante morts.

Le lendemain, les Anglais réussirent à débarquer quatre pièces de canon et tentèrent de passer à nouveau dans le bois en se couvrant de cette artillerie, mais ce fut peine perdue, car les sauvages et les coureurs de bois, bien encadrés par des hommes de confiance de Lahontan, tirèrent encore vivement sur leur peloton de tête, puis multiplièrent les attaques latérales pour désorganiser leur marche. Ils rebroussèrent à nouveau chemin, mais firent une dernière tentative le 20 pour traverser la Saint-Charles. Les trois cents volontaires réagirent avec une telle vigueur que les Anglais reculèrent à nouveau. Dans la nuit du 21 au 22 enfin, les Anglais décidèrent de se rembarquer, mais les sauvages, qui avaient passé des heures sous la pluie couchés sur le ventre, s'en aperçurent et les poursuivirent furieusement, en tuant plusieurs jusque dans leurs chaloupes. Au lever du jour, Lahontan évalua à près de deux cents les Anglais tués pendant que seuls trois sauvages et monsieur de Sainte-Hélène moururent dans cette bataille.

Phips fit alors bombarder la ville dont les six canons n'étaient pas en état de riposter fermement, mais les boulets anglais ne firent qu'endommager quelques toits de maisons. Cette canonnade de vingt-quatre heures n'impressionna guère les habitants de Québec, car ils savaient que les munitions et les vivres commencaient à manquer chez les ennemis. Quelques religieuses de l'Hôtel-Dieu de Québec, d'abord effrayées de l'attaque anglaise, prirent une telle confiance dans l'aide de la Providence qu'elles sortaient même dans leur cour, ramassaient les boulets anglais et les tendaient aux canonniers français qui les renvoyaient chez l'ennemi.

Trois jours passèrent sans que la flotte fît le moindre mouvement. Le 25 octobre enfin, Phips envoya une chaloupe proposer à Frontenac un échange de prisonniers. Le gouverneur en libéra huit en échange de Jolliet, sa femme, sa belle-mère et cinq matelots. L'évêque fit ensuite chanter le *Te Deum* dans la cathédrale.

Le 30 octobre, alors que la flotte de Phips disparaissait dans l'estuaire embrumé du Saint-Laurent, Lahontan reçut une lettre de Marie-Laure :

Cher Louis-Armand,

Nous voici enfin revenus à une vie à peu près normale après cette interminable attaque de la flotte anglaise. Plutôt que d'alarmer tout le monde inutilement, Mélanie Cloutier, Florence Lefrançois et moi, nous avons improvisé une milice en cas qu'une partie des Anglais eût voulu prendre terre sur la côte, entre Beauport et le cap Tourmente. Le soir, nous allumions des feux ici et là pour tromper les ennemis. Nous avons tiré quelques coups de fusil et les Anglais n'ont pas osé débarquer. Mais je t'avoue que j'ai trouvé le temps long à nous morfondre pendant des jours et des nuits pour attendre les chaloupes anglaises qui ne vinrent jamais.

Ah ! que ma vie si calme jusque-là a connu cet automne de surprises et d'émois ! Je ne saurais te cacher que j'ai beaucoup pensé à toi quand nous faisions le guet à l'orée de la montagne, dans nos tentes cachées par le sous-bois. Mais qu'il est difficile de refuser ce qui nous fait tant envie ! Car je crois toujours qu'il ne faut plus nous revoir, sinon quand nous serons bien assagis tous les deux — mais le serons-nous jamais ? Viens, si tu veux, à la Noël, mais, je t'en prie, ne me presse pas, car j'ai besoin de me retrouver, d'autant plus que notre cher père semble miné par une maladie mystérieuse.

Encore une fois, je te souhaite tout le bien du monde.

Marie-Laure

Lahontan replia la lettre et la mit sous sa chemise, assuré de l'amour de Marie-Laure, mais affligé de ce refus qu'il espérait provisoire, sans trop y croire. Il se mit à sa table pour lui répondre ; mais les mots, refusant de prendre forme sur le papier, demeuraient de pauvres objets sans âme dont la vie était absente. Peut-être avait-il vécu trop longtemps parmi les sauvages et les coureurs de bois. Certains mots lui venaient mal depuis son retour. En plus, il butait pour la première fois sur le monde amoureux qu'il n'avait connu jusqu'ici que dans les livres. Même son histoire avec Akéa lui apparaissait maintenant livresque et si distante de lui, si étrange qu'elle semblait appartenir à un autre monde. Était-ce sa bizarrerie native qui le jetait dans des aventures curieuses ou la vie qui s'acharnait à le prendre à contre-pied ?

Un soldat vint le sortir de sa songerie en annonçant que Frontenac réunissait tous les officiers pour discuter avec eux d'un vaste plan de fortifications pour Québec. On s'était trop fié à la position stratégique de la ville sur le cap aux Diamants pour construire des défenses inexpugnables.

— Lahontan, il y a longtemps que vous souhaitez retourner en France régler vos affaires de famille ; vous pourrez prendre le dernier bateau. J'ai fait rédiger une lettre destinée au ministre des Colonies dans laquelle je loue votre conduite et votre courage constant.

Lahontan remercia Frontenac sobrement, un peu surpris, non pas de la décision du gouverneur, mais de son propre embarras. Il n'était plus si sûr maintenant de vouloir aller passer un hiver en France. Il essaya — sans grand succès — de se convaincre qu'il en était peut-être mieux ainsi, qu'il devait prendre du recul par rapport à lui-même, que Marie-Laure aussi avait besoin de voir clair en elle.

Québec, ce 26 novembre 1690

Si chère Marie-Laure,

Encore une fois, j'ai le sentiment qu'aux moments importants de ma vie une force aveugle me pousse là où je ne veux pas toujours aller. Le gouverneur Frontenac m'accorde l'autorisation de retourner en France pour tenter de régler ces interminables histoires de famille. Dieu qu'il m'en coûte de m'éloigner de ce pays où je te sens partout dans tout ce que j'aime : les bois, le fleuve, les oiseaux piailleurs, et ces clairs d'étoile que tu m'as fait découvrir !

Je pars, mais tu seras toujours à mes côtés, quoi que tu fasses et quoi qu'il arrive. Je t'aime, chère, chère fille du fleuve, et je voudrais te le dire de vive voix, même si tes grands yeux verts m'intimident quand tu me parles.

Permets-moi de t'embrasser de toute mon âme.

Lh.

P. S. Veux-tu transmettre mes amitiés à ta famille. Plus particulièrement à ton père, qui est un peu aussi le mien depuis que je suis dans ce pays.

Lahonta s'embarqua le lendemain sur le *Fleur de May*, malgré tout confiant dans sa bonne étoile.

Chapitre 24

LES COULISSES DE VERSAILLES

DÈS SON ARRIVÉE À LA ROCHELLE LE 20 JANVIER 1691, Lahontan apprit que le ministre Seignelay, dont dépendait les affaires du Canada, était mort deux mois plus tôt, remplacé par Phélypeaux de Pontchartrain. Il en fut déçu, car il savait qu'un nouveau ministre amène avec lui une clientèle qui fait vite oublier celle de l'ancien. Aussi ne se fit-il pas d'illusion sur l'utilité de la démarche qu'il s'apprêtait à entreprendre du côté de Versailles.

Il se rendit d'abord à Paris, rue Saint-Honoré, voir sa mère et sa sœur. Comme il n'avait pu les prévenir de son arrivée, elles tombèrent presque en paralysie quand elles le virent.

— Ah ! mon enfant, mon enfant ! Comme tu as changé ! Comme tu es grand maintenant, s'exclama sa mère.

Lahontan l'embrassa, gêné lui-même, tâchant de cacher ses larmes. Il embrassa Jeanne-Françoise qui paraissait interloquée, comme si son souvenir d'enfant ne coïncidait pas avec ce frère aîné mince et décidé dont l'accent bizarre lui écorchait les oreilles. Lahontan lui-même n'aurait jamais reconnu sa petite sœur dans cette fille grande et brune aux yeux vifs.

— Bon ! les enfants, passons au salon, nous allons boire quelque chose. J'ai un bon vin de Frontignan qu'on m'a apporté hier. Tu n'as pas dû en boire souvent à Québec.

Lahontan goûta ce vin doux et parfumé qui ne lui rappelait rien effectivement des vins souvent piqués qu'il avait bus occasionnellement au Canada. Même à la table de Frontenac, le vin était souvent remplacé par la bière du pays, odorante et forte.

— Allez, mon grand, raconte-nous ta vie en Amérique, car Dieu sait si nous y avons pensé toutes ces années.

— Vous, mère, racontez-moi plutôt votre vie qui a tellement changé.

Pour casser la glace — car elle sentit qu'on ne sortirait jamais de la gêne des retrouvailles si elle ne commençait elle-même —, elle se mit à raconter leur vie, n'insistant pas trop sur son déchirement de quitter la terre de Lahontan. Elle parlait des durs hivers de Paris, humides et froids, de l'aide attendue mais rarement venue des Bragelonne, de Jeanne-Françoise qui avait grandi vite, de sa hâte de le revoir.

Lahontan lui raconta à son tour les longues randonnées de chasse dans les bois, les courses en canot d'écorce sur les rivières rapides, le coude à coude avec les Indiens quand on cabanait en forêt. Il essayait de faire revivre sous leurs yeux la vie sauvage, mais se rendait compte qu'il ne parvenait qu'à accumuler les détails exotiques sur l'Amérique et les Indiens. À tout moment il se retenait, ne pouvant se résoudre à évoquer un danger qui les inquiéterait quand il serait retourné là-bas. Il ne pouvait non plus parler de Marie-Laure dont le souvenir s'agitait en lui comme une souffrance latente. Les mots qui sortaient de sa bouche ne parvenaient pas à recréer un monde comme les *Relations* du père Lejeune ; ils n'étaient que de pauvres marionnettes abandonnées aux ténèbres des coulisses après le spectacle. Une distance s'était creusée, sans qu'il s'en rendît compte, entre elles et lui, comme s'ils habitaient maintenant des planètes éloignées. Ce n'était pas les mots qui refusaient de rendre compte de sa vie là-bas, mais sa vie elle-même qu'il n'arrivait pas à faire revivre en lui. Il dut se rendre à l'évidence que leur univers à elles, avec son va-et-vient d'inconnus qui entraient et sortaient de la maison, que leur monde intérieur, ce qui les faisait vivre, souffrir, penser, aimer, lui demeurait étranger. Était-ce irrémédiable ? Il le craignait mais espérait que l'avenir le détrompe.

Ne pouvant éviter le sujet, la mère raconta les dernières nouvelles des procès en cours. Le 15 décembre dernier, Charles de Casamajour avait réussi à obtenir la mainlevée sur toutes les propriétés de Lahontan et de Erleich. Cette fois, c'était bien la ruine, car on ne connaissait personne d'assez puissant pour intervenir efficacement. Même s'il s'y attendait, Lahontan n'en ressentit pas moins le choc. Ainsi, pendant qu'il se battait en Canada, qu'il courait dix fois par an le risque de se faire assommer par un Iroquois ou de mourir de froid et de faim dans les bois, un rapace comme Casamajour prenait tout son temps pour aligner ses pions et dépouiller des gens qui ne pouvaient se défendre. Lahontan savait que la déception lui faisait simplifier les choses, mais il savait aussi qu'on ne gagne jamais si l'on se perd dans la complexité du réel.

— Si vous permettez, ma mère, j'irai moi-même à la cour défendre nos intérêts. Monsieur de Frontenac, notre gouverneur, m'a confié une lettre élogieuse sur moi à remettre en mains propres au ministre des Colonies.

— Mon pauvre enfant, je te souhaite toute la chance du monde, mais je ne puis guère y croire. Mon cousin Bragelonne, qui a pourtant le bras long et des appuis à Versailles, s'est cassé les dents par trois fois quand il a voulu intervenir.

— Ma mère, je voudrais quand même y aller. Je ne puis croire que le ministre des Colonies accepte qu'on dépouille en son absence un homme qui se dévoue corps et âme pour le Canada.

La mère ne reconnaissait pas son fils dans ce langage grandiloquent qui faisait bon marché des démarches incessantes qu'elle avait tentées, des humiliations qu'elle avait subies en voulant intéresser à son sort des gens puissants, oublieux de leurs promesses. Lahontan lui-même se sentit gêné, honteux même, d'employer des mots étrangers à lui, comme s'il venait réclamer son dû. Pour se racheter, il ne put que dire :

— C'est une grande injustice, chère mère, qu'on vous a faite et je suis peiné de tout ce mal qu'on vous a causé. J'irai quand même tenter quelque chose du côté de la cour.

— Peut-être devrais-tu voir d'abord ton cousin Bragelonne et mon frère, l'abbé de Couttes, qui m'ont souvent demandé de tes nouvelles.

Henri de Bragelonne reçut son cousin avec courtoisie et sembla s'intéresser beaucoup à ses aventures en Canada. Mais le jeune homme eut beau faire allusion à la gêne dans laquelle se trouvait sa famille, l'important personnage lui prodigua des conseils plutôt qu'un peu d'argent pour survivre quelques mois en France. L'abbé de Couttes, quoique moins riche, lui donna cent louis pour se faire recevoir dans l'Ordre de Saint-Jacques dont le chancelier Louvois était le Grand Vicaire et pour lequel il recevait les bénéfices de plusieurs abbayes qu'il redistribuait en pensions et récompenses aux officiers qui s'étaient distingués par leur action militaire. Lahontan accepta et remercia son oncle, promettant de revenir le voir avant son départ pour le Canada. La cérémonie se tint dans la chambre du chancelier et dura le temps qu'il fallut pour compter les quatre-vingts louis qu'il en coûta pour y pénétrer.

Lahontan avait espéré que son oncle de Couttes lui cédât quelque *bénéfice simple* qui lui aurait permis de recevoir 10 % des revenus d'une abbaye béarnaise sans autre obligation que d'y faire chanter quelques messes chaque année. Mais il comprit que, si généreux fût-il, son oncle vivait à Paris et non pas parmi les sauvages qui partagent avec leur clan le produit de leurs chasses.

Lahontan se rendit à Versailles, pestant contre le sort qui le réduisait à ployer le genou devant des courtisans qui ressemblaient à ces petits marquis de Molière papillonnant autour de dames pâmées dans leurs fauteuils en entendant un quatrain précieux. Dans ce brouhaha de paroles et de pas, il ne remarqua d'abord qu'un mouvement confus de gens qui se parlent, se saluent, se remettent de l'argent discrètement, se tournent le dos et attendent pendant des jours qu'on veuille bien les recevoir ou jeter un regard sur eux. Lahontan fit le pied de grue tout un avant-midi dans des antichambres et des couloirs qui sentaient l'urine et le platras moisi. Il tenta de se présenter à trois ou quatre reprises, mais chaque fois on le noya de paroles, si bien qu'il ne savait plus s'il devait frapper à la troisième ou à la cinquième porte, ou encore s'il devait attendre là qu'on vînt le chercher. Il commençait à désespérer d'être reçu quand un valet qui semblait se prendre pour le ministre en personne vint lui dire que le sous-commis du secrétaire de monsieur de Valigny avait la bonté de recevoir sa demande. Une main tendue lui fit comprendre que son affaire ne se rendrait pas très loin s'il n'allégeait son gousset de quelques pistoles. Lahontan ne donna pas au valet la lettre de Frontenac, craignant qu'il ne l'oublie dans l'une des larges poches de son pourpoint.

— Monseigneur, voici cet officier qui a bien servi le roi en Canada et souhaiterait vous entretenir d'une affaire de la plus grande importance pour sa famille.

Lahontan tenta d'expliquer que, retenu au Canada par le service du roi, il n'avait pu veiller au bien de sa famille qui s'était fait dépouiller...

— Je sais, je sais, Monsieur, le monde est rempli de fripons et Paris plus que partout ailleurs. Mais cette affaire n'est pas de mon ressort. Je vais donc vous confier à monsieur de Perdicault lui-même qui saura vous faire obtenir justice.

Lahontan comprit qu'il lui fallait à nouveau délier les cordons de sa bourse qui fondait comme un glaçon au soleil d'avril. Monsieur de Perdicault le reçut à son tour avec une chaleur qu'il eût appréciée davantage si elle avait été autre chose que du vent.

— Ah ! cher ami — permettez que je vous appelle ainsi, car mon oncle Mombeton de Brouillan sert aussi le roi dans ces terres de glace du côté de Terre-Neuve. Je disais donc, cher ami — si vous me permettez cette familiarité —, que votre cause me touche au plus haut point. Mais pour que mon intercession ait l'efficace attendue, je vous prie de voir monsieur de Laudillot qui se trouve au mieux avec le commis de monsieur de Valigny, dont la Providence veut qu'il soit le préféré de monsieur de la Touche, secrétaire du ministre de la Marine et des Colonies.

Encore une fois, Lahontan lui remit quelques pistoles plutôt que la lettre de Frontenac, se disant qu'au train où allaient les choses il se retrouverait nu comme un vers avant d'avoir vu seulement le bout de la main de monsieur de Valigny, sous-secrétaire préféré de monsieur de la Touche, secrétaire du ministre de la Marine et des Colonies. Heureusement, un laquais de monsieur de Valigny lui-même vint lui faire savoir qu'il était attendu.

— Ah ! jeune homme, vous avez bien du mérite, et le ministre lui-même m'a fait dire par son secrétaire, monsieur de la Touche, qu'il voulait vous récompenser des bons services que vous avez rendus au roi en Canada. Il ordonne donc à monsieur de Frontenac de vous pourvoir le plus avantageusement dès qu'il le pourra.

Lahontan voulut protester qu'il ne venait pas quémander une promotion ou une faveur. L'autre l'en empêcha :

— Surtout, ne protestez pas. Je connais votre modestie. Le ministre, donc le roi lui-même, veut vous récompenser comme vous le méritez. Non seulement vous a-t-il honoré du grade de capitaine réformé, mais encore vous prie-t-il instamment de ne pas quitter son service en Canada et de vous embarquer sur le prochain bateau en partance pour l'Amérique.

Il ajouta encore quelques paroles ronflantes que Lahontan n'entendait plus. Il sortit, humilié, mécontent du monde et de lui-même, maudissant cette cour qui, jouant son propre théâtre, se prenait pour le centre de l'univers. Il ne lui restait plus qu'à saluer sa mère et sa sœur avant de se rendre à La Rochelle y recevoir les ordres de l'intendant touchant son départ.

À voir sa mine déconfite, sa mère devina l'insuccès de sa démarche.

— Mon fils, la vie est remplie de déceptions et d'inquiétudes, mais toi seul peux faire qu'elle t'apporte aussi des joies et du contentement. Malgré la peine que j'en ai, tu dois retourner au Canada. Là est ta vie pour le moment, je le vois bien.

Il l'embrassa, serra sa sœur dans ses bras et dit qu'il reviendrait l'année suivante s'il le pouvait.

Chapitre 25

UNE ÉTRANGE MALADIE

LAHONTAN PRIT LE CHEMIN DE LA ROCHELLE où il s'embarqua sur l'*Honoré* le 28 juillet 1691. Dès qu'il fut sur le bateau, il s'enferma dans ses livres, ne parlant que lorsqu'on lui adressait la parole. Quand le soir était tombé, il allait sur le pont et, penché sur le bastingage, il laissait errer son regard et sa pensée sur la masse grise du ciel et de l'océan. Immanquablement, l'image un peu floue de Marie-Laure se détachait des ombres et nourrissait sa songerie pendant des heures. La nuit, il rêvait à elle souvent. Son image était alors si nette qu'il avait l'impression de détailler son visage avec beaucoup plus de précision que lorsqu'il était en sa présence.

Le chevalier de Landreau, neveu par alliance du ministre Pontchartrain, venait parfois causer avec lui et s'informer du Canada. Il voulait tout savoir sur les sauvages dont on lui avait dit qu'ils étaient poilus comme des singes et avaient l'habitude de commencer leurs repas de fête en avalant d'un trait un œuf de canard à demi couvé.

— Ah ! Monsieur, si vous saviez, dit Lahontan, tout ce que ces barbares peuvent faire. Quand un enfant est né, ils plongent son petit corps chaud et gluant dans l'eau glacée pour l'endurcir, et, quand il atteint une année, ils lui font boire une demi-chopine d'urine de louve en chaleur croyant que la force de l'animal en fera un guerrier redoutable. On rapporte même que les plus grands sorciers guérisseurs sont ceux qui, dans le secret de quelque grotte perdue dans les bois, s'enduisent la figure et les mains du sang d'une vierge menstruée, puis jeûnent pendant vingt-huit jours, sortant au clair de lune pour danser, hurler et parler avec les Esprits.

Landreau écoutait, admiratif, mais Lahontan regretta bientôt de s'être laissé entraîner dans ces fictions grotesques car l'autre en redemandait :

— Racontez-moi, s'il vous plaît, Monsieur, d'autres traits surprenants de ces sauvages canadiens que vous connaissez si bien.

Lahontan rallongea la sauce encore un peu mais, n'y pouvant tenir, se déclara malade d'un flux de ventre qui le forçait à garder le lit. Si cette excuse lui permit d'échapper quelques jours à la curiosité insatiable de ce compagnon imprévu, elle ne le débarrassa pas de lui. Voyant que Lahontan ne prenait pas de mieux, Landreau lui amena son médecin personnel qui, après l'avoir tâté et ausculté pendant une demi-heure, prit l'air sérieux d'un Esculape saignant un puissant de ce monde sur l'agora d'Athènes et décréta que le jeune homme devait, de toute nécessité, subir un lavement radical doublé d'une saignée. Ensuite, il lui fallait manger du poisson frais en abondance et surtout boire beaucoup de vin rouge. Non pas cette piquette avec laquelle on enivre les matelots dans les ports pour leur faire trouver belles des prostituées qui autrement n'auraient pas de clients, mais de bons vins de Cahors et de Pauillac qui purifient le sang, le régénèrent et redonnent au corps sa vigueur première. Lahontan voulait bien de ces vins capiteux qui vous refont un homme en un tournemain, mais comment refuser le lavement qui lui donnait l'impression d'être tombé dans une grosse farce de Molière ?

— Vous me voyez fort touché, Monsieur, du soin que vous prenez de moi, dit-il dans un soupir. Mais feu le médecin de mon pauvre père qui professait à Montpellier l'a mis à l'article de la mort par un lavement qui ne convenait pas à sa machine.

Voyant que le médecin accepterait peut-être un accommodement qui lui permettrait d'affirmer son autorité, Lahontan continua :

—Je vous en prie, Monsieur, je respecte au plus haut point votre diagnostic et je suis prêt à vous suivre en tout, mais commençons d'abord par la saignée. Peut-être la vertu de ces bons vins de Cahors et de Pauillac s'exercera-t-elle ensuite sans l'action du lavement. Votre main experte...

L'autre, qui ne demandait pas mieux qu'on approuvât son art sans discussion, conclut :

— Fort bien, Monsieur, commençons par une saignée, mais vous devrez, sous peine de tomber en langueur, tout de suite après boire un de ces vins dont je vous ai vanté les mérites curatifs. Ah ! si nous n'avions que des malades comme vous !

Le médecin sortit sa lancette et s'exécuta avec des gestes solennels qui semblaient prendre l'univers à témoin des vertus de son art. Lahontan riait sous cape, d'autant plus que Landreau ordonna au capitaine de lui réserver les meilleurs morceaux et lui apporta quatre bouteilles de ces fameux vins de Cahors et de Pauillac.

Voulant prolonger le plaisir de la bonne chère et du bon vin, il montra vite une santé améliorée mais encore un peu chancelante. Quand la curiosité de Landreau devenait trop pressante, il était pris d'une défaillance subite qui, pour n'être pas mortelle, forçait son interlocuteur à le ménager. Le médecin affirmait doctement que de telles rechutes, spectaculaires mais bénignes, étaient tout à fait normales : elles laissaient augurer la guérison prochaine d'un corps fortement secoué. Lahontan le laissait discourir et, quand il s'éloignait avec Landreau, il reprenait sa lecture de Lucien dont il appréciait l'ironie décapante.

Sa cure se termina dans le golfe du Saint-Laurent, quand un bateau anglais voulut prendre l'*Honoré* par surprise en se faisant passer pour un vaisseau français venant de Québec. On reconnut sa manœuvre quand on le vit à une lieue, toutes voiles dehors, foncer sur l'*Honoré*. Arborant maintenant le pavillon anglais, il lâcha sa bordée et l'*Honoré* en fit autant. La mer devint vite si agitée qu'un feu nourri de deux heures ne fit guère de dégâts. Quand les deux bateaux s'éloignèrent à la nuit tombée, on fit état de quelques coups de canon dans les mâts et les vergues faciles à réparer. Au matin, le navire anglais avait disparu, estimant sans doute qu'il y aurait plus à perdre qu'à gagner dans un combat sans vainqueur. L'on débarqua à Québec le 18 septembre.

Lahontan pensait qu'il devait présenter le chevalier Landreau au gouverneur Frontenac. En cela il suivait plus ou moins consciemment la pente de son intérêt puisque le chevalier serait peut-être un jour en mesure d'intervenir en sa faveur auprès de son oncle Pontchartrain. Frontenac reçut le visiteur avec les égards dus à un prince du sang et manifesta beaucoup de contentement à revoir Lahontan.

— C'est un bien grand honneur que vous me faites, Monsieur, de me visiter dès mon arrivée. Même si nous n'avons pas ici toutes les commodités de votre hôtel de Paris, nous ferons de notre mieux pour vous recevoir dignement... Quant à vous, jeune homme, je vous considère comme mon hôte. J'ai fait préparer votre chambre, soyez-y chez vous.

En termes pompeux, Landreau remercia le gouverneur de sa générosité et lui dit qu'il avait beaucoup de plaisir à se retrouver en Canada après avoir entendu tout ce que lui avait raconté Lahontan. Ce dernier tenta de prendre une contenance détachée, craignant que ses fables sur les Indiens ne se retournent contre lui. Puis il se dit que Frontenac aimait lui aussi fabuler devant des visiteurs médusés, et que Landreau ne serait pas assez longtemps à Québec pour vérifier si tous les sauvages étaient poilus comme des singes et si l'on faisait boire aux nourrissons de l'urine de louve en chaleur.

Chapitre 26

« NOTRE PETITE ACADÉMIE »

EN CE DÉBUT D'AUTOMNE 1691, Lahontan se rendit vite compte que l'atmosphère du château Saint-Louis était fort morose. Un mois plus tôt, un parti d'Anglais, de Loups et d'Agniers, en route vers Montréal, avait foncé sur la Prairie de la Madeleine pour prendre le fort. Dans un combat de courte durée, ils avaient tué une cinquantaine de soldats et d'officiers, jetant l'inquiétude jusque dans l'entourage du gouverneur. Celui-ci, pour rassurer la population qui craignait une attaque sur Chambly, avait engagé un de ses meilleurs hommes, Valrennes, pour une action de représailles qui réussit parfaitement. Mais tout le monde demeurait sur ses gardes.

Lahontan avait espéré qu'une lettre de Marie-Laure l'attendrait à son arrivée. On n'avait rien pour lui. Il n'osa insister ni questionner les habitués du château Saint-Louis, craignant qu'on ne découvrît son secret. Il décida d'écrire à Marie-Laure :

Chère Marie-Laure,

Ces neuf mois passés en France m'ont fait retourner dans un monde antérieur que je ne me rappelais plus guère. Aussi serais-je bien en peine de t'en parler.

Je n'ai pu hélas ! rien faire pour notre patrimoine qui semble perdu à tout jamais maintenant. Je n'ai rien obtenu de la cour, si ce n'est le titre ronflant de « Lieutenant réformé d'une Compagnie de Marine ». Cette promotion me comblerait si elle me permettait d'aider davantage ma mère et ma sœur.

Et toi, mon cœur, comment as-tu passé cette presque année ? Je n'ai pas cessé de penser à toi, lors même que je faisais le pied de grue dans les antichambres de Versailles.

Sur le bateau qui m'a ramené ici, on parlait d'une coalition d'Iroquois et d'Anglais prêts à fondre sur Montréal. Mais ces nouvelles alarmantes ne m'ont guère touché, je dois te l'avouer. Mon cœur est trop plein de toi. Ne crois pas cependant que j'hésiterais à aller écraser ces gredins s'ils voulaient nous attaquer. La Nouvelle-France n'est plus seulement pour moi une colonie à défendre. C'est une terre animée par ta présence.

Pourrais-je te voir à Château-Richer ? Je me languis de toi.

Lh.

— Je suis content de vous voir de retour, Lahontan, lui dit Frontenac, qui semblait soucieux. Notre petite académie du samedi soir n'a plus la vivacité qu'elle avait quand vous étiez là. Kondiaronk est moins bavard : vous lui manquez. Madame Dumais a perdu de sa verdeur et le père Germain me semble fatigué, sinon blasé. Il était absent la semaine dernière. Peut-être son supérieur le père Dablon juge-t-il notre compagnie dangereuse maintenant qu'il sait tout ce qu'il voulait savoir sur nos conversations un brin libertines et irrespectueuses. Je vous verrai lundi prochain et vous me raconterez votre voyage en France. En attendant, venez ce soir, nous aurons un hôte très spécial, d'après ce que m'en dit Kondiaronk : un de ses parents dont je n'ai pu savoir si c'était un frère ou un cousin plus ou moins proche. Chez eux, tout le monde est frère ou ennemi... Passez au collège des jésuites saluer le père Germain et décidez-le à venir pimenter notre bavardage philosophique de ses grands principes.

Voyant l'air surpris de Lahontan, il ajouta :

— Oui, j'exagère. J'aime bien le père Germain : il est honnête et de bon conseil. En public je suis rarement du même avis que lui, mais en privé j'apprécie son intelligence et cette franchise brutale dont il ne se départit jamais. Et puis mon séjour à Québec serait plutôt terne sans ces discussions hebdomadaires qui me réservent toujours des surprises.

Quand Lahontan revint au château Saint-Louis, Kondiaronk présentait un de ses frères à Frontenac :

— Ami Gouverneur, je vous présente Amiscapan, le sage des sages parmi nous.

L'homme en imposait avec son air serein que rien ne semblait troubler. Il passait pour sorcier parce qu'il racontait des choses étranges sur l'Au-Delà et prédisait parfois l'avenir avec exactitude en disant : « Voilà, j'ai songé cette nuit. » Il connaissait la vertu des simples, savait soigner les blessures avec des décoctions de plantes peu connues et réparer les cassures et les articulations abîmées mieux que n'importe quel médecin de France.

Quand tout le monde eut pris place dans le grand salon, Kondiaronk s'adressa à une assemblée engourdie par le nordet glacial qui soufflait sur le cap aux Diamants :

— Mes amis, je vous présente Amiscapan dont les mains sont aussi habiles que sa parole est sage. Certains d'entre vous ont pu mesurer l'efficacité de son art à guérir des blessures empoisonnées qui semblaient incurables. Mais il s'intéresse à l'âme beaucoup plus qu'au corps et son regard à lui sait voir derrière les apparences.

Moins grand que Kondiaronk, Amiscapan semblait réservé, presque timide, mais ses yeux brûlaient d'une flamme intense. Il mangeait lentement et répondait à droite et à gauche aux questions qu'on lui posait. Plusieurs auraient aimé tout connaître de cet homme qui tranchait sur les sauvages ordinaires, mais on ne savait quelle question lui poser. Lahontan commença :

— J'ai lu autrefois, dans les *Relations* du père Brébeuf, que les Hurons avaient d'étranges croyances sur le commencement du monde. Il parlait d'une certaine Aataentsic tombée du ciel, qui avait donné naissance à la race humaine. Qu'en pensez-vous ?

— Je ne connais pas ce père dont tu parles — je ne sais pas lire dans les livres. Il est vrai qu'à l'origine du monde il y avait Aataentsic, la Lune. Elle habitait dans le ciel une terre verdoyante comme la nôtre en été, où l'hiver était si doux qu'on le voyait à peine. Un jour que son chien poursuivait un ours, celui-ci tomba dans un précipice et le chien après lui. Aataentsic, qui suivait derrière, s'y jeta aussi, ne voulant pas se séparer de son chien qu'elle aimait par-dessus tout. Or, à cette époque, ce que nous appelons la terre n'était que de l'eau. Aataentsic tomba donc dans l'eau, sans se blesser. Heureusement, car elle était enceinte. Pendant sa chute, la grande Tortue, levant par hasard la tête hors de l'eau, l'aperçut et eut pitié d'elle. Ne sachant que faire, elle appela les autres animaux marins, aussi étonnés qu'elle de voir descendre du ciel cette créature étrange. Le Castor proposa qu'on se mît tous à l'œuvre pour construire une petite plateforme avec de la terre qu'on alla chercher au fond de l'eau et qu'on transporta sur le dos de la Tortue. Le Castor mit un soin particulier à lisser avec sa queue cet amas boueux qui devint une île sur laquelle Aataentsic tomba sans se faire de mal. Elle enfanta alors de jumeaux : Iouskeha, le Soleil, et Tawiscaron, qui, étant grands, se prirent de querelle. Armé d'un bois d'orignal, Iouskeha blessa au flanc son frère, qui n'avait pour se défendre qu'une tige de rosier sauvage. Le sang qui coulait de sa blessure arrosa la terre et donna naissance aux pierres à feu que nous appelons en notre langue *Tawiscara.* Il mourut là, achevé par Iouskeha.

Nos pères racontaient que cet Iouskeha est à l'origine de tous les biens que nous avons. C'est lui qui réchauffe la terre pour faire pousser le blé d'Inde, c'est lui qui apprit à la grande Tortue comment allumer le feu pour faire bouillir la chaudière, c'est lui encore qui rend nos chasses favorables. Et c'est lui enfin qui libéra tous les animaux renfermés dans une profonde caverne.

D'autres racontent que la terre s'est formée d'une autre manière. Avant le commencement du monde, elle était sèche et aride, parce que toutes les eaux étaient renfermées sous l'aisselle d'une grosse Grenouille, appelée chez nous Ouaouaron. S'en étant rendu compte un jour, Iouskeha fit sous l'aisselle de la Grenouille une incision par où l'eau s'échappa et se répandit pour former les lacs et les rivières que nous connaissons, avec les poissons, les loutres et les castors.

Voilà ce que j'en sais parce qu'on me l'a dit.

On remua les jambes, on toussota, étonné de ce discours, inhabituel au château Saint-Louis. Le père Germain prit la parole d'un ton que Lahontan jugea faussement amène :

— Je ne comprends pas bien, Amiscapan, comment votre Aataentsic a pu donner naissance à deux fils, s'il n'y avait pas d'homme avec elle.

— Je ne le sais pas moi non plus. Certains racontent qu'elle avait un mari malade ; moi je ne sais pas.

— Mais toi qui sais tout sur vos origines, tu devrais pouvoir expliquer cette naissance bizarre ?

— Je te l'ai dit, je ne sais pas. Nos pères...

— Vos pères, vos pères ! ne vous auraient-ils pas raconté une fable ?

— Ami jésuite, reprit Kondiaronk, tu cherches à polémiquer sans raison. Pourquoi veux-tu qu'Amiscapan nous explique ce que toi-même ne peux pas sur ton Jésus né d'une femme qui n'avait jamais connu d'homme.

— Ne joue pas les naïfs, Kondiaronk, tu connais assez les dogmes chrétiens pour savoir que Jésus est né comme un rayon de soleil de la Vierge Marie par l'opération de l'Esprit-Saint.

Lahontan et Clara Dumais sourirent, car ils savaient la bataille engagée entre Kondiaronk et le père Germain, qui reprit :

— Brébeuf raconte aussi que cette Aataentsic n'était pas trop bonne, qu'elle se déguisait en belle jeune fille pour tuer ses hôtes...

— Nos pères ne nous ont jamais raconté chose pareille, reprit Amiscapan.

— Peut-être est-ce une invention du père Brébeuf, reprit Lahontan, qui trouvait discourtoise l'insistance du père Germain.

— Comment oses-tu mettre en doute la parole d'un homme qui est mort martyr pour sa foi ? N'est-ce pas Pascal, pourtant adversaire des jésuites, qui déclarait : « Je ne crois que les histoires dont les témoins se feraient égorger » ?

— Mon Dieu, mon Père, intervint Clara, des tas d'illuminés seraient prêts à se jeter dans le feu pour nous faire croire à leurs lubies. Pour ma part, je suis bien prête à accepter comme plausible ce qu'a raconté le père Brébeuf sur les croyances des Hurons ; ce sont des mythes, tout comme les croyances chrétiennes.

— Comment, vous, Madame Dumais, qui avez été élevée dans la foi chrétienne, pouvez-vous traiter nos croyances de mythes ? Quant à toi, Lahontan, tu as trop fréquenté ces esprits libertins qui se sont nourris de Lucien et des sceptiques grecs...

— Ne vous échauffez pas, Père Germain. Je ne parle pas de contes à bayer aux corneilles, mais de *mythe*, c'est-à-dire de fiction forgée pour approcher l'inconnu. Bien loin de mépriser ces fictions, je les crois nécessaires pour calmer notre angoisse native, tracer un sentier à travers la forêt épaisse de ce que nous ignorons. Ne vous en déplaise, mon père, les histoires que nous racontent les Hurons sur les origines ressemblent beaucoup à celles que nous racontent la Bible.

— Comment oses-tu comparer ces fables gossières à la dignité de l'Écriture sainte ?

— Je ne voudrais pas faire le jeu de ces esprits obtus qui ramènent les récits bibliques à des contes ridicules comme cette histoire horrible d'Abraham prêt à tuer son propre fils parce que Dieu le lui a demandé ou toutes ces fables grivoises où des vieillards libidineux regardent en cachette de belles femmes en train de se baigner ou ce conte, encore plus absurde, de la femme de Loth changée en statue de sel parce qu'elle a osé jeter un regard sur la ville de Sodome...

— Lahontan, tu n'as pas le droit de réduire la Bible à un amas de sornettes qu'on doit respecter sous peine de sanctions sévères.

— N'est-ce pas ainsi qu'on l'utilise en France, contre les jansénistes, les protestants et ceux qu'on dit sorciers ? Je n'ai jamais rien vu de plus cruellement fou que cette monstrueuse foire de Loudun, où quelques religieuses hystériques, se disant possédées du diable, permirent à Richelieu de mater une ville en se débarrassant sur le bûcher de l'encombrant curé Grandier qui avait eu la mauvaise idée de contester sa politique centralisatrice.

— Lahontan, tu désacralises tout et tu montes en épingle de malheureuses erreurs humaines pour oublier l'essentiel.

— Je ne cherche pas à désacraliser ce que des humains vénèrent ; je veux seulement dire que les mythes religieux sont comme ces rêves qui racontent nos cauchemars et nos bonheurs en des images que nous n'arrivons pas toujours à interpréter clairement. Ces rêves existent depuis la nuit des temps et les humains essaient d'en tirer des signes pour les éclairer sur leur destin.

— Là tu donnes dans le délire poétique, mon jeune ami. Mais même si je recevais cette conception fantaisiste, je ne puis accepter que tous les mythes soient équivalents. Certains, plus élémentaires, nous ramèneraient à la barbarie, d'autres...

— Croyez-vous donc, Père Germain, que nous soyons sortis de la barbarie ? Vous pensez que les Indiens sont plus barbares que nous parce qu'ils font mourir leurs ennemis à petit feu. Ne faisons-nous pas de même quand nous brûlons comme sorcières sur la place publique de pauvres femmes qui ont le malheur de devenir les boucs émissaires d'une humanité misérable ? Vous qui connaissez tant de choses, n'avez-vous jamais entendu parler du supplice de la *question* lors des procès qu'on tient dans notre bonne France ? N'avez-vous pas pitié de ces accusés et de ces témoins innocents qui meurent dans les pires souffrances ou deviennent infirmes pour la vie ? Partout et toujours, l'homme est un loup pour l'homme ; un tortionnaire pour qui la vie des autres n'a souvent pas plus d'importance qu'un ballot de fourrures (Lahontan pensait alors au jeune Marion, fusillé pour avoir commercé avec les Anglais). Non, la barbarie n'a pas disparu...

Lahontan faillit parler de la Saint-Barthélemy et de ces innombrables massacres de Français s'entretuant au nom de la vraie Foi. Il continua plutôt :

— Ne trouvez-vous pas étrange que les Hurons aient aussi leur propre histoire de Caïn et d'Abel ? Pourquoi nous le cacher ? La violence est partout, elle peut surgir n'importe quand, même entre frères. C'est ce que nous raconte cette fable d'Abraham, prêt à exécuter son fils pour obéir à son Dieu.

Le père Germain allait protester, lorsque Kondiaronk, qui aimait les débats d'idées, mais craignait la polémique dressant irrémédiablement les uns contre les autres, intervint avec une lenteur et une amabilité calculées :

— Notre jeune ami s'emporte un peu, mais je comprends son impatience devant la folie dont les humains sont capables.

Amiscapan, que ces discussions laissaient froid, dit alors :

— Pardonnez-moi, mes amis, ma parole ne se meut pas à l'aise dans la discussion. Je vous ai écoutés avec plaisir et j'ai profité de votre sagesse. Permettez-moi de vous saluer pour aller faire bouillir ces herbes que j'ai cueillies dans le sous-bois.

Frontenac alla le reconduire jusqu'à la porte et le père Germain reprit la parole comme si la discussion n'avait pas été interrompue :

— Je pense, Kondiaronk, que notre plus grande folie, c'est cette peur angoissée de la mort qui nous précipite dans une fureur de vivre qui nous projette hors de nous comme des girouettes affolées. Nous nous tuons à imaginer des moyens de ne pas mourir et nous oublions de vivre au jour le jour comme les oiseaux et les lys des champs qui font confiance à la Providence et ne se demandent pas de quoi demain sera fait.

— Si ta Providence est si prévenante, intervint Kondiaronk, pourquoi toi et les autres jésuites refusez-vous de tout mettre en commun avec les nôtres ? Quand ils te le demandent, tu caches tes provisions de tabac et de galettes dans ton matelas.

— Parce que vous consommeriez en trois jours les provisions d'un mois.

— Mais n'as-tu pas dit que la Providence prenait soin des petits oiseaux qui ne prévoient pas le lendemain ?

— Les petits oiseaux ne sont pas des humains. Et ce n'est pas parce que la Providence veille sur nous que nous devons négliger le lendemain. Certes, Dieu prend un soin amoureux de ses créatures, jusqu'aux plus petites. Mais le simple bon sens exige que nous ne L'insultions pas par une conduite imprévoyante qui gaspillerait ses bienfaits.

— Ami jésuite, tu nous parles depuis un quart d'heure d'un Dieu bienfaisant, et pourtant, quand tu nous prêches, tu Le montres plein de courroux, prêt à nous faire pâtir en enfer, pendant des milliers d'années, des souffrances cent fois plus terribles que celles qui te scandalisent quand nous les infligeons à nos ennemis.

— C'est juste, le courroux de Dieu s'abat comme la foudre sur ceux qui désobéissent à ses lois...

— Voilà un Dieu bien tyrannique, en effet, intervint Clara Dumais. Il y a cinq ans, ma petite nièce, encore au sein, a été prise de convulsions et a tellement souffert pendant des jours que, la voyant condamnée, j'ai moi-même pensé à abréger ses souffrances.

— Vous n'en aviez pas le droit, Clara, Dieu seul est le maître...

— Bien sûr, je n'en avais pas le droit ! Dieu est le seul maître de la vie. Mais dites-moi comment son infinie bonté peut-elle accepter qu'un petit être sans malice n'ait connu de son passage sur terre que la souffrance ? S'Il est tout-puissant comme vous le prétendez, Il est bien cruel d'avoir permis la naissance de cet enfant.

— Il y a des choses dans le plan divin que de faibles esprits comme les nôtres ne peuvent pas connaître, car Dieu, pour des raisons impénétrables, se sert de la souffrance de quelques-uns...

— Si ce qui est absurde pour les esprits raisonnables demeure pour vous un mystère impénétrable, pourquoi essayez-vous de l'expliquer ? Comment pourrais-je croire en un au-delà de malheur et de bonheur quand tout est si confus ici-bas ?

— Dame Clara a raison, reprit Lahontan. Trop de choses nous échappent ici-bas pour que nous puissions spéculer sur l'au-delà. Ainsi je n'arrive pas à être sûr que cette carcasse maigre et longue qui est la mienne, que ce que vous appelez mon âme survivent après ma mort. Quand j'ai fait le voyage à la rivière Longue, des femmes essanapées couraient avec leur tablier recueillir l'âme d'un mourant pour l'insuffler à un enfant naissant. Peut-être avons-nous déjà habité un autre corps et nous réincarnerons-nous après notre mort... Ou peut-être une partie de nos atomes dispersés par la mort s'agglutineront-ils avec d'autres pour former un être que je ne puis imaginer...

Vers une heure du matin, les propos devenant de plus en plus confus et la discussion s'effilochant en tous sens, Frontenac se leva :

— Mes amis, la fatigue a eu raison de nous. Reprenons, si vous voulez bien, cette conversation une autre fois. Je vous remercie de votre présence et je vous souhaite bonne nuit.

Chapitre 27

GENEVIÈVE D'AMOURS

À LA MI-NOVEMBRE 1691, alors que Lahontan allait entrer chez Frontenac, celui-ci lui présenta sa filleule Geneviève, fille de Matthieu D'Amours qui commerçait avec ses fils en Acadie. Vive, bien en chair, mais point replète, elle avait dans ses manières une liberté, une spontanéité et une fraîcheur que ne montraient pas les femmes récemment débarquées de France, ficelées dans leur corset comme des saucissons. Quand elle parlait, Lahontan, pourtant loquace, se taisait, fasciné plus qu'il n'aurait voulu par cette amazone sociable, si à l'aise dans son corps. Sans qu'il le voulût, son regard s'attachait à sa bouche, mobile comme un oiseau, à ses seins roses dont le haut palpitait, légèrement gonflé par le corsage.

Frontenac ne mit pas de temps à remarquer son trouble. À mots couverts d'abord, puis plus clairement, il lui laissa entendre que sa filleule Geneviève serait un bon parti pour un officier dont la famille était ruinée. Lahontan aimait bien Geneviève, dont il appréciait l'esprit fantasque et les reparties spirituelles ; il se sentait même parfois tout chose en sa présence, mais se reprenait vite, car l'image de Marie-Laure montait en lui avec une telle force qu'il en perdait la vivacité qui faisait son charme en société. On voyait dans son changement de figure et de comportement le trouble naturel d'un jeune homme vivement ému par une jeune fille que les officiers les plus endurcis auraient courtisée s'ils n'avaient été mariés.

Lahontan n'eut guère le temps d'ausculter ses sentiments puisque Frontenac, qu'il cherchait maintenant à éviter, multipliait les invitations à sa table et le pressait de plus en plus. Se sentant pris au piège, il demanda du temps pour réfléchir. Frontenac lui accorda deux semaines, après quoi Lahontan en voulut encore deux, que l'évêque lui fit obtenir. Voulant forcer les choses et se rendre agréable à Frontenac, Nelson donna un festin en l'honneur des futurs époux, et y convia le gouverneur, l'intendant et l'évêque. Ne pouvant se désister, Lahontan s'y rendit la mort dans l'âme. Au dessert, Nelson offrit un cadeau de noces de deux mille écus, en considération de l'amitié qu'il portait au père et aux frères de Geneviève avec lesquels il commerçait en Acadie. L'évêque en ajouta mille et, pour ne pas être en reste, Frontenac lui octroya la compagnie vacante de Sainte-Marie et des congés de traite pour une valeur de huit mille écus. Tout cela faisait un mariage fort avantageux. Le repas fini, on pressa Lahontan de signer le contrat, mais il répondit qu'ayant abusé du bon vin de Médoc son esprit était trop fumeux pour juger de la chose sainement, de sorte qu'on fut obligé de remettre la partie. Contrarié par ce retardement imprévu, Frontenac lui fit garder la chambre pendant trois jours, puis l'envoya quérir afin de s'expliquer avec lui sur-le-champ, devant tout le monde :

— Je pense, Lahontan, que vous avez eu le temps de retrouver vos esprits. Maintenant, expliquez-vous.

— Je suis très sensible, Monseigneur le Gouverneur, et vous aussi, Monseigneur l'évêque, à la bonté que vous me témoignez. Je connais les mérites de mademoiselle D'Amours et je ne doute pas qu'elle serait une épouse parfaite, mais regardez-moi : je ne mange plus, je ne dors plus, j'ai perdu l'esprit. Si vous avez de l'estime pour elle, ne permettez pas qu'elle épouse un homme qui perd si facilement la tête. Le peu de raison qui me reste encore me servira à me consoler de sa perte.

Ces propos surprirent l'évêque, le gouverneur, l'intendant et tous les autres officiers qui faillirent s'étouffer, tellement ils ne s'y attendaient pas. Frontenac surtout contenait mal sa colère, marmonnant que Lahontan était bien ingrat après toutes les bontés qu'on lui avait manifestées et qu'assurément il était fou à lier. Il ajouta encore qu'il ne pouvait plus obéir aux ordres de la cour en lui donnant la compagnie de Sainte-Marie qu'il accorderait plutôt à monsieur de Saint-Ambroise dont on pouvait au moins prévoir les coups de tête.

Lahontan voulut prendre congé, mais le gouverneur lui ordonna de demeurer au château Saint-Louis et de souper dans sa chambre jusqu'à ce qu'on en décide autrement.

Malgré cette rebuffade publique, Lahontan n'était pas mécontent de se retrouver seul avec ses livres dont il avait craint que Frontenac le privât pour mieux le punir. Kondiaronk venait parfois le voir pour discuter avec lui des aléas de la vie.

— Vois-tu, lui disait-il, si tu étais Huron, personne ne voudrait te contraindre d'épouser une fille qui te plaît bien, mais que tu n'aimes pas comme celle qui t'occupe le cœur depuis quelques hivers.

— Voudrais-tu, mon ami, ne pas chercher à me consoler en me parlant de tes Hurons. Je ne suis pas désespéré de mon sort.

— Mon ami, ta peine me touche, même s'il m'arrive en public de jouer les indifférents devant les vicissitudes de la vie.

Lahontan eut envie d'ironiser sur ce comportement peu conforme aux discours de Kondiaronk qui ne cessait de vitupérer les Français de cacher leurs sentiments sous le masque du paraître social. Mais il pensa que l'amitié est trop rare pour la gaspiller en vaines paroles.

— Je voudrais bien avoir cette force de caractère qui permet d'oublier ces souffrances du cœur pour lesquelles il n'est pas de remède.

— Ne te désole pas trop, mon ami, les grandes peines, comme les grands bonheurs, ne peuvent durer éternellement. Elles nous laissent même parfois une étrange tranquillité d'âme, comme si l'esprit avait franchi les frontières d'un pays inconnu. Crois-moi, les douleurs profondes sont comme les fièvres malignes : à vouloir les soulager trop vite par des remèdes brutaux, on violente la nature qui sait mieux que nous nous guérir de nos maux... Ta Marie-Laure, je le vois, est unique pour toi et tu l'es sans doute pour elle. Ou vous finirez par vous rejoindre un jour, ou vous poursuivrez votre vie sur des chemins différents. Dans les deux cas, tu ne saurais obtenir plus que ce que le sort te réserve. Songe que tu as eu la chance d'aimer et d'être aimé comme peu d'hommes en cette vie, et qu'avec une grande peine des écrivains que tu aimes ont écrit des livres qui t'apportent joie et consolation.

— Qu'ai-je à faire, mon ami, de ces chefs-d'œuvre consolants nés d'une grande peine, si la mienne ne me quitte jamais ?

Même si Lahontan restait claustré dans sa peine, Kondiaronk n'en continuait pas moins à causer avec lui, devinant plus qu'il ne comprenait un bouleversement intérieur qu'il n'avait jamais connu.

Un jour, ne pouvant supporter l'attente, Lahontan décida qu'il se rendrait à Château-Richer passer la Noël chez les Bélanger. À partir de ce moment, il retrouva son calme, même si la peine demeurait en lui comme une eau souterraine.

— Mon ami, je suis content pour toi, lui dit Kondiaronk. Tu seras enfin, je crois, définitivement fixé sur ton avenir avec Marie-Laure. Malgré ses lettres, tu gardes espoir. Mais il n'est pas bon de vivre toujours dans l'espoir. Je le vois trop chez les chrétiens, tellement tendus vers leur Dieu qu'ils s'empêchent de vivre.

Lahontan ne répondit pas, la parole de l'autre coulant sur lui comme le gave de Pau en juillet, après la mort de son père.

En arrivant chez les Bélanger, il faillit défaillir quand il vit Marie-Laure venir à sa rencontre :

— Bonjour, Lahontan, nous serons contents de passer Noël avec toi.

Il ne sut comment interpréter ces paroles. Madame Bélanger, se précipitant à sa rencontre, le tira d'embarras.

— Quelle belle surprise tu nous fais, mon grand Loup, de venir nous voir juste avant Noël !

Lahontan l'embrassa, lui disant qu'il n'oublierait jamais son premier Noël parmi eux, loin des siens.

— C'est Charles et les enfants qui seront contents ! Justement, François sera avec nous cette année. Nous l'attendons d'un jour à l'autre.

Ce fut la fête pendant quatre jours. On mangea et on parla beaucoup, entremêlant les souvenirs et les anecdotes sur la vie de chacun. Lahontan se revoyait huit ans plus tôt, entrant à peine dans l'âge adulte, ne connaissant rien de la vie. Que tout avait changé depuis ce temps ! Était-il devenu plus lucide ou les joies étaient-elles plus simples alors, et les malheurs moins grands ? Il n'aurait su le dire. L'amour pour Marie-Laure était toujours présent en lui, mais sans cette déchirure lancinante au plexus solaire. La joie de tous lui semblait un peu moins vive à cause de l'inquiétude latente qu'il devinait chez Marie-Laure et sa mère. Bélanger n'avait pas retrouvé sa vitalité d'autrefois. Lahontan se rendait compte qu'il voulait ne rien faire paraître pour ne pas attrister son monde et il lui en sut gré.

La veille de son départ, Lahontan prit le sentier de la forêt avec Marie-Laure. À peine reconnaissait-il la montée et la clairière où ils s'étaient aimés.

— Tu sais, Louis-Armand, je suis aussi émue que toi. Je ne suis jamais revenue sous ces arbres trop proches de mon cœur. Je t'ai demandé de ne pas nous revoir et je crois toujours que c'est sagesse, mais je suis heureuse que tu sois là. Comment vis-tu, toi ?

Lahontan lui raconta sa vie sous les armes pendant l'été et son séjour au château Saint-Louis depuis septembre, avec les longues soirées à discuter le samedi soir dans le grand salon de Frontenac. Marie-Laure lui en voulut un moment de cette vie à laquelle elle ne pouvait participer. En même temps, elle eut plaisir à le voir content, lui dont l'esprit vif et curieux était toujours en alerte. Il lui relata l'histoire de Geneviève D'Amours, en taisant les pointes d'émotion qu'elle avait suscitées chez lui. Son léger embarras alerta Marie-Laure dont l'esprit se mit à forger des images où Lahontan et la fille D'Amours, dans une belle robe de bourgeoise, se promenaient bras dessus bras dessous dans les rues de Québec. Malgré le pincement au cœur qu'elle en ressentit, elle imposa silence à son imagination. Après un moment de silence, elle lui dit :

— Tu sais, Louis-Armand, je te le dis en toute amitié, tu devrais peut-être épouser la filleule de Frontenac. Un officier serait vite embarrassé par la fille d'un habitant de Château-Richer.

Il voulut protester, mais elle continua :

— Tu es courageux, mon ami, intelligent, et tu sais te faire apprécier. Tu aimes le bois, la chasse, la liberté. Mais, pour vivre ici comme tu le voudrais, il faut aimer la violence parce qu'elle est partout. N'as-tu pas été bouleversé quand des compagnons sont morts sur le champ de bataille ? Moi-même, qui ai vu égorger des bêtes depuis mon enfance, je ne m'habitue pas à voir ces blessés quand je vais aider les religieuses de l'Hôtel-Dieu. J'ai la consolation de savoir que mes soins en sauveront quelques-uns, tandis que toi...

— Je ne serai pas éternellement militaire, Marie-Laure, je te le jure.

—Je te crois, cher Louis-Armand, mais pour le moment tu l'es. Et à 24 ans tu es déjà lieutenant du roi. Que peux-tu espérer au-delà ?

— Je ne le sais que trop et je pense quitter le service. J'aime ce pays, Marie-Laure, beaucoup plus que la France où je me sens étranger.

— Oui, bien sûr. Tu aimes ce pays comme tu aimes la chasse. Pour la liberté qu'il te donne. Mais encore une fois, quel avenir as-tu ici ? Tu pourrais obtenir un congé de traite, mais te vois-tu mener une vie de coureur de bois pendant vingt ans ?

Lahontan la regarda, triste, presque désespéré.

— Comprends-moi bien, Lahontan. J'aime moi aussi cette liberté que tu aimes et qui n'est jamais assez grande. Et je t'aime aussi. Mais je ne vois pas actuellement comment nous pourrions vivre ensemble sans gaspiller notre vie. Je le regrette et cela me révolte, car je déteste que le destin choisisse pour moi. Mais peut-être trouverons-nous une solution...

Ils s'embrassèrent sans un mot et Lahontan repartit pour Québec.

Chapitre 28

L'AMITIÉ DE KONDIARONK

VOYANT SON AMI SE DÉSOLER ET PERDRE L'APPÉTIT, Kondiaronk venait souvent rencontrer Lahontan, fumer, comme il disait, une pipe avec lui. Cela voulait dire aspirer profondément cet âcre tabac dont le jeune homme ne pouvait plus se passer, mais aussi parler jusqu'aux petites heures de la nuit, avec de grandes pauses de silence.

— Vois-tu, Lahontan, tu penses que tu n'es pas heureux parce que Marie-Laure ne répond pas à ton amour comme tu voudrais. Mais, si elle y répondait, pourrais-tu le vivre comme tu le souhaites ?... Crois-moi, regarde les choses avec plus d'indifférence. Tu auras beau faire, tu ne réussiras jamais, je crois, à t'arracher cette fille du cœur. Mais tu peux faire que ta peine soit moins vive.

— Cela te va bien de me prêcher l'indifférence, toi qui, désespéré, voulais te suicider après la mort de ta femme.

— Certes, j'ai failli m'enlever la vie. Mais j'ai retrouvé la sérénité quand j'ai pensé à mes trois enfants.

— Je n'ai pas de femme, surtout pas celle qui me cheville le corps. Ma seule famille m'est plus étrangère que toi.

— Lahontan, tu cherches le bonheur dans les autres. Tu ne peux le trouver qu'en toi, en apprenant à te détacher des choses qui ne te sont pas essentielles. Vois-tu, nous laissons souvent errer notre désir comme un jeune animal sauvage et ne trouvons jamais le contentement.

— Kondiaronk, tu me proposes là une attitude craintive et souffreteuse, incompatible avec ma nature. J'ai toujours trouvé ridicule cette pensée de Pascal qui écrivait : « Tout le malheur des hommes vient de ne pas savoir demeurer au repos dans une chambre. »

— Je ne dis pas cela. Ton Pascal n'est pas un homme mais un mort égaré sur terre. Je prétends seulement que nous gaspillons souvent la force de notre désir en l'éparpillant de tous côtés.

— Comment veux-tu que nous ne nous dispersions pas dans mille directions quand nous ne savons pas toujours ce que nous voulons. Au reste, quand on est né pauvre comme moi, on n'est jamais son propre maître.

— Crois-tu vraiment que les Français riches soient leurs propres maîtres ?

— Assurément, Kondiaronk : ils ont au moins la liberté de faire ce qu'ils veulent.

— Parce que le manque d'argent t'impose des corvées serviles, tu penses que les Français riches sont libres. Par exemple, ces personnages importants de la cour te semblent incontestablement plus libres que toi. Mais appelles-tu libres ces grands seigneurs qui se haïssent les uns les autres, qui perdent le sommeil, le boire et le manger pour courtiser le roi ? qui se contortionnent de manière grotesque pour qu'on les remarque ? qui sont dévorés par l'envie, l'ambition et l'orgueil humilié ? Ne vaudrait-il pas mieux pour eux jeter carrosses et dorures et palais que d'endurer toute leur vie un tel martyre ? Ils sont esclaves de leurs passions, alors que toi, tu es libre malgré ta pauvreté.

— Lentement, mon ami...

— Je te parle franchement, Lahontan, ne vois-tu pas que nous sommes un millier d'hommes dans notre village, que nous nous aimons comme frères, que ce qui est à l'un est au service de l'autre, que les chefs n'ont pas plus de pouvoir que les autres Hurons, qu'on ne voit pas souvent de querelles ni de violences parmi nous, que chacun est maître de soi-même et fait tout ce qu'il veut, sans rendre compte à personne et sans qu'on y trouve à redire ? Pendant que vous, Français, avec votre argent et tout ce que vous possédez, vous vous querellez continuellement, vous vous jalousez et ne pouvez jamais trouver la tranquillité de l'âme ni la paix de votre esprit.

— Tu te leurres, Kondiaronk, vos chefs n'ont pas ce pouvoir de contraindre qu'ils ont chez nous, mais vous n'êtes pas si libres que tu le dis. La coutume chez vous, la voix des ancêtres ou celle des vieillards décrépits fait figure de Bible et de code de lois. Bien sûr, toi, Kondiaronk, tu peux jouer les iconoclastes avec nous, à la table de Frontenac ; mais chez vous tu respectes ton grand-père comme nous notre roi. Ta liberté est plus grande parce que tu as la forêt pour trouver la solitude et échapper un moment au regard des autres. En outre, ton crédit de chef te donne un prestige qui te permet de te soustraire élégamment à certaines contraintes qui frappent tes compatriotes.

— Certes, notre liberté n'est pas entière, mais elle est infiniment plus grande que chez vous parce que nous refusons d'utiliser l'argent qui fait naître de bien grands maux : l'ambition, la jalousie, l'injustice. Vous vous tuez, vous vous battez, vous pouvez vendre votre père, votre sœur ou votre ami pour de l'argent.

— Me feras-tu croire, Kondiaronk, que les perles de verre, les castors et les fusils ne sont pas votre argent à vous ? Vous vous battez contre vos alliés pour commercer avec les Français, vous vous battez même entre vous quand les coureurs de bois ou les marchands vous procurent de l'eau-de-vie.

— Ne vois-tu pas que c'est le désir de posséder qui fait tout ce mal ? Si vos coureurs de bois n'avaient pas introduit l'eau-de-vie chez nous, nous vivrions dans la concorde comme avant.

— Comment peux-tu être aussi naïf ? Tu penses que les Hurons ne se battaient jamais entre eux ni contre leurs alliés avant la venue des Français et des Anglais ! Ce n'est pas ce que disent les chansons et les contes de vos vieux. Quant à cette eau-de-vie, me diras-tu pourquoi les Hurons ne peuvent s'en passer quand ils y ont goûté et pourquoi ils sont pris de folie quand ils en boivent ? Tu me parles toujours de liberté. N'ont-ils pas la liberté de choisir de n'en pas prendre quand on leur en offre ? Ne savent-ils pas maintenant quel mal elle leur apporte ?

— Les Hurons n'étaient pas préparés à l'eau-de-vie, pas plus qu'à ces maladies qui ont détruit la moitié de notre fière nation avant que les Iroquois fassent le reste.

— L'eau-de-vie, comme le désir de posséder, mon cher Kondiaronk, ressemble étrangement à ce péché originel dont parlent les jésuites.

— Oui, Lahontan, d'une certaine manière.

— Vraiment ? Mais quel péché étrange, puisque tu en rejettes l'origine sur les seuls Français ! Essaierais-tu de me faire croire que vous êtes tous des enfants sans défense, à qui la seule vue d'une goutte d'eau-de-vie fait perdre tout libre arbitre ? Tu m'as habitué à plus de fierté en parlant de ton peuple.

— Peut-être l'eau-de-vie nous est-elle arrivée trop subitement alors que nous n'avions l'expérience d'aucune boisson de ce genre.

— Tu le vois, Kondiaronk, le mal que nous faisons ne vient pas toujours de notre malice. Je ne crois pas plus que toi en ce péché des origines. Un petit animal, ou un nourrisson, n'est ni bon ni méchant : il n'est que tendances et appétits. Là n'est pas la source de ce mal premier qui atteindra aussi ce petit enfant. Quand un énorme désir de bonheur me pousse à faire ce que mon cœur réprouve, ce n'est pas le mal que je cherche mais le bonheur. Pourquoi avons-nous ce désir en nous si nous ne pouvons jamais l'assouvir ou s'il nous porte là où nous ne voulons pas toujours aller ? Où est la source de ce mal qui cherche à se glisser partout, dans la réalisation de nos désirs, dans nos gestes spontanés ? C'est à cause de ce mal provoqué malgré moi que je ne suis assuré de rien. À cause aussi de cette souffrance inutile que je vois partout.

— Allons nous coucher, mon ami, la tristesse de tes paroles ferait fondre les glaces du Saint-Laurent en janvier.

Chapitre 29

« LAHONTAN, COMMENT VOYEZ-VOUS LES CHOSES ? »

La neige cette année-là avait toute disparu à la mi-avril. Le 1er mai, une chaleur surprenante — on se serait cru à la Saint-Jean — fit ouvrir fenêtres et portes, alors que les bourgeons des arbustes commençaient à éclater sous la poussée de la sève et du soleil. Quelques jours plus tard, on entendit les corneilles. Pendant que les feuilles de sureau se dépliaient lentement en sortant de leur cocon, les talles d'amélanchiers fleurirent de rose pâle les clôtures et les abords de la Saint-Charles, du côté du ruisseau Lairet. Les filles, habillées légèrement de couleurs vives, ne tenaient plus en place, ni les jeunes gens que le printemps précoce rendait fous. Les langues des plus silencieux se déliaient comme s'ils connaissaient une délivrance subite. Lahontan, perdu dans sa songerie, sentit à peine ce changement brutal de saison. Frontenac le remarqua :

— Lahontan, vous dépérissez et vous êtes blême comme une face de carême. Que se passe-t-il ?

— Rien, Monseigneur. Une vilaine grippe m'a ralenti.

— Allons donc, un jeune homme dans la force de l'âge comme vous... Puisque vous ne voulez rien dire, parlons d'autre chose. Autant vous le dire tout net, j'enrage de voir la morgue vindicative de ces maudits Iroquois qui nous harcèlent à tout bout de champ. Vous les repoussez à un endroit, ils réapparaissent à un autre. Le seul moyen de ne plus les avoir sur les bras serait d'attaquer la Nouvelle-Angleterre avec force une fois pour toutes. Prenons la Nouvelle York, rasons Boston et les Iroquois ne nous harcèleront plus, car Albany ne saurait tenir plus de quelques mois. C'est ce qu'avait déjà proposé au ministre mon prédécesseur Denonville. Pour une fois, il avait raison. Mais on ne veut pas m'en donner les moyens. On préfère poursuivre en Europe des guerres coûteuses pour recouvrer un territoire grand comme un mouchoir de poche que de m'accorder les crédits nécessaires pour chasser les Anglais de l'Amérique et détruire entièrement les Iroquois ou tout au moins les remettre à leur place.

Il s'arrêta un moment puis regarda Lahontan :

— Comment voyez-vous les choses ?

— Je pense, Monseigneur, qu'on ne réussira jamais à mater les Iroquois à moins qu'une épidémie ou un malheur imprévisible ne les frappe. D'ailleurs, à long terme, nous n'y avons pas intérêt. Certains de nos alliés qui ont besoin de nous parce qu'ils les craignent, deviendraient beaucoup plus indépendants et risqueraient même de nous défier à leur tour. Les Iroquois sont nos ennemis, certes, mais ils nous ont souvent proposé des alliances que nous avons refusées ou dédaignées. Quant ils nous disaient vouloir faire un seul peuple avec nous, nous ne les avons pas pris au sérieux.

— Et alors ?

— S'il faut toujours nous méfier d'eux, nous devrions examiner plus soigneusement et parfois accepter les alliances qu'ils nous proposent. En même temps, nous devons nous mettre en état de nous faire respecter là où nous sommes le plus faibles.

— C'est-à-dire ?

Lahontan se leva et s'approcha d'une carte sommaire de la Nouvelle-France accrochée au mur.

— Du côté des Grands Lacs d'où nous tirons la plus grande partie de nos fourrures. Si nous voulons imposer notre loi, nous devons mieux contrôler le triangle formé par les lacs Érié, Huron et Frontenac (pour flatter le gouverneur, Lahontan désignait ainsi le lac Ontario). Il faut reconstruire le fort Saint-Joseph — celui que j'ai gardé un hiver — à la pointe ouest du lac Érié et relocaliser le fort Niagara plus au sud, à la décharge de ce lac Érié. Le troisième fort, au nord, serait construit au fond de la baie Georgienne, sur l'emplacement des anciens villages hurons. Avec quatre-vingt-dix hommes et quelques canons, on défendrait facilement ces forts dont les Iroquois n'oseraient jamais saper ou escalader les palissades. Donnez-moi encore cinquante matelots basques — ce sont les plus audacieux et les plus habiles mariniers du monde —, deux cents soldats, de quoi construire quelques bateaux légers à voile et à rame pour patrouiller les lacs et couler les lents canots iroquois et la paix sera assurée de ce côté. Nous y pourrons faire tout le commerce que nous voudrons en toute tranquillité.

— Cela coûtera très cher, Lahontan. Imaginez-vous la mesquinerie des moyens qu'on me donne ?

— Tout cela coûterait à peine quinze mille écus par an pour la nourriture, l'entretien et le salaire des hommes. Et ces quinze mille écus seraient amplement compensés par les taxes sur les fourrures que cette dépense permettrait d'acheminer vers Montréal.

— Seriez-vous prêt à aller défendre ce projet devant le ministre Pontchartrain ?

— Assurément.

— Fort bien. Ce projet m'agrée en tous points et vous avez besoin de changer d'air. Vous vous embarquerez donc sur le *Sainte-Anne* dans une dizaine de jours.

La décision de Frontenac avait été si soudaine que Lahontan avait répondu sans réfléchir.

Frontenac dicta alors une lettre à son secrétaire Monseignat :

Québec, le 3 août 1692

Monseigneur,

Suite à la lettre que je me suis donné l'honneur de vous écrire le 25 courant, je vous envoie encore ces quelques mots par le baron de Lahontan, que j'ai chargé de vous présenter un projet de défense et de développement de la colonie du côté des Grands Lacs. Il saura, aussi bien que moi, vous faire valoir l'importance vitale de ce projet pour la sécurité et la santé financière de la Nouvelle-France.

Si Sa Majesté accepte ce projet, je ne vois pas de candidat plus capable de conduire cette entreprise que ce même baron de Lahontan, dont le père s'est jadis illustré pour le service du roi en rendant le gave de Pau navigable jusqu'à Bayonne. Cet officier s'est fait remarquer par son courage à toute épreuve, sa diplomatie et sa grande fermeté. Il connaît bien le pays et les manières des sauvages, qui ont pour lui le plus grand respect et dont il parle plusieurs langues.

Croyez bien, Monseigneur, que personne n'a pour vous un dévouement plus entier, plus sincère et plus respectueux que

Votre très humble et très obéissant serviteur,

Frontenac

Malgré sa fierté d'être présenté au ministre de la Marine de manière aussi flatteuse, Lahontan était partagé à l'idée de devoir quitter le pays au moment où il ne savait plus que faire ni que penser au sujet de Marie-Laure. Il finit par se dire qu'au point où il en était il valait peut-être mieux qu'il traverse en France. Au moins là-bas, il ne sentirait plus la frustration d'être si proche d'elle sans pouvoir lui parler ni la toucher. Par ailleurs, s'il détestait la guerre et ses violences, il ne comprenait pas pourquoi il était toujours prêt à parler stratégie pour peu qu'on flattât son amour-propre.

Il en était là de ses réflexions quand, le 10 août, arriva une lettre de madame Bélanger qui lui apprenait que son mari, très malade maintenant, souhaitait le voir.

Chapitre 30

LA MORT APPRÉHENDÉE

SUR LE FLEUVE, à la pointe ouest de l'île d'Orléans, quelques barques se tenaient immobiles comme des îles blanches. Çà et là de légers tourbillons mouchetaient de gris la surface étale de l'eau. De temps en temps, quelques mouettes se déplaçaient lentement dans le ciel à moitié couvert de nuages moutonnants. Quand on passa devant la maison de Jean Trudel à L'Ange-Gardien, Lahontan prit brusquement conscience qu'on arriverait bientôt à Château-Richer. Son cœur se mit à battre la chamade plus vivement que lorsqu'il s'était retrouvé à descendre les rapides de Sainte-Marie sans pouvoir maîtriser son canot.

— Ah ! mon grand Loup, tu arrives au moment où Charles vient de passer une bien mauvaise journée. La fièvre ne l'a pas quitté, mais il sera content de te voir.

Elle l'embrassa, puis Marie-Laure l'embrassa aussi.

— Ah ! c'est toi. T'es ben fin, dit Bélanger en le reconnaissant.

Madame Bélanger sortit de la chambre pour les laisser seuls.

— Mon gars, je te raconterai pas d'histoires. Je pense que la fin est pas loin.

— Mais non, Monsieur Bélanger, vous ne pouvez pas dire cela. Le corps a des ressources qu'on ne lui connaît pas.

Tout en parlant, il voyait le corps amaigri dans le lit, la figure émaciée, les yeux noyés dans les brumes de la fièvre, comme s'ils regardaient déjà depuis l'autre monde.

— J'ai jamais parlé beaucoup, mais je voudrais te dire que t'as été un peu mon fils, pis qu'on a passé un bel hiver avec toé.

— Oui, et je ne suis pas près de l'oublier. Vous m'avez ouvert le pays.

— On connaît pas l'avenir. Quand je serai plus là, je voudrais pas que tu penses à moi en ayant de la peine. J'ai pas toujours fait ce que je pensais qui était le mieux, mais je crois que le bon Dieu sera pas trop malcontent de moé. Je m'inquiète seulement pour Delphine pis les enfants. Pas les plus vieux, ils sont ben partis, mais les plus jeunes. Je les aime tellement, pis ma Delphine aussi, que je voudrais qu'elle se remarie après.

Lahontan protesta de la tête, mais Bélanger leva légèrement la main.

— J'ai beaucoup jonglé ces derniers temps, pis c'est comme ça que je vois les choses.

Lahontan avait du mal à s'empêcher d'éclater en sanglots, ne voulant pas que sa peine attristât davantage Bélanger qui luttait contre l'angoisse pour entreprendre sereinement son dernier voyage.

— Marie-Laure, elle t'aime, c'est certain, et tu l'aimes aussi. Comme j'ai aimé Delphine. Je voudrais vous souhaiter tout ce que vous voulez, mais on n'est pas maître de tout ce qui nous arrive. En tout cas, je suis content que vous vous soyez rencontrés.

Il s'arrêta pour souffler un moment puis continua :

— Tu sais, ma vie aura été courte, mais j'ai eu une belle vie.

Bélanger toussa. Lahontan lui passa une serviette fraîche sur le front pendant que madame Bélanger entrait avec une infusion de thym sauvage que Marie-Laure avait fait refroidir.

Pendant la soirée, madame Bélanger confirma que son mari n'en réchapperait probablement pas. Ses cousins Gravel et Lizot avaient été emportés deux semaines plus tôt par des fièvres semblables. Elle gardait quand même un petit espoir, car son mari avait une solide constitution.

Le lendemain matin, Marie-Laure et Lahontan allèrent marcher le long du fleuve.

— Je vois bien, Louis-Armand, que mon père n'en reviendra pas. Je ne sais pas si je m'en consolerai jamais.

Lahontan tenta de dire que tout espoir n'était pas perdu, qu'il était un homme solide...

— Louis-Armand, je n'aime pas les consolations de ce genre. Je préfère regarder la réalité en face. Mon père parti, Charles viendra s'occuper de la ferme et moi j'ai décidé de travailler à l'Hôtel-Dieu où l'on a toujours trop de malades pour le nombre de lits et de religieuses hospitalières qu'on a. Encore la semaine dernière, on a dû coucher parfois deux malades dans le même lit.

Lahontan la regarda d'un air éberlué.

— Non, ce n'est pas ce que tu penses. Je ne songe pas à me faire religieuse augustine. Je n'en aurai jamais la vocation. D'ailleurs je n'arrive plus à croire en Dieu après ce malheur qui nous frappe. Puisqu'on ne peut empêcher la mort ni la maladie, j'ai décidé que ma vie n'aurait de sens que si je faisais quelque chose dans un combat toujours perdu contre la souffrance. Même avant la maladie de mon père, j'en avais décidé ainsi. Si on ne m'en empêchait pas, je deviendrais médecin... Et toi, quels sont tes projets ?

Il lui apprit qu'il retournait en France pour tenter à nouveau de régler les affaires de sa famille et présenter au ministre des Colonies un projet audacieux du côté des Grands Lacs.

— Dès mon retour le printemps prochain, je reviendrai, car je pense toujours à toi. Tu me manques, si tu savais... Pardonne-moi, je ne voulais pas te parler de cela en ce moment, mais tout me bouleverse...

— Louis-Armand, le malheur présent ne doit pas arrêter la vie. Reviens au printemps et nous verrons si nous pouvons faire route ensemble.

En une autre circonstance, il aurait envié Marie-Laure de sa lucidité dans le malheur. Il voyait bien que jamais il ne réussirait à profiter comme elle de cette mince liberté que laisse le destin dans une existence. Sa sagesse n'était pas soumission, mais force et volonté de défier la vie à chaque instant. Tandis que lui se révoltait en pensée et maudissait son sort, mais le subissait plus qu'elle.

Ils se serrèrent l'un contre l'autre sans parler, en se souhaitant du courage, car ils ne croyaient ni l'un ni l'autre à la chance.

Chapitre 31

RETOUR À PARIS

LE *SAINTE-ANNE* APPAREILLA LE 13 AOÛT 1692 et toucha Terre-Neuve le 5 septembre quand la brume compacte se déchira pour laisser voir le port de Plaisance. Après une escale de deux jours, il devait cingler vers la France avec une cinquantaine de bateaux chargés de morue. Au moment où l'on commençait à hisser les voiles, des pêcheurs basques apprirent, à la grande surprise de tous, que cinq gros vaisseaux anglais laissaient leur mouillage du cap Sainte-Marie pour se diriger vers la rade de Plaisance. On les vit le lendemain, tout juste hors de portée du canon. Le gouverneur Brouillan était embarrassé, car il n'avait qu'une cinquantaine d'hommes et fort peu de munitions.

De peur que les Anglais ne débarquent à Lafontaine pour gagner ensuite la montagne qui dominait le fort, le gouverneur y dépêcha Lahontan qui s'y cacha avec trente matelots basques. Ils y étaient à peine que sept ou huit cents Anglais sautèrent dans vingt chaloupes pour débarquer. Sans en attendre l'ordre, les matelots sortirent des broussailles pour se jeter à découvert sur la plage. Les Anglais rembarquèrent en toute hâte, craignant d'être attirés dans un piège par des centaines de Français embusqués.

Le 18 au midi, une chaloupe se détacha du bateau amiral, portant à sa proue un drapeau blanc. Un porte-parole anglais fit savoir à Brouillan que son amiral souhaitait qu'on lui envoyât un officier. Brouillan délégua Costebelle et Lahontan.

L'amiral Gillam reçut les deux hommes avec beaucoup de civilité. Il leur servit à boire à la santé des amiraux de France et d'Angleterre et les régala de confitures et de biscuits. Leur montrant ses soixante-deux pièces de canon, il leur dit qu'il serait peiné d'avoir à s'en servir contre des gens aussi civilisés que les Français :

— Je serais fâché, Messieurs, de devoir me rendre maître de Plaisance par la force des armes. D'autant plus qu'il me serait difficile d'empêcher le pillage de la place avec toutes ces violences dont les simples soldats sont capables.

— Nous sommes sensibles à votre humanité, Monsieur, lui répondit Costebelle, mais nous sommes disposés à nous défendre vigoureusement et à faire sauter la place plutôt que de la céder à des ennemis du roi notre maître.

L'amiral tenta de les convaincre, mais Lahontan mit fin à cet échange de politesses en lui répondant :

— Nous avons bien l'honneur de vous saluer, Monsieur.

L'amiral les embrassa cordialement, comme s'il saluait de vieilles connaissances, et leur dit :

— Vous me verrez désolé d'avoir à vous saluer de mes canons.

Il fit un signe et trois de ses hommes crièrent quatre fois à l'unisson : « Vive le roi ! » Costebelle et Lahontan répondirent de même puis ils revinrent au fort, où ils firent rapport au gouverneur de ce qu'ils avaient vu.

Le lendemain, un autre officier anglais revint avertir Brouillan d'arborer le pavillon rouge s'il voulait parlementer pendant le combat. Costebelle et Lahontan se retinrent de lancer à l'eau, la tête la première, ce militaire trop poli pour être vrai.

Lahontan retourna se poster à Lafontaine, où les Anglais débarqueraient s'ils voulaient prendre la place, car ils ne feraient que gaspiller leurs munitions sur l'amoncellement de cailloux et de mottes de terre gazonnées qui formaient les fortifications. Brouillan pestait de n'avoir presque plus de poudre ni de munitions, car il eût pu couler à fond le vaisseau amiral qui demeurait imprudemment à portée de canon. Il se contenta de faire tirer quelques coups qui endommagèrent la coque et cassèrent un mat.

Les Anglais canonnèrent Plaisance en vain puis brûlèrent quelques habitations de la Pointe Verte avant d'appareiller le 21, à la faveur d'un vent de nord-est.

Quand tout fut prêt pour le départ des bateaux français, le gouverneur Brouillan convoqua Lahontan :

— Monsieur, votre conduite a été exemplaire pendant cette attaque. Vous avez su diriger ces têtes brûlées de matelots basques de manière à impressionner les Anglais, qui, sans votre action décisive, risquaient de prendre la place. Veuillez, s'il vous plaît, remettre ces lettres à monsieur de Pontchartrain qui vous recevra avec d'autant plus de plaisir que je lui fais votre éloge.

La traversée fut sans histoire. Grâce à de bons vents d'ouest, on toucha Saint-Nazaire le 23 octobre.

Dès le surlendemain de son arrivée, Lahontan se rendit à Versailles où on le reçut courtoisement, sans qu'il eût à faire le pied de grue comme la première fois. Un commis lui expliqua que le secrétaire de monsieur de Pontchartrain conférerait bientôt avec le ministre pour donner suite aux lettres des gouverneurs Frontenac et Brouillan. Lahontan le remercia, disant qu'il était flatté de l'honneur qu'on lui faisait. Pensant que l'occasion était favorable, il donna au sous-secrétaire Lesuire une lettre dans laquelle il sollicitait l'« inspection des troupes sans aucun appointement avec une compagnie ». L'autre l'assura qu'il remettrait son pli au secrétaire Lavigne.

Il passa deux jours à réfléchir sur son sort, se demandant par quel caprice du hasard il se trouvait toujours en porte-à-faux dans sa vie. Après avoir échappé de justesse à un mariage arrangé par Frontenac, que son refus avait irrité, il se voyait couvert d'éloges par ce même gouverneur qui lui confiait la tâche délicate de convaincre l'administration française de dépenser encore plus d'argent pour un projet dont on n'en comprendrait sans doute pas la moitié.

Le sous-secrétaire Lesuire le convoqua au jour dit :

— Monsieur le baron de Lahontan, le ministre tient à vous féliciter chaleureusement de votre conduite en Canada et a pris bonne note des éloges faits sur vous par les gouverneurs Frontenac et Brouillan. En récompense de vos mérites, il vous accorde, malgré votre jeune âge, la lieutenance du roi à Terre-Neuve. Quant aux projets de forts sur les Grands Lacs, il faut les oublier. Le roi ordonne à monsieur de Frontenac de faire la paix avec les Iroquois, à quelque prix que ce soit. Il pense que, dès que ces forts seraient terminés et défendus, nos sauvages alliés passeraient leur temps à guerroyer contre les Iroquois plutôt qu'à chasser le castor, ce qui ferait un tort considérable à la colonie. Vous recevrez dans quelques mois la lettre de Sa Majesté touchant vos provisions de Lieutenant du roi à Terre-Neuve. J'ai l'honneur de vous saluer, Monsieur.

Lahontan quitta Versailles immédiatement pour se rendre à Paris revoir sa mère et sa sœur. Pourquoi fallait-il, encore une fois, qu'on l'envoie là où il ne voulait pas aller ? Entre la solitude des Grands Lacs où le souhaitait Frontenac et le désert rocailleux de Plaisance que le ministre lui destinait, il n'y avait pas à balancer : il préférait les sauvages des lacs aux soldats grossiers de Plaisance qui lui casseraient les pieds avec leurs mesquines querelles de buveurs d'alcool frelaté. Pourquoi le sort lui lançait-il encore un pied de nez en faisant tenir sa promotion à une action glorieuse dont il n'avait eu nulle part ?

Sa mère le reçut, surprise, avec une joie qui disparut vite, tellement un monde — le Nouveau Monde — la séparait désormais de son fils. Se débattant toujours dans des problèmes d'argent, elle avait fait de son appartement une véritable maison de jeu où la police passait souvent pour l'avertir qu'on ne tolérerait plus le lansquenet, le pharaon et surtout la bassette chez elle. Mais jamais l'on y donnait suite. En cette fin de siècle, tout le monde jouait, et le roi, pourtant devenu sévère pour tout ce qui touchait la doctrine religieuse et les bonnes mœurs, ne suivait pas là-dessus la rigidité de son confesseur, le père La Chaise, ni de madame de Maintenon qu'il avait épousée en cachette quand il s'était « converti » et avait renvoyé toutes ses maîtresses.

De Fournier, l'informateur du lieutenant de police d'Argenson dans son quartier, la mère de Lahontan avait appris que, même si le jeu était passible de peines sévères, on pouvait toujours jouer si l'on s'entendait avec la police et si l'on avait compris deux choses. Premièrement, il fallait écarter impitoyablement les esprits chicaniers toujours prêts à dégainer leur arme. De mêche avec un officier de police qui était un peu amoureux d'elle, elle ne laissait entrer que les joueurs paisibles. Secondement, il fallait s'arranger pour que les malchanceux et les maladroits gagnent aussi de temps en temps. (Sa fille aînée savait parfaitement truquer les cartes sans qu'il y parût.) Mieux valait prendre un pourcentage sur les gains que de se livrer à des calculs compliqués où les joueurs finiraient toujours par se plaindre qu'on les volait. À la longue, sa clientèle s'était diversifiée un peu. Aux gens d'armes de toutes sortes, s'étaient ajoutés quelques artisans, des comédiens et deux ou trois abbés.

Lahontan eut du mal à cacher son embarras.

— Comme tout le monde, ils ont besoin de jouer et de se divertir. S'ils ne viennent pas ici, Louis-Armand, ils iront dans de sordides tripots et rentreront chez eux ruinés et délabrés par l'alcool. Je ne vends ici que du bon vin et personne ne sort de chez moi ivre mort.

Jeanne-Françoise, qu'il ne reconnut pas tout de suite, entra alors au bras d'un militaire chevronné à qui elle semblait faire des gentillesses en riant. Lahontan ne l'avait jamais vue maquillée et habillée de cette manière. Elle était vive, enjouée et jolie, mais ce n'était pas sa petite sœur, cette femme aux manières trop libres qui lançait une œillade d'un côté et un bon mot de l'autre. Elle s'approcha sans manifester vraiment de surprise quand elle aperçut Lahontan qui parut embarrassé de son sans-gêne.

— Bonjour, mon frère, dit-elle en l'embrassant. Colonel Boulanger, voici mon grand frère Louis-Armand, lieutenant du roi ; il débarque de chez les sauvages du Canada. Vous ne trouvez pas qu'il a bonne mine ?

— Bonjour, Monsieur le lieutenant du roi, heureux de vous connaître. Votre sœur m'a dit monts et merveilles sur vous. Elle vous adore.

— Ma sœur a beaucoup d'enthousiasme et une imagination débordante.

— Ah ! non, grand frère, je n'ai rien raconté au colonel Boulanger qui soit sorti de mon imagination. N'est-il pas extraordinaire, romanesque même, ce cérémonial de l'allumette qu'apporte l'amoureux sauvage au lit de sa belle ?

— Une allumette au lit ? Il faut m'en dire davantage... En tout cas c'est un amoureux et une belle qui risquent de brûler longtemps.

Pour mettre fin à cette conversation ridicule, Lahontan prétexta une affaire urgente à discuter avec sa mère. Voyant l'air abasourdi de son fils, elle lui dit :

— Mon grand, tu as l'air parfaitement perdu. On dirait que tu débarques de la lune.

— Tout cela est si inhabituel, étrange. Comment faites-vous pour vivre avec tous ces gens qui entrent et qui sortent ? Il doit y avoir de bien grands filous, et peut-être même des...

— Mon cher Louis-Armand, si tu connais bien les forêts et les sauvages de l'Amérique, tu ne sais pas ce qu'est la France, et encore moins Paris. Crois-tu que pour survivre je pouvais attendre que tu m'envoies une fortune du Canada ? Il m'a fallu ruser avec le sort et me servir des seuls moyens que Dieu m'a donnés en naissant. Ton père, hélas ! a laissé plus de dettes que de biens. Tu crois que je tiens une maison close parce qu'on y boit, qu'on y parle librement et qu'on y joue jusqu'aux petites heures du matin. Tu te trompes. Et penses-tu que je fais ce métier de gaieté de cœur ? Mon établissement est illégal, je le sais, mais il est bien tenu. Que pourrais-je faire d'autre ? Et tous ces gens que tu regardes de haut, où iraient-ils si je n'avais pas ouvert cette maison de jeu ? Pendant qu'ils jouent, ils ne se battent pas comme des charretiers aux abords du pont Neuf, ni ne se mettent ivres morts avec ces affreuses piquettes qu'on vend partout et qui pourraient assommer un cheval.

— Mais Jeanne-Françoise...

— Louis-Armand, es-tu tombé de la dernière pluie ? On dirait que tu regardes ta sœur comme une fille de rien. Sans elle, qui m'aide depuis des années, j'aurais dû fermer boutique. Tous mes clients l'adorent et celui qui l'épouserait se ferait détester par les autres qui auraient l'impression qu'un pacte a été rompu. Quand à treize ans tu écrivais des poèmes sur la Muse qui savait faire apprécier ses charmes de tous sans se donner à aucun, tu faisais sans le savoir le portrait de ta petite sœur. Mais il y a belle lurette que tu es sorti de ce monde-là.

— Excusez-moi, ma mère, j'ai davantage vécu dans les bois que dans le monde et sans doute en porterai-je la marque jusqu'à la fin de mes jours.

— Puisque tu dois rester en France pendant quelques mois, pourquoi ne parles-tu pas au comédien Baron qui cherchait l'autre soir un ou deux hommes de confiance pour établir la paix au parterre de son théâtre ? De jeunes excités ne se contentent plus de crier ou de siffler : ils se battent quand ils ont bu et empêchent les comédiens de jouer. Il s'agirait simplement de surveiller ces jeunes fous pour qu'ils ne troublent pas les représentations par leurs bruits intempestifs. Comme nous sommes à l'étroit ici, tu pourras loger facilement aux abords du théâtre.

Si elle aimait son fils, elle le sentait à mille lieues d'elle, toujours prêt à juger ce qu'il ne connaissait pas. Elle ne lui en voulait pas, car elle savait qu'il avait dû trop tôt se débrouiller par ses seuls moyens. Lui, de son côté, ne se serait pas vu côtoyer journellement sa mère, ni surtout cette foule de joueurs avides dont tout l'esprit semblait tendu sur leurs cartes. Confusément, il se rendait compte que sa gêne venait surtout de constater la déchéance sociale de sa famille à laquelle il ne pensait guère quand il était au loin.

Lahontan alla rencontrer le comédien Baron et les deux hommes se mirent d'accord rapidement. Tous les jours, à partir de quatre heures, il travaillerait à la Comédie française pour assurer le bon déroulement des représentations.

Chapitre 32

AU THÉÂTRE

En cet hiver 1693, le théâtre à Paris ne se portait pas très bien. Par ordre du roi, la Comédie française avait abandonné l'hôtel Guénégaud pour déménager au jeu de paume de l'Étoile, rue des Fossés-Saint-Germain-des-Prés, après plusieurs mois de tractations et de manifestations du parti dévot qui voyait le théâtre comme l'antichambre de l'enfer. La nouvelle salle, construite d'après les plans de l'architecte d'Orbay, était belle, vaste, décorée richement ; mais elle avait coûté cher aux comédiens qui avaient sur le dos les curés de Paris, les dévots, les jansénistes et même, au dire de certains, le roi lui-même. Celui-ci, qui avait jadis offert des spectacles fastueux à mesdames de La Vallière et de Montespan, n'allait plus au théâtre depuis qu'il était tombé sous la coupe de madame de Maintenon. Au reste, à la comédie qui ne le déridait pas et à la tragédie qui lui tirait des bâillements, il préférait les mises en scène à grands déploiements, avec des ballets où il pouvait prendre place et s'offrir lui-même en spectacle.

Maintenant que Louis XIV n'allait plus au théâtre, assister au spectacle était devenu un péché. Du haut de la chaire, les prédicateurs dénonçaient les comédiens comme des empoisonneurs publics responsables de la damnation éternelle de quantité d'âmes faibles. Bossuet, l'évêque courtisan qui sentait le vent tourner plus rapidement que les autres, écrivait, prétendait-on, une fougueuse diatribe contre le théâtre et les comédiens. Plusieurs curés de Paris, qui s'étaient mobilisés contre la venue de la Comédie française dans leur paroisse en 1687, exigeaient des comédiens très malades qu'ils renoncent définitivement à leur métier avant de leur donner l'absolution. Même quand ils avaient reçu les derniers sacrements, on les enterrait souvent nuitamment, sans croix ni drap mortuaire. Bref, Paris semblait revenir vingt ans en arrière quand le grand Molière avait été enseveli en cachette la nuit, pour avoir osé jadis faire représenter *Tartuffe* qui attaquait l'hypocrisie religieuse.

Il fallait donc attirer le public, sans choquer les adversaires du théâtre qui cherchaient toutes les occasions de scandale. Deux jeunes écervelés s'étaient-ils défiés en duel dans la rue voisine ou un militaire avait-il bousculé une jeune fille à la porte de la Comédie française en lui lançant des injures grivoises, on y voyait l'influence néfaste du théâtre. Pour ramener à la raison les esprits surchauffés qui se battaient ou tentaient d'entrer sans payer, le lieutenant de police postait tous les soirs quelques-uns de ses hommes à l'entrée du théâtre et avait demandé aux officiers de surveiller leurs mousquetaires, toujours prompts à tirer l'épée. Les comédiens se plaignaient que tout cela leur coûtait cher, car les officiers ne payaient pas leur entrée et les armées françaises étaient riches d'officiers. En outre, certains ducs et comtes, pour marquer la haute idée qu'ils se faisaient de leur personne, exigeaient que les officiers quittent leurs armes sur leur passage : il s'ensuivait des menaces, voire des coups échangés entre les officiers et les suisses de ces grands personnages.

Au parterre s'entassaient debout, le manteau sur le bras, une faune hétéroclite et bruyante : laquais, étudiants, soldats... Au-dessus et autour du parterre, des gradins puis des loges, se réunissait un public huppé mais tout aussi bruyant. Lahontan ne comprenait pas pourquoi la scène n'était pas entièrement réservée aux comédiens : on avait installé sur l'avant quatre rangées de banquettes où prenaient place des marquis et petits maîtres qui riaient, parlaient fort et interrompaient souvent les comédiens. Des grands de la cour y ajoutaient souvent un siège, ce qui mécontentait les habitués des banquettes.

On expliqua à Lahontan qu'il devait d'abord intervenir avant les représentations, pour observer le travail de la police et voir si les officiers s'occupaient de leur tâche. Dès que tout le monde était entré, peu après cinq heures, il prenait place au parterre où les spectateurs étaient séparés de la scène par une mince balustrade aisément franchie. Le public du parterre pressait parfois tellement les comédiens que ceux-ci, habillés en costume de ville, ne pouvaient plus jouer et étaient confondus avec les spectateurs. Un soir, un mousquetaire audacieux se jeta au cou d'une comédienne en s'exclamant :

— Dans mes bras, ma divine !

Tout le monde s'esclaffa et d'autres lancèrent des quolibets au gros comédien Montour, si bien que la pièce eut du mal à commencer. Un autre soir, un farceur avait amené son chien qui s'était mis à aboyer, puis à poursuivre une soubrette affolée. Il fallait donc veiller que de pareilles choses ne se reproduisent plus. En même temps, si l'on ne pouvait empêcher complètement le public du parterre de se bousculer un peu ou de chahuter, Lahontan devait repérer les fauteurs de troubles que les policiers se chargeaient d'évacuer avec discrétion et fermeté. Enfin, comme les sifflets étaient devenus une véritable plaie qui pouvait empêcher les comédiens de jouer, il fallait là aussi identifier les meneurs qui se montreraient moins fringants quand ils auraient passé quelques jours à la prison du Petit Châtelet.

Pendant près d'un mois, Lahontan prit plaisir à son travail de pacificateur au théâtre. Les comédiens français étaient contents de lui, car on ne voyait plus ces bousculades bruyantes et ces vagues interminables de sifflets qui rendaient auparavant certaines représentations impossibles. Mais son plaisir s'émoussa quand il prit conscience que, sans être soldat comme en Amérique, il jouait encore les gendarmes. Serait-il donc toujours condamné à utiliser la force pour faire régner la paix ?

Heureusement, le comédien Baron, qui écrivait aussi pour le théâtre, le présenta un jour à son éditeur, Baptiste Langlois. Celui-ci lui demanda s'il n'avait pas dans ses bagages de voyageur quelque récit piquant de ses aventures en Canada :

— Hélas ! non, Monsieur. Je n'ai que des carnets informes, déchirés et inutilisables.

— Passez quand même me voir, j'aurais du travail pour vous, je crois.

Lahontan alla le voir dès le lendemain matin. Il s'agissait de réviser des manuscrits avant de les envoyer sous presse. S'il n'aimait pas beaucoup corriger les fautes d'orthographe et de syntaxe sur des manuscrits indéchiffrables, en revanche il prenait plaisir à récrire les passages mal tournés. Il en faisait même beaucoup plus que l'éditeur lui en demandait.

— Si je vous payais pour le travail que vous faites, Lahontan, je me ruinerais en six mois. Pourquoi n'écrivez-vous pas vous-même ?

— Oh ! non, Monsieur, je ne suis pas écrivain. Je n'ai jamais appris.

— Devenir écrivain, mon cher, s'apprend en écrivant. Nous sommes inondés d'épigones ennuyeux de Racine et de fades nouvelles historiques à la Lenoble : pourquoi ne m'écrivez-vous pas une de ces pièces exotiques mettant en scène quelque fière Iroquoise qui se disputerait le cœur d'un courageux officier comme vous et qui vous ferait poursuivre par une horde de soupirants jaloux ? Ne serait-ce pas plus intéressant que toutes ces Hermione, Phèdre et Bérénice qui n'intéressent plus les amateurs de théâtre ?

— Vous êtes en train, Monsieur, de raconter la pièce que vous me suggérez d'écrire...

— Lahontan, je ne plaisante pas. Vous devriez vous mettre au théâtre.

—Je n'ai guère d'imagination, Monsieur, mais j'y penserai.

Cet après-midi-là, Lahontan n'eut pas la tête à la Comédie française. L'éditeur Langlois lui avait fiché dans l'esprit cette idée de pièce exotique et il n'arrivait plus à s'en débarrasser. Après la représentation, il n'alla pas bavarder au café Procope avec les comédiens, mais rentra sagement chez lui pour écrire. Il se mit à griffonner quelques schémas d'intrigues en y amalgamant des passages descriptifs sur les sauvages qu'il parvint à tirer de ses carnets. Mais l'ensemble ne donnait qu'un collage plat où ne vivaient ni l'Amérique ni le personnage central.

L'hiver se passa lentement. Pendant la matinée, il travaillait chez l'éditeur Langlois, puis se rendait au théâtre après avoir mangé. Il rentrait rapidement chez lui et, au lieu de poursuivre ses essais romanesques, il mettait au net ses carnets de voyages. Le dimanche midi, il se rendait chez sa mère, plus par principe que par goût. Toutes les trois ou quatre semaines, il écrivait à Marie-Laure pour l'informer de ce qui arrivait. Il faisait passer ses lettres par des bateaux anglais, car la navigation vers la Nouvelle York était plus facile.

Paris, 22 février 1693

Marie-Laure de mon cœur,

La ville que je découvre ici m'était presque aussi inconnue que les forêts de l'Amérique à mon arrivée là-bas. Mon travail à la Comédie française relève davantage de la diplomatie que de la police. Tu devrais voir ces fiers ducs et comtes se chamailler comme des enfants pour une question de préséance ou de protection. Les pauvres comédiennes sont bien à plaindre dans tout cela, car certains font payer cher leur protection, si bien que plusieurs ont dû choisir entre leur carrière et leur cœur. Dans tous les cas elles ont beaucoup souffert.

Moi qui passais mes soirées à lire des livres, j'en corrige maintenant chez l'éditeur Langlois. Et même davantage, j'ai repris mes carnets de voyages que je remets en ordre et complète. Qui sait ? peut-être qu'un jour un éditeur s'intéressera à ces aventures d'un jeune jeune provincial qui découvre l'Amérique...

Je t'aime, Marie-Laure, toujours et autant. Tu me manques à en crier. Quand je vais à l'Opéra, ce ne sont plus les belles danseuses que je vois au bout d'un moment, mais toi qui glisses dans le sentier de l'érablière à Château-Richer.

J'ai hâte de recevoir mon affectation au Canada, et surtout de reprendre le bateau qui me rapprochera de toi.

Je t'embrasse de toute mon âme.

Lahontan

Sans lui avoir fait oublier Marie-Laure, sa nouvelle vie avait rendue moins cuisante l'absence de la jeune femme. Il se surprenait même parfois à parler fort vivement avec la petite Elvire, si touchante dans le personnage d'Agnès. Un frisson le parcourait quand elle lui prenait le bras ou lui demandait de l'accompagner chez elle. Voyant les regards ironiques attachés sur eux, il se demandait si reconduire chez elle une jeune et belle comédienne était pure galanterie ou marque d'intérêt. Il en était là de ses interrogations quand il reçut, à la fin de mars, une lettre de Versailles qui le nommait capitaine d'une compagnie franche et lieutenant du gouverneur Brouillan à Plaisance.

Quand il eut fini de lire la lettre, Lahontan prit conscience que Terre-Neuve était bien loin de Québec et qu'il pourrait s'y rendre tout au plus une fois par année. Il résolut d'écrire à Frontenac dès son arrivée à Plaisance, pour lui demander une entrevue et lui parler franchement. Avec un peu de chance, il parviendrait à le convaincre de lui faire obtenir un poste de surveillance des troupes au Canada, ou quelque chose du genre qui le laisserait assez libre. Encore deux ou trois ans et il quitterait les armes. Peut-être

Frontenac pourrait-il l'engager comme secrétaire, maintenant qu'il avait pris de l'expérience chez un éditeur. Si seulement il pouvait amener Marie-Laure en France ! Belle, intelligente, débrouillarde, elle y vivrait aisément. Si elle tient autant à soigner les malades et les blessés, elle en trouverait tout son saoul ici. Resterait-elle éternellement collée à son maudit Canada ?

Chapitre 33

UN ACCUEIL HOSTILE

LAHONTAN QUITTA PARIS LE 8 MAI pour se rendre à Saint-Nazaire, d'où partirait le bateau pour Terre-Neuve dans quelques jours. Il écrivit à Marie-Laure pour lui raconter que le roi l'envoyait à Terre-Neuve, mais qu'il serait bientôt réaffecté au Canada. On accosta à Plaisance le 20 juin. Dès son arrivée, Lahontan passa voir le gouverneur Brouillan pour le saluer. Celui-ci, qui avait pourtant fait son éloge huit mois plus tôt, parut fort contrarié de le voir.

— Je suis bien content, Monsieur, de vous saluer et de travailler sous vos ordres comme lieutenant du roi.

— Je vous en remercie, Monsieur. Mon contentement à moi serait plus grand si vous n'aviez pas sollicité cet emploi sans m'en parler l'an dernier, quand vous êtes passé ici.

— Mais, Monsieur, je ne pensais pas...

— Vous ne pensiez pas ! A-t-on idée de demander un poste au ministère sans en conférer d'abord avec le gouverneur en autorité ? Je vois bien que ce projet de défense des lacs de Canada dont vous m'avez parlé n'était qu'une invention.

Abasourdi par cette rebuffade inattendue, Lahontan tenta de convaincre Brouillan de sa bonne foi, mais l'autre, qui n'en voulait pas démordre, finit par lui dire :

— Bon, puisque vous êtes là, débarquez vos meubles. En attendant que votre maison soit prête, vous logerez dans celle de Costebelle.

Lahontan le remercia du mieux qu'il put et l'autre lui tourna le dos.

Pendant les semaines suivantes, Brouillan ne décoléra pas. Il saluait à peine Lahontan et ne communiquait avec lui que par l'intermédiaire de son secrétaire. Lahontan tentait de faire bonne figure, mais avait du mal à garder son calme. Le gouverneur avait contre lui une animosité dont il ne comprenait pas le motif. Heureusement, son esprit put s'occuper à autre chose, car il fallait souvent rendre justice. Brouillan réunissait alors dans sa maison Lahontan, Costebelle, Saint-Ovide, Daitherre et le greffier Couraud. Un jour, un serviteur, accusé d'avoir blessé son maître, devait rembourser à celui-ci soixante livres en frais de chirurgie et le servir sans gages pendant un an ; un autre, deux militaires, convaincus de désertion, étaient condamnés aux galères ; un autre, enfin, il fallait arbitrer un conflit entre un pêcheur et un marchand qui voulait abuser de lui. Brouillan expédiait les choses rondement, cherchant à écarter des témoins ou à leur faire abréger leurs témoignages.

Lahontan se prit de sympathie pour le capitaine de bateau David Daitherre, dont il appréciait le calme et la parfaite honnêteté. Devinant que le gouverneur magouillait avec ses neveux Costebelle et Saint-Ovide, il fit mine de ne s'apercevoir de rien pour ne pas indisposer davantage Brouillan.

Il eut beau faire, le gouverneur manifestait une mauvaise humeur grandissante et tentait de monter ses hommes contre son lieutenant : il retenait la paye de ses soldats, disant à ceux-ci que Lahontan s'en servait pour s'acheter des meubles et du vin ; il accusait même son lieutenant d'utiliser pour ses dépenses personnelles l'argent destiné aux fournitures militaires. Voyant tout cela, Daitherre raconta un jour à Lahontan qu'il était lui-même fort scandalisé du comportement de Brouillan :

— Vous ne sauriez croire, Monsieur, jusqu'où vont ses exactions : outre de retenir la solde de la garnison, il utilise les vivres destinés aux soldats pour nourrir les hommes qui pêchent pour lui et force les habitants à acheter chez lui, à un prix excessif, les denrées dont ils ont le plus urgent besoin. Bref, il détourne à son profit les secours que la France envoie à Terre-Neuve. L'hiver dernier, j'ai moi-même envoyé un rapport que m'avait demandé monsieur de Pontchartrain, mais rien n'a changé. La situation a même empiré. Il est en colère contre vous, parce qu'il voulait comme lieutenant l'un de ses parents pour pouvoir abuser de son pouvoir en toute impunité.

À partir de ce moment, Lahontan ne se retint plus. Il fit savoir à la ronde que le gouverneur de Plaisance se servait de sa charge et de son autorité pour s'enrichir sur le dos des soldats et du pauvre monde. Un soir, dans un cabaret que Brouillan voulait faire fermer pour y mettre un de ses hommes de main, Lahontan improvisa une chanson irrespectueuse contre son supérieur :

À Plaisance, un beau matin,
Le gouverneur plaisantin,
Ne trouvant pas pauvre hère
À presser jusqu'à la moelle
Se jeta sur sa chèvre en rut.

Subitement il reçut
Les deux sabots de derrière
De la chèvre prim'sautière
Sur son large front balourd.
C'est pourquoi depuis ce jour
Son cerveau fêlé ne pense
Qu'à nourrir sa grande panse
Des écus qu'il vole à plein
De la nuit jusqu'au matin.

Danse, danse, baladin,
On t'aura un beau matin.

Tous se mirent à rire d'autant plus fort qu'ils étaient éméchés et qu'ils détestaient Brouillan. Certains avaient entendu parler de cet ancien gouverneur de Plaisance, Thabour du Perron, que ses soldats avaient égorgé trente ans plus tôt, et rêvaient déjà de voir Brouillan se balancer au bout d'une corde ou converser avec les morues de l'Atlantique, une pierre au cou.

Deux jours plus tard, alors que Lahontan pendait la crémaillère dans sa maison avec six habitants de Plaisance, le gouverneur masqué fit irruption avec ses valets qui lancèrent des bouteilles contre les vitres et renversèrent tout sur leur passage. Ils sortirent comme ils étaient entrés, en grommelant. Lahontan alla chercher ses pistolets dans son cabinet pour les poursuivre, mais ses invités le retinrent :

— Monsieur, ne faites pas une chose pareille, vous seriez à coup sûr enfermé à la Bastille.

Le lendemain, alors que Lahontan était sorti, les valets de Brouillan entrèrent à nouveau dans la maison armés de bâtons et rouèrent de coups ceux qu'ils y trouvèrent. Contenant mal sa rage, Lahontan courut vers la maison de Brouillan. Sur sa route, il rencontra le père Sylvestre, récollet, qui lui demanda ce qui se passait :

— C'est ce gouverneur malhonnête qui, non content de voler l'argent du roi et des soldats, a violé hier mon domicile avec ses valets qui ont tout cassé et ont recommencé aujourd'hui.

— Calmez-vous, Monsieur, vous ne devriez pas aller chez le gouverneur dans l'état où vous êtes.

— Je voudrais vous voir à ma place ! Sommes-nous encore dans une colonie française quand le représentant du roi vole celui-ci au grand jour et se permet toutes les violences contre les habitants et contre celui qui devrait être son homme de confiance ?

— Je sais, Monsieur, le gouverneur n'est pas à l'abri de tout reproche, mais...

— Comment, pas à l'abri de tout reproche ? Il est ouvertement concussionnaire.

— Monsieur, rappelez-vous que, malgré les torts du gouverneur, vous devez toujours assurer le service du roi.

Lahontan continua à discuter ; plus il parlait, plus sa colère diminuait. Il finit par se rendre aux arguments du père Sylvestre et se plongea dans la lecture de Lucien, décidant que Brouillan n'était même pas digne de sa colère. Trois jours après il envoya deux soldats faucher du foin à moins d'une lieue du fort. Brouillan les fit arrêter et garrotter, puis les accusa de désertion, prétendant qu'ils avaient couché dehors sans autorisation. Le gouverneur les aurait fait fusiller sur place si les récollets et les maîtresses de Brouillan, mesdames Garrat et Fréneuse, ne le lui avaient fermement déconseillé.

Prévoyant la réaction de Lahontan, le père Sylvestre alla le voir pour tenter de le calmer à nouveau.

— Permettez-moi, Monsieur, de vous rappeler encore que le service du roi souffrira beaucoup si la guerre ouverte continue entre vous.

— Le service du roi, le service du roi ! Est-ce qu'il y pense, le gouverneur, au service du roi ? En quelques années, il a volé au moins 50 000 écus au roi, aux soldats, aux habitants et aux pêcheurs.

— Monsieur, les fautes de monsieur Brouillan n'empêchent pas qu'il est votre supérieur et qu'à ce titre il peut vous faire arrêter s'il le veut.

— Mon père, cette seule pensée suffirait pour me faire courir le souffleter devant tout le monde... Je préfère plutôt me rappeler que le service du roi exige parfois bien des humiliations et des silences sur des scandales qu'il faudrait dénoncer.

— Fort bien... Peut-être devriez-vous aussi...

— Oui, je sais, je sais, je devrais m'excuser aussi pour les chansons peu charitables que j'ai improvisées sur lui. Je le ferai, mais le cœur n'y sera pour rien, croyez-moi.

Lahontan entra chez Brouillan, qui le toisa d'un air hautain. Il ne se laissa pas décontenancer.

— Monsieur le Gouverneur, je voudrais m'excuser...

— Vous excuser ! Vous me la baillez belle, celle-là.

— Croyez-moi, Monsieur le Gouverneur, je regrette ce différend dont le service du roi risque de pâtir.

— Vous avez pensé au service du roi quand vous avez fait ces chansons outrageantes contre moi, votre supérieur, quand vous avez ridiculisé le représentant de Louis XIV devant des ivrognes ? Vous, un blanc-bec...

— Monsieur le Gouverneur, je vous assure, je tiens à m'excuser.

— Croyez-vous m'attendrir par vos paroles mielleuses quand je sais que votre plus grande ambition, c'est de prendre ma place ? Pensez-vous qu'on ne m'informe pas de tout ce que vous débitez contre moi dans mon dos ?

Lahontan se dépensa en pure perte pour l'amadouer : le gouverneur avait été offensé, il cherchait la vengeance à quelque prix que ce fût. À bout d'arguments, Lahontan se retira chez lui.

Quelques heures plus tard, le père Sylvestre vint le voir disant qu'il avait réussi à convaincre le gouverneur d'oublier sa querelle pour vivre désormais en bonne entente avec son lieutenant. Lahontan douta de la sincérité de ce revirement subit jusqu'à ce qu'il rencontrât Brouillan qui s'adressa à lui comme si rien ne s'était passé :

— Lahontan, venez chez moi demain : nous devrons rendre justice sur une accusation de vol portée contre Émery.

— J'y serai, Monsieur le Gouverneur.

Lahontan commençait à penser que le père Syvestre disait peut-être vrai quand Barrat, le secrétaire du gouverneur, vint le voir à la nuit tombée.

— Monsieur de Lahontan, je ne sais pas si je fais bien, mais je crois devoir vous avertir que votre arrestation est imminente. Le gouverneur m'a dicté une lettre qui vous accuse de désobéissance et de manquements graves à vos devoirs de lieutenant du roi. J'en prévois des suites fâcheuses pour vous. Je vous ai fait une copie des passages vous concernant.

Abasourdi, Lahontan prit sans mot dire les feuilles que lui tendait Barrat. Dans une lettre au ministre Pontchartrain, le gouverneur vantait les mérites de son frère Saint-André et de ses neveux Costebelle et Saint-Ovide. Il demandait qu'on nomme le premier major de Plaisance, et le second capitaine de frégate ; quant au troisième, il sollicitait pour lui une promotion.

— Ainsi donc le gouverneur a l'impudence de vouloir faire nommer tous ses parents autour de lui pour mieux rançonner la population et faire taire les voix discordantes !

Lahontan continua sa lecture et faillit suffoquer quand il lut :

> Monsieur le Baron de Lahontan n'a voulu entrer dans aucun détail pour prendre connaissance de la qualité et quantité de vivres, comme également du coulage des eaux-de-vie, de la mélasse, non plus que des diminutions que les entrepreneurs ont fait sur la grandeur et pesanteur des quarts de lard et de l'eau-de-vie qui ne sont point dans l'ordre. J'ai cru, Monseigneur, devoir vous en donner avis, Monsieur de Lahontan m'ayant temoigné qu'il demandait un ordre du roi pour se charger à l'avenir de cette distribution. À quoi je veillerai toujours, comme vous me l'avez ordonné, avec la même application que je l'ai fait jusqu'à présent.

— Quelle abominable calomnie ! C'est le gouverneur lui-même qui veut m'empêcher de faire la vérification et la distribution des vivres, comme le stipulent mes provisions de lieutenant du roi. Il écrit ce mensonge pour camoufler ses exactions. C'est encore lui qui demande à ses fiers-à-bras de voler du lard et d'éclaircir l'eau-de-vie avec de l'eau pour la revendre ensuite aux officiers.

— Je ne le sais que trop, Monsieur.

Lahontan reprit sa lecture. Brouillan mentionnait la difficulté qu'il avait de se faire obéir à distance par les habitants des îles Saint-Pierre et Miquelon qui avaient presque tous déserté dans les bois et qu'un détachement envoyé de Plaisance n'avait pu trouver. Il suggérait au ministre d'y envoyer un homme d'autorité comme Lahontan qui, du reste, avait déjà demandé d'y aller.

Il se plaignait ensuite que son lieutenant l'empêchait de faire exécuter ses ordres ; il l'accusait de négliger tous les devoirs de sa charge et de contraindre par la force les soldats de la garnison à faire ses provisions de bois pour l'hiver.

Lahontan suffoquait de rage :

— Si j'avais ce fieffé menteur en face de moi je lui enfoncerais ses calomnies au fond de la gorge. Il m'accuse auprès du ministre Pontchartrain de maltraiter les soldats, alors qu'il ne cesse de me prêcher la dureté envers des hommes qui sont loin de tout. Oui, j'ai envoyé au diable Costebelle qui voulait faire travailler mes soldats gratis pour le gouverneur ; oui, je l'ai menacé de lui passer mon épée à travers le corps s'il continuait ses manœuvres d'intimidation. Quant au service du roi, vous savez que c'est le dernier de ses soucis et que j'ai toujours été exact à me présenter chez lui pour rendre justice. C'est lui qui réunit parfois les officiers de justice sans m'avertir, pour prétendre ensuite que je me suis absenté sans motif valable.

— Je partage votre indignation, Monsieur. Aussi avons-nous décidé, quelques habitants d'ici, le capitaine Daitherre et moi-même de contresigner vos procès-verbaux si vous décidiez de charger monsieur Brouillan auprès du ministre de la Marine. Nous sommes à bout.

— Mon ami, je suis touché de votre sollicitude, mais le gouverneur est le supérieur ici et vous vous attireriez de très mauvaises affaires en agissant ainsi. On vous jugera comme séditieux et perturbateurs de l'ordre public... Avant de me faire arrêter, je prendrai plutôt le premier bateau que je pourrai et j'irai moi-même en France me justifier.

— Prenez garde, monsieur Brouillan a donné ordre aux gouverneurs de Belle-Île, de La Rochelle et de l'île de Ré de vous faire arrêter. Le capitaine Lacroix, qui partira demain pour La Rochelle sur un vieux rafiot, accepterait peut-être de vous débarquer ailleurs, mais n'en parlez à personne.

Lahontan le remercia chaleureusement et, à la nuit tombée, alla voir Lacroix qui accepta, pour trois cents pistoles, de le déposer sur la côte du Portugal. Il chargea tout ce qu'il put sur le bateau, mais dut abandonner quantité de meubles qu'il n'eut pas le temps de vendre.

Ayant su par Saint-Ovide que Lahontan projetait de fuir, Brouillan ne tenta pas de l'empêcher, car son lieutenant se mettait ainsi dans son tort. Il écrivit plutôt une autre courte lettre au ministre Pontchartrain :

Plaisance, 14 décembre 1693

Monseigneur,

Depuis ma dernière lettre, Monsieur le baron de Lahontan m'a dit sa résolution de passer en France. Je lui ai exposé tout ce que j'ai cru qui pourrait l'engager à rester. J'ai même prié nos bons religieux qui sont ici de lui faire connaître qu'il était du service du roi de ne pas abandonner ainsi. Mais cela n'a fait nulle impression sur son esprit. Je me serais plus opposé que je ne fais à son départ s'il ne m'avait témoigné qu'il voulait vous aller rendre compte de ma conduite. Je ne vous demande d'autre grâce sur cela Monseigneur, que de la faire examiner. Je ne vous dirai plus rien de la sienne ; cette dernière marque prouve assez tout ce que j'ai eu l'honneur de vous dire à son sujet.

Brouillan

Deuxième partie

ERRANCES

Chapitre 34

L'EXIL

Le 24 janvier 1694, le petit navire de Lacroix fit escale sur la côte portugaise, à Viana del Castelo, au nord de Porto. Lahontan remit au capitaine les trois cents pistoles convenues et fit transporter ses bagages dans le premier cabaret qu'il aperçut près du quai. La grande pièce du rez-de-chaussée, remplie de matelots, était bruyante et enfumée. Un garçon qui portait un tablier de cuir sombre lui fit signe de s'asseoir et lui apporta des saucisses et une bouteille de vin. Dans la cacophonie assourdissante de la pièce, Lahontan essayait de saisir quelques bribes de portugais à partir de l'espagnol qu'il avait appris pendant son enfance. Il avala une gorgée de vin râpeux comme du papier d'émeri et commença à manger machinalement, sans appétit. Entendant à la table voisine quelques phrases en français, il se leva :

— Excusez-moi, Messieurs, pourriez-vous me dire si je puis trouver ici une auberge où dormir tranquille ?

Sans s'étonner le moins du monde, le plus vieux des deux hommes lui répondit :

— Je regrette, Monsieur, mais vous n'aurez ici que des cabarets de matelots. Il faudrait vous rendre à Porto pour trouver une bonne auberge, mais vous ne pourriez y arriver avant la nuit... Permettez que je me présente : Hector de

Bienville, capitaine de cavalerie, au service du Portugal depuis trente-cinq ans.

— Louis-Armand de Lom d'Arce, lieutenant du roi.

C'était la première fois depuis bien longtemps que Lahontan se présentait sous ce nom qui sonnait faux dans sa bouche — comme sa situation bizarre dans cette petite ville portugaise.

Le capitaine de Bienville l'invita à se joindre à sa table. Quand il fut assis, il lui demanda :

— D'où arrivez-vous ? des Indes ou de l'Amérique ?

Lahontan hésita un moment, puis, craignant de se perdre dans des explications interminables, il répondit :

— Je débarque à l'instant de Terre-Neuve d'où j'ai dû partir plus rapidement que je ne l'aurais souhaité.

Hector de Bienville comprit que ce jeune officier avait des problèmes avec l'administration française :

— Mon cher compatriote, si vous daignez accepter mon hospitalité, venez chez moi vous reposer quelques jours. J'aimerais bien en connaître davantage sur l'Amérique septentrionale. On raconte ici tant de choses étranges.

Lahontan le remercia vivement et le suivit chez lui. Dès qu'il fut entré, de Bienville fit porter ses bagages et un grand bac d'eau tiède dans une chambre sous les combles.

— Voilà, Monsieur, qui vous fera le plus grand bien. Si vous avez besoin de quelque chose, Roger vous l'apportera. Je vous souhaite le bonsoir. Nous parlerons plus longuement demain. Si vous êtes réveillé à mon retour du Conseil, vers les midi, nous mangerons ensemble.

Quand il se réveilla à onze heures, Lahontan eut le sentiment qu'il n'avait pas si bien dormi depuis une éternité. Il fit sa toilette, s'habilla et sortit. L'immense maison de pierres du capitaine donnait sur le port, où une vingtaine de bateaux de toutes dimensions étaient amarrés. Se rappelant les grandes froidures de Québec, Lahontan trouva l'air extrêmement doux pour un 30 janvier. Au Canada, on avait sûrement deux ou trois pieds de neige et le Saint-Laurent était déjà pris en glace. Il revit en esprit les carrioles attelées de chevaux infatigables et crut entendre la cloche carillonnant la nuit de Noël à Château-Richer. Les images dans sa tête se mirent à défiler à toute vitesse comme une caravane de canots d'écorce dans les rapides. C'était François Bélanger, avec son sourire amusé, qui tendait ses collets dans la neige, puis Marie-Laure en raquettes, la mèche de cheveux rebelle sur le coin de l'œil, puis le père amaigri, dans son lit, qui parlait lentement, voyant venir sa fin.

— Bonjour, Monsieur ! Vous avez bien dormi ?

Lahontan sursauta.

— Peut-être manquez-vous encore de sommeil. Voulez-vous manger un peu ? Vous irez vous recoucher après si le cœur vous en dit.

— Je vous remercie beaucoup, Monsieur, de votre bonté. Je suis seulement un peu épuisé par la traversée. Nous avons essuyé tempête sur tempête et les provisions de bouche se sont vite gâtées... Je mangerai volontiers avec vous.

— Vous me faites plaisir. Mon cuisinier nous préparera une de ces soles au vin blanc dont vous vous souviendrez.

Lahontan se sentait beaucoup de sympathie pour ce vieillard affable et courtois qui ne cherchait pas à savoir ce que venait faire un officier français dans une petite ville portugaise en plein cœur de l'hiver. Le repas fini, il offrit à Lahontan de se procurer quelques *patacas* et *cruzadas*, car, excepté l'écu, la monnaie de France n'avait pas cours au Portugal où les piastres de Séville et du Pérou circulaient comme monnaie du pays. Son hôte lui fit visiter la ville et le présenta à quelques personnalités importantes comme don Jõao de Souza, gouverneur de la province et gendre du maréchal de Villeroy. Lahontan trouva grotesque la morgue vaniteuse de ce général de cavalerie qui se faisait donner de l'*Excelencia* et menaçait d'embrocher quiconque ne s'arrêtait pas au passage de son carrosse. Le quatrième jour, il quitta de Bienville, accompagné d'un valet que celui-ci lui recommanda, pour se rendre à Porto à dos de mulet. La maigreur de Lahontan s'accommodait mal de la dureté de la selle, mais en revanche on y pouvait attacher une valise entre deux solides cerceaux de fer où l'on s'appuyait pour se reposer de la fatigue de la route.

Lahontan passa quelques jours à Porto, belle ville claire, construite à flanc de montagne et ceinte d'une muraille mauresque dont les tours menaçaient la ruine. Il se rendit ensuite à Lisbonne, dans une litière portée par deux mulets, en passant par Coïmbre dont il visita la vieille université. En chemin, il dormit dans une *pousada,* qui lui eût paru fort incommode s'il n'eût été habitué à coucher sous la tente ou à l'abri d'un canot d'écorce renversé sur lui. Il trouva immangeables les soupes et ragoûts assaisonnés à l'ail et aux herbes qui sentaient l'officine humide d'un herboriste négligent.

Comprenant mieux maintenant la langue, il arrivait à se faire entendre en gesticulant et en utilisant un mélange de portugais et d'espagnol que ses interlocuteurs avaient l'air de saisir. Très vite, il connut les personnages importants de la diplomatie française au Portugal. Ainsi se trouva-t-il un jour chez l'abbé d'Estrées, que Louis XIV chargeait régulièrement de missions délicates à Lisbonne et à Madrid. Le prélat reçut Lahontan courtoisement dans son riche hôtel et parut s'intéresser vivement à tout ce qu'il lui racontait sur les sauvages du Canada, le commerce des fourrures, la position stratégique de Québec et surtout l'expansion coloniale vers le centre-sud et l'ouest américain. Lahontan se rendit compte qu'il savait raconter et expliquer clairement, en illustrant ses propos d'exemples et d'anecdotes qui retenaient l'attention de ses interlocuteurs.

Quand il retourna à son auberge, il se mit à sa table pour écrire à Marie-Laure :

Lisbonne, 12 février 1694

Bien chère Marie-Laure,

Ma lettre te parvient du Portugal parce que j'ai dû fuir Terre-Neuve à la suite d'une querelle avec le gouverneur de Plaisance, homme brutal et malhonnête. J'en suis venu à cette extrémité parce qu'il menaçait de me faire enfermer à la Bastille. Il serait trop long de te raconter cette affaire. Sache seulement qu'il m'a traité comme son ennemi dès mon arrivée parce qu'il a compris que je devinais ses malversations et ses injustices flagrantes envers les soldats et les habitants.

Cette décision a été difficile à prendre, mais c'était la seule possible. J'espère seulement que je pourrai me justifier auprès du ministre de la Marine. Ne sachant pas si l'ordre d'arrestation qu'on a fait lancer contre moi sera longtemps en vigueur, je ne puis rentrer en France pour le moment. Aussi ai-je résolu de voyager en Europe et de tenter d'intéresser à mon sort quelque ambassadeur ou personnage important qui pourrait plaider ma cause et ma bonne foi.

Crois-le bien, c'est la mort dans l'âme que je me suis encore un peu plus éloigné de toi. Peut-être me sera-t-il possible de retourner en Canada l'été prochain ou, à tout le moins, l'année suivante.

Comme je ne saurais te toucher autrement que par ces pauvres mots (plaise au ciel qu'ils te rejoignent !), je te raconterai un peu mon voyage.

Je t'écris d'une hôtellerie qu'on appelle ici pompeusement pousada, *mais dont la médiocrité suffirait pour ôter toute envie d'aller à Lisbonne. Je m'en suis pourtant accommodé, les trouvant à peine plus confortable que les tentes d'écorce de bouleau. Imagine-toi que l'hôte conduit les voyageurs dans un réduit qu'on prendrait pour un cachot plutôt que pour une chambre. C'est là qu'il faut attendre avec beaucoup de patience d'infâmes ragoûts assaissonnés d'ail, de poivre, de ciboules et de cent herbes médicinales dont l'odeur ferait perdre l'appétit à l'Iroquois le plus affamé.*

Pour comble de disgrâce, on dort sans couverture ni paillasse, sur des matelas étendus sur le plancher et guère plus épais que cette lettre. L'hôte en fournit autant qu'on en souhaite, au prix d'un sol la pièce, et il se donne la peine de les secouer et de les battre pour faire tomber les puces et autres vermines aussi accueillantes. Grâce à Dieu, je n'ai pas eu besoin de m'en servir, car j'ai toujours conservé mon hamac qu'il est facile de suspendre en tout lieu par le moyen de deux grosses vrilles de fer.

Lisbonne serait une des plus belles villes d'Europe par sa situation et ses édifices, si elle était moins sale. Elle est bâtie sur sept montagnes d'où l'on découvre les plus beaux paysages du monde. Cette ville montueuse incommode extrêmement les gens qui sont obligés d'aller à pied, surtout les voyageurs dont la curiosité est un peu ralentie par la peine de monter et descendre incessamment, car on n'y trouve pas, comme ailleurs, des carrosses de louage.

On a fait ici des processions tous les vendredis du carême d'un bout de la ville à l'autre. J'ai vu plus de cent disciplinants vêtus de blanc. Le visage couvert et le dos nu, ils se fouettaient de si bonne grâce que le sang rejaillissait sur le visage des femmes qui étaient assises le long des rues, exprès pour chanter pouille aux moines ensanglantés. Ils étaient suivis d'autres, masqués, portant des croix, des chaînes et des faisceaux d'épées d'une pesanteur incroyable.

On voit ici des gens de toutes sortes de couleurs : des noirs, des mulâtres, des basanés, des olivâtres. Mais la plupart sont Triquenhos, c'est-à-dire de la couleur du blé. Ce mélange de teints différents fait voir que le sang est si mêlé dans ce royaume que les véritables blancs y sont en très petit nombre. Ce qui fait qu'on ne saurait plus noblement exprimer Je suis homme ou femme d'honneur, *qu'en ces termes : eu son* Branco *ou* Branca, *qui signifie je suis* blanc *ou* blanche.

On peut marcher dans la ville nuit et jour, sans craindre les filous. On trouve jusqu'à trois ou quatre heures après minuit des joueurs de guitare qui joignent à la douceur de cet instrument des airs aussi lugubres que le de Profundis. *La musique instrumentale des Portugais choque d'abord l'oreille des étrangers, mais au fond elle a quelque chose d'agréable lorsqu'on y est un peu accoutumé. Il n'en va pas de même de leur musique vocale, car elle est si rude et ses dissonances sont si mal suivies que le chant des corneilles est plus mélodieux. Tous les motets qu'ils chantent dans les églises sont en langue castillane, aussi bien que leurs pastorales et la plupart de leurs chansons. Ils tâchent d'imiter les manières des Espagnols autant qu'il leur est possible, même jusqu'au cérémonial de leur cour, auquel ils se conforment si ponctuellement que les ministres seraient au désespoir d'en retrancher les moindres formalités.*

Je m'arrête ici, chère Marie-Laure, car je risque de t'ennuyer. Je t'embrasse jusqu'au plus tendre de toi et je suis au désespoir de me retrouver si loin, sans savoir quand je te reverrai. En attendant que je sois fixé sur ce qui m'attend, tu pourras m'écrire à Paris, si tu veux bien, chez ma mère, rue Saint-Honoré, en face du Grand Conseil. C'est le plus grand bonheur qui puisse m'arriver dans ma déveine.

Lahontan

Le lendemain, il se rendit chez le marchand français Darcourt qui faisait le commerce des vins et recevait en pension chez lui les Français de passage qui n'aimaient pas les auberges portugaises. Il acheta quelques barriques de vin d'Alegreto, trois caisses d'oranges douces, vingt livres de tabac et de la belle vaisselle ciselée d'Estremos qui pourraient lui servir de passeport ou de carte de remerciements pour son voyage projeté vers le Nord. Il ne put s'empêcher de parler du Canada au marchand qui se montra d'autant plus intéressé qu'un de ses fils voulait s'y rendre.

— Ma foi, Monsieur, vous avez de la chance de connaître un pays neuf. L'on étouffe ici dans ces villes où la tradition est parfois aussi lourde à porter que des chaînes de galérien.

— Au moins le climat est doux et vous pouvez vous promener dans les rues sans vous faire détrousser à tout moment.

— Certes, mais vous avez rencontré ces militaires et officiers de justice dont la fierté et l'arrogance vous donneraient envie de les souffleter en public. Si vous avez le malheur de leur toucher la manche au passage, ils peuvent vous expédier dans l'autre monde si vite que vous ne vous en rendez pas compte. Et connaissez-vous l'Inquisition dont le tribunal prétend juger tous les livres et les étrangers qui entrent dans la ville, les suspectant d'hérésie ? Vous n'avez jamais lu le livre du docteur Dellon sur Goa, où il a été enfermé en prison, torturé et condamné aux galères, à défaut d'être brûlé avec des livres à l'index ?

Lahontan répondit un oui vague, surpris de l'agitation subite du marchand qui continua :

— Quand vous m'avez raconté le grillage des prisonniers de guerre par les Iroquois, j'ai pensé que les « Iroquois » du Portugal et de ses colonies sont mille fois plus cruels que les vôtres, puisqu'ils ne brûlent pas leurs ennemis mais leurs parents et leurs amis.

Lahontan n'écoutait plus, tout à sa pensée. Pourquoi fallait-il donc qu'on en arrive toujours au scandale de la cruauté et de la bêtise ? L'humanité n'apprendrait-elle jamais de ses excès et de ses égarements et le mal était-il si profondément ancré dans la nature humaine qu'il ressortait à tout moment comme la lave d'un volcan mal éteint ?

— Je vois, Monsieur, que mes discours vous ennuient. Veuillez m'en excuser.

— Oh ! non, Monsieur, vous ne m'ennuyez pas. Je songeais seulement aux terribles choses que j'ai vues en Amérique.

— Permettez-moi alors de boire au plaisir de vous avoir rencontré ici par hasard.

Lahontan leva son verre comme s'il se réconciliait un peu avec la nature humaine.

— Si vous voulez vous rendre à Amsterdam sans problèmes, puis-je vous donner un conseil ? Demandez un passeport au résident de Hollande en Portugal. Je vous ferai un mot pour lui et il vous recevra avec plaisir. C'est un homme civil, qui a vu le monde. Vous lui serez agréable.

Lahontan et Darcourt parlèrent fort tard dans la nuit. Le marchand fit accompagner son hôte jusqu'à son auberge. Trop surexcité pour pouvoir dormir, Lahontan écrivit au sous-secrétaire Lesuire :

Lisbonne, 2 avril 1694

Monsieur,

Vous avez eu la bonté de me recevoir à Versailles il y a quelques années et je vous suis toujours reconnaissant d'avoir parlé en ma faveur au secrétaire Lavigne. Les choses ont depuis beaucoup changé, puisque j'ai dû fuir l'Amérique à la suite d'un différend avec monsieur de Brouillan, gouverneur de Terre-Neuve. Permettez-moi de vous le dire, cet homme dessert la France et son roi d'une manière éhontée. Non seulement retient-il la solde des soldats, mais encore se livre-t-il à la concussion ouverte, comme en a témoigné l'an dernier le capitaine de bateau Daitherre, dans un mémoire remis à monsieur de Pontchartrain. J'ai appris de manière sûre que le gouverneur avait donné ordre de m'arrêter et avait écrit en ce sens dans tous les ports français où un navire pourrait me débarquer. Il est vrai que je l'ai un peu brocardé dans une chanson satirique, mais cela n'est rien en comparaison du tort qu'il a causé à la France et à moi quand il a fait saccager ma maison par ses valets.

J'aurais voulu vous demander une entrevue à Versailles, mais je ne puis entrer en France sans risquer de me faire arrêter. Pourtant, il faudra bien que j'y rentre si je veux me justifier et récupérer les arrérages que me doivent des paysans de Lahontan. Je vous écrirai à nouveau d'ici peu, dès que se dissipera le brouillard dans lequel je suis.

Croyez bien que je suis, Monsieur, votre très humble et très obéissant serviteur,

Lahontan

Chapitre 35

DE ROTTERDAM À LÜBECK

LAHONTAN QUITTA LISBONNE LE 14 AVRIL, sur un bateau portugais qui le conduisit à Rotterdam pour trente piastres. Il y arriva le 20 mai en fin d'après-midi. Le soleil tombait, oblique et rougeoyant, sur la fameuse tour de la Grande Église qu'un habile charpentier avait, quarante ans plus tôt, redressée pour l'empêcher de tomber sur la ville. Après avoir fait ranger ses bagages dans une auberge, il y mangea des viandes froides agrémentées de cornichons et généreusement arrosées d'une bière blonde, très différente de celle qu'il avait bue en Canada. Il alla se promener sur le port, admirant les belles maisons illuminées et les bateaux qui balançaient mollement leurs mâts dans le ciel éclairé par la pleine lune. La légère euphorie que lui avait laissée la bière le fit se remémorer la première qu'il avait bue chez les Bélanger, peu après son arrivée à Château-Richer. Une bière un peu brouillée, au goût étrange.

Qu'était devenu Charles Bélanger, qu'il avait vu bien affaibli dans son lit, parlant de sa mort prochaine ? Lahontan sentit son corps se raidir et ses poings se fermer. Par quelle injustice son premier hôte en Nouvelle-France serait-il déjà disparu pendant qu'un être malfaisant comme Brouillan continuait à maltraiter son entourage ? Quand le souvenir de Marie-Laure émergea lentement au milieu d'images lugubres de la famille Bélanger pleurant autour du lit, son chagrin d'amour lui apparut bien mesquin en regard de ce malheur qu'il sentait arrivé. Il tenta de se raisonner et de changer le cours de ses pensées, mais toujours l'image de Bélanger s'imposait à son esprit. Il rentra se coucher et s'endormit aussitôt.

Le lendemain, il se réveilla au petit jour et déjeuna d'œufs mollets, de jambon et de pâtés tartinés sur du pain pumpernickel. Il alla visiter la maison d'Érasme, souhaitant que la sagesse du vieux philosophe de Rotterdam amenuise sa peine. Ne tenant plus en place, il s'embarqua sur une voiture d'eau tirée par un cheval depuis le bord du canal. Il traversa Delf, Leide et Harlem sans s'arrêter, sauf pour changer de bateau. Le trajet était magnifique, car les canaux étaient bordés de bois, de jardins fleuris et de belles maisons dont la large fenestration ogivale se reflétait dans l'eau. Dès qu'il arriva à Amsterdam, il porta ses bagages à l'auberge Rembrandt et visita la ville dont le centre était constitué de canaux disposés en fers à cheval concentriques.

Il se sentit mieux de déambuler sans fin, au hasard, dans cette ville harmonieuse qui lui réservait chaque jour des surprises. Il visita l'hôtel de ville, un bel édifice en pierres de taille, reposant sur 14 000 pilotis et abritant dans sa cave la Banque d'Amsterdam. Au rez-de-chaussée, il admira les peintures et les amples tapisseries aux couleurs d'automne contrastant avec le marbre et le jaspe qui ornaient le mur avant. Catholiques et protestants avaient leurs temples imposants, mais le plus bel édifice religieux était la synagogue des Juifs portugais que l'on prétendait construite sur le modèle du temple de Salomon. L'édifice de la Bourse, avec ses quelque deux cents pieds de longueur et ses larges galeries, pouvait contenir huit mille personnes. Mais ce qui intrigua d'abord Lahontan fut quelques *muziekhuizen*, que les Français appelaient *musicos*, où les Hollandais allaient fumer, boire, entendre de la musique, et que les voyageurs visitaient comme une curiosité de la ville. Dans une salle basse, empestant le tabac et le vin frelaté, une vingtaine de filles laides et tristes étaient assises en cercle sur des bancs de bois, attendant qu'on vînt les inviter à boire du vin râpeux pendant qu'on jouait une musique criarde sur des instruments estropiés. On lui montra aussi les orphelinats et les hospices financés par les pouvoirs publics et certaines maisons de correction appelées *rasphuis* pour les hommes et *spinhuis* pour les femmes : les premiers y râpaient pendant de longues heures du bois de Brésil qui servait à la teinture tandis que les femmes filaient et tissaient la laine pour les couvertures des marins. Il passa voir les marchands Moracin et Darrêche qui venaient de Bayonne et vivaient dans l'aisance. Demeurés catholiques, ils ne faisaient pas partie de ces protestants réfugiés qui avaient grossi l'armée hollandaise de soldats et d'officiers ni de propriétaires de fabriques qui avaient quitté la France avec leurs capitaux et leurs ouvriers qualifiés.

Le marchand Darrêche suggéra à Lahontan de ne pas prendre le chariot de poste pour Hambourg, car quelque prince ombrageux d'une obscure ville d'Allemagne risquait de l'arrêter et de lui soutirer de l'argent sous prétexte de vérifier son passeport. Mieux valait prendre la voie d'eau et faire le chemin sur un *boyer*, large chaloupe mâtée sur laquelle on pouvait louer une petite cahute pour voyager confortablement. Le boyer glissait le long de la chaîne d'îles qui bordait la côte, dans des chenaux balisés par des arbustes plantés dans le sable comme les chemins d'hiver en Canada. Il fallait parfois attendre que la marée montât avant de repartir. À l'embouchure de l'Elbe, jusqu'à Hambourg, le boyer s'éloigna en haute mer, avec des marées de douze à quinze pieds, au milieu de vaisseaux de guerre qui allaient mouiller dans le port sans plus s'occuper des boyers que si c'étaient des moustiques.

Le 13 juin, Lahontan débarqua à Hambourg, grande ville commerciale qui trafiquait partout dans le monde, excepté en Amérique, où Français, Anglais et Espagnols étaient en conflit pour un commerce qui rapportait finalement assez peu. Ses flottes allaient en Afrique, en Moscovie et même jusqu'à Arkhangelsk, seul port de la lointaine Russie du Nord. Hors quelques belles églises, la ville n'avait rien de remarquable avec ses rues étroites et ses magasins maritimes. On s'y divertissait à l'opéra, fondé quinze ans plus tôt, de même qu'aux théâtres des comédiens français et italiens.

Lahontan alla coucher au Pied de cerf, petite auberge propre et claire, tenue par un Français de Toulouse, Médard Collin. L'homme, loquace et bon vivant, était heureux de trouver un Français originaire du sud-ouest et qui n'était ni marchand ni marin. Il voulait tout savoir sur l'Amérique du Nord, depuis les soins donnés aux enfants par les mères sauvages jusqu'au prix des fourrures et à la culture du maïs. Lahontan, qui n'avait guère envie d'en parler, s'anima bientôt et, une fois lancé, raconta jusqu'à une heure du matin.

Le lendemain, quand il arriva pour souper, l'aubergiste lui annonça d'un air triomphant :

— Monsieur de Lahontan, j'ai ici deux Français qui me racontent des merveilles sur l'Amérique. Après la mort de leur chef, un certain Cavelier de La Salle, ils se sauvèrent dans les bois, puis, mourant de faim, se sont retrouvés chez les Anglais qui allaient harceler les Espagnols dans leurs colonies.

Lahontan suivit machinalement Collin.

— Chers amis, voici le voyageur dont je vous ai parlé. C'est le baron de Lahontan...

Deux hommes âgés d'environ trente ans se levèrent pour saluer.

— Monsieur de Lahontan, je vous présente messieurs Baudard et Sansouci, qui arrivent de Virginie. Vous avez beaucoup de choses à vous raconter, j'imagine... Mais veuillez m'excuser, je dois assurer la bonne marche de la maison. Des voyageurs hollandais viennent d'arriver et deux de mes hommes de service sont malades. Je reviendrai vous voir plus tard.

Il salua puis arrêta au passage un homme qui courait d'une table à l'autre, manifestement débordé :

— Maurice, apporte à boire à ces messieurs. Soigne-les bien : ce sont mes hôtes.

L'autre maugréa et apporta aux voyageurs des verres et une carafe de vin qu'il déposa bruyamment sur la table.

La conversation s'engagea lentement, roulant sur des banalités touchant la vie à Hambourg et quelques incidents du voyage transatlantique. Peu à peu, la bière et le vin aidant, Sansouci et Baudard se mirent à raconter leur aventure. Quand La Salle, l'explorateur du Mississippi, fut assassiné par deux de ses hommes mutinés contre lui, ils s'enfuirent dans les bois et faillirent se faire scalper par une dizaine de sauvages dont ils ne connaissaient ni la langue ni la nation.

Sansouci continua :

— Nous étions tellement terrorisés que nous ne savions même pas si nous étions prisonniers de ces sauvages. Ils nous firent manger et nous donnèrent des vêtements de fourrures. Ils dormaient dans la même cabane que nous sans nous attacher la nuit. Une sentinelle gardait seulement la porte de la cabane, mais c'était peut-être qu'ils se méfiaient d'un groupe ennemi.

L'autre reprit :

— Après plusieurs jours de marche, nous arrivâmes au village de leur nation, sur le bord d'une petite rivière qu'ils appelaient Ouistana. Après un grand festin qui dura toute la nuit, ils nous amenèrent à une crique de la rivière où ils nous montrèrent du sable pailleté de particules brillantes comme du laiton poli. Ils nous montrèrent aussi des bracelets et des languettes de cuir qu'ils portaient au cou et qui étaient décorés du même métal. Ils tentèrent de nous expliquer ensuite qu'à vingt jours de marche vers le soleil levant, se trouvaient des mines d'or gardées par des hommes barbus au teint foncé. Puis ils partirent en expédition vers un village qu'ils saccagèrent la nuit et dont ils massacrèrent tous les habitants. C'étaient des Espagnols qui faisaient travailler leurs esclaves indiens dans une petite mine d'or. Craignant d'être surpris à leur tour par les Espagnols, nos sauvages remontèrent vers le nord puis obliquèrent à l'est pour nous échanger contre des prisonniers de leur nation.

Ces sauvages de l'est, que nous ne connaissions pas plus que les précédents, semblaient se méfier de nous, car ils avaient toujours leur massue à la ceinture et leur arc à la main en notre présence. Ils nous obligeaient aussi à ramasser les coqs d'Inde et le gibier qu'ils tuaient à la chasse. Vingt fois, nous avons pensé mourir sous leurs flèches ou être assommés en plein jour. Des femmes nous donnaient à manger et venaient coucher avec nous la nuit, mais nous savions que les sauvages nourrissent souvent fort bien des prisonniers ennemis qui couchent avec leurs filles et leurs veuves puis les tuent et les dévorent quand elles sont enceintes.

Lahontan regardait ses interlocuteurs sans dire un mot. Voyant son air éberlué, Sansouci prit la parole :

— Je vous assure, Monsieur, si incroyable que cela puisse paraître, tout ce que mon camarade vous raconte est vrai. Après être demeurés pendant trois ans chez ces sauvages, nous partîmes avec eux, toujours plus à l'est et au nord, ne sachant pas s'ils allaient à la guerre ou à la chasse. Peut-être ne le savaient-ils pas eux-mêmes. Nous fûmes surpris une nuit par un groupe ennemi qui tua tout le monde excepté nous deux, sans doute parce que nous sommes des Européens. Ces sauvages nous amenèrent chez des Anglais de Virginie qui nous échangèrent contre deux des leurs.

Les Anglais nous firent travailler à leurs plantations de tabac, mais nous traitèrent fort humainement. Au bout d'un an environ, jugeant que c'était justice, ils offrirent de nous mettre sur un bateau chargé de tabac en partance pour l'Angleterre. Comme il continua ensuite vers les pays du Nord, nous avons décidé de nous y rendre, ne voyant pas comment revenir en France, sans le sou, au risque de nous faire emprisonner comme des malfaiteurs.

Il vida son verre et l'autre reprit :

— Monsieur Collin, à qui nous avons raconté notre histoire, serait prêt à s'associer avec des marchands de

Hambourg pour nous fournir un petit bateau et quelques hommes décidés. Nous irions vers le golfe du Mexique chercher de cet or que nous pourrions facilement enlever aux Espagnols, car ils se trouvent dispersés en petits groupes et sont en conflit avec les tribus sauvages de la région qui les haïssent farouchement à cause de leur brutalité inhumaine. Vous pourriez vous joindre à nous, avec votre expérience du pays et des sauvages.

En un instant, l'esprit de Lahontan se mit à fabuler sur un retour en Amérique qui ressemblait à une opération de piratage...

Collin revint à la table, le caquet bas, comme s'il avait perdu un pain de sa cuite :

— Ah ! mes amis, je suis déçu. Mes collègues Girard et Bernheim ne sont pas prêts à s'associer avec moi pour vous fournir le bateau. Ils prétendent avoir perdu déjà trop d'argent dans des aventures semblables. J'espère trouver quelqu'un d'autre.

Collin repartit vers une autre table, laissant Baudard et Sansouci la figure longue de deux pieds. Lahontan parla encore une heure avec eux puis alla se coucher, fort perplexe. Si les hommes disaient vrai, il devait écrire au secrétaire Lavigne. Il se donna vingt-quatre heures pour y réfléchir.

Le lendemain matin, il se mit, tout fébrile, à sa table afin de rédiger un mémoire pour expliquer comment il serait facile de se débarrasser des Espagnols du bas Mississippi et de mettre la main sur des richesses qu'ils exploitaient très mal. À l'aide de ses notes sur la rivière Longue et du mémoire de l'abbé Cavelier dont il avait fait une copie, il apportait des précisions nombreuses à ce qu'il pouvait tirer de la conversation avec Baudard et Sansouci.

Vers la fin de l'après-midi, il écrivit à Lavigne :

Ce 19 juin 1694, à Hambourg

Monsieur,

Je me suis donné le bien de vous écrire du Portugal il y a trois ou quatre mois touchant les affaires que j'ai eues avec monsieur de Brouillan. Comme je me suis imaginé que monseigneur de Pontchartrain me donnerait tort et que je demeurerais en France sans emploi, je me suis résolu de voyager dans les pays du Nord. À cet effet, je me suis embarqué à Lisbonne sur une flûte portugaise pour aller à Amsterdam avec un passeport de l'envoyé de Hollande, puis je suis venu ici, où j'ai rencontré deux Français arrivés de la Virginie. Ils m'ont dit avoir accompagné feu monsieur de La Salle vers le golfe du Mexique et que mondit sieur de La Salle étant mort, ils s'étaient jetés parmi les sauvages, où ils ont demeuré cinq ans entiers, vivant avec eux et allant très souvent saccager les villages espagnols.

Ils disent tant de choses touchant la richesse de cette terre par la quantité de mines et sablons d'or, et la facilité que nous aurions de nous en saisir que j'en ai dressé un mémoire que je vous enverrai au premier jour. Ils m'ont appris aussi le désordre où sont les Anglais dans la Nouvelle-Angleterre à cause d'une révolte qui s'y est faite avant leur départ. Plusieurs personnes de Boston se sont sauvées en Virginie par crainte d'être massacrées. Ces deux hommes ont proposé à quelques marchands de cette ville de leur donner un petit vaisseau pour aller le charger d'or au Mexique s'obligeant à être mis à mort en cas que leur entreprise n'ait pas un bon succès. Ils m'ont paru avoir assez d'intelligence. Cependant, on n'a pas encore voulu y toper, faute de fonds suffisants.

J'espère, Monsieur, que vous me ferez la grâce de me conserver votre bon souvenir, puisque je suis et serai incessamment avec passion,

Votre très humble et très obéissant serviteur,

Lahontan

Le 21 juin au matin, il décida de se rendre au Danemark, en passant par Lübeck, qui faisait un grand commerce sur la mer Baltique. L'aubergiste Collin lui avait dit qu'il n'était pas prudent d'entrer dans la ville chargé de bagages et de coffres, car il serait fouillé longuement et son titre de Français risquait de lui attirer des ennuis. Il se déguisa en marchand portugais, parlant un sabir incompréhensible où il mélangeait les mots portugais, français, espagnol et anglais. Il joua si bien son rôle qu'on n'ouvrit pas un seul de ses coffres.

Une fois de plus, il se dirigea vers les quais, construits sur toute la longueur de la ville. Quand un vent glacial se leva, Lahontan se rappela les soirées chaudes de Québec à la Saint-Jean, où l'on pouvait dormir à la belle étoile jusqu'au matin. Craignant d'être à nouveau submergé par une vague de nostalgie, il se hâta vers sa chambre où il reprit le mémoire destiné au secrétaire Lavigne. Il eut d'abord du mal à se concentrer. Mais au bout d'un quart d'heure, les idées s'organisèrent dans sa tête et il écrivit sans difficulté jusqu'à minuit.

Chapitre 36

COPENHAGUE

Le 28 juin, Lahontan s'embarqua sur une frégate qu'un bon vent du sud-est conduisit à Copenhague en deux jours. C'était une ville agréable à voir dont les clochers se détachaient sur le ciel bleuté qu'un léger voile de brume rendait gris par moments. Les rues larges du centre-ville donnaient sur trois grandes places bordées de maisons de briques à trois étages. Le bâtiment de la Bourse, construit vers 1625 sur l'îlot de Slotsholmen, était imposant avec ses 425 pieds de longueur et sa flèche constituée de quatre queues de dragon entrelacées. Plus loin, la Tour ronde, qui abritait la riche bibliothèque de l'université, créait un léger effet de disparate avec sa rampe spiralée qui conduisait les carrosses jusqu'au sommet.

Le lendemain de son arrivée, Lahontan alla saluer l'ambassadeur de France, le marquis de Bonrepaus. Petit et gros, avec un accent méridional prononcé, il aurait prêté à rire, n'eût été sa bonne humeur et son intelligence toujours en éveil. Il était de notoriété publique que sa nomination comme ambassadeur au Danemark n'était pas une promotion. Fin lettré, diplomate de haut vol et administrateur compétent, il avait été intendant général de la Marine et avait remplacé pendant sa maladie le ministre Seignelay. À la mort de celui-ci, le roi, qui l'avait pourtant fait marquis en 1688, l'avait écarté pour nommer à sa place le comte de Pontchartrain, ancien intendant puis contrôleur général des finances. Manifestement, il menait grand train dans sa belle maison de la place du Marché. Sa table était la meilleure de Copenhague et les grands de la cour danoise, de même que quelques riches bourgeois, aimaient y venir boire de bons vins de Bordeaux et y parler français.

Bonrepaus fit à Lahontan les honneurs de sa table et l'écouta longuement parler de l'Amérique. Sans que son hôte y fît allusion clairement, il comprit vite que le jeune officier avait eu une mauvaise affaire dans la colonie.

— Jeune homme, ne vous rongez pas les sangs parce que la vie ne tient pas ses promesses. Je vois ici quantité de réfugiés protestants français qui étaient au désespoir de quitter notre pays et qui pourtant ont vite retrouvé leur assiette. Certains sont devenus marchands, maîtres de français ou de danse ; d'autres servent comme officiers dans les troupes de Christian V, où ils font bon ménage avec messieurs Cormaillon, Dumenic et Labat, tous trois catholiques et hommes de confiance de leur général. Vous n'avez pas besoin de m'en dire davantage : je crois deviner ce qui vous arrive. Votre Brouillan se livre à la concussion ouverte, je le sais. Lorsque j'ai remplacé le ministre Seignelay, les récriminations se sont accumulées sur ma table. J'allais le révoquer quand on a nommé monsieur de Pontchartrain à la Marine. Vous avez raison de le juger sévèrement mais ne vous avisez pas de l'attaquer publiquement. Le sous-secrétaire de la Marine a déjà donné suite aux accusations portées contre vous. Comment voulez-vous qu'on vous entende maintenant ?

— Mais, Monsieur l'Ambassadeur, comment peut-on me persécuter, moi qui ai fait mon devoir d'officier consciencieusement ? Laisser libre cours au gouverneur Brouillan est une honte pour la France.

— Vous avez raison, je vous l'ai dit. Mais l'affirmation de votre bonne foi ne suffit pas au ministre de la Marine pour qui la petite colonie de Terre-Neuve n'est même pas une goutte d'eau dans l'océan de ses préoccupations quotidiennes... N'allez surtout pas vous fourrer dans la gueule du loup en vous rendant à Versailles pour dénoncer Brouillan. Vous auriez à peine franchi les frontières de la France que vous vous feriez enfermer en prison, condamné comme un officier séditieux qui attaque son supérieur pour faire oublier qu'il a négligé les devoirs de sa tâche. Je vous suggère plutôt de « disparaître » un an ou deux à l'étranger. Vous pourriez loger chez moi quelques semaines, si ma maison vous agrée. Pendant ce temps, j'essaierai d'intéresser à votre sort des diplomates français de passage à Copenhague.

— Votre générosité, Monsieur, me touche beaucoup, mais...

— Mais ?

— ...

— Mais vous craignez d'abuser de mon hospitalité ? Ne vous mettez pas martel en tête, je saurai bien tirer parti de votre connaissance de l'Amérique. Je me suis laissé dire qu'on souhaitait me rappeler en France pour me confier certains dossiers des colonies que le ministre de la Marine n'a pas le temps d'étudier.

— Puisque vous le souhaitez, j'accepte, mais j'aimerais bien me rendre utile autrement qu'en vous racontant l'Amérique. Je connais l'espagnol et j'ai travaillé chez un éditeur à Paris.

— J'aurai besoin de vous plus tard pour traduire des documents en espagnol. En attendant, vous pourriez enseigner cette langue ici, ou encore le français : le comte de Gyldenløve, gouverneur de Norvège, se cherche un maître de langues pour ses filles. Accompagnez-moi demain, je vais souper chez lui.

Bonrepaus présenta Lahontan au comte de Gyldenløve qui parlait un excellent français teinté d'une pointe d'accent germanique.

— Bonrepaus, mon cher, vous avez le don de m'amener des invités qui ont vu le monde. Vous tombez bien, car je viens de recevoir une caisse de vin français dont vous me donnerez de vos nouvelles. Oh ! je sais, ce n'est ni du Pontac ni du Margaux — rien que du Cahors —, mais quel vin !

Le comte de Gyldenløve parlait avec un tel enthousiasme que Lahontan en oublia ses malheurs et se laissa gagner par l'euphorie générale. À sa grande surprise, il se rendit compte que la majorité des convives entendaient et même parlaient le français. Habitué lui-même à converser avec des sauvages, des habitants et des soldats dont la langue ne ressemblait guère à celle de l'ambassadeur Bonrepaus, il ralentissait un peu son débit quand il voyait des sourcils se froncer, mais n'en perdait pas pour autant sa verve. Il devint vite le point de mire de la tablée. Après le dessert généreusement arrosé de cognac, Gyldenløve dit en levant son verre :

— Mes amis, nous étions heureux d'avoir parmi nous un ambassadeur français de haute volée (Bonrepaus sourit en inclinant la tête). Nous avons le plaisir maintenant de recevoir un officier qui a parcouru en tous sens le Nouveau Monde et en parle bien. Monsieur l'ambassadeur, nous levons nos verres à votre santé et nous souhaitons un séjour agréable parmi nous au baron de Lahontan.

Tout le monde but à la santé des Français au milieu d'un brouhaha de gestes et de paroles. Une demi-heure plus tard, on se dispersa dans les petits salons qui jouxtaient la salle à manger. Gyldenløve s'approcha de Lahontan :

— Monsieur le baron, mes filles que voici (il montra quatre jeunes filles de seize à vingt-cinq ans environ) souhaiteraient vivement perfectionner leur français avec vous et apprendre l'espagnol.

— Oh ! oui, Monsieur de Lahontan, dit l'aînée, nous serons heureuses très beaucoup si vous apprenez nous votre belle langage. Vous racontez des choses merveilleuses sur les sauvages et l'Amérique.

Lahontan sourit et s'inclina devant elles. Le père prit la parole :

— Vous pourriez venir quelques fois par semaine pendant l'après-midi puis vous joindre à notre table pour le souper.

— Vous me faites beaucoup d'honneur, Monsieur le Gouverneur, et j'accepte avec joie.

La réponse de Lahontan tourna un peu court, car, en prononçant le mot *gouverneur*, il se rappela Brouillan et sa fuite quasi désespérée de Terre-Neuve. Il prit sur lui et continua la conversation en feignant un entrain qu'il ne se sentait plus.

Quatre fois par semaine, pendant un mois, Lahontan vint chez Gyldenløve qui le recevait toujours avec le même enthousiasme. Il voyait bien que Charlotte-Amélie, la deuxième des filles, avait le béguin pour lui : souvent, elle rougissait, renversait son verre ou heurtait un fauteuil quand il s'adressait à elle sans qu'elle s'y attende. L'émotion de la jeune fille le gagnait un peu, mais il n'en laissait rien voir, se contraignant à jouer le maître de langue cordial et enjoué, mais peu porté sur le sentiment. La belle — car elle était belle et touchante avec son sourire quasi timide, ses grands yeux d'un bleu légèrement délavé —, la belle tentait de garder contenance et s'appliquait de son mieux à prononcer correctement et à apprendre les raffinements d'une langue difficile. L'image de Marie-Laure effleurait parfois l'esprit de Lahontan, qui se lançait alors dans une explication laborieuse sur la conjugaison ou, mieux, rappelait un trait de mœurs des sauvages en l'illustrant d'une anecdote piquante. L'après-midi passait vite, surtout qu'on allait souvent en promenade dans le parc où Lahontan apprenait à ses élèves les noms des fleurs et des arbres qu'il connaissait.

Les soupers étaient très gais. Habitué à manger sur le pouce, souvent même en marchant, Lahontan se rappelait alors les repas au château Saint-Louis. À Québec, on discutait philosophie, histoire et théologie ; ici, on racontait des anecdotes, on lançait des bons mots. Certains soirs de fête, le repas était précédé de *Velkomst* sonores lancés par Gyldenløve qui voulait souligner l'anniversaire d'une de ses filles ou le passage d'un voyageur de marque. Il fallait alors avaler d'une traite une grande coupe de bière débordante de mousse et recommencer aussi souvent que la soif de l'hôte n'était pas étanchée. On mangeait ensuite des sardines et des morceaux de hareng fumé sur de minces tranches de pain brun serré. Puis on changeait les coupes pour le service du vin. Un soir que Gyldenløve avait lancé plusieurs *Velkomst* et invité le maître de langues de ses filles à faire honneur aux vins de son pays, Lahontan ne se sentit pas bien et tâcha de le cacher. Mal lui en prit, car il ne put retenir un haut-le-cœur qui le fit se détourner. Avant qu'il eût le temps de faire un pas, il vomit tout son souper au pied de la table. Mortifié, il ne savait quelle contenance adopter quand une main vigoureuse le remit sur pieds. C'était Gyldenløve qui riait en disant :

— Mon cher, c'est à mon tour de vous apprendre quelque chose. Voici un proverbe allemand que vous devez retenir le reste de vos jours : *S'il est honteux de trop prendre, il est glorieux de rendre.*

Il éclata de rire à nouveau et ses filles firent de même. La conversation reprit de si bon cœur que Lahontan en oublia vite sa mésaventure devant des hôtes qui n'y voyaient manifestement rien de honteux.

Rencontrant à l'occasion ses compatriotes officiers dans l'armée de Christian V, il en arrivait à se dire qu'on ne servait pas un prince parce qu'on était né dans son pays, mais parce qu'on était lié à lui par un pacte de bienfaisance mutuelle qui avait préséance sur les querelles ridicules des religions instituées et les innombrables conflits politiques où chacun cherchait son seul profit. Plus l'été avançait, plus Lahontan pensait que, s'il ne parvenait pas à rentrer en grâce auprès du ministère de la Marine, il offrirait ses services à quelque prince européen qui apprécierait la compétence d'un officier français qui avait passé dix ans en Amérique.

Muni d'un passeport du duc de Bavière pour franchir les Pays-Bas espagnols et de quelques lettres de recommandation par Bonrepaus, Lahontan loua une place dans un carrosse en partance pour Amsterdam. Un vieux marchand anglais, une dame allemande et sa femme de chambre y avaient déjà pris place. Le voyage dura huit jours sur des routes plus mauvaises qu'un sentier indien près des chutes Niagara et les auberges étaient de sordides cabarets où l'on couchait sur la paille humide. Mais le voyage parut court à Lahontan qui conversait en français avec la dame allemande, pendant que le marchand anglais somnolait dans un coin comme s'il n'avait pas dormi depuis une éternité.

Grande, bien faite, agréable de manières et l'embonpoint engageant, elle semblait mieux connaître le génie des Français que les Français eux-mêmes. La conversation roula d'abord sur l'inconfort du voyage, mais le sujet s'épuisa vite. Voyant que Lahontan parlait librement de tout et critiquait ouvertement la Westphalie où elle semblait avoir quelque intérêt, elle entreprit à son tour de critiquer la France :

— Je vois à vous entendre, Monsieur, que vous êtes Français, car vous jugez de tout à l'aune de Paris.

Lahontan eut beau lui dire qu'il était né en Béarn, qu'il n'avait jamais vécu à Paris et que du reste il avait passé près de la moitié de sa vie en Amérique parmi les sauvages, elle n'en continua pas moins :

— Vous, Français, croyez qu'il faut être de votre nation pour avoir de l'esprit. Vous en avez, certes, mais il est plus brillant que profond. Votre imagination prompte et subtile aime débiter des sornettes élégantes, mais votre vivacité n'est qu'un faux brillant — ou plutôt c'est de la crème fouettée. Vous nous jugez grossiers et matériels, alors que nous sommes gens de bon sens et de réflexion, qui pénétrons le fond des choses avec discernement. Si je vous laisse la science de bien parler, il faut nous accorder celle de bien penser.

— Madame, vous êtes trop prévenue contre mes compatriotes. Je crains que vous ne jugiez tous les Français à partir de quelques écervelés.

— Expliquez-moi alors, Monsieur, le sens profond de tous vos proverbes ridicules qui méprisent la nation allemande : *Cet homme entend aussi peu raison qu'un Allemand. Il m'a fait une querelle d'Allemand. Il me prend pour un Allemand. Cette femme est une bonne Allemande*, pour dire qu'elle est sotte et naïve. N'est-ce pas la marque d'une nation vaniteuse et méprisante que d'insulter ainsi chaque jour dans des proverbes la sagesse d'une nation qui a donné au monde de grands savants et de grands penseurs ?

— Je m'excuse auprès de votre nation, Madame, mais encore une fois, il y a des Français raisonnables et d'autres assez prétentieux pour vouloir s'imposer en modèles aux autres nations. Croyez-moi, les Français ont beaucoup d'estime pour les Allemands, dont ils louent la probité, le bon sens et la bonne foi. Ainsi, l'un d'eux me disait la semaine dernière : « Avez-vous pensé à l'étymologie du mot *allemand* : *all*, qui signifie *tout*, et *man*, qui veut dire *homme*, font voir que les Allemands sont propres à tout faire, comme les jésuites, à qui l'on a donné ce titre de *Jesuita omnis homo*, ce qui fait, par une plaisanterie sophistique, que tous les jésuites sont Allemands.

Le visage de la dame s'illumina d'un sourire qui la rajeunit de vingt ans. Lahontan continua :

— Ne sommes-nous pas redevables aux Allemands d'avoir trouvé les propriétés de l'aimant, lequel a permis de découvrir le Nouveau Monde, et d'inventer l'imprimerie, sans lequel on aurait pris des manuscrits fabuleux pour des écrits divins. Les Allemands n'ont-ils pas encore trouvé l'invention des horloges, de la fonte des canons et des cloches ? Ce qui prouve clairement qu'ils sont ingénieux et inventifs. J'ajouterai à cela que l'Allemagne a produit des soldats dont la valeur et l'intrépidité ont fait trembler le Capitole romain, et qu'enfin elle a produit des savants comme Juste Lipse, Fürstenberg, Spanheim, Melanchton...

En entendant nommer Melanchton, la dame interrompit Lahontan :

— Je suis surprise, Monsieur, que les Français reprochent aux Allemands le vice de trop boire, pendant qu'on pourrait leur reprocher celui de Platon avec les jeunes Dion et Agathon.

— Madame, les Allemands, qui se sentent offensés du titre de buveurs, attribuent aux Français le goût des jeunes garçons pour les rendre odieux aux personnes de votre sexe. Quand je vous vois, je ne conçois guère qu'un Français puisse se livrer à l'amour platonique.

— Allez, Monsieur, n'en remettez pas davantage : les charmes d'une femme de cinquante ans — surtout une Allemande — sont trop ridés pour provoquer l'admiration d'un Français qui a de l'esprit.

Lahontan protesta, affirmant que ses paroles étaient sincères et que seul le respect pour une dame de son rang le retenait d'en dire plus.

— Il faut être né en Gascogne, repartit la dame, pour insinuer des faussetés qu'on aurait envie de croire.

Les deux voyageurs se séparèrent à Amsterdam, sans s'épargner les bons mots ni les politesses.

Chapitre 37

RETOUR À PARIS

LE JOUR MÊME, Lahontan loua un rouf sur un bateau de nuit qui se rendait à Rotterdam. C'était une espèce de cabane ajoutée à l'arrière du bâtiment où l'on pouvait dormir tranquille. Il s'embarqua ensuite sur une *semelle*, embarcation à fond plat en forme de demi-poire, jusqu'à Anvers, où une voiture d'eau tirée par un cheval depuis la rive le conduisit à Bruxelles. Il pensa prendre le carrosse de la poste pour gagner la France, mais le marchand français Dugré le lui déconseilla parce que les voyageurs étaient régulièrement détroussés et souvent assommés par de petites bandes de truands qui s'évanouissaient dans le brouillard aussi vite qu'ils étaient apparus. Lahontan craignit un moment qu'on ne l'arrêtât à la frontière française où les douaniers étaient plus soupçonneux que le curé Guyotte de Montréal. On fouillait systématiquement les coffres et les bagages des voyageurs pour y trouver des tissus indiens, du thé, des livres de Hollande, du tabac en poudre. Des femmes enceintes prétendaient même que des matrones brutales leur tâtaient le ventre et les parties, suspectant quelque fraude. On ouvrit à peine les malles de Lahontan qui ne contenaient rien d'autre que quelques vêtements, quatre ou cinq livres imprimés à Paris et ses inséparables carnets de voyages.

Lahontan se rendit coucher à Versailles, sans visiter sa mère et sa sœur à Paris, car il ne tenait plus en place à la pensée de remettre à leurs destinataires prestigieux les lettres de recommandation que Bonrepaus lui avait données. La cour était inexpliquablement calme à son arrivée, comme si la grisaille de l'hiver avaient emporté la vivacité des courtisans avec les feuilles mortes. Même les fontaines paraissaient aussi sinistres et inutiles que les arbustes rabougris dans ce décor lugubre. Lahontan chercha en vain le sous-secrétaire Lesuire, mais on lui répondit de mauvaise grâce qu'il passait l'hiver à Paris. En revanche, les solliciteurs d'emplois et de faveurs avaient aussi déserté la cour, si bien qu'on reçut Lahontan comme si l'on n'avait vu personne depuis des lustres.

Lahontan parvint à remettre ses lettres de recommandation et on lui dit de repasser dans deux jours, l'avant-veille de Noël. Quand il revint, le secrétaire du comte de Bérard lui apprit qu'on le recevrait dans une heure.

— Bonjour, Monsieur le baron de Lahontan ! Mon ami de Bonrepaus me raconte de bien bonnes choses sur vous. Je suis heureux de vous voir à Versailles. Votre visite égaiera un peu, j'espère, cette cour triste à mourir. Vous avez vu toutes ces faces d'enterrement, comme si la fin du monde était imminente ?

— Je suis honoré, Monsieur le Comte, que vous m'accordiez votre bienveillante attention et je suis désolé que mes petits problèmes personnels vous aient fait perdre un temps précieux.

— Voyons, mon ami, il n'y a pas de petits problèmes personnels pour qui les vit. Je suis désolé de ce qui vous arrive.

Comme Lahontan commençait à dire qu'il se sentait gêné de sa démarche, l'autre l'arrêta :

— Ne me remerciez pas trop vite, Monsieur, car, malgré la lettre élogieuse de monsieur de Bonrepaus, il n'a pas été possible de fléchir le ministre de la Marine qui se dit outré de votre conduite à Plaisance.

— Mais, Monsieur le Comte, tout le monde à part le gouverneur de Terre-Neuve témoignera de ma bonne conduite et de mon empressement à servir Sa Majesté. C'est un secret de polichinelle que monsieur de Brouillan gaspille l'argent du roi et maltraite tous ceux qui n'entrent pas dans ses manigances.

— Je sais, Monsieur, à quel point il vous en coûte de m'entendre, mais le ministre Pontchartrain a fait savoir d'un ton tranchant à la duchesse du Lude que l'esprit roide et inflexible du roi ne recevait jamais de justifications d'un inférieur envers son supérieur.

— Pardonnez mon audace, Monsieur, mais l'esprit roide et inflexible n'est pas celui du roi mais celui de son ministre de la Marine dont l'injustice envers moi risque de ternir l'éclat d'un si sage prince.

Le comte de Bérard sourcilla légèrement et Lahontan se rendit compte que son ardeur à se défendre lui avait fait commettre une bourde. L'autre reprit comme si de rien n'était :

— Encore une fois, Monsieur de Lahontan, je compatis à votre déception, mais je ne suis dans tout cela que le porteur d'une mauvaise nouvelle pour vous. Mon intervention, comme celle de la duchesse du Lude, s'est butée sur un refus brutal du ministre. Ni elle, ni moi, ni personne ne changeront la dureté de son naturel iroquois... Croyez-moi, faites-vous oublier quelque temps et ne vous montrez pas trop en France. Les gouvernements changent vite de nos jours. Je parie que dans deux ou trois ans vous aurez retrouvé vos emplois, car on a besoin d'officiers débrouillards et déterminés comme vous. J'ai bien l'honneur, Monsieur...

Lahontan quitta Versailles immédiatement pour aller passer Noël avec sa mère et sa sœur.

Jeanne-Françoise courut vers lui les bras ouverts :

— Ah ! Bonjour, grand frère. Je suis contente de te revoir.

Il l'embrassa des sanglots plein la gorge.

— Je suis contente, je suis contente, répétait-elle. Tu vas passer la Noël avec nous ? Il y a si longtemps que nous n'avons pas fait une vraie fête ensemble.

— Dis-moi, Jeanne-Françoise...

La mère s'arrêta, bouche bée. Reprenant contenance, elle dit :

— C'est toi, mon grand ! Quelle belle surprise ! Tu vas passer Noël avec nous cette fois.

Il bredouilla « Oui, peut-être ». Jeanne-Françoise alla chercher du vin doux — du Frontignan comme toujours — et la conversation s'engagea. Les deux femmes parlaient vivement, ponctuant leurs propos d'exclamations où il reconnut la chaleur du pays béarnais. Elles racontaient la vie à Paris, plus facile maintenant malgré la guerre qui faisait toujours rage dans le Nord, du côté des Flandres.

— Et toi, mon cher fils, tu ne parles pas beaucoup. Es-tu allé à Versailles ? Pourquoi es-tu aussi sombre ?

— Il y a, ma mère, que je n'ai pu justifier ma conduite. Le ministre cherche à couvrir le gouverneur de Terre-Neuve qui me poursuit de sa fureur parce que j'ai dénoncé les malhonnêtetés de son subordonné.

— La vie est ainsi faite, cher fils, que des brigands arrivent à triompher pendant que les honnêtes gens en crèvent. Ne te morfonds pas trop : j'ai aussi appris que les puissants du jour tombent souvent très vite et qu'on ne sait jamais de quoi demain sera fait.

Elle finit son verre et continua :

— Nous devenons sinistres ! Jeanne-Françoise, va donc nous chercher ces marrons glacés que le comte de Briacourt — c'est mon soupirant ! — nous a apportés hier.

Lahontan se sentit soudain plus proche de sa mère, comme si le malheur tissait entre elle et lui un lien que la parenté n'avait pas construit. Ses traits s'étaient un peu creusés, mais elle n'avait pas vraiment changé avec les années. Malgré son fatalisme, elle avait gardé cette énergie intérieure qui donnait à ses propos et à ses gestes une force de conviction qui entraînait son entourage. Jeanne-Françoise, qui semblait elle aussi habitée de la même énergie, avait en plus un enthousiasme et une bonne humeur qui vous gagnaient vite.

Un matin qu'il était seul avec sa mère, Lahontan lui parla de Marie-Laure en termes couverts d'abord, puis de plus en plus franchement. La vivacité de sa réaction le surprit :

— Je rêve, Louis-Armand : tu voudrais épouser une fille de paysans née dans un pays de sauvages !

Il voulut lui dire que les paysans de Canada vivaient dans l'aisance et que les femmes y étaient plus dégourdies que celles des grandes familles de province, mais elle continua, manifestement fermée à tout ce qu'il pouvait dire :

— L'as-tu oublié ? même si nous sommes pauvres, tu as un titre et peut-être recouvreras-tu un jour les terres dont tu as choisi de porter le nom.

— Mais, ma mère, je l'aime, et...

— Tu l'aimes, tu l'aimes ! Aime-la tant que tu voudras si tu as été assez fou de t'enticher d'elle, mais ne l'épouse pas. Quand je pense que la petite de Granval qui a du bien et vient d'une bonne famille se morfond et soupire après toi depuis qu'elle t'a vu ! Et tu lui adresses à peine la parole.

— Je ne l'aime pas, ma mère. Elle est belle, elle a de jolies manières, mais c'est une fleur fragile que j'aurais peur de briser rien qu'à la toucher.

— Si j'avais su, Louis-Armand, que l'Amérique te rendrait aussi sauvage que ce fou de Saint-Castin, j'aurais remué ciel et terre pour t'empêcher d'y aller. Lui, au moins, il a épousé une princesse indienne et est devenu chef d'une grande tribu. Toi, tu veux épouser une petite paysanne grossière et sans fortune !

— Ma mère, vous ne la connaissez pas.

— Ai-je besoin de la connaître pour savoir que tu ferais là une grande bêtise ?

Se rendant soudainement compte qu'un fossé infranchissable s'était creusé entre lui et sa mère, il fut soulagé de voir entrer deux hommes qui ne voulaient manifestement pas lier connaissance avec lui. Il salua et se rendit à la Comédie française où le comédien Baron le reçut chaleureusement puis l'entraîna au café Procope.

Lahontan sentit qu'une espèce de fraternité le liait au comédien, fêté sous les feux de la rampe mais méprisé dans la vie quotidienne.

— Mon cher Lahontan, tu crois toujours que la justice et le bon droit mènent le monde. Ouvre les yeux : tu ne verras autour de toi que tromperie et mensonge. Si tu l'aimes, ta Marie-Laure, arrange-toi pour qu'elle t'aime aussi. Ce que tu me dis de ses atermoiements me fait penser qu'elle est plus raisonnable qu'amoureuse. Aucune femme ne peut résister à l'amour furibond dont tu parais flamber. Amène-la ici : avec ta débrouillardise, tu pourrais fort bien vivre à Paris. Mais si tu préfères aller t'enterrer dans ce pays de sauvages, retournes-y et vis ta passion comme tu l'entends.

Lahontan lui répondit qu'il y penserait, mais que la vie n'était pas si simple. Pour le moment, il lui fallait se rendre en Béarn où il pourrait peut-être tirer quelques arrérages qui lui permettraient de vivoter un mois ou deux.

Quand il alla chercher ses affaires rue Saint-Honoré, Jeanne-Françoise était seule dans le grand salon.

— Bonjour, Louis-Armand. Justement, je voulais te parler. Notre mère paraît fort vexée contre toi. Tu t'es amouraché, paraît-il, d'une fille de là-bas.

— Oui, c'est vrai. Jamais je n'aurais cru être aussi amoureux. Mais maman prend cela comme une catastrophe.

— Il faut la comprendre. Même si elle savait notre père ruiné quand elle l'a épousé, elle a toujours espéré un miracle qui lui permettrait de garder la propriété de Lahontan et de vivre avec la vente des terres d'Erleich. Comme tant d'autres petits nobles de province ruinés, elle attache d'autant plus d'importance aux titres qu'elle souffre de la vie que nous menons ici. Quand elle dit que notre maison de jeu est bien tenue, elle a raison. Mais presque tous les voisins la jugent comme une maquerelle et moi comme une prostituée.

La brutalité de ce langage faisait souffrir Lahontan comme s'il s'éveillait soudain à une réalité inconnue. Il se prit alors à mépriser ses petites souffrances amoureuses devant le désastre que les simples mots de Jeanne-Françoise évoquaient.

— Veux-tu que je te dise, aime-la ta Marie-Laure tant que tu veux, mais n'en parle plus à notre mère. Cela la ferait d'autant plus souffrir que son Briacourt est une gouape qui voudrait devenir son souteneur parce qu'il croit qu'elle sera forcée de transformer sa maison de jeu en bordel. Mais je l'émasculerai avant, de mes propres mains, ce salaud. Pour le moment, je suis tout miel et tout sourire pour ne pas éveiller ses soupçons tout en me gardant de ses mains fureteuses, mais je te jure qu'il aura débarrassé les lieux d'ici deux mois.

Voyant Lahontan froncer le sourcil, elle ajouta :

— Voyons, grand frère, je n'aurai pas besoin d'aller jusque-là ! Ne prends pas tout au pied de la lettre ! Je suis encore un peu méridionale !

Elle éclata de rire puis enchaîna :

— Ne crains rien, je saurai le faire chanter si bien qu'il n'osera plus jouer les jolis cœurs dans les parages... Revenons à toi. Tu es amoureux et ta belle tergiverse ; tu es militaire et tu n'as plus d'emploi. Tu n'as pas tout perdu : il te reste la santé et cette tête de mule pleine de ressources où je reconnais un air de famille. (Disant cela, elle lui frappait le front de son poing.) Puisque tu veux passer en Béarn, pourquoi ne vas-tu pas quelque temps en Espagne ? Tu connais la langue, tu t'insinues partout et l'Europe est en ébullition. Je ne connais rien à la politique mais je pense que tu pourras te trouver quelque chose. Les Anglais, qui sont en Flandre maintenant avec les Espagnols, veulent nous attaquer par la Manche et les princes germaniques n'ont jamais pardonné à

Louis XIV l'incendie du Palatinat. On se bat sur mer, on se bat sur terre. Tous les pays ont besoin d'interprètes, de négociateurs, d'espions, d'intermédiaires de tous genres.

— Tu as raison. J'irai sans doute en Espagne. Trop de choses se bousculent dans ma tête maintenant.

— Ne prends pas tout au sérieux, grand frère ! Essaie plutôt de savoir ce que toi tu veux. Pour le moment, tous tes projets sont contrariés et tu ne vois devant toi que portes fermées. Juge moins et agis plus. Mais, quoi que tu fasses, pense que ta petite sœur est toujours avec toi.

Elle l'embrassa bruyamment sur la joue et éclata de rire :

— Bon, ne traîne plus maintenant. Tu as décidé de partir : bon vent et sois heureux.

Il fit en hâte ses bagages pour se rendre passer quelques jours au village de son enfance avant de gagner l'Espagne. Sa mère lui remit une lettre du Canada qu'il ouvrit dès qu'il eut pris place dans le coche pour La Rochelle.

Château-Richer, 20 novembre 1694

Mon cher Louis-Armand,

Je regrette de t'apprendre une bien triste nouvelle : mon père vient de mourir. Sache qu'il a gardé jusqu'à la fin cette sérénité que tu lui as vue lors de ta dernière visite. Comme François ne veut plus que courir les bois, Charles s'occupera de la ferme. Il est bien jeune encore, mais il ne manque pas de courage ni de savoir-faire. Moi, je gagne ma vie à soigner les blessés de guerre dont les religieuses hospitalières ne peuvent se charger. Je suis aidée par Madeleine, une métisse dont la mère algonquine savait guérir toutes les blessures avec des remèdes tirés de plantes médicinales et des appareils qu'elle fabrique elle-même.

Le dernier bateau en provenance de France a débarqué tellement de malades atteints de fièvre pourpre que le gouverneur a réquisitionné deux maisons pour parer au plus pressé. La sœur Badeau, que j'aimais bien, est morte cet hiver et Clara Dumais a été tuée en traversant le bois de l'Ail pour aller soigner les Boucher de Neuville. Que de malades et de morts en quelques mois !

Je te souhaite la meilleure chance du monde. La vie m'est si cruelle que je n'ose plus rien projeter de peur qu'elle ne s'acharne encore à briser le moindre de mes souhaits.

Je t'embrasse de toute mon âme.

Marie-Laure

Chapitre 38

DES INQUISITEURS OBSTINÉS

À LA VUE DES TERRES VALLONNÉES, acquises jadis par son père, Lahontan ne put retenir ses larmes ni se décider sur ce qu'il allait faire. En vain il essaya de réveiller en lui l'image de son père si tôt disparu de sa vie. Il se rendit d'abord dans une petite maison du domaine d'Erleich, sur lequel, lui avait dit sa mère, il avait encore quelque droit. Le paysan qui l'avait habitée pendant quinze ans était mort à l'automne. Lahontan s'y installa, se disant qu'il aurait tout le temps de réfléchir en paix. Il venait à peine d'arriver qu'une cohue de paysans défila chez lui chaque jour. Il eut bientôt la tête cassée de toutes ces histoires de vigne, de jardinage, de chasse et de pêche auxquelles il ne comprenait goutte parce qu'il ne s'y intéressait pas et que le patois de ses visiteurs lui parut au début incompréhensible. Il en saisit assez toutefois pour comprendre qu'un fermier lui amènerait un beau cheval et que plusieurs autres prétendaient lui devoir quelques louis qu'ils lui apporteraient d'ici deux mois. Ces discours le décidèrent à passer là une partie de l'hiver.

Il en profita pour mettre de l'ordre dans ses papiers : aussi bien ceux touchant les domaines de Lahontan et d'Erleich que ses carnets de voyages, en fort mauvais état. Mais à tout bout de champ, il était dérangé par des énergumènes qui lui racontaient d'absurdes histoires de sorcellerie et de possession diabolique. Un jour, on accusait une vieille accoucheuse d'avoir noué l'aiguillette d'un nouveau marié pour l'empêcher de recevoir sa femme charnellement ; un autre, une pauvre demeurée disait avoir jeté un mauvais sort sur les animaux de ferme et les moissons de ses voisins ; telle autre, enfin, prétendait avoir été chevauchée au clair de lune par le diable qui avait pris la forme d'un bouc noir puant. L'idiot du village affirmait avoir passé un pacte avec Satan qui lui apporterait toutes sortes de bienfaits : il en voulait pour preuve une marque insensible faite par le Malin sur son épaule droite. Même des prêtres et des gens qu'on aurait crus sérieux entraient dans ces extravagances. Fatigué d'entendre ces sornettes, Lahontan dit au prêtre Gaudon :

— Monsieur l'abbé, votre discours me surprend beaucoup, car tous ces sorciers dont vous me parlez sont misérables comme des rats d'église. Où sont donc les fabuleuses richesses que leur pacte avec Satan devait leur apporter ? Et comment ces coquins pourraient-ils se fier à un maître qui les laisse pendre et brûler, au lieu de leur faire découvrir des trésors cachés ou des secrets qui pourraient les enrichir ?

— Vous vous trompez, Monsieur, ce que cherchent ces abominables sorciers, ce n'est pas la richesse, mais la puissance sur les foules, le pouvoir de faire le mal.

— Comment un Dieu si bon peut-il laisser le mal courir ainsi le monde et rendre malheureux une infinité de gens ?

— Les décrets divins sont insondables, vous le savez bien. Le Créateur peut se servir du mal pour un plus grand bien.

— Vous me voyez surpris, Monsieur l'abbé, de cette étrange théologie. Si vous croyez vraiment que le diable fait le mal à travers tous ces sorciers, devins, fantômes et autres farfadets, vous niez de ce fait la toute-puissance de Dieu qui n'empêche pas toutes ces abominables actions.

— Comment, Monsieur, vous ne croyez pas au diable ?

— Je ne nie pas l'existence du diable, je crois seulement qu'il est aux enfers d'où il ne sort pas pour venir faire des ravages dans notre monde. Quant aux spectres, lutins et autres fantômes, je n'y crois pas. Nulle part au monde, je n'ai vu pareilles apparitions. J'ai traversé seul plus de cent fois à minuit le cimetière de Québec et je n'ai jamais rien aperçu de tel. Si j'avais vu quelque fantôme menaçant, savez-vous ce que j'aurais fait ? J'aurais passé mon chemin l'épée nue sous le bras, fort tranquillement. De deux choses l'une : si c'eût été un spectre, je ne l'aurais pas plus blessé qu'il ne m'aurait frappé ; si c'eût été un vivant sous une figure hideuse, j'aurais châtié un insolent. Puisque personne n'a jamais été tué ni blessé par ces fantômes et farfadets, pourquoi en serions-nous effrayés ? Si j'ai parfois tremblé et sué de frayeur au bruit de ces apparences de fantômes, c'est par manque de courage et de raison.

— Je vois que vous avez fréquenté nos libertins de Paris...

En un éclair, Lahontan comprit que l'autre était aussi sérieux dans son discours que fou à lier. Craignant que ses propos ne lui attirent une autre mauvaise affaire, il retraita :

— Peut-être me suis-je mal exprimé. Je ne nie en rien l'existence de Dieu et du diable.

Le curé démonologue s'apaisa un peu :

— Fort bien alors, mais si vous croyez le diable aux enfers il faut aussi accepter qu'il vient nous tourmenter sur la terre. Et c'est le devoir des bons chrétiens de le combattre. Malheureusement, notre vieux monarque, cédant aux charmes de cette Montespan, qui participait à des messes noires sataniques...

Voyant Lahontan froncer les sourcils, Gaudon ajouta :

— Oui ! oui ! C'est abominable. Il est de notoriété publique que la Montespan, qui a aussi trempé dans d'obscures histoires de poison, s'est étendue toute nue sur une table entre six cierges noirs pour qu'un faux prêtre célèbre une messe noire sur son ventre... Mais vous me faites proférer des horreurs avec vos questions naïves... Où en étais-je ?

— Vous parliez du roi.

— Ah ! oui, le roi... le roi... Oui, je voulais dire que le roi, sous l'influence de sa favorite Montespan, a passé il y a dix ans une ordonnance qui nous empêche de purger le Béarn...

— Vous voulez dire qu'il faudrait encore brûler tous ces sorciers et ces sorcières qu'on accuse quotidiennement ?

— Certainement ! Le règne de Dieu sera assuré le jour où ces détestables suppôts de Satan se seront plus que cendres.

— Pourquoi ne laissez-vous pas à Dieu le soin de se débarrasser de ses ennemis ? Imaginez votre responsabilité si un jour vous faites brûler un innocent.

— Cela ne se peut pas. Et si par impossible cela se trouvait, il faudrait y voir une épreuve envoyée par Dieu pour laquelle ce juste sera dûment récompensé dans l'autre vie.

Lahontan eut envie de passer Gaudon par la fenêtre en l'envoyant à tous les diables, mais il craignit à nouveau de s'attirer des ennuis avec des gens bornés qu'il ne connaissait pas.

— Pardonnez mon impolitesse, Monsieur l'abbé, mais je tombe de sommeil.

— C'est à moi de m'excuser, Monsieur, d'avoir abusé de votre patience. Je reviendrai vous voir, car vous êtes un homme sensé, quoiqu'un peu libertin. Mais je ne désespère pas de vous convertir. La joie n'est-elle pas plus grande dans le ciel pour un pécheur qui se convertit que pour cent justes qui font le bien ?

Quand la porte fut fermée, Lahontan poussa un profond soupir, se demandant s'il y avait en Béarn beaucoup de chaudrons fêlés comme Gaudon.

Voyant que l'intempestif chasseur de sorcières ne passait chez lui que par beau temps, il quittait la petite maison les jours de soleil et s'y réfugiait quand le temps était maussade. Il devait de toute manière se rendre une ou deux fois par semaine à Dax et à Orthez pour les papiers de la succession Lahontan. Un jour lui arriva une lettre de Versailles :

Monsieur D'Arce,

Quittez vite la France si vous y êtes encore, car le borgne, apprenant que vous étiez en Béarn, a lancé les archers sur vous. Rendez-vous au plus tôt à 13M14 et passez voir 8a2 qui saura sans doute vous conseiller. Bonne chance !

G9

Lahontan comprit que le sous-secrétaire Lesuire, de crainte que son billet ne soit intercepté, l'avait partiellement chiffré. Ainsi donc le ministre Pontchartrain (qui était borgne et que ses ennemis appelaient « le Cyclope » ou « le Borgne ») le poursuivait jusqu'aux confins du royaume. Sans en être absolument sûr, il supposa qu'il devait se rendre en Espagne, probablement à Saragosse, pour y rencontrer un diplomate ou un fonctionnaire français. Il ramassa en hâte tout ce qu'il pouvait emporter et sella son cheval qui partit au galop vers Orthez après avoir pris une direction opposée pour déjouer un éventuel poursuivant. Plutôt que de franchir la frontière à Saint-Jean-de-Luz, où à coup sûr il se ferait arrêter, il se dirigea vers le col du Pourtalet, à travers les landes et les vignobles, évitant les villages et couchant dans les maisons isolées.

Quand il atteignit Laruns, le dernier village du Béarn, il se dit que le plus difficile était fait. À peine y fut-il entré, qu'une bande de paysans l'encercla. Il crut d'abord qu'on voulait l'arrêter mais, au lieu du prévôt, c'est le curé qui s'approcha pour lui demander ce qu'il venait faire dans leur village.

— Je voudrais d'abord bien manger, Messieurs, si vous le permettez.

— Fort bien, descendez à l'auberge et je vous y rejoins.

Lahontan avait à peine eu le temps de s'attabler que le curé entra, suivi d'une dizaine de paysans débraillés.

— Je voudrais savoir, Monsieur, si vous croyez en Dieu et en l'Eucharistie.

— Bien sûr, mon brave. Je crois en un Dieu en trois personnes : le père, le fils et le Saint-Esprit. Je crois encore...

— Assez ! assez ! Je vois bien que vous êtes huguenot.

Les autres répétèrent bêtement :

— Il est huguenot, il est huguenot.

Lahontan comprit enfin ce qui se passait. On le suspectait d'être un protestant qui s'enfuyait en Espagne avec son pécule.

— Mais non, Monsieur l'abbé, je ne suis pas huguenot. Voyez par vous-même comme je sais les litanies de la Vierge et les vêpres du dimanche.

Il psalmodiait depuis une minute quand le curé cria :

— Assez ! N'essayez pas de nous berner ! Les litanies et les vêpres sont les premières prières que les huguenots apprennent pour tromper les naïfs. Moi, on ne me la fait pas celle-là. Vous allez nous suivre à Pau.

— Je voudrais bien vous suivre à Pau, mais j'ai l'ordre exprès de joindre monsieur l'abbé d'Estrées, notre ambassadeur au Portugal. Je crains qu'il ne se fâche contre vous si...

— Ne tentez pas de nous intimider par vos menaces voilées, on voit bien que vous êtes un huguenot en fuite.

Devenant de plus en plus nerveux et se demandant s'il devait faire un éclat ou trouver une manière originale d'amadouer son ridicule inquisiteur, Lahontan ouvrit sa tabatière pour y prendre du tabac à priser. L'un des paysans demanda à voir la miniature qui y était représentée. C'était le portrait d'une dame nue dont les longs cheveux noirs bouclés cachaient à demi ses seins ronds et opulents. Le paysan éternua et décréta en béarnais que c'était sainte Madeleine. Lahontan se rappelait assez son patois natal pour comprendre qu'il y avait peut-être une solution de ce côté. Il fit mine de ne pas entendre et le curé lui demanda ce que représentait cette peinture.

— Monsieur le curé, c'est sainte Madeleine à qui le Christ a pardonné ses fautes et qui, pour l'en remercier, a fait tant de miracles au Béarn qu'elle pourrait en devenir la patronne.

Ce disant, Lahontan se lança à genoux et, levant la tabatière au ciel, improvisa une prière émue demandant à la sainte d'écarter de lui toute convoitise de la chair et de le protéger pendant son périlleux voyage à travers les Pyrénées. Un des paysans se précipita alors pour baiser le portrait et les autres firent de même pendant que le curé se demandait si ses paroissiens ne cédaient au culte des idoles.

À l'instant même, Lahontan cessa d'être un huguenot et le premier qui avait baisé le portrait de la sainte s'offrit à lui trouver des mules et à lui servir de guide pour traverser le lendemain la frontière espagnole. Réprimant son dégoût, Lahontan porta à ses lèvres le portrait de sainte Madeleine et demanda la permission d'aller se coucher.

Il ne dormit que d'un œil, roulant mille pensées dans sa tête et se demandant s'il rêvait ou s'il était éveillé. Entendant soudain un grand bruit d'hommes, de chevaux et de mules, il pensa que les archers de France étaient à ses trousses. Son guide vint frapper à sa porte et, voyant son air étonné, lui dit que des muletiers allaient trafiquer en Espagne et qu'il valait mieux partir avec eux.

La route tortueuse qui monta tout à coup brutalement fut éprouvante en raison de la grande chaleur qui perçait à travers la forêt envahissante. On avançait lentement à la file indienne, au rythme des mulets. De temps en temps on s'arrêtait pour boire et se rafraîchir la figure et le torse à un torrent de la montagne. Quand on arriva à Sallent, le soleil disparaissait derrière les arbres. On but un vin sombre et lourd, presque violacé, et on mangea une immonde charcuterie dans un cabaret enfumé. Craignant les puces et la vermine du lit, Lahontan fit étendre de la paille fraîche par terre et dormit jusqu'à midi. Le guide souhaitait repartir immédiatement, mais Lahontan voulut d'abord manger. On fit à peine cinq lieues pour s'arrêter dans un hameau de montagne où l'on dormit peu. Dès le petit jour, on reprit la route, plus difficile encore que celle du premier jour : on aurait pu croire qu'elle avait été tracée par un cantonnier ivre, tellement elle montait et descendait pour se rétrécir soudainement et frôler un précipice où les mules risquaient à tout moment de débouler avec les bagages. On arriva enfin à Huesca, à deux lieues au-delà des montagnes. Une autre journée de marche et on entra à Saragosse, capitale du royaume d'Aragon, par le pont de pierres à sept arches construit au Ve siècle.

Chapitre 39

DU CÔTÉ DE L'ESPAGNE

LA VILLE, ÉDIFIÉE SUR L'ÈBRE et ceinturée d'une simple muraille sans fossé, était belle avec ses larges rues bien pavées et ses rangées de maisons à trois étages, agrémentées çà et là de riches demeures plus hautes et de couvents nombreux. La cathédrale San Salvador, construite sur une mosquée que les Arabes avaient élevée sur les ruines d'une église chrétienne, était le plus impressionnant édifice de la ville. Elle était déserte, car la foule se pressait à la chapelle miraculeuse souterraine de Notre-Dame-du-Pilier, encombrée d'ex-voto, de crânes et de cœurs enchâssés que des familles dévotes avaient laissés pour remercier la Vierge noire de ses bienfaits. La statue de celle-ci, grossièrement taillée, reposait sur un pilier de quatre pieds de hauteur et était entourée de lampes et de cierges allumés de toutes grandeurs. Tenant l'enfant Jésus dans ses bras, la Vierge portait une chape et une couronne ornées de pierres précieuses. L'université, plus récente et moins célèbre que celle de Salamanque, était une des plus importantes d'Europe. Les étudiants qui la fréquentaient portaient un long manteau noir comme les prêtres.

Quand Lahontan se fut installé dans l'*Albergo del Pilar*, il passa voir le comte de Mina que lui avait recommandé monsieur de Bonrepaus. Le comte, qui vivait à Saragosse depuis dix ans, faisait le commerce des tissus en Aragon et servait à la France d'informateur pour toute l'Espagne. Nullement intéressé par la vallée du Saint-Laurent et la région des Grands Lacs, il interrogeait plutôt Lahontan sur le fameux Mississippi, dont on disait que Cavelier de La Salle avait découvert l'embouchure avant d'être assassiné par une partie de ses hommes en 1687. Malgré sa rencontre de Hambourg avec Sansouci et Baudard, Lahontan n'en savait guère plus que ce qu'il avait consigné dans la copie qu'il avait faite du *Journal* de Jean Cavelier, le frère de La Salle. Personne à Québec n'avait jamais su ce qui s'était vraiment passé. Tout au plus avait-on appris que le prêtre Cavelier et son neveu Colin avaient longuement conféré à Paris avec l'abbé Renaudot qui écrivait des mémoires pour la cour. Quand Mina lui parla de la *Description de la Louisiane*, publiée par le missionnaire récollet Hennepin en 1683, Lahontan eut du mal à cacher son embarras, car il ne l'avait pas lue même si le père Dablon lui en avait dit beaucoup de mal un jour.

Le 20 juillet, le comte Mina l'invita chez le vice-roi d'Aragon, le duc de Jouvenazo, qui recevait chez lui quatre ou cinq soirs par semaine tout ce que la ville comptait de notables. Plus qu'à Mina, le vice-roi sembla s'intéresser à Lahontan. Il voulut tout savoir sur la rivière Longue et sur les nations indiennes qui y vivaient. Ses questions portaient sur les croyances des Indiens en la métempsycose, sur leur manière de se loger, sur le trafic qu'ils entretenaient avec leurs voisins. Derrière ces questions posées sur un ton anodin, Lahontan sentait le diplomate qui enregistrait chaque bribe de renseignement susceptible d'être utile à son pays. Sans doute les vues de l'Espagne ne portaient pas si loin vers le nord du continent, mais, avec les Indiens nomades, on ne savait jamais jusqu'où s'étendaient les réseaux d'alliances et de traite. Des Français avaient trouvé des morceaux de cuivre venant de chaudrons basques jusque chez les Iroquois de la vallée de l'Ohio.

Lahontan prit donc l'habitude de venir souper chez le vice-roi les samedis, mardis et jeudis. On y buvait ensuite des liqueurs et du chocolat et l'on y discutait fort tard. Habituellement il rentrait avant minuit et flânait une heure ou deux sur les quais, à regarder les lumières se refléter dans l'Èbre. Une bouffée d'émotion montait en lui, lui rappelait ses courses à travers l'Amérique. L'image de Marie-Laure émergeait alors, occupant graduellement tout son esprit. Il souffrait moins maintenant de se souvenir d'elle. Comme si la douleur secrétait à la longue son propre analgésique. Certains soirs, il avait le sentiment de vivre dans un état second, comme à distance de soi. Assis dans son fauteuil, il discutait avec les autres, mais son esprit était à la fois absent et présent. Voyant son regard se poser sur un point indéfini, le comte de Mina lui sourit :

— Mon cher Lahontan, je vois bien que vous n'êtes pas tout ici avec votre corps : une partie de vous vagabonde encore en Amérique.

Clignant des yeux, Lahontan lui sourit à son tour :

— Vous avez raison, Monsieur le Comte, ma pensée vagabonde souvent en Amérique où j'ai passé les plus belles années de ma vie. Mais croyez bien que je suis ici avec vous et que ce que vous me dites m'intéresse au plus haut point. Que voulez-vous ? à l'origine, ma mère a dû concevoir des jumeaux, qui, par je ne sais quel accident de la nature, se sont arrangés pour ne faire qu'une seule personne.

— Lahontan, mon cher, vous devriez écrire des romans fantastiques comme Cyrano de Bergerac qui envoya ses personnages visiter la lune et le soleil.

— J'y ai pensé, Monsieur le Comte, mais l'imagination me manque et, au fond, j'aime trop notre bonne terre pour aller vivre ailleurs, fût-ce par procuration, à travers des personnages de roman.

Jouvenazo, qui avait entendu la conversation, se demandait comment un observateur aussi méticuleux et raisonneur que Lahontan pouvait aimer pareilles fantaisies. Peut-être était-ce dû au sang français qui coulait dans ses veines. Aucun pays d'Europe n'avait, comme la France, produit ce mélange de raisonnements sérieux, de dénonciation vengeresse et de fantaisie fabulatrice si bien incarné par Cyrano de Bergerac... Sans doute l'Espagne devrait-elle attirer des jeunes hommes comme Lahontan, manifestement mal avec leur pays.

Grâce au comte de Mina, Lahontan arriva à gagner sa vie pendant les deux mois qu'il passa à Saragosse. Il lui trouva des traductions à faire et une dizaine de jeunes gens de bonne famille qui voulaient perfectionner leur français. Lahontan ne se plaisait guère à enseigner la grammaire et la phonétique, mais il aimait faire écrire ses élèves sur toutes sortes de sujets. Une fois par semaine, il soupait avec eux et, le Rioja aidant, la discussion devenait fort vive et se poursuivait tard dans la nuit.

Un soir, après un de ces repas bien arrosés, il erra longtemps du côté des quais, puis, se sentant devenir cafardeux, rentra chez lui et s'assit à sa table :

Saragosse, ce 29 septembre 1695

Si chère Marie-Laure,

Sera-t-il dit que je vivrai éternellement en exil ? Je pensais venir ici pour un mois tout au plus, et me voilà à nouveau sur la route parce que je ne peux pas rentrer en France. On m'a fait comprendre qu'il valait mieux me faire oublier un certain temps et profiter de mon errance pour connaître tout ce que la France compte d'ambassadeurs, de diplomates et de résidents en Europe. Je pars donc pour Bilbao où je verrai un homme qui travaille là-bas aux intérêts de la France, puis je me rendrai au Portugal où l'on aura de l'emploi pour moi.

Dieu, qu'il m'en coûte de vagabonder ainsi de contrée en contrée, loin de toi ! Qu'ai-je donc fait pour que le sort s'acharne ainsi sur moi ? Le bonheur entrevu à tes côtés serait-il trop grand pour moi ?

Ah ! ce que je t'aime, chère fille de la neige et du soleil ! Comme je voudrais me retrouver sur la côte de Château-Richer ! Je te revois escaladant devant moi d'un pas ferme le sentier vers la forêt, ta silhouette mouvante emplissant mon regard. Je ne puis croire que tout cela soit passé irrémédiablement.

N'était cette déveine, je me sentirais presque heureux ici. Le climat est doux et les Aragonnais, si sérieux en public avec leur front ridé et leur gravité effectée, deviennent vifs et enjoués dans le particulier. Les hommes sont aussi maigres que moi et leur visage est pâle comme le mien. C'est te dire s'ils ont bonne mine.

Mais soyons sérieux ! Je te dirai que la mode ici veut qu'on se visite à cheval. Les gentilhommes et les officiers de guerre sont habillés à la française. Ils trouvent la fraise espagnole insupportable parce qu'elle encarcanne si étroitement le cou qu'il est impossible de baisser ou de tourner la tête. Les femmes vont les épaules et les bras mi-nus, sans coiffe, ni talons, ni corset, ni fausses hanches. Dès qu'elles passent dans la rue à visage découvert, en carrosse ou à pied, on s'arrête pour leur faire une révérence, à quoi elles répondent par une inclination de tête, sans plier le genou. Seuls les vieillards qui leur servent d'écuyers peuvent leur toucher la main nue. À l'église, les hommes trempent leur chapelet dans l'eau bénite pour leur en offrir. À la danse, les cavaliers et les dames ne se tiennent que par les deux bouts d'un mouchoir. Malgré ces étranges manières, il ne faut pas croire que les Aragonnaises sont aussi farouches qu'on le dit souvent. Me trouvant l'autre jour chez un gentilhomme à qui je demandai comment se portait son épouse, il me répondit qu'il la croyait en assez bonne santé pour nous recevoir dans sa chambre. Elle se leva quand nous entrâmes, puis s'assit sur son sofa, pendant qu'on nous donnait des chaises et qu'on nous servait le chocolat et les biscuits.

— Je suis, Madame, fort obligé à votre mari de m'avoir procuré l'honneur de vous saluer.

— C'est qu'il vous regarde, Monsieur, comme Français béarnais et comme ami. Nous ferez-vous le plaisir de prendre le chocolat avec nous ? Les dames de France n'en prennent-elles pas ?

La conversation ne dura qu'un demi quart d'heure, car, craignant de pécher contre les formalités espagnoles, je me levai, la saluai et sortis de la chambre avec son mari, qui me pria de dîner avec lui. Nous nous promenâmes dans son jardin puis nous montâmes dans une salle où le couvert était mis. Un moment après la dame entra et prit place en face de nous, d'un côté de la table, séparée en dessous par des planches afin que les pieds des conviés ne se touchent pas. On servit d'abord des melons, des raisins et des figues. Ensuite, des côtelettes rôties dans le premier plat, une perdrix et un pigeon dans le second, un lapereau en pâte dans le troisième, une fricassée de poulet dans le quatrième, de petites truites longues comme le doigt, décorées de champignons rouges dans le cinquième, une tourte d'abricots dans le sixième. Puis l'on apporta des bouillons jaunes safranés pour arroser le tout.

La conversation roula surtout sur les Françaises que le mari et la dame jugeaient libertines. Quand nous sortîmes de table, elle salua rapidement et se retira dans sa chambre. Je remerciai mon hôte qui me conduisit jusqu'à l'escalier, où il s'arrêta. Je descendis, lui donnai un coup de chapeau et me retrouvai dans la rue.

Excuse cette longue rhapsodie qui me donne le plaisir de te parler comme si la distance n'existait plus entre nous. Puisse-t-elle te dire tout ce que les mots ne sauraient exprimer. De toute mon âme.

Lahontan

Le lendemain, Lahontan partit pour Bilbao. Alors commença pour lui une longue errance démoralisante de cinq ans, qui le mena dans diverses villes d'Espagne et de Portugal et pendant laquelle il prit graduellement conscience que son espoir de retrouver ses emplois en Nouvelle-France était vain. Frontenac avait mis toute son autorité dans une lettre au ministre de la Marine pour qu'il recouvre son grade d'officier en Amérique, mais le secrétaire de Pontchartrain avait répondu sèchement au gouverneur qu'il connaissait bien mal les usages du ministère s'il croyait qu'on pouvait redonner ses emplois à un officier qui avait bafoué l'autorité du représentant du roi.

Plutôt que de rentrer en France où il risquait à tout moment de se faire arrêter ou inquiéter par la police, Lahontan préféra demeurer en Espagne et au Portugal où il pouvait au moins vivoter en donnant des leçons de français et en faisant des traductions de l'espagnol et du portugais au français. Quand il apprit que Bonrepaus avait été nommé ambassadeur aux Pays-Bas, il se rendit à La Haye pour le rencontrer. L'ambassadeur le reçut aussi courtoisement qu'à Copenhague et le logea chez lui pendant une dizaine de jours.

—Je pense qu'il n'y a rien à tenter du côté du ministère de la Marine pour lequel vous êtes manifestement *persona non grata*. Mais peut-être pourrai-je vous obtenir quelque chose des Affaires étrangères. Le secrétaire d'État, M. de Torcy, a besoin d'informateurs en Espagne et je ne vois personne de mieux qualifié que vous pour faire ce travail. Vous avez de l'entregent, des connaissances sur tout, et vous avez voyagé en Amérique. Pour la rémunération...

— Ce ne serait pas le pactole, je le sais, mais je ne puis languir davantage dans cet état d'inactivité qui me donne l'impression d'être enterré vivant.

— Fort bien ! J'écrirai dès demain à M. de Torcy, qui a l'habitude de répondre par retour du courrier.

—Je ne saurais trop vous remercier, Monsieur, de votre confiance et je ferai en sorte que la France n'ait pas à regretter cette mission délicate.

Prononçant ces mots, Lahontan prit conscience de leur ton grandiloquent, peu approprié au modeste emploi d'espion pour lequel Bonrepaus le recommandait.

Comme promis, le nouvel ambassadeur de France aux Pays-Bas écrivit au secrétaire d'État Torcy :

> *Je ne doute point que vous n'ayez envoyé plusieurs personnes dans différentes villes d'Espagne pour y faire insinuer ce qui convient au service du roi et vous faire informer en même temps des dispositions*

des Espagnols. Comme on se sert ordinairement de religieux pour ces sortes de choses et qu'il est difficile d'en trouver qui y soient propres, j'ai cru, Monsieur, que vous n'auriez pas trouvé désagréable que je vous parle d'un Français du Béarn qui parle espagnol et qui a de grandes habitudes à Saragosse. Il y a fait quelque séjour et il y est connu familièrement des principaux seigneurs de ce pays-là. Il offre, si vous croyez qu'il puisse être utile au service du roi, de s'y rendre incessamment, et ne demande pour y subsister que quatre cents écus par an. Il s'appelle le baron de Lahontan et est cousin de M. de Bragelonne à Paris. Il a été fort longtemps capitaine d'infanterie en Canada et ensuite lieutenant du roi à Plaisance, où il eut un démêlé violent avec M. de Brouillan, le gouverneur.

Menacé de se faire arrêter, il s'en revint en France sans congé, ce qui lui a fait perdre son emploi. Un homme qui a quitté son emploi de cette manière n'est certes pas excusable, mais on peut dire en sa faveur qu'il a, depuis l'âge de quatorze ans, vécu parmi les sauvages de Canada, sans aucune connaissance des ordonnances et des règlements de la guerre, ce qui lui fit croire que, ne pouvant vivre avec son gouverneur, il lui était permis de se retirer.

Il a de l'esprit et une vivacité gasconne qui le rend familier avec tous les gens qu'il approche. Cela lui a réussi à Copenhague et à La Haye, où j'ai vu les gens les plus sérieux lui donner libre accès à leur maison et être ravis de l'avoir. Ce même caractère me fait juger qu'il pourrait être utile au service du roi à Saragosse et dans d'autres villes d'Espagne. Il a des connaissances à Barcelone, à Pampelune et dans presque toute l'Espagne. Il se fait fort de savoir toutes les délibérations qui se prendront à la députation d'Aragon et chez les titulaires de ce royaume. Il peut aussi donner le plan des principales places. Vous jugerez, Monsieur, par toutes ces choses, si cet homme peut vous convenir et si ce que je vous en dis mérite que le roi hasarde trois ou quatre cents écus pour voir comment il s'acquitterait de cela.

Je vous prie, Monsieur, etc.

Bonrepaus

À La Haye, ce 18 septembre 1698

La réponse arriva quelques jours plus tard. Elle était négative : M. de Torcy avait déjà entendu parler des démêlés de Lahontan avec le gouverneur Brouillan par le secrétaire de Pontchartrain. Il craignait l'humeur fantasque de l'ancien officier dans un emploi discret où il fallait surtout se faire oublier et inspirer confiance. Les diseurs de vérité et les redresseurs de torts ne font pas de bons espions.

Chapitre 40

LISBONNE

BONREPAUS LUI OFFRIT DE RESTER CHEZ LUI encore quelques jours pour réfléchir à ce qu'il ferait, mais Lahontan déclina l'offre et repartit pour Lisbonne, résolu à mettre de l'ordre dans ses notes de voyages. S'il rentrait à Paris incognito, il pourrait peut-être jouer de ses connaissances sur l'Amérique auprès des abbés Bernou et Renaudot, dont on ne savait pas très bien s'ils tentaient de continuer par la plume les travaux de La Salle ou s'ils se servaient des textes et des découvertes de l'explorateur pour leur propre compte. Mais comment pouvait-il être assuré que ces polygraphes bien placés à la Cour ne se servent pas de ses mémoires pour leur propre profit ? On lui avait assuré que des écrivains expérimentés comme eux savaient tirer l'essentiel d'un mémoire et le mixer si habilement avec des renseignements puisés ailleurs que l'auteur pillé ne pouvait se plaindre sans avoir l'air ridicule. Bernou et Renaudot comptaient aussi sur les ressources d'un jeune cartographe de génie, Guillaume Delisle, que Lahontan avait rencontré au café Procope. Il avait alors dessiné, à partir de son récit de la rivière Longue, une carte si précise du trajet parcouru depuis Michillimakinac que Lahontan en était resté bouche bée.

Même à supposer que les abbés Bernou et Renaudot ne l'utilisent pas contre son gré, rien ne lui laissait croire qu'il serait reçu favorablement. Partout on se méfierait de lui à cause de sa querelle avec Brouillan. Si l'on cherchait avidement de nouveaux renseignements sur l'Amérique, on était devenu méfiant : trop de voyageurs avaient rapporté des fables. En outre, si des hommes aussi influents que Bonrepaus et Frontenac n'avaient pas été entendus, comment lui, officier déchu, le serait-il ? Il se rappela alors avec quelle légèreté on avait rejeté le mémoire sur la défense des Grands Lacs que Frontenac lui-même lui avait demandé de présenter à Versailles.

Après avoir passé quelques jours à rouler ces pensées dans sa tête, Lahontan eut un matin l'idée de forcer le sort. Puisque la France lui fermait toutes les portes, pourquoi ne frapperait-il pas ailleurs ? À plusieurs reprises, le duc de Jouvenazo avait semblé impressionné par ses connaissances sur l'Amérique. Un jour il lui avait même demandé de lui lire des extraits de ses carnets de voyages. Lahontan décida de tenter quelque chose de ce côté. Plutôt que ses propres mémoires, il reprit le *Journal* du frère de La Salle, l'abbé Jean Cavelier, dont il avait une copie en lambeaux et qu'il réussit à reconstituer, complétant ici ou là une phrase, voire une page, quand le papier était déchiré. Il eut surtout du mal à dessiner une carte du Mississippi d'après les croquis et les notes de ses carnets. À l'Académie de Lisbonne, on ne lui communiquait pas facilement les documents récents sur l'Amérique. Il n'avait à sa disposition que les vieilles cartes désuètes de Sanson et Coronelli et celles, toutes récentes mais très fautives, du missionnaire récollet Hennepin. Quand il eut fini de dessiner sa carte et de recopier la première partie du mémoire de l'abbé Cavelier, il les fit parvenir au duc de Jouvenazo.

Lisbonne, ce 1er septembre 1699

Monsieur,

Je vous envoie la carte du fleuve Mississippi dans le meilleur ordre que j'aie pu la mettre et je souhaite qu'elle plaise à Sa Majesté, aussi bien qu'à Votre Excellence. Je puis vous assurer, Monsieur, qu'il n'y en a point de plus fidèle ni de mieux particularisée en toute l'Europe, car elle a été faite de nation en nation par tous les sauvages chez qui le sieur Cavelier de La Salle passa lorsqu'il vint de Mississippi en Canada.

J'ai joint à cette carte le journal de voyage que le sieur Cavelier, frère de La Salle, présenta au marquis de Seignelay à demi fait. Je vous enverrai par le premier ordinaire d'autres mémoires contenant ce que La Salle et Cavelier tirèrent des sauvages voisins du Mexique. Je tâcherai aussi d'y joindre la déclaration de deux hommes de La Salle, lesquels, après son assassinat, se jetèrent chez les sauvages où ils demeurèrent cinq ans avant de revenir en Canada. Le gouverneur, qui les reçut à Québec pendant mon séjour là-bas, les envoya en France pour rendre compte à la cour de toutes les connaissances qu'ils avaient acquises durant leur long séjour dans le sud.

Je supplie Votre Excellence d'être bien persuadée que quand la reconnaissance ne m'engagerait pas à m'acquitter de mon devoir envers elle en toutes sortes d'occasions, je sens que mon inclination naturelle me porte à être tout à fait dévoué à votre service, car on ne saurait être avec plus d'attache ni plus de respect que je suis, Monsieur, de Votre Excellence,

Le très humble et très obéissant serviteur

Lahontan

P. S. Je n'ai point reçu de lettre de Votre Excellence par le dernier courrier.

Aussitôt le courrier parti, Lahontan reprit la mise au net du *Journal* de l'abbé Cavalier, se demandant si Jouvenazo avait bien reçu son envoi. Il lui envoya néanmoins la seconde partie du *Journal* une semaine plus tard :

Lisbonne, 7 septembre 1699

Monsieur,

J'envoie à Votre Excellence la suite du journal du prêtre Cavelier. Je n'ai pu travailler aux autres mémoires qui y sont joints, parce que j'ai été incommodé d'un cours de ventre la semaine passée, pour avoir mangé trop de fruits à la quinte de l'envoyé d'Angleterre, mais j'espère que je pourrai les mettre en ordre rapidement afin d'avoir l'honneur de vous les adresser par l'ordinaire prochain. On a appris en ce pays que Mr d'Iberville, capitaine de la Marine, a trouvé l'embouchure du Mississippi et qu'après y avoir laissé une bonne garnison il est reparti pour l'Europe ; on ajoute à cela qu'on se prépare vigoureusement en France pour y renvoyer des vaisseaux avec quantité de gens. Cependant il me semble que la cour d'Espagne peut se plaindre de cette usurpation, puisque tout le golfe du Mexique a été découvert par les Espagnols et que, quoique toutes ces terres ne soient pas habitées, ils en ont pris possession par ordre de leurs rois, et particulièrement du fleuve Mississippi et de ses environs, comme Votre Excellence le verra par le premier mémoire que je lui enverrai, où, parmi les remarques de monsieur de La Salle, il dit avoir trouvé des plaques de cuivre et de plomb sur lesquelles étaient les armes d'Espagne datées de l'an 1588, clouées à des poteaux chez quelques peuples des environs. Au reste, je suis, Monsieur, d'une passion aussi forte qu'elle puisse être,

Monsieur, de Votre Excellence,

Le très humble et très obéissant serviteur,

Lahontan

P. S. Voici deux courriers que je n'ai point reçu de nouvelles de Votre Excellence.

Après avoir attendu en vain une réponse pendant une semaine, Lahontan tenta de se faire recevoir par le duc de Jouvenazo, mais on lui fit savoir froidement que monseigneur le Vice-Roi d'Aragon était occupé à des tâches trop urgentes pour perdre son temps avec un voyageur qui ne connaissait pas plus l'Amérique que le bout de son nez. Ulcéré, Lahontan ramassa ses bagages à la hâte dans le dessein d'aller aux Pays-Bas, où de nombreux Français s'étaient installés depuis quatre ou cinq ans. Au moment de partir, deux officiers de police entrèrent chez lui et se jetèrent sur ses bagages comme s'ils pensaient y trouver quelque document secret de la plus haute importance. Lahontan tenta de protester, mais les deux hommes lui firent vite comprendre qu'il avait intérêt à rester tranquille. Ils prirent tous les papiers qu'ils trouvèrent et les emportèrent en disant qu'ils les lui rapporteraient dans trois jours. Quand ils revinrent, il en manquait la moitié. Lahontan n'eut même pas le temps de poser une question que l'un des hommes lui dit en français :

— Monsieur le Baron, vous auriez intérêt à quitter le pays aujourd'hui même et à ne pas réclamer votre reste. Faites un bon voyage.

Lahontan serra les poings de rage impuissante et se dirigea vers le port.

Chapitre 41

L'ÉDITEUR L'HONORÉ

LAHONTAN ARRIVA À AMSTERDAM, le 10 octobre, à la tombée du jour. Il essaya de baragouiner quelques mots en néerlandais, mais on lui répondit en français qu'il trouverait une bonne auberge à l'angle des canaux *Regulier* et *Herren.* Il eut à peine salué que le patron de l'Auberge des Sept Ponts lui demanda avec un fort accent du Béarn :

— Monsieur veut sans doute une chambre pour quelques nuits ?

— Ah ! oui... Oui, je... Excusez-moi, oui, je voudrais une chambre.

Reconnaissant dans les mots hésitants de Lahontan une pointe d'accent béarnais, il s'avança vers lui pour l'embrasser :

— Ah ! ce n'est pas souvent que j'ai des gens du pays (il voulait dire du Béarn). Bien sûr, j'ai une chambre pour vous : au deuxième étage ou au rez-de-chaussée sur le jardin, si vous préférez. Ce sera très calme.

— Au rez-de-chaussée, si vous voulez bien.

— C'est parfait !... Non, non, laissez là vos bagages, on vous les portera dans votre chambre. — Marcel, les bagages pour la 2... Soyez sans crainte, mon auberge est absolument sûre... Vous prendrez quelque chose ?

— Volontiers, je n'ai pas beaucoup mangé aujourd'hui.

— Ça tombe bien : j'ai justement au fourneau un *hutsepot* à ma façon qui vous fera oublier la fatigue du voyage. Vous boiriez bien un petit genièvre à ma santé.

Lahontan aurait préféré de la bière, mais l'empressement de son hôte était tel qu'il n'osa refuser. L'autre lui apporta en même temps du beurre de Delft et du pain de seigle coupé en minces tranches.

En moins de dix minutes, Lahontan sentit une euphorie légère lui parcourir tous les membres et se concentrer dans sa tête. Sans doute était-il un errant que le pays de sa naissance ne reconnaissait plus, mais la nappe à carreaux rouges et blancs sur laquelle fumait un mélange de mouton et de bœuf hachés, avec des haricots, du panais et des pruneaux parfumés au gingembre, était devenue comme l'espace sans limites d'un monde neuf qui s'ouvrait à lui. Son hôte, Pardet, lui raconta son histoire. Marchand de vin à Pau, il avait tout quitté après la mort de sa femme en 1680, parce que l'administration multipliait les brimades contre les protestants. Un jour, on lui avait interdit de vendre à l'évêché ; un autre, on l'avait forcé à démissionner comme échevin. Chaque semaine apportait son lot de vexations, et pourtant il s'était toujours comporté en loyal sujet de Sa Majesté, donnant du travail à vingt personnes qu'il payait bien. Certes, quand il voyait le lourd brouillard de l'hiver sur les canaux gelés, il avait la nostalgie de son Béarn natal, mais personne ici ne le maltraitait pour sa religion ou ses origines.

— Excusez-moi, Monsieur, vous êtes fatigué par un long voyage et je vous retiens à parler et à vous raconter mes petites histoires...

— Oh ! non, Monsieur, vous ne m'ennuyez pas du tout, au contraire. Votre courage me réconforte, mais trop de souvenirs se bousculent dans ma tête. Si vous me permettez, j'irai me coucher.

Les jours suivants se passèrent à redécouvrir la ville et à parler avec Pardet qui refusa à Lahontan de payer plus d'une nuit. En échange de la pension, il lui suggéra de faire de menus travaux de jardinage et de menuiserie. Un jour qu'il le voyait reprendre un croquis de ses carnets pour dessiner un enfant indien accroché à une branche d'arbre dans une espèce de sac de cuir, il lui demanda s'il voulait dessiner une enseigne pour son auberge.

— Je n'ai jamais rien fait de ce genre, mais je peux essayer.

Lahontan fit d'abord quelques esquisses banales. L'autre, qui parlait comme on respire, lui demanda de continuer, lui disant que, s'il avait bien mangé et bien dormi chez lui, il arriverait à trouver quelque chose qui invitât aux plaisirs de la table et du sommeil. Lahontan en revenait toujours à dessiner un homme et une femme assis à une table l'un en face de l'autre, mais les figures demeuraient plates, sans vie. Soudain, il eut le sentiment que tout s'animait, que l'homme et la femme portaient véritablement un verre et un couteau à la main, que la table n'était pas vide mais dégageait une odeur chaude et légèrement épicée, comme le *hutsepot* qu'il avait mangé quelques jours plus tôt.

— Vous voyez, il suffit d'y croire ! Si j'étais voyageur, cette enseigne me ferait me précipiter dans cette auberge.

Lorsqu'ils eurent terminé d'accrocher l'enseigne, Pardet et Lahontan vidèrent un grand bock de bière à la santé l'un de l'autre.

— Vous pourrez rester ici aussi longtemps que vous voulez mais, si vous souhaitez travailler aux Pays-Bas, ce sera difficile avec tous ces réfugiés qui nous sont arrivés de France depuis la révocation de l'édit de Nantes. Néanmoins, la veuve Boeteman, qui imprime et vend des livres en français ici, se cherchait le mois dernier un rédacteur pour un journal en français sur ce qui se passe dans le monde. C'est une femme honnête qui fait du travail soigné. Vous qui avez voyagé en Amérique et en Europe et qui savez écrire, vous pourriez aller la voir de ma part.

Lahontan se donna quelques jours pour réfléchir. Il avait aimé travailler chez l'éditeur Langlois à Paris, en 1686, mais il n'était pas sûr de vouloir gagner sa vie comme ces folliculaires réfugiés qui jouaient des coudes entre eux et écrivaient pour les libraires des nouvelles que d'autres avaient déjà publiées ou des comptes rendus de livres nouveaux qu'ils vilipendaient ou louangeaient selon le parti de ceux qui les avaient engagés. S'il avait aimé à Québec discuter théologie, sciences et littérature, il ne se sentait guère l'envie d'en débattre avec l'esprit de parti. Il se rendit quand même rencontrer la veuve Boeteman.

— Ah ! c'est vous, Monsieur de Lahontan. Je vous attendais. Je crains de vous décevoir, car mon projet de périodique est tombé aussi vite qu'il a germé dans ma tête. Il y a trop de concurrence ici : des journaux de tous genres naissent et meurent chaque jour. Mais mon collègue L'Honoré de La Haye aurait besoin d'un écrivain de talent qui a vu le monde. Pas un polygraphe borné comme nous en avons tant, et qui se contente de répéter ce qu'on a lu cent fois... D'après ce qu'on m'a dit, vous savez raconter et vous avez une vue originale des choses... Je vous fais à l'instant une lettre de recommandation si cette proposition vous intéresse.

Voyant son hésitation, elle ajouta :

— Vous savez, malgré leur richesse, les villes d'ici ne peuvent faire vivre tous les refugiés venus de France et d'ailleurs. À votre place, je sauterais sur l'occasion...

— Vous êtes bien bonne, Madame, et sans doute avez-vous raison...

— Je vous rédige donc cette lettre.

Lahontan la remercia et rentra à l'auberge. Pardet était content. Un peu triste aussi, car il s'était attaché à ce compatriote exilé comme lui. La vie aux Pays-Bas était ainsi faite : d'arrivées à l'improviste et de départs précipités, d'amitiés rompues aussitôt que nouées.

François L'Honoré, homme bourru et peu sociable, reçut Lahontan comme un importun :

— Elle est charmante, la dame Boeteman, quand elle pense que nous avons besoin d'une armée de journalistes pour faire tourner un périodique et deux presses à imprimer.

— Excusez-moi de vous avoir importuné, Monsieur. Je pensais...

— Allons, Lahontan, car c'est bien ainsi que vous vous appelez, ne soyez pas susceptible. Je ne me plaignais pas de vous mais de ma collègue d'Amsterdam, dont je reconnais par ailleurs qu'elle a l'œil juste. Qu'est-ce que vous pouvez faire ? Vous savez, La Haye n'est pas Paris. Connaissez-vous bien le français, au moins ?

Lahontan sursauta en entendant cette question incongrue.

— Ne soyez pas surpris, la moitié des enfants de réfugiés français parlent encore correctement, savent lire, mais écrivent comme des pieds. Quant aux derniers arrivés avec la révocation, ce sont des pasteurs en quête de troupeau à évangéliser ou des rationalistes butés qui se prennent pour Descartes... Bon ! Assez parlé ! Pouvez-vous me corriger ce texte pour demain ? C'est un brûlot que je veux publier tout de suite, mais il a besoin d'une révision sérieuse.

Lahontan emporta le paquet de feuilles noircies d'une écriture minuscule et sans relief. Il prit une chambre chez madame Boisvert, une vieille réfugiée qui avait gardé l'œil vif et le verbe haut.

— Monsieur est écrivain. À la bonne heure, j'ai ce qu'il vous faut : une belle chambre ensoleillée et tranquille.

Il rangea rapidement ses bagages et s'assit à sa table pour parcourir le manuscrit. C'était un pamphlet théologique sur la grâce suffisante et l'eucharistie, où Lahontan reconnut quelques réflexions auxquelles le père Dablon avait fait allusion à Québec. D'un style âpre, non sans éloquence, le texte accusait les catholiques d'être des anthropophages plus cruels que les Caraïbes antillais et les Iroquois canadiens, puisqu'ils prétendaient manger le corps du Christ. Il tenta de poursuivre sa lecture, mais une question lui revenait obstinément : où avait-il lu ou entendu cela ? La réponse vint soudain : à la table de Frontenac. Le souvenir de la petite académie de Québec s'imposa si clairement qu'il se rappelait presque mot à mot certains propos échangés alors sur le mariage, la prescience divine et la vie après la mort. Il se revit méditant dans sa chambre du château Saint-Louis et rêvant à Marie-Laure dont l'amour l'avait comblé et désespéré en même temps. Qu'était-elle devenue maintenant ? Soignait-elle encore les malades et préparait-elle toujours ses décoctions et médicaments tirés des plus modestes plantes des bois ? Il lui écrivit pour lui raconter sa vie errante des derniers mois et lui annoncer qu'il avait trouvé du travail chez un éditeur de La Haye. Craignant de l'attrister, il pimenta son récit d'anecdotes cocasses, mais avait le sentiment qu'elle devinerait malgré tout sa détresse.

Il ferma les yeux et fut saisi d'un spasme brusque et chaud au plexus solaire. Un courant tiède glissa sur le bas de son ventre, mouillant son pantalon. Il alla s'étendre sur le lit et laissa venir à lui les images qui défilaient sans ordre, à une vitesse folle, comme si son esprit prenait plaisir à superposer les lieux et les moments. Il s'endormit et se réveilla tôt, se demandant s'il avait vraiment sommeillé ou rêvé. Il s'aspergea la figure, sortit marcher une demi-heure et rentra s'asseoir à sa table.

Le pamphlet sur la grâce et l'eucharistie était gauche et souvent mal écrit, mais il avait de la force et une espèce de verve cynique qui écorchait le bon goût et retenait le lecteur. Lahontan élimina quelques répétitions, incorrections et bouts de phrases inutilement ampoulés, tout en conservant la force brute du style et la démonstration, plus véhémente que logique. Il relut une dernière fois le texte pour éliminer quelques lourdeurs, puis le remit à François L'Honoré. Celui-ci le parcourut sur-le-champ et lui dit :

— Lahontan, je vous engage. Mais je vous avertis, ce ne sera pas une sinécure. Il faut travailler vite et avec des gens pas toujours faciles à manier... Comme je ne veux pas vous donner une indigestion de théologie en commençant, lisez-moi donc ce voyage en Amérique d'un certain Léger qui aurait été officier en Acadie ou en Louisiane. Après toutes ces années passées là-bas, vous avez sûrement des choses à dire... Mais ne restez pas ici pour lire, vous serez toujours dérangé.

Lahontan sortit, son paquet sous le bras, et alla s'asseoir dans un parc tranquille, derrière la Bourse. Le texte était compact, truffé de citations en latin et qui s'éternisait sur les causes du froid en Canada, sur la manière de convertir les sauvages, sur la faune et la flore... L'ensemble formait une masse indigeste où la propre aventure de l'auteur en terre américaine avait du mal à se dégager.

— Et alors, Lahontan, que pensez-vous de cette relation de voyage ?

— Autant vous le dire franchement, je n'en pense que du mal.

L'autre leva un sourcil :

— Vraiment ?

— Oui, vraiment. C'est une rhapsodie mal écrite, qui hésite entre la dissertation pesante et le récit poussif, sans imagination ni vision. Encore, s'il apportait du neuf...

— Bon, je vois, vous n'aimez pas ce genre de littérature.

— Ce n'est pas que je n'aime pas le genre, mais ce plat voyageur n'a rien vu en Amérique. Rien de personnel. Il parle du Canada comme un fort en thème obtus qui voudrait traduire la légèreté d'Anacréon.

— Vous qui avez connu tant de monde, Lahontan, vous n'auriez pas rencontré un voyageur original en mal de publier ?

— ...

— Mais je suis bête ! Vous avez parcouru l'Amérique pendant dix ans, vous avez sûrement tenu un journal de bord ou rempli de gros carnets de notes...

— Oui, j'ai pris des notes, mais...

— Mais quoi ? Si vous êtes capable de dénigrer un texte qui ne semblait pas si mauvais à mon écrivain maison Gueudeville, vous devriez pouvoir tirer quelque chose de vos carnets. Allez, j'ai besoin d'un livre sur l'Amérique, car, depuis les *Voyages* du père Hennepin, le public n'a plus rien à se mettre sous la dent.

Sans comprendre exactement la portée de ce que lui disait L'Honoré, Lahontan promit de reprendre ses papiers dont il avait commencé à tirer un *Abrégé instructif des affaires du Canada*, où il mettait en relief la richesse du territoire peu exploité et montrait les dommages que les guerres iroquoises avaient causés au commerce français. Il relut donc son mémoire, qu'il trouva bien informé mais ennuyeux. L'Honoré lui-même jugerait le texte impubliable. Il le mit de côté et reprit ses carnets de voyages, fort mal en point. Il en avait perdu quelques-uns, et à certains il manquait des morceaux de feuilles ; sur d'autres qui avaient pris l'eau, l'encre avait bavé et formé de grandes zébrures qui rendaient indéchiffrables certains passages. Il ne voyait pas comment mettre ensemble cet amas de notations hétéroclites sur le voyage lui-même, les mœurs indiennes, les événements de la colonie, le commerce des fourrures... Certaines pages reproduisaient seulement quelques renseignements succincts comme :

> Partîmes 4 h. Froid et vent. Midi maringouins. Chevelures. Iroquois canots. Cerf boucané.

D'autres passages, soigneusement rédigés, semblaient sortir d'un roman ou d'une chronique de journal :

> Je partis au commencement de septembre pour aller à la chasse en canot sur une rivière qui se décharge dans le lac Champlain. J'étais avec trente ou quarante sauvages très habiles en ce métier, et qui connaissent parfaitement bien les lieux propres à prendre les oiseaux de rivière et les bêtes sauvages. Nous commençâmes à nous poster sur le bord d'un marais de quatre ou cinq lieues de circuit et, après

avoir dressé nos cabanes, ces sauvages firent des huttes sur l'eau en différents endroits.

Entre deux pages de carnet, se trouvait un brouillon incomplet et sans date d'une lettre à Marie-Laure :

> J'ai dû fuir Terre-Neuve à la suite d'une querelle avec le gouverneur de Plaisance, Brouillan, qui menaçait de me faire enfermer à la Bastille parce que j'ai deviné ses malversations et ses injustices envers les soldats et les habitants. Cette décision a été difficile à prendre, et c'est la mort dans l'âme que je me suis encore un peu plus éloigné de toi.

Il alla s'étendre sur son lit pour se laisser glisser sur la pente de la nostalgie. Il avait l'impression de flotter sur un nuage confortable à mi-chemin entre la conscience claire et le rêve éveillé. Depuis deux ou trois ans, il se trouvait souvent dans cet état qui l'agaçait et lui plaisait en même temps. La déception amoureuse, sur fond de frustration professionnelle, était-elle en train de devenir un petit monde sans risque où savourer le plaisir de la mélancolie, à défaut de saisir la vie à bras-le-corps ? Il se leva énergiquement et empila tous ses papiers dans un coin de la chambre, excepté son premier carnet qu'il laissa ouvert devant lui, en prenant la plume comme s'il écrivait à quelqu'un :

> Je suis surpris que le voyage du Nouveau Monde puisse effrayer tellement. La traversée est un peu longue, mais l'espérance de voir un nouveau pays ne permet pas qu'on s'ennuie en chemin. Je vous mandai à mon départ de La Rochelle, que le gouverneur La Barre avait sollicité du roi un renfort de troupes pour détruire absolument les Iroquois, qui sont des peuples sauvages très belliqueux.

Oui, c'était cela : il devait s'imaginer qu'il entretenait une relation épistolaire avec un ami ou un parent resté en France. Mais à qui pouvait-il écrire ? Sûrement pas à sa mère, à laquelle il ne pourrait raconter certaines scènes horribles auxquelles il avait assisté ; il ne connaissait pas assez son cousin Bragelonne et de son oncle de Couttes pour leur envoyer une relation circonstanciée de son voyage ; quant à des amis, il avait quitté trop tôt la France pour en avoir conservé là-bas. Faute d'une personne réelle qui pût lui servir de destinataire, pourquoi ne pas inventer tout simplement un vague parent curieux de ce qui se passe dans la colonie française ?

Il ajouta donc un MONSIEUR en tête des premières lignes qu'il avait écrites et continua sa fausse lettre :

> Ces barbares sont amis des Anglais, parce qu'ils en reçoivent du secours et ils sont nos ennemis par la crainte qu'ils ont que nous les détruisions tôt ou tard. Ce gouverneur croyait que le roi lui enverrait sept ou huit cents hommes, mais la saison était si avancée quand nous partîmes de La Rochelle qu'à peine osa-t-on risquer nos trois compagnies de Marine.

Ouais, s'il continuait ainsi, il n'écrirait pas une lettre mais une dissertation aussi indigeste que la relation du sieur Léger. Un moment, la tâche lui sembla impossible : ses aventures de voyages deviendraient vite incompréhensibles s'il n'expliquait pas ce que venaient faire les Iroquois dans son histoire ; en même temps, s'il parlait trop longuement des Iroquois, il perdrait le fil de son récit. Il se rappela alors le père Lejeune qui se plaignait souvent à son supérieur de lui envoyer un texte confus, mal organisé : *un brouillard,* disait-il. En réalité, le père Lejeune n'était pas du tout confus ; il avait trop de choses à dire et il poursuivait deux lièvres à la fois : il voulait en même temps donner des renseignements sur les manières de vivre des sauvages et raconter sa propre histoire. Dans ses premières relations, il s'évertuait à tout raconter en suivant l'ordre temporel, mais très vite il était entraîné dans des digressions qui lui faisaient perdre le fil de son récit. Si bien que, les années suivantes, ne pouvant se retenir de disserter et de raisonner sur tout, il écrivait d'abord plusieurs chapitres sur les mœurs des Indiens, le commerce au Canada, les rigueurs de l'hiver, le travail missionnaire, et terminait par un long récit chronologique qu'il intitulait « Ramas de diverses choses qui n'ont pu être couchées dans les chapitres précédents ». Lahontan se rappela alors cette histoire d'un hivernement avec les Montagnais qui l'avait captivée comme un roman et que le jésuite Lejeune avait racontée dans sa *Relation* de 1634. Se passionnerait-il à ce point maintenant pour cette querelle entre le missionnaire et le sorcier Coriogan ?

Lahontan revint à ses notes. Pour mettre de l'ordre dans ses écrits, il n'y avait qu'à inverser l'ordre suivi par Lejeune et commencer par raconter sa découverte du Nouveau Monde puis renvoyer dans une deuxième partie toutes ces descriptions sur les Indiens, la faune et la flore, la stratégie coloniale.

À l'instant qu'il eut cette vision des choses, Lahontan se mit à écrire à une vitesse qui le surprit lui-même. Le texte des carnets lui servait davantage de point de repère que de mémoire ou de réservoir d'idées et d'événements. Il s'arrêta vers les trois heures du matin, épuisé, et dormit jusqu'à dix heures. Il s'habilla, avala un thé et une tartine de pumpernikel au café Guillaume et alla saluer L'Honoré :

— Je pense, Monsieur, que je pourrais écrire la relation de mon voyage en Amérique.

— Vous le pensez ou vous le ferez ?

— Je ne peux rien vous promettre pour l'instant, mais je pense que j'y parviendrai.

— Comment, vous ne pouvez rien promettre ? Vous êtes écrivain ou non ?

Lahontan aurait voulu lui dire qu'il n'était pas écrivain mais ancien militaire maintenant sans patrie ni profession, avec la passion de raconter ses aventures en Amérique, mais l'angoisse de n'y pas parvenir. Surtout de ne pas arriver à faire passer plus que l'anecdote superficielle de ce qui lui était arrivé.

— Rassurez-vous, je les écrirai.

— Je ne veux pas être rassuré mais savoir si vous le ferez d'ici les calendes grecques. Je voudrais les envoyer sous presse dans quatre mois.

— Je vous promets d'essayer, mais il me faut du temps, et puis je dois gagner ma vie.

— Ne vous préoccupez pas de cela. Je vous fournirai le gîte et le couvert, à deux pas de l'atelier, plus cent dix florins par semaine. Mais je vous demanderai aussi de récrire d'autres textes et d'en surveiller l'impression, parce que Gueudeville ne peut pas tout faire : le *Journal des cours de l'Europe*, les traductions de l'Antiquité, la révision des manuscrits...

Malgré l'envie qu'il eut de refuser, Lahontan accepta : il n'avait plus le sou et il se sentait plus engagé qu'il n'aurait cru dans sa propre aventure d'écrire.

Chapitre 42

DEVENIR ÉCRIVAIN

COMMENÇA ALORS POUR LUI UNE NOUVELLE VIE. Chaque matin à cinq heures, il se levait, allait se promener le long des quais, puis rentrait travailler pendant deux heures avant de passer au café Guillaume manger un *uitsmijter*. Peu après, quand le café se vidait, il pouvait ouvrir ses carnets et écrire tranquille jusqu'à midi. Il dînait alors et passait chez L'Honoré, où Gueudeville et lui se partageaient le travail de révision des manuscrits. Plutôt que de raturer et de remplir les marges et les interlignes de corrections, Lahontan préférait recopier les textes au complet, pour la plus grande joie du typographe qui pestait contre les gribouillis informes qu'on lui apportait habituellement.

Gueudeville était un petit homme chafouin et rond, toujours en mouvement. Il ne vous laissait jamais finir une phrase ; il la terminait par une citation tirée de la Bible ou d'un auteur latin. Gros travailleur et buveur de bière, il passait pour paillard, mais cette réputation lui venait davantage de ses vantardises que de sa conduite. Jadis moine en France, il avait défroqué et, pour n'être pas enfermé en prison ou même massacré comme tant d'autres prêtres français qui avaient quitté l'Église avec fracas, il avait fui aux Pays-Bas où il s'était marié et avait eu des enfants. Pour vivre, il s'était fait polygraphe à la solde des libraires, mais il vivait mal. La misère. Aussi n'y avait-il pas pamphlétaire plus acharné contre Louis XIV. Il houspillait les soldats français de ne pas se révolter contre leur roi qui leur suçait jusqu'à la moelle des os et leur suggérait de faire subir au roi Soleil le même sort que les Anglais avaient réservé à Charles Ier qu'ils avaient exécuté en 1645.

Lahontan n'aimait ni l'homme ni l'écrivain, mais il en arrivait à apprécier sa violence verbale, voire son mauvais goût. Un jour qu'il avait lu un passage sur les soupers de Frontenac à Québec, Gueudeville avait, moitié par plaisanterie moitié par conviction, récrit le texte de Lahontan et mené une attaque violente contre la surcharge vestimentaire des riches qui laissent les miséreux mourir de froid et de faim :

> Quelle inconstance, quelle légèreté, quelle bizarrerie dans ce que vous nommez mode ! Chez nous on ne voit point les hommes courbés sous le poids d'une ample perruque qui, bien que destinée à la seule tête, cache la moitié de la personne et qui, peut-être, outre le crin de cheval, est issue des cheveux d'un supplicié. On ne les voit point s'accrocher partout ni dérober à table la sauce de leurs voisins avec de longues et larges manches. J'ai vu des dames qui paraissaient ensevelies sous une bigarrure d'étoffes, de franges, de dentelles, de rubans, de galons, de pierreries dont on aurait pu habiller fort honnêtement cent pauvres demoiselles. Je me fâchais surtout contre ces queues monstrueuses qui suivent de si loin les nymphes qui les traînent. À quoi bon cette queue, disais-je ? À nettoyer la rue, à cueillir la poussière d'un plancher, ou à fatiguer le bras d'un domestique ? Peut-on prodiguer ainsi l'argent et voir son frère, son semblable mourir de faim et de froid ? Il faut n'avoir pas le moindre sentiment d'humanité.

Pour choquantes qu'elles fussent, les images étaient fortes, soutenues par une verve bouffonne qui emportait tout sur son passage.

Pour ne pas rencontrer Gueudeville qui mangeait à midi et passait ensuite chez lui pour travailler en paix, Lahontan se rendait chez l'éditeur vers une heure. Un jour qu'il pensait terminer sa lettre sur la rivière Longue, en plein milieu de son *Voyage en Amérique,* L'Honoré vint frapper à sa porte, surexcité :

— Lahontan, venez m'aider, deux de mes ouvriers typographes sont malades et je ne peux me permettre un retard d'impression.

— Mais je ne sais pas...

— Je ne vous demande pas si vous savez, venez tout de suite.

Lahontan suivit L'Honoré dans l'atelier d'imprimerie. C'était une large pièce bruyante et encombrée, éclairée par deux grandes fenêtres qui donnaient sur la rue. Devant la première fenêtre, un ouvrier compositeur se tenait debout face à la casse où étaient disposés des centaines de caractères de fonte qu'il prenait un à un sans regarder et disposait soigneusement sur une espèce de règle à rebord métallique qu'il tendait ensuite à un autre ouvrier qui déposait sur une galée la ligne ainsi composée pour en faire une page. Un peu plus loin, deux autres ouvriers s'activaient devant une énorme presse qui hoquetait et tressautait quand l'un des deux hommes tournait une manivelle et activait un levier.

S'éloignant vers les cuves d'eau, L'Honoré expliqua à Lahontan qu'il travaillerait sur la seconde presse avec un pressier nommé Charland, qui lui montrerait comment faire. L'homme s'avança en maugréant et fit observer la séquence des gestes à exécuter. Lahontan avait de la peine à entendre, car au bruit du roulement de la presse se mêlaient les jurons des ouvriers et les coups de maillets qui enfonçaient les coins de bois pour faire tenir les galées dans les formes. Charland apporta un large châssis de galées qu'il ajusta sur la forme de sa presse pendant que Lahontan passait deux balles de cuir remplies de laine et imbibées d'encre sur les galées pour les encrer uniformément sur toute leur surface. Après avoir fixé une feuille humide sur le tympan, le pressier rabattit sur celui-ci la frisquette trouée de douze rectangles de la grandeur de pages in-douze et rabattit à nouveau sur la forme. Tournant la manivelle pour faire avancer la forme sous la platine de la presse, il tira vigoureusement le barreau vers lui pour presser le papier contre la forme et tourna la manivelle dans l'autre sens pour ramener la feuille imprimée qu'il détacha soigneusement. Lahontan donna la feuille à une ouvrière pour la faire sécher à l'étage, sur de grandes cordes tendues d'un bout à l'autre de la pièce. Les deux hommes imprimèrent ainsi une centaine de feuilles avant d'aller souper. Ils mangèrent rapidement au café Guillaume puis revinrent à l'atelier mouiller le papier pour le lendemain dans les bassines d'eau. Charland montra à Lahontan comment défaire les balles pour racler le cuir et faire tremper la laine dans un liquide qui sentait l'urine et piquait les doigts. Les deux hommes, fourbus, allèrent se coucher sans avoir la force de se dire au revoir.

Le lendemain matin, dès six heures, Charland gratta à la porte de Lahontan, car il fallait imprimer le deuxième côté des feuilles imprimées. Le plus pénible n'était pas le travail lui-même, malgré la fatigue qui se jetait dans les genoux, les hanches et les omoplates, mais le bruit assourdissant de l'atelier et surtout les cris des ouvriers. Lahontan eut du mal à s'habituer à l'espèce d'onomatopée que lançait Charland chaque fois qu'il tirait le barreau vers lui. Pour ne pas devenir fou, il se mit dans chaque oreille une petite boule de coton mélangé à de la cire d'abeille.

L'Honoré ne cessait de talonner ses ouvriers, se plaignant qu'on n'avait même pas imprimé 2500 feuilles en trois jours. Espérant regagner le temps perdu, il sacrifia l'un des trois tirages d'épreuves, mais ne parvint pas à reprendre le dessus. Au bout de huit jours, au moment où Lahontan songeait à plaquer là L'Honoré et ses presses, les deux ouvriers malades revinrent à l'atelier. Il pensait que l'imprimeur lui donnerait congé pour avancer sa relation de voyage, à laquelle il n'avait pas touché depuis deux semaines. Mais un libraire pour qui L'Honoré imprimait des livres vint se plaindre du travail bâclé, indigne d'un professionnel. L'Honoré s'excusa, parla de ses deux meilleurs ouvriers malades et assura que tout était rentré dans l'ordre. Il demanda à Lahontan de vérifier les nouvelles feuilles imprimées et de lui signaler toute erreur importante. Dès la première feuille, Lahontan trouva plusieurs fautes sur trois pages différentes et deux bourdons qui rendaient les phrases incompréhensibles. Les pressiers retirèrent la forme et la donnèrent au compositeur qui changea ses plombs et parvint à insérer les mots sautés. Les pressiers reprirent leur travail pendant que Lahontan jeta les feuilles fautives dans un bac en bois avec les feuilles de maculature, trop encrées pour être reliées avec les autres. Le chef d'atelier l'apostropha bruyamment :

— Diable, Lahontan, que faites-vous là ?

— Ces feuilles sont pleines de fautes.

— Au prix que coûte le papier, pensez-vous que nous pouvons nous payer le luxe de gaspiller des feuilles déjà imprimées ? Replacez-les où vous les avez prises et allez plutôt aider Victor à l'étage.

Sous les combles, des femmes ramassaient les feuilles imprimées mises à sécher et les empilaient sur des tables. Comme elles ne connaissaient guère le français, il fallait vérifier si les feuilles étaient disposées correctement pour la reliure.

Quand l'imprimerie reprit son rythme régulier, L'Honoré libéra Lahontan pendant quatre jours pour travailler à son *Voyage en Amérique.* Il s'éveilla tôt et s'assit à sa table pour reprendre la rédaction de son expédition vers la rivière Longue. Survolté, il n'arrivait pas à reprendre le fil. Non pas que les mots lui manquassent ; plutôt, il ne savait plus très bien par quel bout prendre les choses, car les idées refusaient de s'organiser dans sa tête. Il relut ses carnets et essaya à nouveau d'écrire, mais en vain. Tout le reste de la journée se passa à piétiner sur une description de femmes indiennes qui couraient recueillir l'âme d'un vieillard pour l'insuffler à un nouveau-né. Il alla se promener vers le port et entra se coucher fort mécontent, sans même avoir l'envie de lire.

Il reprit la plume le lendemain matin, au moment où le soleil émergeait timidement à l'horizon. Cherchant toutes sortes de prétextes pour ne pas se remettre à la rédaction de son récit, il se contraignit à rester à sa table et à écrire. Sans bien savoir comment cela se passa, il sentit bientôt les phrases couler de sa plume à un rythme rapide :

> La veille de mon départ, me promenant dans le village, je vis courir à toutes jambes trente ou quarante femmes. Le spectacle me surprit. J'engageai mes Outagamis à s'informer de la chose, ils le demandèrent à mes quatre esclaves, qui me servaient d'interprètes dans cette terre inconnue. Ceux-ci m'apprirent que c'était de nouvelles mariées qui allaient recevoir l'âme d'un vieillard mourant. Je conclus de là qu'ils étaient pythagoriciens.

Pendant trois jours, il écrivit sans discontinuer, ne s'arrêtant que pour manger, dormir et marcher une demi-heure vers les quais. Sa plume glissait allègrement sur le papier, avec un brusque arrêt parfois, quand il cherchait un terme plus précis ou voulait exprimer une sensation par la sonorité et la connotation tout autant que par le sens des mots jetés sur la page. Il ne fallait pas tout dire, mais créer une atmosphère, rendre l'essentiel d'une perception de la réalité américaine. Plus il écrivait, plus il se rendait compte que l'émotion qui l'étreignait n'était pas celle qu'il avait ressentie en découvrant la brutalité rituelle du supplice indien ou la griserie des jours d'hiver sous le ciel clair et profond, mais celle qui naissait de sa plume, au moment où il écrivait. Souvent, quand il se mettait à sa table, il était pris de panique. Il ne savait pas si son malaise venait de ce qu'il était pressé par le temps, écartelé entre diverses tâches d'écriture et de correction, ou bien s'il doutait de pouvoir donner vie à ce qui s'agitait en lui. Peut-être craignait-il seulement de ne pas parvenir à intéresser ses lecteurs. Pour se donner courage, il relisait parfois ce qu'il avait écrit et mis au net quelques semaines plus tôt. Souvent alors ses doigts se dénouaient comme ses idées et une musique sourdait en lui, le poussant à écrire. D'autres fois, la magie n'opérait pas. Les mots tracés sur le papier lui semblaient étrangers, hostiles même. Il sortait alors faire une promenade le long des canaux ou se remettait aux manuscrits de L'Honoré. Il redoutait surtout d'arriver à la dernière partie de son séjour en Nouvelle-France. La nouveauté de la découverte ne risquait-elle pas d'être banalisée par la répétition des actions et l'usure des mots ? Pourtant, il avait conscience d'avoir beaucoup changé pendant ces dernières années là-bas. Mais comment faire état de l'expérience qui s'installe en vous, graduellement ? Et comment retrouver, dix ans plus tard, la fraîcheur de l'impression première ?

Le jour où il devait retourner chez L'Honoré, il resta chez lui pour finir le récit de son voyage exploratoire de l'hiver 1688-1689. Quand il eut terminé, vers midi, au lieu d'aller chez l'éditeur comme il l'avait d'abord pensé, il entreprit une autre tranche de son récit. À quatre heures, il passa voir L'Honoré.

— J'espère que vos écritures avancent bien.

— Oui, j'ai repris le rythme, mais j'ai eu du mal à me remettre en train après une interruption de huit jours.

— Ah ! ces écrivains qui voudraient rester enfermés dans leur tour d'ivoire ! Tenez, vous qui êtes catholique, vous vous amuseriez sûrement à revoir cette *Histoire générale des hérésies depuis Julien l'Apostat.*

— Vous n'auriez pas quelque chose de plus contemporain ? Ces vieilles querelles religieuses ne nous intéressent plus guère aujourd'hui.

— Mon Dieu, Lahontan, les Pays-Bas sont remplis d'immigrants venus ici par suite de querelles religieuses et vous me dites que cela ne vous intéresse pas ! Dans quel monde vivez-vous ?... Révisez-moi correctement cette *Histoire* et je vous promets quelque chose de plus affriolant la prochaine fois.

Sans entrain, Lahontan commença sa lecture. L'auteur, désigné sur la page de titre par « R. P. P. L., jésuite », remontait jusqu'aux premiers disciples du Christ pour y trouver les germes de toutes les hérésies modernes. Après avoir fini péniblement l'introduction, Lahontan sauta au deuxième chapitre, consacré aux pères de l'Église. L'auteur s'attardait aux pères du désert, dont certains, appelés *stylites*, se tenaient perchés pendant des jours sur une colonne sans descendre ; d'autres vivaient dans des troncs d'arbres creux ou des cavernes froides et humides, se nourrissant de sauterelles et d'insectes ; plusieurs se flagellaient jusqu'au sang et ressemblaient davantage à des bêtes sauvages qu'à des hommes. Le R. P. P. L., jésuite, les vitupérait sévèrement, les jugeant trop orgueilleux dans leur feinte humilité pour répandre simplement le message évangélique. En revanche, saint Jérôme faisait l'objet d'un panégyrique éloquent pour sa traduction latine de la Bible appelée *Vulgate* et adoptée par le Concile de Trente. L'auteur voyait dans ce père le parfait modèle de l'homme d'action dont la plume était plus acérée que l'épée quand il combattait les hérétiques de son temps : Jovinien, Vigilance et Pélage.

À sa grande surprise, Lahontan s'intéressa à ces querelles qui lui rappelaient les soirées animées de Québec chez le gouverneur Frontenac. Contre saint Jérôme et saint Augustin, il prenait le parti de Pélage qui niait la nécessité de la grâce parce que l'homme pouvait, par les seules forces de son libre arbitre, s'abstenir de pécher. Il en venait même à détester Augustin et Jérôme de s'acharner sur un sage qui soutenait que la faute d'Adam et Ève ne pouvait être imputée à leurs descendants.

Avant de poursuivre plus loin, Lahontan revint en arrière pour lire le premier chapitre sur le fameux Claudius Julianus, dit *l'Apostat,* frère de Constantin. Dès qu'il devint empereur, Julien abandonna le christianisme de son enfance, laissa pousser sa barbe et revêtit le manteau des philosophes stoïciens. Tout en admettant que Julien avait été un brillant stratège militaire, un sage législateur et un écrivain racé, l'auteur lui reprochait de s'être jeté dans les erreurs du néoplatonisme et les extravagances de la théurgie.

Le R. P. P. L., jésuite, avait beau s'acharner sur ses victimes, Lahontan ne leur en vouait que plus de sympathie. Leur faute était toujours, en définitive, de penser et d'agir en hommes libres. Se remémorant le philosophe Lucien qui avait accompagné son entrée dans l'âge adulte et qu'il avait négligé ces derniers temps, il prit conscience que les grands mots *liberté* et de *vérité,* si utilisés dans le monde, ne renvoyaient le plus souvent qu'à des baudruches gonflées de vent. La liberté, comme la vérité — une simple vérité d'homme soumis aux hasards de la vie —, ne peut le plus souvent s'exprimer que sous le couvert de l'ironie.

— Et alors, Lahontan, vous me rapportez bientôt cette *Histoire des hérésies*?

— Je vous la rapporte demain, Monsieur.

— À vous voir, on dirait qu'elle vous a converti.

— Converti, oui, mais à l'hérésie. J'avoue une faiblesse particulière pour le pélagianisme. Mais je voudrais bien lire cette *Histoire de la Fronde* dont Gueudeville m'a dit qu'il n'avait pas le temps de se charger.

— Fort bien, mais je vous donne en même temps un petit traité de démonologie que mes lecteurs français vont s'arracher.

Lahontan prit les deux manuscrits en se demandant s'il arriverait à terminer la rédaction de son *Voyage en Amérique.* Celui-ci avançait beaucoup plus lentement qu'il n'avait prévu. En cinq heures de travail assidu, il arrivait à écrire huit ou dix pages seulement, et encore fallait-il les reprendre quelques jours après. Peut-être mettait-il trop de temps à vérifier le sens des mots dans le *Dictionnaire* de Furetière paru dix ans plus tôt. Certes, il perdait du temps à passer d'un mot à l'autre, quand il se laissait prendre à la verve du lexicographe ; mais sa réflexion se nuançait et souvent s'animait alors, comme si la pensée du vieil académicien chassé de l'Académie vivait encore dans les pages de ses deux in-quartos. Lahontan fréquenta beaucoup aussi les *Dictionnaires historiques* de Moréri et de Bayle : le premier, sage, orthodoxe et plein de connaissances invérifiables ; le second, polémique et paradoxal, souvent indigeste.

Malgré tout, la rédaction avançait. En février, il avait mis la dernière main à ses *Voyages* proprement dits et commençait ses *Mémoires de l'Amérique*, vaste traité de géographie où il parlerait du commerce au Canada, de son administration, de ses richesses botaniques et animales, et surtout des mœurs et coutumes des Indiens qui constitueraient l'ossature du livre. Même si elles lui faisaient perdre du temps, ses révisions de texte apportaient aussi de l'eau à son moulin. Ainsi, le lourd traité de démonologie, qui accumulait les références et les citations d'auteurs pour lui inconnus comme Boguet, de Lancre, Sprenger, Wier, Maldonado, lui ouvrait le sottisier de la bêtise humaine qui déguise sa férocité en règles de procédure et en catalogues interminables de fautes commises par les sorcières des temps passés. Il s'en ancrait davantage dans son parti pris de dénoncer l'autoritarisme camouflé sous la fiction commode du bien public. De même, l'*Histoire de la Fronde* lui donnait une vision plus distanciée de la chose politique. Alors que d'honnêtes gens comme le coureur de bois Abel Marion avaient été fusillés pour avoir commercé avec les Anglais, un prince du sang comme Condé et un maréchal de France comme Turenne, qui, au milieu du siècle, avaient pris les armes contre leur souverain, étaient morts couverts d'honneurs. Si Turenne s'était vite rallié à la Couronne, Condé, pour se venger du cardinal Mazarin, avait pris, pendant des années, le parti de la noblesse en s'alliant à l'Espagne ennemie et en provoquant un soulèvement en Guyenne et en Poitou. Dans tous ces conflits et tractations, qui avait pensé au bien du Royaume ? Où était la légitimité politique ? Certains voyaient dans cette révolte de la noblesse et du Parlement le soubresaut d'un régime monarchique qui devait équilibrer le pouvoir royal par la magistrature et le vieux corps de la nation. Lahontan en tira la pensée que le rapport gouvernants-gouvernés devait reposer sur une entente de bienfaisance mutuelle.

La rencontre avec Henry Blenning, secrétaire du ministre anglais de la Guerre, William Blathwayt, vint cristalliser les réflexions de Lahontan. Le fonctionnaire, que L'Honoré lui avait présenté, était un homme d'une grande culture. Élevé en France, de parents anglais, il parlait aussi le néerlandais et l'allemand. Il comprit que Lahontan, en rupture de ban avec son pays, cherchait désespérément un emploi à sa mesure. Il perçut tout de suite sa finesse et son sens de la géopolitique quand il lui parla des intérêts respectifs de la France et de l'Angleterre en Amérique. Ne voulant pas le brusquer par une demande trop précise, il lui donna un autre rendez-vous à dîner quelques jours plus tard.

Lahontan n'était pas assez naïf pour croire que Blenning s'intéressait à lui pour le seul plaisir de la conversation. Il savait que, s'il revoyait le secrétaire, il se fourrerait dans un engrenage dont il ne connaissait pas les suites. Malgré sa déception et sa colère contre la France, il sentait toujours pour celle-ci le même attachement viscéral qu'il avait pour sa mère et ses sœurs. Mais la France l'avait rejeté, refusant même de l'entendre. Que lui restait-il, sinon travailler pour un pays étranger qui apprécierait ses services ?

Il vit à nouveau Blenning à qui il remit son mémoire *Abrégé instructif des affaires du Canada* et qu'il rencontra par la suite avec d'autres Anglais et quelques Hollandais qui semblaient servir de tête de pont entre les deux pays. Un matin qu'il ahanait sur son « Petit dictionnaire de la langue des sauvages », il vit entrer chez lui un agent de police qui lui demanda de le suivre immédiatement à l'hôtel de ville. À travers les questions brumeuses de l'officier, il crut comprendre qu'on le soupçonnait d'espionnage pour la France et peut-être même pour l'Angleterre. Ne sachant quel parti prendre, il n'essaya pas de ruser : il avoua rencontrer régulièrement quelques Anglais et d'autres personnes dont il ne connaissait pas la nationalité. On parlait de l'Amérique du Nord et jamais de La Haye ni des Pays-Bas puisqu'on y vivait en paix.

L'officier laissa repartir Lahontan en lui suggérant de surveiller ses fréquentations. Il raconta la chose à Blenning qui en rit :

— Ne vous en faites pas, mon ami, cet officier avait sans doute ingurgité trop de *jonge jenever* avec son jambon du matin. À moins qu'il ne se fût chamaillé avec sa femme wallonne.

Malgré les plaisanteries de Blenning, Lahontan n'était pas rassuré : il avait parfois le sentiment qu'on le suivait quand il se promenait le soir. À deux reprises, un agent était venu chez L'Honoré qui y voyait une simple visite de routine pour vérifier si l'éditeur n'importait pas de livres français en contrebande. Le sentant de plus en plus nerveux, Blenning lui dit un jour :

— Mon ami, si la vie ici vous est devenue pénible à ce point, pourquoi ne pas passer en Angleterre ? Je vous introduirai auprès de gens importants. Je suis sûr que vous y trouveriez un emploi plus intéressant que celui de gratte-papier pour un petit éditeur qui vous laisse crever de faim. J'en parlerai à James Stanhope, jeune diplomate et militaire qui a toute la confiance du ministre Blathwayt.

Lahontan eut à peine le temps de terminer ses *Mémoires de l'Amérique septentrionale* qu'un autre agent de police le convoqua à son tour devant son supérieur. Celui-ci lui annonça qu'il avait cinq jours pour quitter la ville. Lahontan pensa se rendre à Amsterdam pour demander conseil à l'aubergiste Pardet. Mais, après y avoir réfléchi, il se dit qu'il passerait là-bas une journée en pure perte, car Amsterdam l'expulserait à son tour. Il passa donc chez L'Honoré pour lui expliquer ce qui lui arrivait.

— On est fort nerveux ici depuis un mois, car on craint une vaste offensive de la France contre les Provinces Unies. Vous avez le malheur d'être Français et, ce qui est impardonnable par les temps qui courent, ancien officier militaire. Je pense que vous n'avez pas le choix. Mais avant que vous partiez, j'aimerais régler quelques questions avec vous touchant votre livre. Où en êtes-vous avec vos *Voyages* ?

Lahontan lui apprit qu'il avait à peu près terminé : il ne lui restait qu'une relecture à faire et quelques ajouts à son « Dictionnaire de la langue des sauvages ». L'Honoré ne chercha pas à tirer profit de la situation pour lui prendre au moindre prix le manuscrit de ses *Voyages*. Ils s'entendirent sur une somme de 1200 florins qui devait permettre à Lahontan de vivre pendant quelques mois. S'il n'avait pas le temps de finir son « Petit dictionnaire de la langue des sauvages » d'ici son départ, il devait l'expédier à l'éditeur au plus tard dans sept ou huit semaines.

Travaillant sans relâche, Lahontan parvint à terminer son manuscrit la veille de son départ. Il rédigea une épitre dédiée à Frédéric IV qui avait eu des bontés pour lui quand il s'était trouvé au Danemark en 1694. Si les choses tournaient mal en Angleterre, peut-être retournerait-il à Copenhague, ou en Suède. Il voulut rédiger une préface pour expliquer sa position vis-à-vis de la France, mais il ne put que jeter quelques notes sur un bout de papier. L'Honoré le rassura en lui disant qu'il rédigerait lui-même cette préface à partir de ses notes et qu'il en serait content.

Dès qu'il avait appris l'expulsion projetée, Blenning avait conféré avec James Stanhope qui obtint pour Lahontan une somme d'argent qui paierait un peu plus que le coût du voyage en Angleterre. Il lui écrivit une lettre à présenter à l'un de ses amis qui habitait Charing Cross.

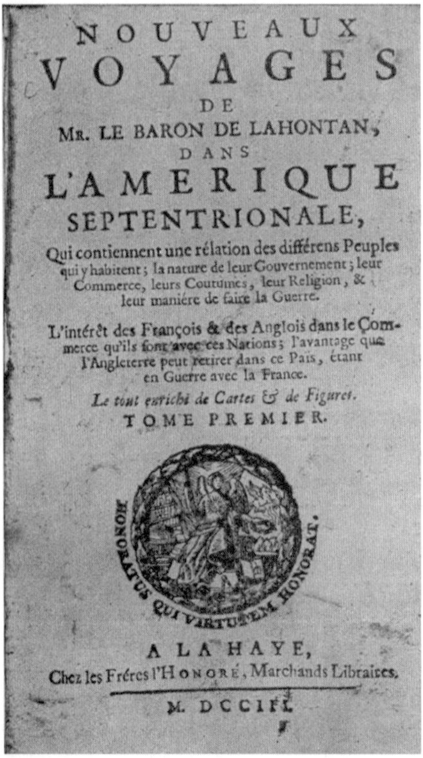
NOUVEAUX
VOYAGES
DE
MR. LE BARON DE LAHONTAN,
DANS
L'AMERIQUE
SEPTENTRIONALE,
Qui contiennent une rélation des différens Peuples qui y habitent; la nature de leur Gouvernement; leur Commerce, leurs Coutumes, leur Religion, & leur maniére de faire la Guerre.
L'intérêt des François & des Anglois dans le Commerce qu'ils font avec ces Nations; l'avantage que l'Angleterre peut retirer dans ce Païs, étant en Guerre avec la France.
Le tout enrichi de Cartes & de Figures.
TOME PREMIER.

A LA HAYE,
Chez les Fréres l'HONORÉ, Marchands Libraires.
M. DCCIII.

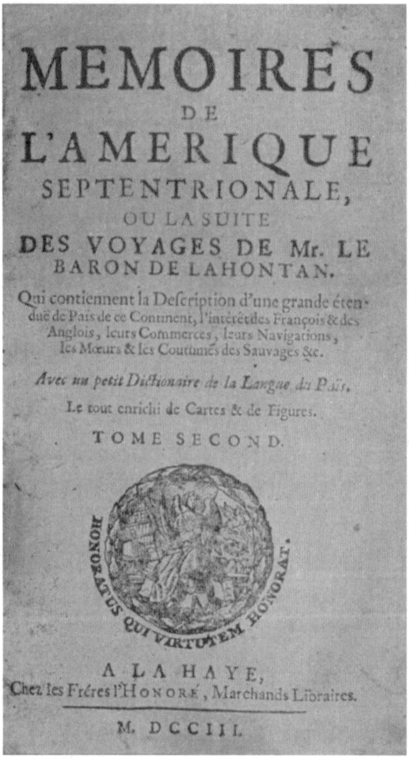
MEMOIRES
DE
L'AMERIQUE
SEPTENTRIONALE,
OU LA SUITE
DES VOYAGES DE Mr. LE
BARON DE LAHONTAN.
Qui contiennent la Description d'une grande étenduë de Païs de ce Continent, l'intérêt des François & des Anglois, leurs Commerces, leurs Navigations, les Mœurs & les Coutumes des Sauvages &c.
Avec un petit Dictionaire de la Langue du Païs.
Le tout enrichi de Cartes & de Figures.
TOME SECOND.

A LA HAYE,
Chez les Fréres l'HONORÉ, Marchands Libraires.
M. DCCIII.

Selon l'auteur, les deux ouvrages sont parus
en MDCCII et non en MDCCIII.

Chapitre 43

UNE AGITATION CONTINUE

LES PREMIÈRES SEMAINES À LONDRES PASSÈRENT VITE. L'ami de Blenning lui avait trouvé un appartement près de la Tamise et lui avait fait visiter la ville et la campagne environnante. Il lui avait déniché aussi une petite école d'été où il pouvait apprendre l'anglais avec des diplomates étrangers et quelques officiers et vagues princes allemands. Dès la fin d'août, L'Honoré lui fit savoir par Blenning qu'il achevait l'impression de son ouvrage qui serait constitué de deux volumes d'environ deux cent cinquante pages chacun. Il fallait compter encore un bon mois avant qu'il puisse lui en faire parvenir un exemplaire non relié. Six semaines plus tard, Lahontan reçut une lettre de L'Honoré :

La Haye, 13 octobre 1702

Cher Lahontan,

Veuillez m'excuser si je ne vous ai pas encore fait parvenir un exemplaire de votre livre, mais j'ai dû faire reprendre à mon graveur quelques planches mal venues. Vous le recevrez donc dans le cours d'octobre, mais je ne pourrai le mettre en vente avant novembre puisqu'il faut en relier un certain nombre d'exemplaires, l'annoncer aux journaux avant la parution, leur en envoyer aussi un exemplaire, etc. Mortier, mon correspondant à Londres, en recevra aussi une vingtaine.

Je pense que vous serez content de notre travail et je vous souhaite toute la chance du monde.

L'Honoré

Lahontan eut du mal à attendre encore quelques semaines. Quand il reçut les deux petits volumes in-douze, il s'arrêta, le cœur battant, avant de les ouvrir. La meilleure part de sa vie, peut-être, y était enfermée. L'Honoré avait intitulé le premier tome *Les Nouveaux voyages dans l'Amérique septentrionale*, et le second, *Mémoires de l'Amérique septentrionale.* Lahontan fit tourner quelques pages fébrilement, du bout des doigts. Les gravures, quoique schématiques et parfois éloignées de ses dessins, étaient belles et la typographie soignée. Il lut un passage ici ou là et son texte parut avoir une force qu'il n'avait pas sur le manuscrit. La page de titre portait un frontispice surprenant : un sauvage tenait dans sa main gauche levée une flèche et dans sa droite un arc ; il foulait aux pieds un sceptre et un livre de lois. Il portait l'inscription « *Et leges et sceptra terit* » (il foule aux pieds le livre de lois et le sceptre). Lahontan frissonna, car s'il avait bien dessiné un Indien foulant aux pieds les symboles de la loi et de la monarchie, il n'avait pas voulu en faire un emblème de tout son livre, mais illustrer un chapitre des *Mémoires* qui montrait les sauvages vivant dans l'égalité la plus stricte, sans lois écrites ni monarque héréditaire. Ce frontispice lui laissa augurer des critiques acerbes en France. Il relut son épitre à Frédéric IV du Danemark, craignant s'y être laissé emporter sur la pente du style. Il y évoquait sobrement ses « disgrâces », sans cacher son amertume ni déguiser l'abus d'autorité dont il se sentait victime. Il promettait en outre de raconter la vérité ingénument et son hommage du monarque danois était à mille lieues de cette bassesse flagorneuse qu'il avait méprisée dans tant de livres :

> J'ai passé les plus beaux jours de ma vie avec les sauvages de l'Amérique, et ce n'est pas là qu'on apprend à écrire et à louer poliment. Je me contenterai donc, Sire, de prier le ciel

pour la conservation de Votre Majesté et de toute la famille royale.

Relisant la page de titre du premier volume, il se rendit compte que sa publication attaquait nettement la France alors engagée dans la guerre de Succession d'Espagne où se trouvaient coalisés contre elle le Danemark, les États allemands, l'Angleterre, la Hollande... Outre une description des peuples sauvages de l'Amérique, elle promettait de montrer l'intérêt que Français et Anglais avaient à commercer là-bas et *l'avantage que l'Angleterre peut retirer dans ce pays, étant en guerre avec la France.* Aussi longtemps qu'il avait pensé à ces choses dans la quiétude de sa chambre, les mots ne semblaient avoir aucun caractère offensif ; imprimés noir sur blanc en tête d'un livre, ils avaient un relief et une portée qui en faisaient des armes dirigées contre la France.

Connaissant les habitudes de L'Honoré, il savait que celui-ci ferait largement annoncer le livre dans les journaux et obtiendrait certainement des comptes rendus. Dès qu'un périodique hollandais entrait à la Royal Library, Lahontan se précipitait pour le dépouiller fébrilement. Début novembre, le prestigieux *Journal de la république des lettres,* que Pierre Bayle avait fondé, annonça la parution de son ouvrage. Tout en jugeant son comportement irrationnel, il continua à lire attentivement les journaux, mû par le vague espoir d'y trouver un compte rendu détaillé de son livre.

En réalité, depuis son arrivée à Londres, il avait vécu dans une agitation continuelle. À peine s'y était-il installé que les amis londoniens de Blenning le produisirent partout, disant qu'il était, avec le réputé médecin et botaniste Hans Sloane, le seul voyageur sérieux à avoir écrit sur l'Amérique du Nord. Ils le présentèrent à Sloane qui avait lui-même publié en latin quelques années plus tôt un *Catalogue* de la flore jamaïcaine. La quarantaine solide, peu loquace et racé, Sloane en imposait à tous par ses connaissances et sa dignité princière. Lahontan avait admiré sa riche bibliothèque, où voisinaient les grands classiques de l'Antiquité avec des relations de voyages dans toutes les parties du monde et des ouvrages sur la médecine et les sciences naturelles. Il avait commencé à aménager chez lui un cabinet d'histoire naturelle qui aurait fait l'envie de bien des monarques amis des sciences. Contrairement à plusieurs Français qui cherchaient surtout des *curiosités* exotiques, Sloane recueillait soigneusement tous les objets qui pouvaient renseigner sur un territoire éloigné.

Les chapitres de Lahontan sur la faune et la flore nord-américaines l'avaient plus intéressé que renseigné. Sans catégories taxinomiques véritables, Lahontan savait néanmoins présenter les choses de manière vivante, mais il lui manquait ce souci du petit détail qui permet de distinguer les espèces voisines. En outre, sa présentation trahissait trop la visée colonisatrice de son expérience : comme chez Champlain et les jésuites, ses descriptions d'animaux et de plantes étaient marquées par l'usage qu'on en pouvait faire. De tous les observateurs français, seul le frère Sagard, vers les années 1630, avait réussi, malgré sa tournure d'esprit naïvement franciscaine, à décrire avec précision la faune et la flore, sans se soucier de leur utilisation éventuelle.

Malgré ses nombreuses occupations de médecin et de savant, Sloane reçut Lahontan à quelques reprises. Il estimait en celui-ci l'homme et l'écrivain, chez qui l'ironie n'était pas jeu de pointes superficiel mais vision distanciée et parfois amère des choses. Sans faire de l'esbroufe, il avait de la verve et des manières engageantes. Un soir, il le présenta aux éditeurs Bonwicke et Goodwin qui avaient, en 1698, publié une traduction anglaise de *Voyages* où le religieux Hennepin prétendait avoir découvert le Mississippi. Comme Lahontan traitait surtout de la vallée du Saint-Laurent et de la région des Grands Lacs, les éditeurs anglais espéraient donner à leurs lecteurs un tableau complet des établissements français en Amérique du Nord. Ils comptaient beaucoup aussi sur les *Dialogues avec un sauvage* que Lahontan venait de terminer à Londres. Ils n'en avaient vu qu'une partie seulement, assez pour deviner que ce texte risquait de faire des vagues. Un chef huron y faisait l'apologie de la vie sauvage et condamnait vivement le christianisme, les mœurs et la politique européennes. Le Huron prétendait que les Français, méchants et malheureux, étaient esclaves de leur roi et de leurs passions, tandis que les Hurons vivaient dans le bonheur et l'harmonie, sans mien ni tien, sans lois ni prêtres.

Bonwicke et Goodwin réunirent quatre traducteurs et demandèrent à Lahontan de se tenir à leur disposition pour que le travail avance vite et bien. Lahontan ne connaissait pas assez l'anglais — surtout l'anglais littéraire — pour en juger correctement. Il fit néanmoins quelques sondages et opina que les traducteurs travaillaient sérieusement. Ils semblaient parfois embarrassés pour rendre les nombreux *on* du texte français et avaient tendance à éliminer les traces de subjectivité de l'auteur en multipliant les formules passives et les verbes impersonnels, mais l'ensemble semblait fidèle à l'original.

L'eût-il voulu, Lahontan n'aurait pas eu de temps à mettre sur la traduction anglaise parce que, relisant ses deux volumes publiés en français, il y remarqua de nombreuses fautes d'impression qui le feraient passer pour un béotien. En outre, il n'était pas entièrement satisfait de la préface rédigée par L'Honoré, qui avait repris ses idées, mais les avait exprimées de manière alambiquée. D'avance il donnait des verges pour faire frapper son auteur par la critique en écrivant que son style simple, donc vrai, n'était pas toujours des plus purs ni des plus châtiés. Enfin, une bonne formule telle « l'auteur écrit comme s'il n'avait ni patrie ni religion » risquait de se retourner contre lui. Il fallait donc envoyer un avertissement aux journaux avant qu'ils ne publient leurs comptes rendus du livre.

Pour se mettre en train, il rédigea l'*errata* où il releva une trentaine de fautes, puis il hésita un peu avant de trouver le ton et les mots qui convenaient. Il déplorait les fautes d'impression qu'il attribua à « la précipitation des Sieurs

L'Honoré » et à l'imperfection de son manuscrit, puis passait aux raisons qui l'avaient poussé à publier :

> Je m'étais si vainement flatté de rentrer en grâce avant la déclaration de cette guerre que, bien loin de penser à l'impression de ces lettres et de ces mémoires, je comptais les jeter au feu si le roi m'eût fait l'honneur de me redonner mes emplois. C'est cette raison qui m'a fait négliger de les mettre en l'état où je voudrais qu'ils fussent pour plaire au lecteur qui se donnera la peine de les lire.

Il ajoutait ensuite les noms de grands personnages qui avaient intercédé en sa faveur : la duchesse du Lude, le cardinal de Bouillon, monsieur de Bonrepaus, le comte de Frontenac, Mr. de Quiros et le comte d'Avaux. Faisant état de lettres reçues qui lui reprochaient son amertume contre la France, il continuait :

> On se plaint en France de ce que j'ai versé sur ce livre une bile amère comme du fiel, dont quelques personnes se trouvent noircies, quoiqu'elles soient déjà teintes en beau noir. On m'écrit aussi que, ne devant pas espérer de retour pendant que les ministres dont j'ai parlé seront au timon du gouvernement, il faut que je songe à m'accrocher au service de quelque prince. Ce conseil est merveilleux, mais de quelque côté que je me tourne, je vois de grands obstacles à cela. L'Espagne n'est pas mon fait, par des influences que je veux taire. Monsieur le duc de Bavière ne manque pas d'officiers plus expérimentés que moi et, pour servir en Suède, il faut être de la nature de l'ours. Si je vais chez les ennemis de la France, je n'y trouverai pas mon compte. Chez l'Empereur, on me tiendra suspect et l'on me croira capable de faire toutes sortes de trahisons pour rentrer dans la grâce de mon roi. Chez les Polonais, il faut des dents d'agate pour mâcher avec ingratitude la chair d'un animal un peu trop coriace. Si je passe dans un pays protestant, on dira qu'il n'est pas naturel de se fier à un papiste français. Alors il faudra que je tourne casaque à la catholicité pour y être employé.

> Quelle route suivrai-je donc pour me tirer du labyrinthe où je me trouve ? Je n'en vois pas de plus sûre que celle de l'Amérique, où j'aurai le plaisir de vivre en repos chez des peuples moins sauvages que nous, en ce qu'ils ne sont pas reduits à la fatale nécessité de plier le genou devant certains demi-dieux que nous adorons sous le beau nom de ministres d'État. Il faut être tyran de soi-même pour baiser la main qu'on voudrait voir coupée et pour se faire une violence continuelle pendant la vie. Les sauvages naissent libres et ne dépendent que d'un seul Dieu, pendant que nous naissons dans la servitude, exposés aux caprices de ces ministres qui se prennent pour des rois, à la réserve de quelques-uns qui remplissent dignement le devoir de leur charge.

Il termina en attaquant « ces infaillibles ministres d'État ou de l'Évangile » qui auront toujours raison, « jusqu'à ce que l'anarchie soit introduite chez nous comme chez les sauvages américains qui, tous remplis de la charité de saint Paul, ne nous envieront jamais *le mien et le tien* ».

Lahontan relut sa lettre ouverte, la data du 7 décembre 1700 et l'apporta chez un imprimeur du Strand qui en tira cent exemplaires. Lahontan en envoya immédiatement une dizaine aux journaux qu'il connaissait. Il souhaitait que Mortier en insère une copie dans les exemplaires qu'il débitait, mais le libraire refusa, disant que cela jetterait de la confusion chez les lecteurs.

SUITE
Du
VOYAGE,
De l'AMERIQUE,
Ou DIALOGUES
De Monſieur le
BARON DE LAHONTAN
Et d'un
SAUVAGE,
Dans l'Amerique. Contenant une deſcription exacte des mœurs & des coutumes de ces Peuples Sauvages.

Avec les Voyages du même en Portugal & en Danemarc, dans leſquels on trouve des particularitez trés curieuſes, & qu'on n'avoit point encore remarquées.

Le tout enrichi de Cartes & de Figures.

A AMSTERDAM,
Chez la Veuve de BOETEMAN,
Et ſe vend
A Londres, chez DAVID MORTIER, Libraire dans le Strand, à l'Enſeigne d'Eraſme.
M. DCCIV.

Chapitre 44

UNE BIEN MAUVAISE NOUVELLE

Lahontan avait su par Blenning, revenu à Londres, que ses deux petits livres se vendaient bien en Hollande et que plusieurs journaux en publieraient bientôt des comptes rendus. Devant ce succès, L'Honoré lui suggérait d'allonger ses *Dialogues avec un sauvage* ou d'y adjoindre la relation de ses voyages en Europe. Lahontan reprit ses carnets et termina en trois semaines le récit des ses *Voyages au Portugal et au Danemark*. Tout cela ferait un livre disparate, mais tant pis : il fallait saisir l'occasion pour s'expliquer à nouveau publiquement sur sa situation. À ses *Dialogues* et à ses *Voyages au Portugal et au Danemark*, il ajouta une préface vite rédigée, car il recopia presque textuellement sa lettre ouverte aux journaux. Pour la première fois, il osa y nommer les ministres Pontchartrain, père et fils, qu'il rendait responsables de ses malheurs. Il terminait sur un éloge de la liberté qu'on respire partout en Angleterre :

> Je trouve dans mes malheurs la consolation de jouir en Angleterre d'une espèce de liberté dont on ne jouit pas ailleurs, car on peut dire que c'est l'unique pays de tous ceux qui sont habités par des peuples civilisés, où cette liberté paraît plus parfaite. Je n'en excepte pas même celle du cœur, étant convaincu que les Anglais la conservent fort

précieusement, tant il est vrai que toute sorte d'esclavage leur est en horreur.

Dès janvier 1703, arrivèrent les premiers comptes rendus de ses deux livres dans les journaux hollandais. Sur près de vingt pages dans les *Nouvelles de la république des lettres*, Jacques Bernard résumait son ouvrage de manière scolaire, mais fort honnêtement. Il insistait surtout sur la géographie nord-américaine et sur les mœurs des Indiens. Il se permettait une seule touche personnelle quand il rapportait les objections contre les dogmes chrétiens que Lahontan avait mis dans la bouche des sauvages et d'un médecin portugais rencontré en voyage :

> Il serait aussi aisé de répondre à diverses autres objections contre certains dogmes incontestables de la religion chrétienne que l'auteur nous dit lui avoir été proposés par les sauvages et auxquelles il ne répond pas parce qu'il ne s'agissait point de faire un livre de controverse. Mais comme la plupart de ces difficultés ne sont pas très différentes de celles de nos libertins, auxquelles on a répondu mille fois, nous ne nous y arrêterons pas.

Le compte rendu de Basnage de Beauval, le rédacteur de l'*Histoire des ouvrages des savants*, ne manifestait pas plus d'imagination. Il mettait l'accent sur le comportement religieux des sauvages, reprenait à peu près toutes les objections formulées contre les dogmes et renvoyait dos à dos les jésuites et les récollets qui professaient des opinions contradictoires sur les Indiens.

Pour mieux préparer la sortie de leur traduction, Bonwicke et Goodwin avaient convaincu le périodique *History of the Works of the Learned* de publier une adaptation anglaise du compte rendu publié par Jacques Bernard. Avec les annonces qu'on ferait bientôt paraître dans la *London Gazette* et d'autres périodiques anglais, le nom de Lahontan et ses *Voyages* resteraient dans l'actualité.

Lahontan lui-même n'avait plus le temps de suivre les journaux, car Blenning — toujours lui ! — s'était entendu avec Blathwayt et Stanhope pour lui commander d'autres mémoires secrets sur l'Amérique du Nord. Il ne s'agissait pas seulement de donner des renseignements sur le territoire, mais de suggérer une stratégie commerciale et militaire visant à éliminer les Français du Canada. Lahontan n'avait guère le choix. Il était à bout de ressources et il n'avait encore rien touché des éditeurs anglais. Retourner en France serait se jeter dans la gueule du loup puisqu'il ne parviendrait jamais à se justifier. Néanmoins, quelque chose de fort résistait en lui. Son livre avait constitué une rupture publique avec son pays natal ; ferait-il maintenant un pas de plus en cachant son geste et en suggérant à un pays ennemi les moyens de nuire à la France ? Mais celle-ci ne lui avait-elle pas déclaré la guerre en le pourchassant comme un malfaiteur ? Et l'Angleterre n'était-elle pas son nouveau pays, qui lui donnait le moyen de vivre en échange de ses connaissances ? À bout de résistance, il s'endormit.

Le lendemain, dès cinq heures, il s'assit à sa table pour rédiger un *Bref discours* dans lequel il suggérait à l'Angleterre de s'emparer de Port-Royal en Acadie pour enlever à la France une tête de pont importante sur l'Atlantique et pour mettre fin aux raids meurtriers que les Indiens alliés des Français lançaient contre la Nouvelle-Angleterre. Dans la même foulée, Lahontan mit en chantier deux autres mémoires. Le premier, proposant la construction d'un fort anglais sur le lac Érié, reprenait, dans la perspective de la colonisation anglaise, l'argumentation développée dans le mémoire que Frontenac lui avait demandé de présenter à la cour en 1692 ; le second proposait un plan de conquête de Plaisance à Terre-Neuve (dernier poste français en Acadie après la prise de Port-Royal) et de la ville de Québec, « porte de tout le pays ». L'insistance de Lahontan portait moins dans l'immédiat sur l'attaque de Québec (difficile à prendre comme Phips en avait fait la pénible expérience en 1690) que sur l'occupation stratégique de la région des Grands Lacs, de manière à couper les Français de leurs postes de l'Ouest d'où venait maintenant la plus grande partie des fourrures.

Lahontan aurait aimé s'enfermer pour travailler sans relâche, mais il était souvent interrompu par Blenning, le secrétaire de Blathwayt, qui voulait savoir où il en était rendu. Si bien qu'il avait le sentiment de ne plus s'appartenir, de flotter dans un monde mi-réel mi-fictif. D'une certaine manière il était enfin libre de faire passer ses idées sur le développement colonial de l'Amérique ; en même temps, sa fébrilité l'empêchait de sentir le malaise qui le minait quand il s'arrêtait de travailler.

La traduction anglaise fut mise en vente à la mi-août 1703, au moment même où il reçut un paquet de L'Honoré. Ce ne pouvaient être déjà les *Dialogues* en français. En ouvrant l'un des deux livres, il eut l'impression étrange de reconnaître quelque chose de lui, mais en même temps étranger. C'était une autre édition de ses *Voyages en Amérique* et de ses *Mémoires*. L'Honoré l'aurait-il réédité sans lui en parler ? Non, c'était une édition pirate imprimée et vendue en France. Même si cette contrefaçon le privait de droits de réédition, Lahontan ne put contenir sa joie de voir son œuvre ainsi reconnue.

Avec la mi-septembre, Londres, un peu engourdie dans la moiteur de l'été, redevint animée avec les réceptions et les soirées mondaines qui recommencèrent. Lahontan était sollicité à un point tel qu'il avait du mal à travailler. Il avait fait remettre à Blathwayt ses mémoires secrets dont on lui assura qu'ils avaient été appréciés. Blenning prétendait qu'il pouvait devenir conseiller spécial du ministre de la Guerre sur les questions américaines et qu'en conséquence il lui fallait doser mondanités et travail d'écriture. Sans être sûr qu'il avait raison, Lahontan suivit son conseil.

En décembre, il reçut de L'Honoré les premiers exemplaires de ses *Dialogues avec un sauvage* que David Mortier distribuait en Angleterre. Ce fut à nouveau l'occasion de fêtes et de discussions interminables sur les sauvages et sur les colonies américaines. Des diplomates de divers pays prenaient plaisir à la conversation quand Lahontan y participait. Après plus d'une année de cette vie mouvementée, à la fois studieuse et mondaine, il commençait à penser que sa vie prenait une nouvelle tournure, quand Blenning arriva chez lui essoufflé et embarrassé.

— Lahontan, mon cher, j'ai une mauvaise nouvelle pour vous. Avec la guerre qui tourne plutôt mal, on est devenu nerveux dans l'entourage du ministre.

— Et mes mémoires...

— Justement, vos mémoires ont été fort appréciés, mais on se demande s'ils ne cadrent pas mieux avec la stratégie commerciale et militaire française qu'avec la nôtre. Nos marchands ne sont pas des *pedlars* comme les Français, pour aller vivre parmi les Indiens. Certains prétendent même que ces mémoires ne sont rien d'autre qu'une remouture de votre œuvre publiée.

— Mais non, je vous assure...

— J'ai bien lu vos mémoires et vos livres : je sais que vous avez raison. Mais je suis presque seul à penser ainsi. On dit encore que vous êtes aussi *papiste* qu'à votre arrivée en Angleterre.

— Monsieur, ma qualité de catholique ne gêne en rien mon engagement actuel envers la Couronne britannique. J'ai écrit dans mes *Voyages au Danemark* que les gens d'honneur manqueraient plutôt à la religion qu'à la fidélité à leur maître et que, si j'avais embrassé le service des Turcs et qu'il fût question d'incendier la ville de Rome, j'y mettrais le feu le premier par l'obéissance que je devrais au Grand Seigneur.

— Je vous crois. Seulement, comme je vous l'ai dit, je suis presque seul. Au surplus, certains se demandent si vous ne jouez pas sur deux tableaux : vous donneriez des mémoires à l'Angleterre d'un côté et de l'autre vous transmettriez des renseignements confidentiels à la France.

— Vous savez bien, Monsieur, que je suis incapable de pareille duplicité.

— Je le sais hélas, mais cela n'arrange en rien vos affaires... Stanhope, qui vous a gardé sa confiance, vous suggère de quitter l'Angleterre pendant quelques mois, le temps que les esprit s'apaisent. Il m'a aussi demandé de vous remettre de quoi vivre un certain temps et il m'a donné une lettre de sa main pour l'Électeur de Brandebourg qui vous recevra à sa cour... Croyez bien que j'en suis désolé. Notre pays a pourtant besoin d'hommes tels que vous.

Lahontan le remercia machinalement et rentra chez lui prostré. Était-il donc éternellement destiné à errer de par le monde dès qu'il commençait à s'enraciner ? L'Angleterre lui avait ouvert les bras et il l'avait servie loyalement. Était-ce là la récompense de sa loyauté ?

Chapitre 45

LE CALME DE POTSDAM

QUAND LAHONTAN ARRIVA À POTSDAM, le 20 février 1704, le baron de Marpé, originaire de Bretagne, le reçut chaleureusement, l'assurant qu'il se plairait à la cour et que déjà plusieurs personnages importants connaissaient ses livres sur l'Amérique. Après deux semaines de séjour, on lui demanda, en sa qualité d'écrivain et d'humaniste cosmopolite, s'il voulait s'occuper de la bibliothèque du château royal, laquelle avait été négligée ces derniers temps. Il s'agissait d'acquérir les livres récents les plus importants publiés en Europe et de monter une bonne collection de périodiques. Lahontan accepta avec gratitude, car le métier de courtisan sans fonction précise lui aurait déplu. Il prenait plaisir à manipuler les livres pleine peau qui arrivaient par caisses entières de France, d'Angleterre et de Hollande. Il avait l'impression de participer à toute cette richesse contenue dans la grande bibliothèque du château. Ah ! s'il avait pu travailler ici au moment où il rédigeait ses livres ! Mais peut-être aussi cet excès de richesse l'eût-il paralysé.

Après la bousculade de Londres, il appréciait la tranquillité de Potsdam. Sa charge de conseiller spécial de la bibliothèque n'était pas un travail mais une sinécure qui lui permettait de se livrer à la passion des livres. Il aimait l'odeur un peu rance des reliures et celle, acide et vaguement sucrée, des ouvrages nouvellement imprimés. C'était toujours avec émotion qu'il ouvrait les paquets envoyés par les éditeurs. Chaque semaine lui apportait sa surprise. Un jour, c'était un beau livre sur les plantes rares de Ceylan, un autre une réédition de Lucien ou de Corneille.

Tous les deux ou trois mois, il écrivait à Marie-Laure, sachant bien maintenant qu'il ne la reverrait plus. Sa peine était moins grande, mais ses joies n'avaient plus la vivacité d'autrefois, comme si le ressort du bonheur s'était cassé en lui. Les lettres de Marie-Laure lui semblaient un peu tristes aussi, malgré l'enthousiasme avec lequel elle parlait de sa vie à soigner les blessés et les nombreux malades du typhus qu'on débarquait des bateaux en provenance de France. Elle avait maintenant pris la succession de Clara Dumais, parcourant les environs de Québec pour soigner les éclopés ou tenter de guérir des malades quand des médecins avaient échoué. Parfois, elle racontait le temps qu'il faisait, les bancs de neige qui bloquaient les chemins, et Lahontan était repris par une tristesse désespérée qui l'anéantissait pendant des jours. Il sentait Marie-Laure beaucoup plus forte que lui dans l'adversité, comme si le climat canadien, avec son alternance de douceur et de brusquerie, forgeait des êtres mieux capables de résister aux coups du sort.

Un matin, on lui apporta l'ouvrage d'un savant jésuite, rédacteur au *Journal de Trévoux* : l'*Examen des préjugés vulgaires* du père Claude Buffier. Un chapitre s'intitulait « Que les peuples sauvages sont pour le moins aussi heureux que les peuples polis ». Il mettait en scène deux personnages rompus à l'art de la discussion philosophique : Timagène et Téandre. Le premier vantait les bienfaits de la civilisation ; le second n'y voyait qu'artifice et mensonge qui rendent les humains mauvais et malheureux. Les bonnes manières, le confort et la science, bien loin d'être un progrès pour l'humanité, éveillent à l'infini des désirs que rien ne saurait combler. Le sauvage, au contraire, trouve facilement à assouvir ses besoins essentiels sans se jeter dans les peines qui empoisonnent la vie du civilisé :

> Un arbalète pour tirer un castor ou un chevreuil, en faut-il davantage ? Quand il est tué on le fait rôtir dans la forêt même ; le bois ne se cherche pas loin ; on met en pièces le chevreuil, on le partage, on le mange, avec cela on est frais et dispos ; on rit, on danse, on se réjouit.

Devant un Timagène réduit au rôle de faire-valoir, Téandre dénonçait la justice des civilisés qui s'embarrasse de procédures compliquées au lieu de suivre la simple loi de la nature. Il ajoutait qu'avec leur savoir médical les civilisés étaient en moins bonne santé que les sauvages et que leur science ne servait qu'à leur enfler la tête. Dans cette condamnation paradoxale de la civilisation par l'admirateur des Indiens, Lahontan reconnut sans peine la transposition en termes mondains de ses *Dialogues avec un sauvage.* Quels rhétoriciens habiles, pensait-il, ces jésuites savants jusqu'au bout des ongles ! Maintenant que j'ai remis les sauvages à la mode, ils les utilisent pour se donner du crédit dans le monde. Bien loin d'en vouloir au père Buffier, il voyait dans son *Examen des préjugés vulgaires* un hommage à ses livres sur l'Amérique qui le vengeait d'avance de tout le mal que les autres jésuites ne manqueraient pas de dire de lui.

Buffier n'était pas le seul à s'inspirer des écrits de Lahontan. Celui-ci s'en rendait compte chaque jour en feuilletant les périodiques et les livres qu'il recevait pour la bibliothèque. À lire tous ces textes plus ou moins marqués par ses sauvages, Lahontan comprit qu'à travers ses hésitations il avait fini par trouver une voix qui touchait ses contemporains. Il se voyait comme le dernier maillon d'une longue chaîne de pensée qui le reliait à tous les auteurs qu'il aimait : Corneille, Pétrone, Lucien... Même le père Lejeune, pourtant si éloigné de lui par son inhumanité, trouvait sa place dans cette vie évolutive des mots et des idées.

Par l'entremise du libraire Mortier, avec lequel il était resté en contact, Lahontan reçut un jour la seconde édition de ses œuvres en deux volumes. C'était une réédition de ses livres par L'Honoré. À la fois heureux et craintif, il tourna les pages en commençant par la fin du deuxième volume. Éliminant les *Voyages au Portugal et au Danemark*, L'Honoré avait tassé les *Dialogues* avec les *Mémoires*, réservant le tome I aux *Nouveaux voyages en Amérique.* Peut-être était-ce mieux ainsi. Les *Voyages au Portugal et au Danemark* lui semblaient depuis toujours une excroissance artificielle qui affaiblissait l'ensemble. Mais il déchanta vite quand ses yeux tombèrent sur une phrase de la préface : « le baron de Lahontan n'est pas assez nécessaire pour fatiguer les hommes de ce qui le concerne personnellement... » Il se reporta à la première page. Le préfacier, qui avait révisé les textes lui-même, prétendait avoir éliminé les expressions vulgaires, les railleries froides, l'embarras dans la narration pour y mettre une franche gaieté, de la finesse et une logique du développement que n'avait pas toujours l'original. Bouleversé, Lahontan se mit à lire le début des *Nouveaux Voyages.* Il y reconnut son texte, mais quelque chose sonnait faux, déclamatoire. Dès la page 4, après la courte citation en grec de saint Paul, on avait ajouté une phrase incongrue :

> Vous remarquerez, s'il vous plaît, en passant, Monsieur, que je n'ai pas laissé tout mon grec au collège.

Ce ton pédant de petit maître vaniteux, où il reconnaissait la griffe de Gueudeville, le choquait profondément. Mais il y avait encore pire quelques pages plus loin, dans un passage sur les « filles du roi » que Lahontan avait discrètement comparées à des femmes de moyenne vertu. Reprenant la comparaison, le réviseur l'avait gonflée d'un bric-à-brac mythologique sentant l'abbé de cour affecté et médiocre qui se croit spirituel :

Après ces premiers habitants, vint une peuplade utile au pays et d'une belle décharge pour le royaume. C'était une petite flotte chargée d'amazones de lit et de troupes femelles d'embarquement amoureux. Ces nonnes de Paphos ou de Cythère apportaient la bénédiction. L'on m'a conté les circonstances de leur arrivée, et j'aime trop vous divertir pour ne vous en point faire part. Ce chaste troupeau était mené au pâturage conjugal par de vieilles et prudes bergères. Savoir si ces antiques n'avaient pas été du métier et si l'âge, cet impitoyable Saturne, ne les avait point chassées de la lice de Vénus, c'est sur quoi je ne suis pas trop bien instruit. Sitôt qu'on fut à l'habitation, les commandantes ridées passèrent leur soldatesque en revue et, l'ayant séparée en trois classes, chaque bande entra dans une salle différente.

Lahontan referma le livre violemment, de rage impuissante et hargneuse envers le monde entier. Maintenant qu'il avait tout perdu, fallait-il donc qu'il fût dépouillé de ce qui lui tenait le plus à cœur ? Il sortit précipitamment de la bibliothèque heureusement déserte pour s'enfermer dans sa chambre où il se laissa tomber sur son lit. Il se leva et ouvrit la fenêtre qui donnait sur le lac de la Havel, mais il la referma aussitôt pour reprendre sa lecture. Les *Mémoires sur l'Amérique* n'avaient apparemment pas été modifiés. En revanche, il ne reconnaissait plus ses *Dialogues avec un sauvage.* La moindre allusion, la plus petite nuance ironique devenaient des charges à l'emporte-pièce. Les attaques contre la religion étaient transformées en querelles provinciales mesquines qui s'en prenaient aux personnes et aux groupes comme les jésuites plutôt que de contester de manière raisonnable les dogmes chrétiens et de proposer une réflexion sur le sens de la vie. Perdant toute mesure et tout rapport avec les propos du Huron des *Dialogues* originaux, le réviseur en arrivait à appeler la révolte ouverte de l'armée contre son roi :

Qu'est-ce que ces trois cents mille soldats que votre monarque a dans son royaume et qui le rendent si formidable et si fier ? Ne sont-ce pas trois cents mille gueux qui, moyennant quelques sols par jour, veulent bien se faire tuer ? et pour qui ? pour le riche depuis le premier jusqu'au dernier ? pour la conservation de sa plénitude ? pour le maintien de ses plaisirs et de ses excès ? pour l'augmentation de sa prospérité ? Mais tous ces milliers de soldats procurent-ils par l'effusion de leur sang et par la perte de leur vie le moindre avantage à ceux de leur catégorie et de leur classe, je veux dire aux habitants destitués de bien ? Aucun, si ce n'est d'accroître leur misère et d'en multiplier le nombre. Il ne tiendrait donc qu'à ces troupes de faire rentrer la nation dans ses droits, d'anéantir la propriété des particuliers, de faire une égale et juste compensation des biens, en un mot d'établir une forme si humaine, un plan si équitable de gouvernement que tous les membres de la société participassent, chacun suivant sa portée, à la félicité commune.

Lahontan frémit en pensant qu'on avait pu tirer de son œuvre des propos aussi excessifs. S'il se plaignait amèrement du ministre Pontchartrain, jamais il n'aurait songé à en faire grief à Louis XIV. Mais, en vantant le bonheur des sauvages qui n'ont ni roi ni propriété privée, n'avait-il pas ouvert la porte à de telles propositions qui bouleverseraient l'ordre du monde ?... Non, ce n'était pas son livre qui avait provoqué une telle véhémence contre la monarchie française, mais une haine que Gueudeville portait déjà en lui. D'autres écrivains et philosophes n'avaient-ils pas aussi critiqué les institutions de leur temps beaucoup plus vivement que lui ? Malgré cette pensée rassurante, il n'en était pas moins effrayé de parcourir en imagination le chemin qui allait de son texte à la révision de Gueudeville.

Il se calma un peu, mais la colère remonta en lui quand il pensa que L'Honoré avait pu publier pareil livre sous son nom. Il s'assit à sa table pour lui écrire :

À Potsdam, ce 18 janvier 1705

Monsieur,

Je reçois à l'instant par le libraire Mortier une réédition de mes Voyages en Amérique *et de mes* Dialogues. *Vous auriez droit à une reconnaissance éternelle si vous m'en aviez averti auparavant et si votre prétentieux Gueudeville n'avait complètement défiguré mon œuvre pour la marquer de sa grandiloquence et de son mauvais goût. Non seulement prétend-il corriger mon style, mais encore fait-il de mes* Dialogues *la rhapsodie infâme d'un gratte-papier débraillé qui se prend pour un Diogène révolutionnaire. Vous n'aviez pas le droit de profiter de mes malheurs pour publier sous mon nom pareil salmigondis dont mes ennemis seront trop contents de m'attribuer les sottises.*

Permettez-moi de ne pas vous saluer, Monsieur.

Lahontan

Rasséréné, Lahontan revint à la bibliothèque pour mettre en place les derniers livres arrivés et retrouver le cours habituel de sa vie, avec ses petites joies sur fond de mélancolie hivernale. Un gros paquet venait d'arriver : toute l'année 1703 du *Journal de Trévoux*, périodique des jésuites français répandu à travers toute l'Europe. Parcourant la table des matières, il vit qu'on y avait publié un compte rendu de ses *Voyages*. Feuilletant par à-coups nerveux, il arriva à la page 1119 de la livraison de juillet :

> Le Baron de Lahontan est un voyageur en pays étranger qui veut se faire croire malgré le préjugé et la coutume.

Ce début augurait mal. Les jésuites ne lui pardonneraient sûrement pas de les avoir critiqués dans ses livres, où il leur reprochait de se mêler des affaires d'ici-bas et de n'avoir baptisé que des vieillards et des enfants moribonds. Mais il ne se rappelait pas les avoir attaqués très violemment.

Non seulement il est difficile de deviner s'il est catholique ou protestant ; on a même de la peine à se persuader qu'il soit chrétien. À l'égard de sa patrie, on ne s'aviserait jamais de le prendre pour un Français s'il n'avait eu soin d'avertir qu'il est né en Béarn. Il déchire la France, il se déchaîne contre les puissances les plus dignes de respect.

Lahontan se sentit atteint en plein cœur, comme si le jésuite avait frappé son point le plus faible, comme s'il avait deviné les affres qu'il avait souffertes avant de publier. Ainsi donc, dès la sortie de son livre, on l'avait pris en France pour un mauvais Français, peut-être même pour un traître. Et pourtant, c'était la France qui l'avait forcé à s'expatrier. Qu'on lui redonne ses emplois et il la servira de toutes ses forces... Il s'avança vers la fenêtre et, pour se calmer, aspira profondément l'air frais du matin. Il reprit sa lecture où il l'avait laissée. Après quelques lignes de remplissage visant à créer un effet d'objectivité, l'attaque reprenait plus vive encore :

> Ce serait peu s'il n'était que mauvais écrivain, c'est de plus un auteur dangereux. Les objections qu'il fait faire aux sauvages contre la religion que nos missionnaires leur annoncent sont capables d'en imposer à de faibles esprits. C'est le précis de ce que les déistes et les sociniens disent de plus fort contre la soumission que nous devons à la foi et contre cette captivité de la raison sous l'empire de la Révélation. Le discours de son médecin portugais n'est guère moins capable d'affaiblir la créance que nous devons avoir aux livres de l'Ancien Testament. Il est inutile de rapporter ici tant d'impiétés sans les combattre...

Lahontan retrouva un peu son assiette. Si le censeur jésuite était si violent, c'est que son texte à lui avait porté. Il le vit bien au paragraphe suivant où le critique l'accusait de rapporter « ce qui n'est plus ignoré de personne ». Cette affirmation était démentie par le succès même de son livre. S'il avait seulement répété ses prédécesseurs, pourquoi avait-on publié deux contrefaçons et une traduction en anglais la même année ? La mauvaise foi était ici flagrante.

Malgré cette accusation, le journaliste jésuite s'attardait longuement sur le récit de la rivière Longue avant de reprendre son discours polémique :

> Si Monsieur de Lahontan ne s'était occupé en Amérique qu'à découvrir de nouvelles terres, sans doute il ne se serait pas attiré l'indignation de la cour comme il s'en plaint.

Ainsi les jésuites, qui ruaient facilement dans les brancards de l'autorité politique, lui reprochaient de ne pas s'être avili devant des hommes qui abusaient de leur pouvoir. N'attaquaient-ils pas eux-mêmes les gens en place quand ils les sentaient faiblir et que l'intérêt de leur Ordre était en jeu ? Lui, au moins, il avait le courage de s'en prendre à un ministre qui n'était pas sur son déclin... Le texte se terminait avec une charge ironique qui semblait reprendre les propos même de Lahontan sur son amour de la vie sauvage pour en faire une accusation définitive :

> Le baron de Lahontan a demeuré si longtemps avec les sauvages canadais qu'il pourrait bien avoir pris quelques-unes de leurs inclinations. Il a fait graver le portrait d'un Américain à la tête de son livre. On y voit ce sauvage nu, l'arc et les flèches à la main, foulant aux pieds un code de lois, un sceptre et une couronne. Il y a fait ajouter cette inscription *et leges et sceptra terit*. Ne serait-ce point sur un si beau modèle qu'il aurait appris à ne respecter aucune des puissances auxquelles la naissance et la religion l'avaient soumis ?

Lahontan était trop ému pour sourire de ce coup final qui ne portait guère malgré son éloquence. Sans prendre la peine de réfléchir, il se jeta sur sa plume pour rédiger une réponse. Lui, qui n'avait presque rien écrit depuis six mois en dehors des mémoires pour le ministre Blathwayt, sentait les mots couler d'abondance, comme si la verve polémique du critique jésuite avait ouvert des vannes trop longtemps fermées.

Taquinant d'abord son critique qui lui faisait de la publicité gratuite, Lahontan répondit point par point et sur le même ton polémique. Il rappela discrètement la querelle récente des rites chinois où l'on accusait les jésuites missionnaires en Chine d'être trop laxistes touchant les cérémonies religieuses puis attaqua là même où on l'avait attaqué :

> Je doute que les jésuites soient aussi bons catholiques que moi ; si cela était, ils ne s'aviseraient pas de partager le ciel entre Confucius et Jésus-Christ, ni de donner la communion à des peuples qui ne croient pas en l'Incarnation.

Se souvenant des propos du père Dablon sur les « martyrs » Brébeuf et Lalemant, Lahontan arguait que ces pères n'avaient pas été tués pour leur foi mais parce qu'ils avaient été les instigateurs de la guerre contre les Iroquois. À l'accusation de répéter les propos éculés des libertins de tous poils quand il rapportait les objections théologiques des sauvages, il répondait que ceux-ci, élevés sans préjugés, trouvaient tout naturellement des arguments contre le christianisme. Sentant la faiblesse de la réplique, il glissa rapidement sur le blâme d'avoir bien mérité « l'indignation de la cour » parce qu'il s'était mêlé de contester ses supérieurs au lieu de découvrir de nouvelles terres :

> Si les gens d'Église de leur côté ne s'occupaient qu'à servir Dieu, qu'ils ne se mêlassent pas des affaires des princes et des particuliers et qu'ils ne se fissent pas une loi de prendre un empire absolu sur l'esprit des uns et des autres, ils ne s'attireraient pas tant de reproches.

Parlant ensuite du peu de succès des missions jésuites, il reprenait pour finir la conclusion du compte rendu qui blâmait Lahontan d'être devenu sauvage lui-même :

> C'est la meilleure chose que les journalistes jésuites aient écrite, car j'ai trouvé tant de charme dans l'aimable liberté des Canadais et tant de cruauté dans mon esclavage qu'il n'y a point de différence entre l'âme des sauvages et la mienne.

Sa réponse terminée, Lahontan la relut et l'envoya à Basnage de Beauval pour publication dans l'*Histoire des ouvrages des savants.* Elle y parut en septembre 1705. Quelques mois plus tard, dans les *Nouvelles de la république des lettres,* Jacques Bernard recensait l'*Histoire de la Virginie,* de l'Anglais Beverley. Celui-ci soupçonnait Lahontan de prêter ses propres sentiments religieux aux Indiens qui ne pouvaient pas argumenter aussi subtilement que le Huron des *Dialogues.* Comme il n'avait pas reçu le livre de Beverley, Lahontan relut attentivement le compte rendu de Bernard, qui établissait entre lui et le récollet Hennepin un rapprochement gênant :

> Le père Hennepin et le baron de Lahontan qui ont vécu parmi ces peuples parlent fort différemment de leur sentiment sur la religion. L'un prétend qu'ils n'ont aucune connaissance de Dieu, l'autre assure qu'ils ont des idées fort claires sur la divinité. Ce qu'il en dit ressemble fort à ce qu'écrit l'Histoire des Sévarambes pour décrier les livres de Moïse.

Lahontan n'en revenait pas que Bernard ait pu écrire que lui et Hennepin étaient allés chez les sauvages de Virginie, dont il n'avait jamais parlé dans ses *Voyages.* L'Honoré s'était-il chamaillé avec le journaliste ou celui-ci voulait-il critiquer un livre à succès pour garder du crédit auprès de ses confrères qui le jugeaient crédule et maladroit ? À bout d'hypothèses, Lahontan revint à sa lecture :

> Quant aux idées que le baron de Lahontan attribue à ces peuples, monsieur de Beverley croit que l'auteur français a plutôt débité ses propres opinions que celles des Indiens.

Comment Beverley pouvait-il juger des croyances des Iroquois, des Hurons ou des Outagamis puisqu'il n'avait connu que les Virginiens ? Résolu de réfuter Beverley et Bernard du même coup, Lahontan fit imprimer sa réplique sur une demi-page en format in-quarto et l'envoya à tous les journaux qu'il connaissait.

Lahontan commençait à prendre goût à ces polémiques à distance où il était sûr d'avoir le dernier mot puisque lui, il avait vécu parmi les sauvages, il s'était battu avec eux et contre eux. Aussi, quand le secrétaire de l'Académie des sciences de Berlin, fondée par le célèbre philosophe Leibniz, l'invita à venir parler des sauvages du Canada, il n'hésita nullement. Du reste, malgré le confort douillet de Potsdam, il avait besoin de changer d'air. Mais Berlin, en ce début d'hiver 1706, était triste, funèbre même, comme si la cour était tombée en léthargie. On ne s'y intéressa guère à l'Amérique et aux sauvages de Lahontan. On préférait spéculer sur les petites et grandes intrigues des innombrables cours germaniques qui rivalisaient entre elles tout autant qu'elles se liguaient contre Louis XIV. Au milieu de cette morosité générale, Christian Coch, un courtisan de Hanovre qui l'avait entendu, lui apprit que l'Électrice Sophie souhaitait le rencontrer.

Troisième partie

HANOVRE

Chapitre 46

UNE COUR GERMANIQUE

Lahontan fit le voyage à Hanovre et n'eut pas à s'en repentir, car tout le monde apprécia sa conversation érudite et spirituelle. À voir tous ces visages tendus pour l'entendre raconter ses aventures chez les sauvages et ses malheurs à la cour de Versailles, il avait l'impression d'avoir recouvré sa vivacité d'antan. Évidemment, il ne retrouvait pas la ferveur passionnée des débats de Québec où l'on reconstruisait le monde en discutant théologie, politique ou philosophie. Mais il avait vieilli depuis ce temps et, il s'en rendait compte maintenant, on débattait moins à Hanovre qu'on affirmait, racontait ou applaudissait. L'Électrice Sophie elle-même, qui avait soixante-quinze ans, suivait la conversation et y prenait part, racontant à son tour ses aventures de voyages en Italie et en France quand elle avait quelques lustres de moins, disait-elle en riant.

— Dommage que notre ami Leibniz ne soit pas ici, soupira-t-elle. Lui qui écrit de savants ouvrages sur l'harmonie universelle serait fort intéressé par vos sauvages plus raisonnables que nous... Coch, mon ami, écrivez-lui demain pour lui dire de ne pas nous oublier et lui rappeler tout ce qu'il perd à n'être pas ici.

Le lendemain, Coch écrivit au philosophe Leibniz pour lui annoncer que la cour de Hanovre était heureuse de compter un invité qui charmait tout le monde par ses manières civiles et sa conversation :

À Luden, ce 23 avril 1707

Monsieur,

J'espère que vos occupations nombreuses et votre correspondance avec les savants et les philosophes de toute l'Europe ne vous empêchent pas de penser à nous quelquefois. Si vous étiez ici, vous apprécieriez sûrement comme nous le baron de Lahontan, auteur des fameux Voyages en l'Amérique Septentrionale. *Bien fait, âgé d'environ quarante ans, il a de l'esprit, la conversation enjouée, avec une liberté bienséante. Il ne dément point le caractère qu'on peut se former de lui par ses écrits, sinon que je lui trouve un peu plus de retenue dans son discours à l'égard du sujet principal de ses* Dialogues *avec son Huron Adario. Il espère se réconcilier avec monsieur de Pontchartrain qui fait le seul obstacle à son retour en France. Je lui ai suggéré d'implorer la protection de madame l'Électrice auprès de sa sœur, madame la Palatine, parce qu'on lui a fait espérer que ce ministre serait disposé à se laisser fléchir, pourvu qu'il y ait quelque prétexte honorable pour lui (comme l'intercession d'une grande princesse) et que monsieur de Lahontan lui fasse réparation d'honneur par écrit. Cela ne lui coûtera guère. Il n'aura qu'à faire réimprimer son voyage, y changer ce qu'il trouvera à propos et donner de l'encens au ministre courroucé dans les deux tomes qu'il tient prêts à publier sur la description des voyages qu'il a fait après.*

J'ai trouvé un peu étrange que monsieur de Lahontan montre si peu d'envie de retourner en Amérique septentrionale, faire souffler son allumette par de belles Huronnes olivâtres.

O. C. Coch

La semaine suivante, le théologien Conrad Schramm invitait Lahontan à sa leçon inaugurale universitaire sur « la Philosophie balbutiante des Canadiens », donnée à l'Académie Julia Carolina de Helmstedt. La moitié de la cour de Hanovre était venue. Dans cette longue dissertation en latin où il prétendait parcourir le champ entier de la philosophie, Schramm se référait d'abord à Platon et à Aristote pour finalement les abandonner et se tourner vers ce qu'il appelait l'histoire contemporaine. En s'aidant du texte imprimé qui avait été distribué avant la conférence, Lahontan comprit que Schramm se servait de ses *Dialogues* et de ses *Mémoires* pour montrer comment les « sauvages canadiens frappent à la porte de la philosophie mais n'y entrent pas parce qu'ils n'ont pas les moyens suffisants ou qu'ils sont enfermés dans leurs coutumes ».

Quand le conférencier eut terminé et que plusieurs personnes vinrent le féliciter, Lahontan ne sut d'abord quelle contenance prendre, car les félicitations passèrent bientôt de Schramm à lui, comme si ses écrits sur l'Amérique étaient devenus le texte fondateur d'une nouvelle philosophie. Il avait du mal à parler avec Schramm, dont la raideur et la timidité le paralysaient et qui semblait réfractaire à la plus petite touche d'ironie ou d'humour : pour le sérieux théologien, la parole ne pouvait s'exprimer que sur le ton grave et ampoulé de la démonstration scolaire.

Dès son retour à Hanovre, l'Électrice Sophie invita Lahontan à sa résidence d'été de Herrenhausen, au nord-ouest de la ville, pour « parler sauvage » avec lui, avait-elle fait dire par Coch. L'ample château de trois étages, avec ses ailes plus basses, donnait sur un vaste jardin à la française dont les allées rectilignes longeaient des fontaines, des statues à l'antique, des haies et des arbres taillés au cordeau. L'Électrice Sophie le reçut cordialement.

— On m'a lu, Monsieur le Baron, vos célèbres *Dialogues avec un sauvage* et j'avoue qu'ils m'ont charmée. Il y a tant de verve, tant de finesse raisonneuse chez votre Huron qu'il n'a de sauvage que le nom. Cet Adario pourrait bien être vous, n'est-ce pas ?

Surpris par ce discours, il bredouilla une réponse inarticulée qui fit sourire l'Électrice.

— Allons, mon ami, ne soyez pas embarrassé, vous n'êtes pas à Versailles ici. Nous ne fréquentons pas les philosophes et les écrivains pour qu'ils nous fassent la cour mais pour qu'ils nous instruisent et nous divertissent... Votre Huron m'a beaucoup diverti, car son emportement contre les méfaits de la civilisation est moins raisonnable qu'il y paraît. Il ne serait pas difficile de lui faire le procès de sa propre culture. Il n'y a pas plus éloquent panégyriste de la liberté, et pourtant son peuple a des esclaves. Mais je trouve chez lui je ne sais quelle hantise d'une bonté première, d'une simplicité de vie qui m'émeut, même à mon âge. Vous ne trouvez pas ?

À nouveau, Lahontan ne sut quoi répondre, embarrassé comme lors de son arrivée au Canada. Il trouvait chez Sophie une franchise brutale et chaleureuse à laquelle il n'était pas habitué.

— Monsieur le Baron, je souhaiterais vivement que vous participiez à la vie intellectuelle de notre cour. Malgré votre âge — si je puis m'exprimer ainsi —, vous avez de l'expérience, de la sagesse et, d'après ceux qui vous ont lu et entendu, une certaine gaieté ironique qui nous manque ici. Voudriez-vous demeurer parmi nous ? J'ai toujours été une grande liseuse, mais ma vue n'est plus très bonne. Votre voix bien timbrée me plaît : elle prononce les mots comme si vous veniez de les inventer. Accepteriez-vous d'être mon lecteur ? J'aimerais que vous veniez chaque matin à neuf heures et l'après-midi après ma sieste. Voulez-vous, dites-moi ?

— Vous m'honorez beaucoup, Votre Altesse... je crains seulement que vous surestimiez mes qualités.

— Allons donc ! Je vous ai entendu l'autre jour raconter votre première rencontre avec les Iroquois. Nous étions tous suspendus à vos lèvres comme si nous étions au milieu de ces barbares. Je vous attends demain matin.

— D'accord, Votre Altesse, j'y serai.

— J'oubliais. Je vous ferai verser une pension à compter d'aujourd'hui. Elle vous procurera de quoi vivre et avoir un carrosse et deux chevaux... Demain matin, n'oubliez pas !

Elle éclata de rire et se tourna vers sa dame de compagnie.

Un peu revenu de sa surprise, Lahontan se dirigea vers la bibliothèque espérant n'y rencontrer personne. Il n'y avait qu'un vieil homme voûté qui remettait quelques livres en place. Moins riche que celle de Potsdam, la bibliothèque contenait malgré tout une grande quantité d'ouvrages disparates sur l'histoire, la théologie, les querelles religieuses, les généalogies royales, des classiques grecs et latins, dont plusieurs en traduction française. Elle avait été largement constituée par Leibniz quand le duc de Brunswick, Jean-Frédéric, l'avait appelé à Hanovre en 1676. Le bibliothécaire-philosophe aurait voulu qu'elle pût rivaliser avec celle de Wolfenbütel, fondée trente ans plus tôt par le duc Auguste. Depuis son affectation, Leibniz avait fait acheter et copier des centaines de manuscrits et les livres d'histoire entraient par caisses chaque semaine.

Furetant à l'aveuglette sur tous les rayons, Lahontan trouva avec plaisir une ancienne édition de Lucien, dans la traduction élégante de Perrot D'Ablancourt. Craignant que l'ironie décapante du philosophe cynique ne le ramène à la belle époque de Québec, il replaça le livre sur le rayon et continua son inventaire. Le *Gargantua* de Rabelais semblait perdu au milieu des livres de piété et des recueils poétiques de Ronsard et Du Bellay. En un autre temps, la verve encyclopédiste et iconoclaste de Rabelais l'eût fort intéressé, mais aujourd'hui il n'avait guère le cœur à l'épicurisme joyeux du faux moine humaniste. Il dédaigna les mignardises surannées de Ronsard qui invitait sans cesse de belles jeunes femmes à l'aimer avant de devenir d'horribles vieillardes édentées penchées sur leur rouet. Sous sa main se trouva une luxueuse édition reliée parchemin de Montaigne, qui avait été jadis seigneur de Lahontan :

> C'est ici un livre de bonne foi, lecteur. Il t'avertit dès l'entrée que je ne me suis proposé aucune fin que domestique

et privée. Je n'ai eu nulle considération de ton service ni de ma gloire.

Comme chaque fois qu'il reprenait les *Essais*, Lahontan sentit circuler en lui un bien-être qui inondait son esprit en vagues tièdes et régulières, puis gagnait tout son être, le dilatait, comme lorsqu'il avait revu les collines de son enfance. Mais il n'y avait pas ici la nostalgie d'alors : seulement une légère pointe de mélancolie, née peut-être tout autant de sa lecture de Montaigne que de lui-même. D'où venait donc cette euphorie qui le prenait encore une fois ? Tantôt les larges phrases du moraliste philosophe se déployaient harmonieusement comme si elles voulaient rivaliser avec l'éloquence des prédicateurs de Notre-Dame ; tantôt un paragraphe au rythme saccadé multipliait les interrogations et les juxtapositions d'images hardies puisées dans l'observation du quotidien ; tantôt encore le texte se gonflait de citations antiques cascadant avec tel proverbe populaire inconnu des écrivains de métier. Derrière, ou par-dessus tout cela, une pensée qui tournoyait sans cesse, revenait sur elle-même, attaquait les lieux communs et les préjugés, avec une liberté de ton et de jugement que n'avait pas toujours Lucien.

Lahontan feuilleta le premier tome au hasard, s'arrêtant sur un passage, refermant le livre pour méditer un moment devant la fenêtre. À coup sûr, l'Électrice Sophie aimerait Montaigne. Peut-être l'avait-elle déjà lu. Mais que choisir dans cet énorme réservoir de sagesse humaine ? À une princesse solide, qui ne semblait guère inquiète de sa mort prochaine, devait-il lire quelques pages sur les plaisirs de la vie qu'il faut goûter avec modération et raffinement ? Mais l'Électrice n'était-elle pas trop volontaire pour cet épicurisme qui bannit l'héroïsme et la contention de la volonté ? Il pensa un moment au chapitre sur « les Cannibales » mais se ravisa aussitôt, se disant que ce serait ancrer l'Électrice dans la pensée qu'il ne s'intéressait qu'aux sauvages. Peut-être devrait-il lui lire un de ces passages où Montaigne suggère d'apprivoiser la mort au milieu même des plaisirs, de ne pas la considérer comme effroyable, mais liée à la vie et nécessaire au renouvellement de celle-ci. Si l'Électrice pouvait être sensible à la pensée que l'inéluctabilité de la mort doit nous rappeler d'utiliser au mieux le peu de temps que nous avons sur terre, elle pourrait préférer qu'on ne le lui rappelle pas. Pensant à la robuste simplicité de son hôtesse et à son dédain de la fausse science dont se rengorgeaient plusieurs de ses courtisans les plus assidus, il résolut de lui lire le chapitre « De la physionomie », dont le stoïcisme grave lui semblait approprié.

À neuf heures, on fit entrer Lahontan dans un petit salon bien éclairé et modestement meublé. L'Électrice Sophie, qui avait pris place dans un fauteuil droit, l'invita à s'asseoir près d'elle.

— Eh bien, Lahontan, que me lisez-vous ce matin ? J'ai une fringale de bonnes lectures comme si j'avais jeûné depuis trop longtemps.

— Montaigne, Votre Altesse, si vous voulez bien.

— Montaigne ! Mon Dieu, vous voulez me rendre sage ! À mon âge, ne devrais-je pas l'être déjà ?... Je plaisante. Oui, Montaigne, il y a longtemps que je ne l'ai pas fréquenté, et pourtant il m'a consolée bien souvent dans mes épreuves. Et, vous le dirai-je, il m'a acompagnée dans ces interminables voyages que je devais entreprendre, au terme desquels je faisais souvent une fausse couche... Bon ! assez raconté ma vie ! Je l'ai déjà fait dans le passé et elle est moins intéressante que les *Essais* de Montaigne.

Lahontan commença :

> Quasi toutes les opinions que nous avons sont prises par autorité et à crédit. Il n'y a point de mal ; nous ne saurions pirement choisir que par nous, en un siècle si faible.

Il toussa pour s'éclaicir la voix et jeter un coup d'œil à son auditrice qui attendait la suite. Il continua lentement, en faisant une pause chaque fois que Montaigne citait Sénèque, Ovide ou Virgile. Il avait l'impression que le texte déroulait lui-même ses spirales successives en passant par sa voix. Parfois, il lui semblait lire ses propres réflexions sur la vie et les usages du monde :

> Nous sommes chacun plus riche que nous ne pensons ; mais on nous dresse à l'emprunt et à la quête : on nous duit à nous servir plus de l'autrui que du nôtre.

L'Électrice Sophie, le regard au loin, semblait faire corps avec ce qu'elle entendait. De temps à autre, elle hochait la tête ou souriait, comme si elle retrouvait en imagination une vieille connaissance. Elle prenait plaisir à entendre Montaigne rabrouer la vaine science qui nous fait oublier la vraie sagesse, celle de la nature, étrangère à la diversité superficielle et à la « novelleté » :

> Les hommes ont fait comme les parfumiers de l'huile : ils l'ont sophistiquée de tant d'argumentations et de discours appelés du dehors qu'elle en est devenue variable et particulière à chacun, et a perdu son propre visage, constant et universel, et nous faut en chercher témoignage des bêtes, non sujets à faveur, corruption, ni à diversité d'opinions.

Quand, par petites touches successives et références aux textes anciens, Montaigne en vint à parler de la mort qui fait partie de notre vie, Lahontan s'arrêta comme si le chapitre était terminé.

— Pourquoi vous arrêtez-vous en si bon chemin et ne me lisez-vous pas la suite ? Croyez-vous que j'aie crainte de la mort ? J'y ai pensé chaque jour de mon existence. Je ne la regarde pas comme une amie mais comme une nécessité inéluctable. Ah ! que j'aimerais avoir cette indifférence souveraine de Montaigne !

Lahontan reprit :

> Car il est croyable que nous avons naturellement crainte de la douleur, mais non de la mort à cause d'elle-même : c'est une partie de notre être non moins essentielle que le vivre.

Lorsque Lahontan eut fini le chapitre, l'Électrice se leva lentement et alla vers la fenêtre. Le soleil commençait à percer le brouillard et le chant des oiseaux prit une couleur cristalline. Elle se retourna vers Lahontan :

— Mon ami, vous m'avez causé une grande joie. Je ne lirai plus, je pense, autre chose que Montaigne. Qu'en pensez-vous ? Vous lisez de façon merveilleuse. On croirait entendre l'auteur lui-même. Revenez cet après-midi et nous causerons davantage. Pour le moment, je vais aller me promener dans le jardin avec ma fidèle Émilie. Je vous attends pour la promenade de quatre heures.

Lahontan prit congé et regagna sa chambre, se demandant de quel sujet il pourrait bien parler. Il sortit, laissant vagabonder sa pensée au gré du hasard.

Chapitre 47

SOPHIE DE HANOVRE

— Parlez-moi de vous, Lahontan, de votre vie en Amérique.

— Vous savez, Votre Altesse, ma vie n'a rien de bien intéressant. Très tôt orphelin de père, j'ai dû m'engager au Canada à l'âge de dix-sept ans parce que ma famille était ruinée.

— C'est un bon début, ça ! Racontez-moi votre arrivée là-bas, dans ce pays de neige au bout du monde. Nous, Allemands, n'avons jamais parcouru l'Amérique comme les Français. Je ne connais qu'un voyageur allemand qui fit naufrage chez je ne sais plus quelle tribu d'Amérique, à l'époque de Rabelais, et qui faillit être dévoré par des cannibales. Il s'appelait Hans Staden. Le connaissez-vous ?

— Non, je regrette. Vous savez, je n'ai pas lu beaucoup de relations de voyages. J'ai passé plus de temps à faire le métier de la guerre et à parcourir l'Amérique qu'à m'instruire dans les livres.

— C'est justement ce qui m'intéresse chez vous. Parlez-moi un peu de votre arrivée là-bas.

Lahontan commença, emmêlant les choses au début. Il raconta son premier hiver chez les Bélanger, l'affection chaleureuse de la famille, ses excursions dans le bois avec François et les Indiens. De temps à autre, l'Électrice l'interrompait pour lui demander une précision ou faire une réflexion. C'était moins l'aventure elle-même qui l'intéressait que la découverte du monde par un jeune homme à peine sorti de l'adolescence. Par pudeur, Lahontan ne racontait pas tout ou essayait de s'en tirer par une boutade ou un jeu de mots. Patiemment, elle lui posait des questions, l'amenait à revoir son passé d'une manière différente. Il avait même parfois le sentiment qu'elle le forçait à ramener au jour des pensées ou des scènes oubliées. Finalement, deux heures passèrent sans qu'il s'en rendît compte. Elle lui donna congé à sa manière habituelle, chaleureuse et un peu brusque.

Comme à chacune de leurs rencontres elle l'interrogeait sur son père et sur le pays de son enfance, il lui lut un jour un passage du second livre des *Essais* sur la baronie de Lahontan que Montaigne avait possédée en commun avec le baron de Caupenne. Les Lahontanais vécurent heureux et en santé jusqu'à ce qu'un notaire et un médecin vinrent les corrompre de leur vaine science : le premier, au nom de la Justice, suscita chez eux des chicanes sans fin, tandis que le second, condamnant leur anciens remèdes naturels, leur gâta la santé par toutes sortes de drogues nouvelles qui les accablèrent d'une multitude de maladies inconnues.

— De vrais sauvages, ces habitants de Lahontan ! Ne vous ressemblent-ils pas un peu, cher ami ? Bonne terre ne peut mentir !

Elle rit, puis elle s'arrêta soudain :

— Mais dites-moi, mon ami, ne pensez-vous jamais retourner dans la contrée de votre enfance ?

— Vous savez, Votre Altesse, je n'y ai pas beaucoup vécu.

— Pourtant l'envie doit vous prendre parfois de retrouver vos compatriotes. Ce ne sont pas l'abbé Bucquoy ni des réfugiés huguenots comme l'architecte de la Fosse qui peuvent vous satisfaire ici. Allons, mon ami, je sais que vous avez trop de cœur pour dire que vous n'êtes pas bien ici. À votre place, je me languirais de mon pays.

— Vous avez raison, il me prend parfois une nostalgie lancinante que ni les livres ni l'amitié qu'on a pour moi réussissent à m'enlever. J'aimerais revoir la France, certes, mais j'aurais encore une fois l'impression de rompre des liens qui me sont chers.

— Même s'il m'en coûterait de me séparer de vous, je voudrais vous savoir heureux dans votre pays. Par l'intermédiaire du père Vota qui part demain pour Paris, j'écrirai tout à l'heure à ma chère Liselotte, la princesse Palatine, que le roi de France estime malgré son franc parler et ses manières peu françaises. Si elle intercédait pour vous, le roi Soleil ne saurait lui refuser... Vous ferez ensuite ce que vous voudrez.

Lahontan remercia Sophie et prit congé. Était-il donc destiné à toujours remercier des bienfaiteurs et à se trouver en position d'obligé ? Malgré l'autoritarisme de certains administrateurs et de presque tout le clergé, il n'avait jamais connu au Canada pareil sentiment de dépendance. Il ne serait guère heureux d'une grâce qui lui viendrait de cette manière. Mais il n'eut pas à apprécier son retour en grâce puisque la princesse Palatine répondit à Sophie que jamais Lahontan ne pourrait revenir en France : Louis XIV ne peut souffrir qu'on attaque ses ministres et punit l'offenseur aussi sévèrement que s'il avait été visé lui-même. La réponse peina davantage Sophie que Lahontan, revenu à la lecture de Lucien.

Les jours et les semaines se succédèrent alors sans surprise dans une cour qu'animait souvent le passage de quelque prince ou dignitaire allié à la famille de Sophie. Lahontan avait renoncé à s'y retrouver dans tous ces Georges, Louis, Frédéric, Sophie ou Charlotte qui poussaient des ramifications jusqu'à Vienne, Berlin, La Haye et Copenhague. Il était devenu un familier de l'Électrice qui aimait bien l'avoir à sa table pour raconter un souvenir d'Amérique, pimenter la conversation d'un bon mot, rappeler une anecdote historique. Avec le temps, il s'était mis à écrire des chansons parodiques et des vers de circonstance où il taquinait gentiment les personnages de la cour et les invités de passage. Il savait si bien manier l'humour et la diplomatie sans flagorner qu'il conservait l'estime de tous. Ainsi, en juillet 1709, il écrivit un poème humoristique sur le passage à Hanovre des rois de Pologne et du Danemark qui cherchaient à faire entrer Frédéric de Prusse dans une alliance contre la Suède, dont l'armée s'enlisait en Ukraine. La première strophe surprit un peu les ministres hanovriens parce qu'elle disait tout haut ce qu'on murmurait derrière les portes closes :

que deux rois fassent un voyage
qui donne aux Suédois de l'ombrage
 je le crois bien
mais que le troisième roi pense
de signer la triple alliance
 je n'en crois rien

Après un large tour d'horizon, où il rappelait l'interminable guerre de Succession d'Espagne, le manque de ressources militaires de Georges-Louis en Flandre et la détermination des troupes françaises malgré leurs revers récents, Lahontan terminait avec un éloge de l'Électrice Sophie et un rappel de sa propre situation d'exilé par la faute du ministre Pontchartrain :

que notre admirable Électrice
d'une longue vie ait l'indice
 je le crois bien
mais qu'elle se soigne et se gêne
pour se maintenir vive et saine
 je n'en crois rien

que le grand chancelier de France
mette LAHONTAN en souffrance
 je le crois bien

mais qu'un roi qui de tout dispose
le sache non plus qu'autre chose

je n'en crois rien

Tous applaudirent de bon cœur, car ils aimaient bien que Lahontan ait la franchise de laisser entendre qu'il se languissait parfois de son pays.

À la tablée, où prenaient habituellement place une vingtaine de courtisans, se joignait souvent un personnage bizarre et fantasque, l'abbé de Bucquoy, dont Lahontan savait qu'il avait usurpé son identité, s'appelant en réalité Jean-Albert d'Archambaud. En moins de deux jours, tout le monde sut qu'il s'était évadé de la Bastille après avoir scié les barreaux de fer de sa fenêtre et descendu dans les fossés avec deux compagnons en se servant de cordes tressées à même les draps du lit. Il se vantait de pouvoir forcer n'importe quelle prison de France comme il l'avait déjà fait à Sens et à fort l'Évêque, mais prétendait vouloir finir ses jours — le plus tard possible — à Hanovre, car il savait maintenant ce qu'était la liberté. Dans tout ce qu'il racontait avec verve sur sa vie à la Bastille au milieu de blasphémateurs, d'espions, de sodomites et de faussaires de tout acabit, on ne pouvait savoir ce qui était pure invention. Il prétendait avoir festoyé tous les dimanches avec le gouverneur de la prison, Bernonville, qui gagnait 600 000 livres par année sur ses prisonniers fortunés en échange de divers passe-droits ; il affirmait avoir été l'ami du baron allemand Peken qu'on y avait enfermé pour avoir dit un jour de Louis XIV : « Sa Majesté ne voit le monde qu'à travers les lunettes de madame de Maintenon. »

Lahontan détesta immédiatement son discours vantard et courtisan, mais il fut apparemment le seul, car la cour semblait suspendue à ses lèvres. Sans doute y avait-il une pointe de jalousie chez Lahontan, forcé de partager la vedette avec ce compatriote remuant. L'homme, de taille moyenne, était souple et bien assuré dans ses gestes. Il se disait astrologue et passait, avec une facilité déconcertante, de la théologie à l'astronomie ou à la littérature. Il contredisait Lahontan sur des détails avec beaucoup d'esprit et prétendait citer de mémoire Virgile, Corneille, Racine et les Pères de l'Église. Avec lui la conversation devenait une joute verbale où l'on oubliait le plus souvent le sujet discuté.

Le fils de Sophie, George-Louis, n'aimait rien tant qu'une dispute vive entre Bucquoy et Lahontan. Celui-ci ne pouvait s'empêcher de mordre aux hameçons que l'autre lui tendait, quand il évoquait la philosophie inconsistante de Lucien ou se lançait dans une longue apologie de Pascal. Lahontan enrageait, car il sentait bien que le meilleur de lui-même ne sortait pas dans ces rencontres, Bucquoy allant chercher en lui ce qu'il aimait le moins.

Lahontan ne faisait plus seulement la lecture à l'Électrice Sophie : il la tenait au courant de l'actualité littéraire de l'Europe par les journaux nombreux qui arrivaient à la bibliothèque. Il relisait les auteurs classiques français, grecs et latins et se plongeait dans l'histoire qu'il n'avait jamais beaucoup fréquentée, prétextant qu'il n'avait pas besoin d'autres exemples de la folie humaine. Chaque hiver, il allait à la cour de Berlin et à la foire de Kiel, dans le Holstein. Dès que le temps s'y prêtait, il accompagnait une partie de la cour au pavillon de chasse de l'Électeur à Göhrde, près de Lunebourg, fort content de se débarrasser de Bucquoy, son bavard compatriote. Il se promenait souvent avec Sophie et sa dame de compagnie, mademoiselle de Pöllniz. À la conversation terre à terre et hâbleuse des hommes, il préférait la compagnie des femmes, plus spontanées et plus proches de la vie. Curieuses et enjouées malgré leur fond de gravité, Pöllniz et Sophie aimaient les bons mots qui remuent autre chose que du vent et n'hésitaient pas à entreprendre avec lui de longues discussions qui le ramenaient parfois en esprit aux soirées de Québec, dans le salon de Frontenac. S'il tentait d'enlever toute douleur à ce souvenir, il n'en pouvait pas toujours arracher la mélancolie qui le prostrait alors pendant des jours. L'image de Marie-Laure, dont les traits avaient commencé à s'estomper, le saisissait si fort qu'il maudissait son destin, s'en prenant parfois furieusement à lui-même comme s'il était le seul responsable de sa déchéance.

Chapitre 48

MADEMOISELLE DE PÖLLNIZ

Un soir qu'il macérait dans son amertume en tentant de dormir, Lahontan sentit dans le haut de la poitrine une douleur qui se réverbérait jusque dans le plexus solaire. Son cœur battait plus vite, comme si une crainte souterraine imprécise se logeait dans son corps. Il s'étendit sur le dos et, la douleur persistant, il alla à la fenêtre. La fraîcheur de la brise ralentit son pouls, mais non ses pensées qui s'emballaient en tous sens. Une mollesse étrange montait de ses jambes dans tout son corps qui frissonnait malgré la tiédeur de l'air. « J'ai la fièvre », pensa-t-il en se recouchant pour essayer de dormir. Il se sentait à la fois lourd d'une fatigue de cent ans et agité intérieurement comme il ne l'avait jamais été peut-être dans sa vie. Son pouls paraissait battre plus vite, mais il n'en était pas sûr tellement sa respiration était devenue difficile. L'air lui manquant, il tenta de se lever à nouveau, mais retomba dans son lit. Pour la première fois, il pensa vraiment à sa mort. Non pas l'idée abstraite de la mort, ou à cette fulgurance quand le courant avait emporté son canot dans les rapides de Lachine, mais une peur panique qui noua tout son corps à la pensée du gouffre qui s'ouvrait devant lui. Le passé se bousculait en images fragmentées dans sa tête : le château de Lahontan, le baptême parodique des marins sur le bateau qui l'amenait à Québec, sa peur d'un

Iroquois caché derrière un arbre pour le surprendre, sa marche éperdue dans la tempête de neige à Château-Richer, les images superposées de la fille sauvage et de Marie-Laure contre sa poitrine nue, la traversée de la frontière espagnole au milieu des contrebandiers... Si Charles Bélanger avait souffert pareil effroi sur son lit de moribond, comment avait-il pu rester si calme ? Et son propre père, qu'il n'avait pas connu, finalement, et dont il ne se rappela même pas l'avoir vu malade ?

Lahontan se raidit de toutes ses forces, ne voulant laisser aucune prise aux maléfices qu'il sentait rôder dans la chambre. Malgré sa faiblesse, ce n'était pas la résignation qui le tenait mais la révolte. Fallait-il donc être venu au monde pour mourir sans avoir vécu ? De la vie, il n'avait connu qu'une légère excitation, un voyage trop rapide semé de déceptions, de quelques joies et d'errance. Il essayait de se dire qu'il avait au moins connu un amour qui l'avait bouleversé, mais à quoi bon ce bouleversement si l'amour n'avait été, comme tout le reste, qu'une intermittence de joies suffocantes trop brèves, minées par la déception des choses inachevées ? Il s'endormit lourdement et, quand il s'éveilla, un homme vêtu de noir lui tenait le pouls.

— Monsieur de Lahontan, vous me semblez épuisé comme si vous aviez traversé le désert sans manger. Je ne vois rien d'autre pour le moment que le repos complet. Mademoiselle de Pöllniz, à qui j'ai parlé, s'occupera de vous.

Lahontan respira lentement, la poitrine douloureuse à chaque inspiration. Le médecin sortit et Sophie, que le malade n'avait pas encore vue, s'approcha.

— Mon ami, je suis fort peinée pour vous, mais n'ayez crainte, nous prendrons soin de vous. Si vous voulez bien, je viendrai de temps en temps causer avec vous. Mademoiselle de Pöllniz s'occupera de vous et vous fera la lecture. C'est votre tour maintenant.

Lahontan leva la main pour protester et, avant qu'il ait prononcé un mot, l'Électrice lui dit :

— Cher Lahontan, nous tenons trop à vous pour vous abandonner à vos mauvais démons.

Chaque matin, mademoiselle de Pöllniz venait prendre soin de Lahontan, le laver, l'aider à faire quelques pas pour qu'il ne s'affaiblisse pas trop. Elle le faisait avec une délicatesse et une gaieté telles que Lahontan ne s'en trouvait pas gêné. À neuf heures, l'Électrice venait et mademoiselle de Pöllniz leur lisait un passage de Montaigne.

Elles le laissaient reposer pour aller à leurs occupations, puis lui faisaient porter une collation vers une heure. Chaque soir, mademoiselle de Pöllniz venait le border et veiller qu'il ne manque de rien pour la nuit. Elle avait mis une clochette à son chevet pour lui permettre d'appeler s'il se sentait mal. Plus que la nourriture, la présence des deux femmes le nourrissait et lui donnait l'impression de reprendre lentement des forces. Le médecin restait vague sur sa maladie, ne sachant manifestement pas ce qu'il avait. Lahontan aimait la fermeté souriante de mademoiselle de Pöllniz qui fleurissait sa chambre tous les deux ou trois jours et lui caressait les cheveux quand elle sentait l'angoisse naître en lui. Montait alors dans sa poitrine une chaleur semblable au léger vent de juin qui portait l'âcre parfum des lilas à Québec. Un soir, elle s'assit sur le bord du lit et sa main s'attarda sur le front de Lahontan qui avait fermé les yeux, perdu comme quand il avait roulé avec Marie-Laure dans la clairière de Château-Richer.

— Lahontan, je...

Elle ne termina pas la phrase, étreinte elle-même d'émotion. Lahontan soupira, ouvrit les yeux et toucha son bras. Le visage penché sur lui remplit ses yeux de larmes et elle s'agenouilla, les bras sur le bord du lit.

— Ah ! Lahontan, Lahontan, si vous saviez comme j'ai eu peur !

Il prit sa main et la porta à sa bouche. Elle ferma les yeux, le corps secoué d'un spasme, puis elle se leva.

— Lahontan, vous avez trop vécu, et moi aussi, pour nous cacher les choses. Je vous aime et je vois bien que vous m'aimez aussi, mais je ne sais que faire de cet amour incongru dans cette cour où je ne suis qu'une dame de compagnie, soumise à un protocole désuet, et vous, un exilé qui doit sa présence ici au seul bon vouloir de madame l'Électrice. Essayons de n'en pas trop souffrir et soyons amis si nous le pouvons.

Chapitre 49

UN PERSONNAGE INVENTÉ ?

VERS LA FIN DE L'ÉTÉ, quand l'air se chargea de l'odeur forte des fruits mûrs, Lahontan sentit les forces lui revenir en quelques semaines. Au moment où il reprenait plaisir aux discussions et aux lectures, mademoiselle de Pöllniz entra, brandissant une lettre à la main.

— Monsieur de Leibniz vient de m'écrire une de ses lettres folles et sérieuses dont lui seul a le secret. Voulez-vous que je vous la lise ? Cela vous changera de Montaigne et de Corneille dont j'aimerais me reposer un peu.

8 novembre 1710

J'espère que vous me pardonnerez la liberté que je prends de recourir à votre bonté pour un sujet dont je vais vous entretenir.

Mon ami Bierling m'a demandé, par une lettre exprès, si le baron de Lahontan avec son voyage et ses dialogues est quelque chose d'imaginaire et inventé, comme ce Sadeur qui a été chez les sauvages australiens et nous en a rapporté les coutumes et les conversations, ou si c'est un homme véritable qui a été en Amérique et qui a parlé à un véritable sauvage nommé Adario. Car on a jugé qu'un peuple entier où les gens vivent tranquillement entre eux sans magistrats, sans procès, sans querelles, est quelque chose d'aussi incroyable que les Australiens hermaphrodites. Les discours d'Adario ont confirmé les gens dans leur pyrrhonisme.

Vous me direz, Mademoiselle, à propos de quoi je viens vous conter cela et pourquoi je ne m'adresse point à monsieur de Lahontan lui-même. Je vous en dirai la raison. On veut savoir si Lahontan est un homme réel et subsistant. Comme il a été dangereusement malade pendant cet été, il pourrait être mort (ce qu'à Dieu ne plaise), la goutte remontée le pourrait avoir tué depuis peu, ou bien il pourrait avoir eté enlevé par les cornes de quelque cerf plus sauvage que les animaux sauvages qui l'ont respecté en Amérique.

On jugera peut-être que j'ai une autre raison secrète et que la première ne me sert que de prétexte. Mais on dira tout ce qu'on voudra, pourvu que vous soyez contente du sujet de ma lettre. Si monsieur le baron de Lahontan se porte bien, comme je n'en doute point, il ne sera point fâché d'être devenu un problème comme Homère ou plutôt comme Orphée, car vous, Mademoiselle, et les autres dames du Göhrde n'êtes point des bacchantes, et quand vous le seriez, vous ne le dédiriez pas. Cependant, j'ai déjà pris son parti et j'ai répondu par avance que si mes yeux et mes oreilles ne m'ont point trompé vilainement, monsieur de Lahontan est un homme existant. Mais comme quatre yeux sont plus sûrs que deux, votre témoignage me confirmera dans mon sentiment. J'ai encore été assuré que le Huron Adario est ou a été un homme véritable, capable de dire quelque chose d'approchant de ce qu'on lui attribue. J'ai reçu confirmation des bonnes dispositions des sauvages par d'autres voyageurs qui m'ont assuré qu'ils vivent en paix entre eux sans avoir besoin d'y être forcés, chose qu'Aristote, Machiavel et Hobbes n'ont point sues ou n'auraient point crues.

Votre très humble et très obéissant serviteur,

Leibniz

Elle replia la lettre et la mit dans son corsage.

— Que dois-je lui répondre ?

— Ce que vous voyez. Peut-être me voyez-vous comme un personnage de roman que l'auteur voudrait faire disparaître d'une chiquenaude... Pardonnez-moi, je plaisantais, comme le grand Leibniz. Si vous voulez, je lui écrirai moi-même, maintenant que, grâce à vous, je suis presque guéri.

— Volontiers. Il sera content d'apprendre que vous allez mieux.

Elle sortit et, quand elle revint pour une promenade avec l'Électrice, Lahontan lui donna la lettre qu'il avait écrite pour Leibniz :

À Monsieur de Leibniz,

Sur les différentes questions qu'il a faites à mademoiselle Pöllniz

Le baron de Lahontan répond lui-même qu'il existe selon toutes les apparences et qu'il existera pendant que ses créanciers feront des vœux et des prières pour qu'il ne cesse pas si tôt d'exister.

En second lieu, c'est un fait certain que son Adario existait lorsqu'il lui parlait. Mais on ne se rend point garant de la continuation de son existence, car, comme il n'est rien d'existant à perpétuité dans ce monde, à la réserve de Dieu, il se peut que depuis vingt ans notre Sauvage américain ait cessé d'exister.

En troisième lieu, pour répondre au doute où l'on est qu'il ait pu raisonner en homme déraisonnable, Lahontan s'étonne que des gens doués de raison puissent faire une question si peu raisonnée, car celui qui prend l'Écriture sainte pour un roman ne parle pas raisonnablement. Adario soutenait que ce grand mot de foi est une croyance aveugle pour des fables qui passent pour des vérités. Or, en raisonnant si mal, on ne doit pas trouver étrange qu'on n'ait inséré dans ses dialogues que la centième partie de ses raisonnements : on n'a pas voulu donner du scandale au public qui regarde la faculté ratiocinative comme un aveuglement qui conduit dans le précipice.

Lahontan

Quand il reçut la lettre, Leibniz sourit : ce diable de Lahontan, zélateur des sauvages, était encore plus secret que lui-même pour les autres ; il restait toujours sur son quant-à-soi, comme s'il craignait de se faire voler son intimité. Il écrivit alors à son ami, le philosophe Bierling, pour le rassurer sur l'existence de Lahontan et de son Huron Adario.

D'autres voyageurs, ajoutait-il, pouvaient confirmer que les sauvages américains vivaient en paix sans gouvernement ni propriété privée : « un miracle politique, inconnu d'Aristote et ignoré par Hobbes ».

Bierling remercia Leibniz de son aimable lettre et lui écrivit à nouveau le 3 décembre pour lui demander si, d'après le baron de Lahontan, se trouvaient en Amérique, comme le soutenaient certains récits de voyages, des populations athées, privées de toute idée de Dieu et de religion. Pierre Bayle avait discuté de cette question dans ses *Pensées sur la comète* afin d'ébranler l'idée de la croyance universelle des peuples en Dieu. Leibniz lui répondit deux mois plus tard :

30 janvier 1711

Le baron de Lahontan est parti il y a peu de temps pour quelques semaines ; il a voulu, à l'occasion de la foire de Kiel, se rendre auprès du Gouverneur Sérénissime du Holstein, à qui son commerce est aussi agréable qu'à nos princes. Comme il est parti pendant mon absence, je n'ai pu lui demander son avis sur l'athéisme des Américains. Mais je peux répondre moi-même que les sauvages de l'Amérique du Nord ont quelque intuition des puissances invisibles : certains d'entre eux même — surtout ceux qui vivent en Virginie — estiment que l'esprit des morts connaît une nouvelle vie au-delà des sommets inaccessibles des Appalaches. D'ailleurs, si l'on entend par le nom de Dieu la substance suprême, je crains que la plupart des peuples anciens et nouveaux, non touchés par la religion chrétienne ni la religion mahométane, ne doivent être considérés comme athées. Les anciens tenaient pour divines les substances rationnelles qui jouissaient de l'immortalité.

Leibniz

Chapitre 50

LE PHILOSOPHE LEIBNIZ

UN MATIN, le bruit courut que le célèbre philosophe Leibniz était de retour à Hanovre. Tout le monde savait que l'Électeur George-Louis était mécontent de lui depuis plusieurs années parce que son histoire de la Maison de Brunswick n'avançait pas. On l'avait même entendu dire un jour :

— Leibniz, je ne vous paie pas pour voyager, mais pour écrire l'histoire de mes ancêtres. Au rythme où vous allez, je serai mort depuis quarante ans et vous en serez encore à Sigismond Ier.

Leibniz avait répondu à son brutal souverain qu'on n'écrivait pas l'histoire sans de longs séjours dans les archives et que les éloges qu'il recevait à travers toute l'Europe pour ses ouvrages philosophiques et son invention du calcul différentiel rejaillissaient sur Hanovre. Sans le laisser voir, il méprisait l'Électeur, qu'il jugeait grossier et inculte, mais il ne pouvait guère se passer de son soutien. Du reste, à la promiscuité bavarde et bruyante de la cour, il préférait la retraite studieuse de sa maison de Hanovre ou les longues séances de travail à l'Académie des sciences de Berlin.

Six ans plus tôt, en mai 1705, l'Électeur George-Louis lui avait interdit d'entreprendre sans sa permission expresse tout autre voyage ou travail intellectuel aussi longtemps qu'il n'aurait pas terminé son histoire de la Maison de Brunswick. Il l'avait comblé d'honneurs, disait-il, et pensionné généreusement, mais le travail n'avançait pas. Pour le calmer, Leibniz avait écrit pendant l'été un mémoire sur les maisons de Brunswick et de Brandebourg. Il y avait joint une lettre où il exprimait sa surprise : pendant trente ans, il avait servi les intérêts de la maison de Brunswick et avait contribué, contre toute prévision sensée, à assurer le trône d'Angleterre à un prince hanovrien ; en outre, son séjour à Berlin ne pouvait qu'avoir des retombées favorables puisqu'il s'y était employé à promouvoir l'unité des deux électorats, compte tenu des visées de la France qui cherchait toujours à opposer entre elles les cours allemandes. Bravant la défense de l'Électeur, il était demeuré à Berlin encore un an et demi, retenu par les travaux de l'Académie des sciences et son désir de rencontrer les têtes couronnées qui y passaient : Charles XII de Suède, Stanislas de Pologne, la princesse Caroline d'Ansbach...

Il était revenu à Hanovre en 1707, juste à temps pour voir sortir des presses le premier volume de son histoire de la Maison de Brunswick et réclamer en vain de l'Électeur George-Louis le salaire de ses assistants de recherche, l'achat de 120 exemplaires du premier volume et une avance sur les frais d'impression du second. Il était reparti en voyage, prétextant tantôt une cure thermale à Karlsbad, tantôt une documentation prodigieusement riche dans une ville éloignée pour aller, souvent en cachette de l'Électeur, à Leipzig, Wolfenbüttel, Kiel, Hambourg et Vienne. Il avait multiplié les rencontres et la correspondance avec des savants et des personnages politiques de toute l'Europe ; il avait suggéré au tsar Pierre le Grand de « débarbariser » ses États en développant les sciences, les arts, les bibliothèques, les enquêtes sur le terrain et l'éducation ; il s'était entremis pour le mariage du tzarevitch Alexis avec la princesse Charlotte ; il avait discuté physique, philosophie, mathématique et politique avec lady Masham, Pierre Coste, Des Bosses, Varignon ; il avait défendu ses découvertes dans le domaine du calcul contre ceux qui voulaient le dépouiller au profit de Newton ou des frères Bernouilli.

Chaque fois que Leibniz venait au palais royal, Lahontan l'observait attentivement. Le corps mince sous de larges épaules, légèrement courbé en avant comme s'il luttait contre le vent, l'homme marchait d'un pas lent et pénible. N'aimant guère parler en groupe, il regardait ses interlocuteurs de près, et ses yeux myopes intimidaient. En rapport constant avec tout le monde intellectuel européen, il était toujours pressé de retrouver ses livres et ses manuscrits. Les soupers d'Herrenhausen lui faisaient souffrir le martyre, car il mangeait beaucoup moins maintenant qu'il avait des vertiges et des aigreurs d'estomac. Surtout, il ne se sentait pas brillant dans le monde avec sa répartie laborieuse et sa voix nasillarde perchée haut. Non sans mauvaise grâce, il enviait le brio de ses interlocuteurs français qui savaient toujours placer le bon mot pour faire rebondir la conversation et donner un tour piquant à la réflexion la plus banale. Si on ne l'avait jamais entendu rire à gorge déployée et s'il se perdait parfois dans le labyrinthe de sa propre métaphysique, on appréciait sa science dans plusieurs domaines, sa curiosité insatiable et sa volonté de rapprocher les adversaires religieux et politiques. Il aimait trop la spéculation intellectuelle, ce qu'il appelait le monde de ses chimères, pour avoir connu la vie amoureuse. On pouvait seulement lui reprocher, dans ses rapports avec les grands, une insatiable envie de se faire apprécier et un rien de rouerie politique qu'on eût appelée duplicité chez un autre.

Pendant tout le mois que Leibniz résida à la cour de Hanovre, on discuta beaucoup de l'origine des premières sociétés et l'on se demandait avec Aristote si l'homme était ou non un « animal politique ». Selon certains, les humains, pas plus que les animaux, n'avaient dans leur nature l'instinct de vivre en société ; selon d'autres, la nécessité, et non pas la nature, les avait amenés à s'organiser politiquement. La majorité pensait qu'antérieurement à toute organisation sociale les hommes vivaient isolés les uns des autres dans une espèce d'état primitif qu'ils appelaient *état de nature.* Les lecteurs du philosophe anglais Hobbes professaient que cet état de nature était marqué par la plus extrême et sanguinaire violence dont on n'avait pu sortir qu'en instituant un régime despotique qui brimait, certes, la liberté individuelle, mais assurait la sécurité de tous. Quelques-uns protestaient contre cette vision pessimiste et accusaient même les premiers de professer pareilles idées pour s'attirer les faveurs des tyrans ; ils affirmaient au contraire que cet état de nature était d'abord marqué par une absence de rapports continus et que, de ce fait, les humains ne pouvaient être en guerre les uns avec les autres. Leibniz, qui voulait faire avancer un débat déjà entendu, demanda à Lahontan :

— Et vous, Monsieur le Baron, qui avez vécu parmi les sauvages, donc parmi des hommes moins socialisés que nous, que pensez-vous de tout cela ?

— Je voudrais bien vous contenter, Monsieur, mais il faudrait d'abord déterminer si l'on peut situer un groupe humain sur l'axe continu du progrès de l'humanité.

Cette réponse paradoxale fit tousser plusieurs courtisans mais pas Leibniz.

— Voulez-vous dire que vous ne croyez pas au progrès de la civilisation et à l'évolution de l'humanité ?

— Je ne suis pas sûr, en effet, qu'on puisse parler d'un progrès de l'humanité. Nous avons trouvé de nombreux remèdes à nos maladies et nous inventons tous les jours de nouveaux outils pour nous rendre la vie plus facile, mais je ne crois pas que nous vivions mieux que nos ancêtres ni que nous soyions plus heureux. Notre corps et notre âme souffrent aujourd'hui de maux qu'ils ne connaissaient pas.

— Parce qu'ils ne savaient pas les nommer ni les diagnostiquer.

— Vous le pensez vraiment ? Chaque progrès ne nous apporte-t-il pas, en même temps qu'un bien, un mal correspondant ?

— Mon cher Lahontan, permettez-moi de vous le dire, votre pessimisme raisonneur me fait penser aux jésuites français qui...

— Dieu m'en préserve, Monsieur, car ils m'ont assez brimé pendant mon séjour au Canada, avant de m'étriller cruellement pour mes livres !

— Trêve de plaisanteries, Lahontan, oublions cet hypothétique état de nature et dites-nous-le franchement : les sauvages d'Amérique vivent-ils vraiment dans la concorde, sans magistrats, ni prêtres, ni régimes politiques raffinés ?

— Assurément, on peut dire que les peuples d'Amérique vivent dans la concorde parce qu'ils ne connaissent ni la propriété privée ni les lourdes machines gouvernementales de notre Europe.

Sentant qu'il devenait sentencieux, il ajouta en souriant :

— Peut-être aussi vivent-ils en paix parce qu'ils n'ont pas chez eux tous ces écrivains, philosophes et théologiens qui troublent leur ataraxie foncière.

— Vos sauvages apportent donc un démenti aux suppositions pessimistes de Hobbes qui prétendait que la constitution d'un gouvernement despotique avait arraché les hommes à l'horrible état de guerre dans lequel ils auraient vécu auparavant.

— Je ne voudrais pas, Monsieur, faire de *mes sauvages* des modèles de sagesse et de bonté naturelle. S'ils sont généreux entre eux, s'ils ne me paraissent pas dévorés comme nous par l'ambition et l'envie, ils manifestent des haines féroces et des cruautés inimaginables envers leurs ennemis.

— Oui, bien sûr, mais ce que vous avez dit prouve bien que les hommes ne sont ni assez portés par leur bon naturel ni assez forcés par leur méchanceté pour se donner un gouvernement et renoncer à leur liberté.

— Votre esprit agile vous donne raison contre Aristote et Hobbes, mais le mien, moins délié, ne saurait tirer aussi vite une conclusion qui confirme votre théorie de l'harmonie universelle.

— N'est-ce pas ce qu'affirmait votre Adario ? « Nous sommes un millier d'hommes dans notre village et nous nous aimons comme frères. Ce qui est à l'un est au service de l'autre. Aucun de nos chefs n'a plus de pouvoir que les autres Hurons. On n'a jamais vu de querelles ni de médisances parmi nous. Chacun est maître de soi-même et fait tout ce qu'il veut, sans rendre compte à personne et sans qu'on y trouve à redire. »

— Certes, c'est ce que disait Adario ; mais celui-ci est un personnage mi-réel mi-fictif qui m'a permis d'accuser les traits pour mieux me faire comprendre. Je ne l'ai jamais présenté comme une véritable Huron en chair et en os.

— Si fictif soit-il, votre personnage n'en est pas moins ancré dans la réalité humaine huronne et, de ce point de vue, il confirme ma proposition sur les sauvages qui vivent en paix entre eux, sans gouvernement véritable ni magistrat d'aucune sorte.

Lahontan sentait bien que Leibniz avait tiré de ses *Dialogues avec un sauvage* ce qui confirmait ses positions sur l'harmonie universelle et qu'ainsi il déformait sa pensée, mais il ne pouvait guère rectifier les choses, car l'autre l'avait cité fort exactement. Il aurait fallu une longue démonstration pour faire voir comment ses *Dialogues* ne devaient pas être lus isolément, mais en rapport avec ses *Voyages* qui donnaient une autre image des Indiens. En eux-mêmes, ils représentaient seulement le versant positif d'un débat qui prenait tout son sens quand on y réintégrait sa figure négative.

Bien qu'il se montrât toujours déférent avec Lahontan et qu'il causât à l'occasion seul à seul avec lui, Leibniz ne le fréquentait pas beaucoup, trop pressé de retourner à ses généalogies allemandes et à ses problèmes de calcul intégral, ou à se défendre des polémiques qu'on suscitait contre ses thèses sur la spontanéité de la substance. De temps à autre, Lahontan lui empruntait un livre ou lui apportait divers renseignements sur des questions de dispute religieuse ou philosophique. Ces rencontres, cordiales, étaient toujours brèves.

Depuis sa maladie, Lahontan se sentait éloigné de ces débats où les sauvages, devenus philosophes, étaient chargés de toutes les questions politiques qu'agitaient les intellectuels européens. Ses *Dialogues* avaient été une fiction philosophique pour exprimer une certaine conception de la liberté et il ne comprenait pas qu'on pût les prendre autrement. Assez étrangement, il ne s'intéressait plus guère à son œuvre qui lui semblait détachée de lui maintenant ; et pourtant, elle continuait à être rééditée, traduite et commentée dans les périodiques européens. Il s'appliquait plutôt à profiter de chaque heure de sa vie comme si c'était la dernière. Rien ne lui faisait plus de plaisir que d'entendre le musicien Georg Friedrich Haendel. Déjà célèbre à vingt-cinq ans, il avait fait représenter deux opéras fort applaudis à Venise et à Londres : *Agrippina* et *Rinaldo*. Claveciniste et organiste virtuose, il aimait diriger les œuvres qu'il composait. L'Électeur George-Louis l'avait engagé comme maître de chapelle et voulait lui faire animer le théâtre d'opéra qu'il avait fait construire à Göhrde, en même temps que le château qui avait remplacé le vieux pavillon de chasse de son père. Mais la guerre de Succession d'Espagne coûtait une fortune à Hanovre qui ne pouvait plus vendre à ses voisins ses soldats bien entraînés. La mort dans l'âme, George-Louis ferma provisoirement son opéra et son maître de chapelle se résigna à composer de la musique de chambre, des cantates et des duos pour la princesse Caroline. Lahontan aimait particulièrement les sonates pour flûte et clavecin où les traits de virtuosité alternaient avec des passages plus graves dont le lyrisme avait une couleur religieuse. Le plaisir de Lahontan ne dura qu'un an car l'Électeur, voyant que « son » compositeur se morfondait, lui suggéra de passer en Angleterre où il pourrait faire jouer ses opéras avec toute la pompe souhaitée.

Chapitre 51

SCHIDELOWSKI

Un après-midi que Lahontan était entré dans sa chambre pour lire, on frappa violemment à sa porte. Un homme hagard, les vêtements crottés, se précipita dès qu'il ouvrit.

— Ah ! Monsieur, ayez pitié de moi, je risque de me faire pendre si on m'attrape.

L'homme bredouillait plus qu'il ne parlait, avec un fort accent étranger. Lahontan finit par comprendre qu'il avait fui de Paris à Hanovre pour le rencontrer parce qu'il avait connu sa mère et sa sœur en France. Lahontan tenta d'abord de le calmer, lui disant qu'ici personne n'était à ses trousses et que presque toute la cour était partie pour la chasse. Il ne pourrait pas loger chez lui, mais il serait sans doute possible de lui trouver un endroit où rester quelques jours. L'autre, un peu rassuré, dit qu'il s'appelait Schidelowski. D'origine moscovite, il avait servi pendant dix ans dans les armées de Louis XIV, mais avait été démobilisé. Il expliqua laborieusement que, logeant à Paris chez la mère de Lahontan, il avait été accusé à tort de meurtre et avait dû s'enfuir, car les apparences étaient contre lui. À ce moment, mademoiselle de Pöllniz frappa à la porte : elle venait chercher Lahontan pour une promenade avec l'Électrice. Voyant Schidelowski et l'air éberlué de Lahontan, elle parut d'abord sidérée, puis se ressaisit.

— Monsieur de Lahontan, puisque vous avez quelqu'un, nous irons faire la promenade sans vous aujourd'hui.

— Oui, ce serait préférable, je pense, mais repassez me voir après, si vous voulez bien.

— D'accord.

Schidelowski reprit son récit. Ne parvenant pas à s'expliquer davantage, il tendit à Lahontan une lettre chiffonnée. Celui-ci reconnut l'écriture de sa jeune sœur Jeanne-Françoise.

Paris, ce 30 mai 1712

Cher grand frère,

Nous voici, ma mère et moi, dans de bien mauvais draps. Schidelowski, un ancien militaire qui t'apportera cette lettre, fréquentait notre maison depuis quelque temps et avait fini par y louer une chambre. Il vient d'être accusé à tort du meurtre de l'abbé Martin, que l'abbé Nobilet a fait assassiner par des tueurs à gages pour une obscure question de bénéfice. Comme la police pense que ce crime a été machiné chez nous, nous avons tout lieu de croire que nous serons emprisonnées au Châtelet et interrogées par la police.

Je n'ai pas le temps de t'en dire davantage, mais pourrais-tu recevoir Schidelowski et essayer de lui trouver un lieu sûr en attendant qu'il puisse se disculper ?

Je t'embrasse de tout cœur et je suis désolée d'ajouter à tes soucis.

Jeanne-Françoise

Afin de se remettre de sa surprise et se donner le temps de réfléchir, Lahontan alla chercher un grand seau d'eau à la fontaine pour que Schidelowski se décrasse un peu. Il ne put guère lui prêter des vêtements, car l'autre était beaucoup plus grand que lui. Il passa à l'eau savonneuse ce qu'il pouvait laver, puis l'étendit au soleil et brossa vigoureusement le reste. Deux heures plus tard, quand mademoiselle de Pöllniz revint de promenade, Schidelowski était un peu plus présentable. Lahontan le pria de l'attendre chez lui et sortit avec elle :

— Mon amie, j'ai une très vilaine affaire. Il y a ici un homme, originaire de Moscovie, qui s'est enfui de Paris parce qu'il y était accusé de meurtre — à tort, me dit-il. La chose est d'autant plus grave que ma mère et ma sœur cadette sont mêlées à l'histoire : l'homme vivait chez elles depuis un certain temps.

— Et cet homme vous demande asile ici ?

— Oui, c'est cela. Et je ne sais que faire pour ma mère et ma sœur.

— Pour votre mère et votre sœur, il n'y a rien à faire maintenant, je le crains. L'homme peut demeurer ici quelque temps. Ce n'est pas la peine d'en parler à madame l'Électrice. Tant de gens vont et viennent qu'on ne sait plus qui est de passage et qui demeure ici. Mais votre homme doit se tenir tranquille et se faire oublier.

— J'y veillerai, soyez-en sûre. Il connaît lui-même son intérêt.

— Bon, je m'occupe de caser votre Moscovite qui trouvera quelques compatriotes parmi les valets d'écurie. Je demanderai à Régis de venir le chercher et nous irons, vous et moi, faire une promenade avant le souper.

Lahontan ne sut comment la remercier, mais elle comprit à son regard qu'il lui était infiniment reconnaissant.

Pendant les jours suivants, Lahontan conversa à quelques reprises avec Schidelowski, qui semblait plus à l'aise maintenant. Il parlait toujours avec un fort accent, mais son discours était parfaitement clair. Un soir, se sentant en confiance, il s'était ouvert à Lahontan. Jusque tard dans la nuit, il lui avait raconté sa vie. Lahontan l'avait écouté comme si la parole de l'autre n'était plus celle d'un étranger mais la sienne propre.

Schidelowski raconta qu'après avoir quitté les armes il s'était retrouvé à Paris où il avait accompagné un soir de pauvres bougres venus comme lui jouer leurs derniers sous chez madame Lahontan. Tout de suite, il était tombé amoureux de Jeanne-Françoise qui l'aimait aussi. Lahontan devina que sa jeune sœur le logeait et le faisait vivre en attendant qu'il se trouve du travail. Il avait déserté l'armée quand, un matin, il avait trouvé son vieux camarade Aldo, étendu les yeux ouverts sur une butte de terre gelée où le sang bruni avait formé de petits cristaux luisant sous le soleil pâle de décembre.

Il aurait aimé, comme dans sa Moscovie natale, aller de village en village, jouer du violon sur les places publiques, pour des enfants piailleurs, fascinés par le jeu de l'archet, et pour des amoureux qui se prendraient la main d'un air ému, quand il interpréterait la grande chaconne de Bielowski. Mais il avait perdu la touche depuis le temps... Il avait chargé et déchargé les bateaux sur les berges de la Seine jusqu'en février, où un froid terrible avait frappé la région parisienne. La Seine avait gelé, les bateaux n'accostaient plus et l'on mourait de faim. Quand il vagabondait la nuit dans la ville, des hommes, quelques femmes et même des enfants gisaient morts de froid, agglutinés aux portes cochères. On racontait même qu'une meute de loups avait attaqué une diligence et dévoré le courrier d'Alençon avec le cheval. Lahontan l'écoutait, prenant conscience que ses malheurs à lui étaient bien petits comparés à la misère de cet exilé.

Sans parler de Schidelowski, Lahontan avait informé l'Électrice du procès dans lequel sa sœur et sa mère étaient engagées. Sophie était touchée par ce nouveau malheur qui s'abattait sur lui. Un matin qu'il eut finit de lui faire la lecture, elle lui dit :

— Mon ami, gardez courage. La roue de la fortune finit toujours par s'arrêter sur un numéro favorable.

Schidelowski passa tout l'été à Hanovre, d'où il écrivit au lieutenant général de police de Paris pour clamer son innocence. Prévoyant l'insuccès de sa démarche, il partit pour Moscou où il espérait retrouver sa sœur et son frère encore vivants. Lahontan pensa un instant l'accompagner, mais il attendit vainement pendant des mois des nouvelles de sa mère et de Jeanne-Françoise. À la mi-septembre, il reçut enfin une lettre de France.

Paris, 23 août 1712

Mon bien cher fils,

Nous voici enfin, ta sœur et moi, sorties de cette pénible histoire qui a failli me faire mourir de peine. Nous avons été enfermées comme des criminelles à la prison du Châtelet, interrogées sans fin et accusées, par des voisins malveillants, de tenir une maison de débauche. Comme nous devons rester à la disposition de la police et que nous ne pouvons rien faire sans son autorisation, j'ai dû fermer ma salle de jeu. Et c'est tant mieux, car je n'ai plus, à soixante ans, la santé que j'avais jadis.

J'espère que tu n'auras pas eu à souffrir des contretemps de cette affaire et je t'embrasse de tout mon cœur.

Ta mère aimante

Même si la lettre calma l'inquiétude de Lahontan, elle ne fit pas disparaître son malaise. Sachant qu'il ne pouvait rien à distance pour aider sa mère, il se reprochait quand même de la négliger. À mademoiselle de Pöllniz qui le trouva tout retourné, il ne put que montrer la lettre. Elle hésita un moment puis elle la lut. Elle le regarda intensément et lui prit le bras :

— Allons nous promener dans l'allée aux roses. Les couleurs de l'automne apaisent la douleur... Attendez jusqu'à demain pour répondre à votre mère.

L'automne s'étira longuement cette année-là et l'hiver se termina tôt. Jamais les jardins de Herrenhausen ne furent si beaux que le printemps suivant. Un jour qu'il s'y promenait au bras de mademoiselle de Pöllniz, on lui apporta une lettre surprenante de Jeanne-Françoise.

Paris, 15 juin 1713

Cher grand frère,

Après toutes ces années difficiles, voici enfin une bonne nouvelle ! Je me marie dans un mois. Pas avec un de ces fringants officiers que tu as vus à mon bras, mais avec le trésorier des finances à Dijon, Jean Gault. Sans doute pourrait-il épouser ma mère — il a 63 ans —, mais c'est un homme généreux et intelligent. Il m'aime et j'ai de l'amitié pour lui.

Réjouis-toi donc, grand frère, et pense à moi bien fort. Je regrette seulement que tu ne puisses être là.

Je t'embrasse de tout cœur.

Jeanne-Françoise

Lahontan mit du temps à revenir sur terre, tellement la nouvelle l'estomaquait. Il savait bien que sa sœur n'épouserait jamais un homme pour qui elle n'aurait ni estime ni affection, mais l'idée qu'elle se mariait pour échapper à la gêne et mettre sa mère à l'abri du besoin le tortura un certain temps.

Chapitre 52

BOULEVERSEMENTS

La vie reprit son cours habituel pour Lahontan. Il accompagnait l'Électrice Sophie dans ses promenades et lui faisait la lecture chaque jour. Elle lui expliquait que sa joie de vivre venait de ce qu'elle ne s'était jamais apitoyée sur elle-même :

— Croyez-vous que mon malheur n'a pas été grand quand ma seule fille, ma chère Figuelotte, est morte à trente-six ans et que deux de mes fils sont restés sur le champ de bataille ?

Bien sûr, Lahontan le savait. Il avait vécu assez longtemps à Hanovre pour connaître un peu sa vie. Les premières années de son mariage avec Ernest-Auguste semblaient avoir été heureuses. Mais très tôt, son époux avait multiplié les aventures. Chaque hiver, il se rendait au carnaval de Venise pour jouer en galante compagnie, disant qu'on s'ennuyait à la fin de posséder toujours une même chose. Elle lui passa ses premières incartades, mais quand il imposa à son entourage une liaison ouverte avec Élisabeth von Platen, la femme de son premier ministre, Sophie perdit toute estime pour lui et ne versa pas une larme quand il mourut en janvier 1698. Certains prétendaient qu'il était mort de la syphilis ou qu'il ne s'était jamais remis d'avoir fait assassiner Königsmarck, l'amant de sa brue Sophie-Dorothée ; Sophie estimait plutôt que sa débilité nerveuse l'avait mené au tombeau.

Une autre source de souci et de peine lui était venue justement du mariage de son fils aîné George-Louis, qui avait épousé cette Sophie-Dorothée, frondeuse, intelligente et sensible. À sa femme, George-Louis avait vite préféré des maîtresses faciles comme toutes ces Mélusine, Charlotte et Gertrude qui papillonnaient autour de lui. Un jour, Sophie-Dorothée avait rencontré le comte Christophe de Königsmarck et en était devenue follement amoureuse. Königsmarck allait l'enlever pour fuir en Saxe avec elle quand Ernest-Auguste le fit assassiner par des tueurs à gage qui jetèrent son corps lesté de pierres dans les eaux du Leine. Il obtint le divorce de George-Louis et fit enfermer Sophie-Dorothée dans le château isolé d'Ahlden sans lui permettre de revoir sa fille et son fils.

Plutôt que de gaspiller sa vie en regrets stériles et de rompre les oreilles de son entourage avec ses déceptions, Sophie passait tout le temps qu'elle pouvait à Herrenhausen, dont elle avait fait réaménager le parc par le jardinier français Martin Charbonnier. Chaque jour, avant de s'isoler pour lire, discuter philosophie ou écrire, elle faisait la promenade, assurant ses visiteurs que son arrière-arrière-grand-mère Ève n'avait jamais eu un aussi beau jardin. Elle aimait la compagnie de Leibniz, mais celui-ci était toujours en voyage ou s'enfermait dans son appartement pour écrire ses essais philosophiques et son interminable histoire de la Maison de Brunswick. À défaut d'avoir avec lui des conversations fréquentes, elle échangeait une véritable correspondance philosophique. « Les hommes sont bien naïfs, disait-elle en riant, de croire qu'ils ont le monopole de la pensée et des idées folles. » Elle finit même par préférer la correspondance souvent spirituelle de son philosophe « monadiste », comme elle l'appelait, à sa conversation trop sage. Avec le séjour de Lahontan à Hanovre, elle pouvait donner libre cours à ses idées les plus fantaisistes tout en discutant philosophie et histoire. Sentant cette intimité qui se tissait, malgré leur différence d'âge et de culture, entre Sophie et Lahontan, Leibniz en devint agacé comme si l'Électrice lui enlevait quelque chose. Un jour que Sophie lui avait rappelé le mécontentement de George-Louis à cause de son trop long séjour à Vienne, Leibniz lui avait répondu :

> Monseigneur l'Électeur George-Louis ne peut manquer d'être persuadé de mon zèle pour son service dont j'ai donné tant de preuves. Mais je voudrais pouvoir lui fournir de meilleures marques de ma dévotion que de contribuer à son divertissement de table avec M. l'abbé Bucquoy et M. de Lahontan.

Dans une autre lettre, Leibniz faisait des allusions malveillantes à Lahontan et écrivait que Son Altesse Électorale avait beaucoup de chance, car elle réunissait à sa table deux fous du roi en même temps : Lahontan et l'abbé Bucquoy. Sophie, qui n'appréciait guère ce qu'elle appelait des enfantillages, raconta la chose à Lahontan qui réagit plus vivement qu'elle n'aurait pensé :

— Excusez ma prétention, Votre Altesse, mais je ne voudrais pas être mis sur le même pied que l'abbé Bucquoy. Permettez-moi de ne pas vous en dire davantage.

Sophie sourit et, dans une lettre écrite le soir même, rapporta à Leibniz la réaction de Lahontan. Sans grande surprise, elle reçut sa réponse par retour du courrier. Après s'être excusé de devoir demeurer à Vienne encore quelques semaines à cause d'une attaque de goutte qui l'avait alité, il ajoutait, le 31 janvier 1714 :

> Je ne sais pourquoi monsieur de Lahontan ne veut pas être mis en compagnie de monsieur l'abbé Bucquoy dans ma lettre puisqu'il est souvent dans sa compagnie à la table de monseigneur l'Électeur et que leurs entretiens donnent de la satisfaction à un prince aussi spirituel que son Altesse Électorale. Comme je n'ai pas beaucoup de nouvelles de la

cour de Hanovre, je ne sais s'ils ne sont pas brouillés maintenant.

Sophie ne montra pas la lettre à Lahontan pour ne pas diminuer l'immense estime qu'il conservait pour Leibniz. Elle n'aurait jamais cru que celui-ci, célèbre à travers l'Europe, pût devenir avec l'âge aussi susceptible. Un peu triste, elle continua à lui écrire tout l'hiver, puis, le 20 mai, elle le pressa de revenir à Hanovre, non pas pour contenter George-Louis, mais pour elle-même, parce que l'écriture lui était devenue pénible. Leibniz ne reçut aucune autre lettre d'elle : le 18 juin, elle s'arrêta à une fontaine au milieu du parc, disant qu'elle se sentait mal. Elle tenta de faire quelques pas sous la pluie, mais retomba dans les bras de la comtesse de Bückebourg et de la princesse Caroline. Elle était morte, comme elle l'avait souhaité, dans son jardin.

Quand mademoiselle de Pöllniz lui apprit la nouvelle, Lahontan ne réagit pas immédiatement, comme s'il ne mesurait pas la perte qu'il venait de subir. Il vécut quelques jours en automate, puis il sentit la révolte monter en lui. L'Électrice avait certes quatre-vingt-trois ans, mais c'était une autre affection dont il était séparé brutalement. Mademoiselle de Pöllniz, aussi inconsolable que lui, ne savait que dire. Tous les jours, ils erraient dans le parc ensoleillé comme des âmes en peine. Il sentit seulement un léger pincement au cœur quand il apprit que l'Électrice Sophie lui avait laissé, comme à l'abbé Bucquoy et à ses médecins, un petit cadeau en argent.

L'Électeur George-Louis fit savoir à Lahontan qu'il tenait à sa présence à Herrenhausen et qu'il avait donné ordre qu'on continuât à lui verser, outre sa pension, de quoi payer l'entretien de ses chevaux. Même s'il n'aimait pas l'homme, Lahontan apprécia son geste, comme une marque d'affection envers sa mère.

La cour était à peine remise de la mort de l'Électrice qu'un événement considérable la secoua à nouveau : la reine

Anne, de Grande-Bretagne, était morte le 1er août sans descendance puisqu'aucun de ses fils n'avait survécu. George-Louis devenait donc roi d'Angleterre, d'Écosse et d'Irlande. Quelques années plus tôt, après la mort du dernier fils survivant de la reine, les whigs, dominant au parlement de Londres et craignant le retour de l'ancien monarque catholique Jacques II, protégé du roi de France, avaient convaincu la reine Anne de déclarer Sophie de Hanovre héritière du trône de Grande-Bretagne. George-Louis, peu pressé d'aller à Londres exercer le métier de roi sous le nom de George Ier, resta à Hanovre encore six semaines, prétextant mille affaires courantes à régler. La suite germanique qu'il amena en Angleterre, comme lui, ne parlait pas anglais. Il devait communiquer en français ou en latin avec ses ministres. Mais les whigs ne lui en firent pas grief, car ils avaient trop besoin de lui pour consolider leur pouvoir. Quant aux adversaires, tories et jacobites, qui finirent par se révolter contre les brimades dont ils étaient l'objet, le roi George les fit exécuter ou déporter dans les colonies pour intimider quiconque voudrait désormais défier son autorité. Un instituteur londonien qui avait contesté son droit à la couronne britannique fut fouetté à mort en peine rue. Quand Lahontan et mademoiselle de Pöllniz apprirent la nouvelle, ils bénirent le ciel que Sophie ait déjà été morte, car elle en aurait été inconsolable.

Dès qu'il apprit la mort de la reine Anne, Leibniz revint en toute hâte à Hanovre. Comme il avait été le premier à démontrer la légitimité des descendants de Sophie au trône d'Angleterre, il pensait que le nouveau monarque lui donnerait une marque tangible de reconnaissance. Grâce à l'amitié de la princesse Caroline, il espérait devenir historiographe du roi de Grande-Bretagne, mais celui-ci répondit à la princesse : « Toujours le même, notre philosophe-historien : il revient seulement quand je suis devenu roi. S'il veut être historiographe, il doit nous prouver qu'il est capable d'écrire l'histoire. » Afin de mieux plaider la cause de Leibniz, Caroline voulut l'amener avec elle en Angleterre mais George s'y opposa tant qu'il n'aurait pas terminé son histoire de la Maison de Brunswick.

Pour se consoler de sa déception, Leibniz retourna à sa drogue favorite : le travail intellectuel. L'histoire de la Maison de Brunswick ne l'inspirant guère, il se jeta à corps perdu dans un long *Discours sur la théologie naturelle des Chinois*, où il prétendait établir des rapports de ressemblance entre les dogmes chinois et chrétiens. En même temps, il reprit son projet de langue universelle dont les caractères et les mots seraient si bien fondés sur la raison mathématique que les seules erreurs possibles viendraient d'un mauvais calcul. Et comme il ne pouvait se consacrer à la philosophie sans se mêler des affaires politiques de ce monde, il entreprit de répondre anonymement à la *Lettre d'un particulier* qui avait fait grand bruit dans les journaux et qui s'en prenait au roi George pour avoir diffusé un *Manifeste* dans lequel il attaquait vivement le roi de Suède, le traitant d'« esprit irréconciliable ». Se sentant à court d'idées, lui qui en avait sur tout, Leibniz demanda à Lahontan :

— Que pensez vous de cette *Lettre d'un particulier* dont tout le monde parle ?

— Ma foi, Monsieur, je n'en pense rien puisque je ne l'ai pas lue.

Leibniz regarda son interlocuteur, surpris, car Lahontan était toujours le premier à lire les journaux et à les commenter. Il comprit à voir son visage cireux, de plus en plus plus émacié, qu'il était à nouveau malade. Il bredouilla une vague salutation et sortit, n'ayant pas le goût de consoler les autres quand tout allait si mal pour lui.

Depuis quelque temps, en effet, toutes les nouvelles étaient mauvaises pour Leibniz. Après que le premier ministre Bernstorff eut suspendu sa pension à Hanovre pour le forcer à revenir, les Académies de Berlin et de Vienne avaient fait de même parce qu'on ne l'y voyait plus. En même temps, il avait le sentiment de s'enliser dans ses échanges avec le théologien Samuel Clarke, qui ressemblaient davantage à un dialogue de sourds qu'à un débat. Alors qu'il avait toujours cru l'harmonie possible entre les humains, il ne voyait autour de lui que chicanes mesquines. Pour se consoler, il écrivit à l'intention du tsar Pierre le Grand des mémoires sur la politique et sur les observations magnétiques. Il était si mécontent de son sort qu'il songea un moment aller vivre à Paris, où l'invitait Fontenelle, le secrétaire de l'Académie des sciences. Se retrouver à Paris eût été hautement ironique puisqu'il avait longtemps combattu la politique de la France en Europe. En 1713, craignant l'intervention de Louis XIV pour empêcher une succession protestante en Angleterre, il avait suggéré une alliance secrète entre l'Empereur d'Allemagne et le tsar, afin de favoriser l'accession au trône anglais par l'Électrice de Hanovre. Quelques mois plus tard, il avait conseillé à l'Empereur de financer une opération de piratage aux Antilles pour y établir des colonies germaniques, de manière à enlever à la France une partie importante de ses ressources naturelles et à disperser ses forces militaires.

Rentré chez lui, le vieux philosophe termina d'une traite sa *Réponse à la lettre d'un particulier* qu'il envoya à son libraire-éditeur Forster à qui il demanda de la publier sans nom d'auteur, car ses écrits politiques lui avaient jusque-là suscité suffisamment d'ennemis.

Chapitre 53

LA FIN DU VOYAGE

Après l'installation de George Ier en Grande-Bretagne, une autre nouvelle secoua la petite cour de Hanovre : Louis XIV était mort le 1er septembre 1715, sans laisser d'héritier adulte. La santé fragile du dauphin de cinq ans faisait craindre sa mort, laissant présager une guerre de succession au trône de France où toute l'Europe serait entraînée dans un tourbillon dont on ne voyait pas la fin.

Le dauphin ne mourut pas et la Régence s'installa difficilement. Le Parlement, longtemps mortifié par les brimades de Louis XIV qui lui avait enlevé le droit de remontrance, se vengea du défunt roi en cassant son testament pour laisser au régent Philippe d'Orléans choisir lui-même son Conseil et renvoyer les ministres de l'ancien gouvernement.

Ces soubresauts arrivaient à Hanovre en échos affaiblis qui entretenaient une vague inquiétude. Une rumeur sourde emplissait toujours les couloirs et les salons de Herrenhausen, mais la gaieté un peu rustique des années 1710 avait disparu. Même les jardins paraissaient à l'abandon et les pas crissaient moins sur le gravier des allées.

Lahontan, qui se sentait gagné chaque jour davantage par cette morosité, n'arrivait plus à donner le change à table. Il avait perdu l'appétit et une douleur imprécise rodait dans sa poitrine, autour du cœur. Il ne pouvait plus monter les escaliers sans s'arrêter au bout d'un moment, un point à l'aine et le souffle court, pour chercher sa respiration. Pendant quelques semaines, il se dit que lui étaient restées des séquelles de sa dernière maladie et que l'exercice quotidien lui permettrait de retrouver ses forces. Sans doute devrait-il aller faire une cure thermale à Karlsbad. Un élancement, qui surgissait insidieusement, lui revenait souvent et gagnait son dos, de moins en moins souple. À peine endormi, il se réveillait, les omoplates ankylosées, incapable de se tourner sur le côté. Sa respiration devenait alors saccadée et il portait la main à sa bouche en aspirant bruyamment. Un matin de février 1716, il s'éveilla brusquement la gorge serrée, avec l'impression que l'air n'entrait plus dans ses poumons. Son cœur battait fort contre sa poitrine et son corps était moite et frissonnant. Quand mademoiselle de Pöllniz vint prendre de ses nouvelles, elle lut l'angoisse sur sa figure. Aussitôt, elle alla chercher le médecin Rouvier qui avait soigné Sophie. Le médecin ausculta Lahontan, colla son oreille contre la cage thoracique et lui souleva chaque paupière comme s'il cherchait quelque secret caché dans ses pupilles.

— Et alors, docteur, ma carcasse vous inspire-t-elle quelque bonne médecine qui m'enverra *illico presto* dans l'autre monde ou me redonnera ma vigueur d'antan ?

Le médecin le fixa un moment sans parler, regarda mademoiselle de Pöllniz et revint à Lahontan :

— Mon ami, vous êtes certainement malade, mais je ne parviens pas à savoir ce que vous avez. Même si votre pouls s'excite un peu quelquefois, je ne vois là rien de sérieux. Quant à vos douleurs de poitrine, elles me paraissent névralgiques plutôt qu'organiques. Si je vous disais que vous me semblez miné de l'intérieur par quelque mal sournois qui n'origine pas de votre corps, vous ne seriez pas plus avancé. Et pourtant, c'est la seule chose que je puis vous dire. J'en parlerai avec mon collègue Bernard, qui viendra vous voir, si vous le voulez bien. Même si vous vous sentez épuisé, essayez de marcher un peu, de voir du monde et de prendre l'air. Je vous ferai apporter un reconstituant.

Le médecin lui souhaita bonne chance, le salua et sortit avec mademoiselle de Pöllniz qui l'interrogea du regard, inquiète.

— Madame, ce Lahontan me paraît traverser une bien mauvaise passe. Son cœur est bon et il n'a rien aux poumons, mais cette faiblesse et ces accès de névralgie qui reviennent de plus en plus souvent ne me disent rien de bon. Il me semble atteint d'une mélancolie profonde. Essayez de le divertir et d'en savoir davantage sur son état d'esprit.

Mademoiselle de Pöllniz revint au chevet de Lahontan et le persuada de se lever. Il s'assit et, s'aidant de son bras, se mit debout, mais retomba, étourdi, ses jambes refusant de le soutenir.

— Reposez-vous un peu et nous essaierons à nouveau tout à l'heure.

Elle se pencha pour lui essuyer le front et lui caresser la joue.

— Mon ami, n'avez-vous plus envie de vivre ?

— Je ne sais comment vous dire. J'ai envie de vivre, mais, en même temps, je ne goûte plus la vie, comme si l'appétit m'avait quitté.

— Seriez-vous donc si las de la vie ? Ne voulez-vous pas voir les fleurs embaumer Herrenhausen et l'été apporter ses premiers fruits ?

— Certes, je voudrais voir l'été, mais on dirait que cette humidité m'a percé jusqu'aux os.

Mademoiselle de Pöllniz ferma la porte, se déshabilla lentement et vint s'étendre nue sous les draps contre lui, passant un bras sous son cou et mettant l'autre sur sa poitrine.

— Allez, ne bougez ni ne parlez plus. Je vais vous communiquer ma chaleur.

En quelques instants, Lahontan se sentit mieux. Il dérivait sur un nuage tiède qui lui fit oublier sa douleur à la poitrine et le déposa, calmé, sur les plages du sommeil. Quand il se réveilla le lendemain matin, mademoiselle Pöllniz, assise près du lit, le regardait intensément.

— Bonjour, mon ami, vous sentez-vous mieux ?

— Bien mieux, oui, mais cette douleur à la poitrine est toujours là.

— Attendez-moi quelques minutes : je vous rapporte quelque chose de bon.

Elle revint un quart d'heure plus tard, avec du thé, dans lequel elle avait mis du miel et du jus de citron. Elle apportait aussi d'épaisses tranches de pain chaud qui sentaient le beurre et la confiture. Lahontan faillit défaillir. Non pas de faiblesse — et certes il était faible —, mais de joie reconnaissante.

— Vous dirai-je jamais assez à quel point j'apprécie votre présence et vos soins ?

— Je saurai que vous les appréciez quand je vous aurai vu manger et vous promener à mes côtés, dit-elle en souriant.

Lahontan commença à manger lentement une tartine, avec du thé, afin de mieux déglutir. Il aurait voulu tout avaler pour remercier cette femme aimante et sensible, mais il dut vite s'arrêter. De plus en plus inquiète, mademoiselle de Pöllniz déposa le plateau sur la table et demanda :

— Préférez-vous vous reposer ou souhaitez-vous que je vous lise quelque chose ?

— Pourriez-vous seulement vous asseoir près de moi quelques minutes ?

Mademoiselle de Pöllniz s'assit près du lit et toucha la main sous le drap : elle était froide.

Le lendemain, elle prit espoir, car elle avait réussi à lui faire faire quelques pas vers la porte. Elle le recoucha, sentant qu'il ne pouvait marcher davantage.

Une semaine plus tard, mademoiselle de Pöllniz apporta à Lahontan une lettre de Versailles. C'était le secrétaire Lavigne qui lui suggérait de revenir en France, car, avec la mort de Louis XIV, beaucoup de choses avaient changé. Le fils Pontchartrain, sentant sans doute qu'il devait se distinguer de son père, avait assuré Lavigne que Lahontan pouvait revenir en France et qu'on lui trouverait un emploi à la mesure de son talent et de son expérience.

Lahontan ne put retenir ses larmes, saisi par un mélange de joie et d'amertume : il pourrait rentrer en grâce au moment où la maladie le retenait à l'étranger, comme si la vie, une fois de plus, lui faisait un horrible pied de nez, comme si tout bonheur entrevu portait avec lui son impossibilité. Mademoiselle de Pöllniz se leva pour le laisser seul.

— Non, ne partez pas tout de suite, si vous voulez. C'est seulement que j'ai du mal à vivre ce qui m'arrive. On m'apprend que je peux rentrer en France et trouver un emploi qui me convienne.

Voyant le saisissement sur la figure de son amie et craignant de la peiner, il continua :

— Rassurez-vous : cette lettre ne change rien puisque la maladie me retient ici... Pas seulement la maladie, continua-t-il en la regardant.

Il respira profondément et ajouta :

— Voudriez-vous m'apporter du papier et une plume ? Je répondrai au secrétaire Lavigne aujourd'hui même.

Hanovre, ce 25 février 1716

Cher Monsieur,

Je vous remercie infiniment de votre lettre qui m'a beaucoup touché : Malheureusement, je ne vais pas pouvoir me rendre en France bientôt.

Je suis affligé, depuis quelque temps, d'un mal dont les médecins ne discernent pas la cause et qui me laisse de plus en plus épuisé. J'ai toujours été, vous le savez, de constitution robuste ; les petites maladies que j'ai eues dans le passé ne m'ont guère atteint. Je savais bien les localiser, je savais quand elles venaient et quand elles repartaient ; je retrouvais vite cette vigueur qui m'a permis de parcourir une terre qui ne m'a livré qu'une infime partie de ses secrets.

La situation est bien différente aujourd'hui. Peut-être parce que j'ai toujours accordé à mon corps une importance toute relative, je ne saurais vous dire quand j'ai commencé à sentir les premiers malaises qui se font de plus en plus présents, au point de me forcer à interrompre mes activités, à me reposer après le moindre effort, à ralentir ma démarche. Serait-ce déjà la vieillesse précoce, cet état d'inconfort diffus et cette impression de rétrécissement qui ne me quitte jamais ? Serait-ce déjà la fin de la vie ? Je serais bien mal venu de me plaindre de mon sort à la cour de Hanovre ; mais ma vie ici n'a rien à voir avec celle que je menais en Amérique septentrionale où, peut-être grâce à mon jeune âge ou aux espaces qui sont découpés plus large qu'ici, tout me paraissait se jouer sur un plan quasi cosmique.

Peut-être en ai-je trop vu, peut-être ai-je trop voyagé pour être capable d'accepter aujourd'hui ces mille et une petites tracasseries et mesquineries qui sont mon lot quotidien et qui fatiguent plus mon esprit que mon corps. Pouvez-vous imaginer rien de plus terrible que de sentir son esprit encore jeune emprisonné dans un corps qui n'en peut plus ?

Pardonnez ce long bavardage, Monsieur, et croyez bien que je suis sensible aux démarches que vous avez faites pour moi.

Lahontan

Après un léger mieux, qui dura une semaine, la douleur se jeta à nouveau sur Lahontan et bientôt il ne fut plus capable de se lever. Tout au plus parvenait-il à s'asseoir dans un fauteuil. Sans que mademoiselle de Pöllniz le lui demandât, il se mit à lui raconter sa vie, par bribes, au hasard des souvenirs et des associations d'images. Il parlait moins de ses voyages et de ses aventures que de son parcours intérieur fait d'émotions, de découvertes, de joies et de déconvenues. Parce qu'il avait franchi le seuil de toute pudeur, il lui raconta son amour pour Marie-Laure, qui lui avait apporté un immense bonheur et aussi un chagrin sans fin.

— Vous souhaiteriez lui écrire, j'imagine.

— Oui, mais je n'en ai pas la force.

— Voulez-vous que je tienne la plume pour vous ?

Voyant le regard de Lahontan, elle comprit et alla chercher de quoi écrire.

Hanovre, le 28 mars 1716

Bien chère Marie-Laure,

Pardonne-moi si une autre main t'écrit à ma place. Un mal mystérieux m'a terrassé depuis quelques mois et je sais maintenant que je n'en reviendrai pas.

Tu seras triste de l'apprendre, mais tu as toujours détesté qu'on te cache la vérité. Ah ! chère Marie-Laure, je quitte la vie trop tôt, mais, grâce à toi, j'aurai vécu. Quand la douleur ou la tristesse deviennent trop vives, je pense à ton père dont la sérénité me donne du courage.

Je ne suis pas abandonné ici puisqu'on me soigne avec beaucoup d'amitié.

Je t'embrasse et te donne rendez-vous dans un autre monde moins absurde que celui-ci.

Lahontan

Mademoiselle de Pöllniz se leva pour cacher ses larmes et posa la lettre sur la table.

— Me la ferez-vous signer avant de l'envoyer ?... Mon amie, quelques années plus tôt ou plus tard, quelle différence, puisqu'il faut y passer ? Et de quoi me plaindrais-je quand votre affection me réconforte ?

Il avait beau dire, ni l'amour de Marie-Laure ni l'affection de mademoiselle de Pöllniz ne l'aideraient à quitter la vie. Il en voyait au contraire toute l'absurdité, ne comprenant pas qu'on pût se consoler d'un bonheur qui était arraché sitôt que donné.

Tous les deux ou trois jours, le curé Meyer de la paroisse catholique de Saint-Étienne venait le visiter, non pour « convertir un libre penseur », comme il disait en riant, mais pour apprendre lui-même à vivre la dernière partie de son voyage sur la terre. Lahontan causait avec lui, le sentant plus remué qu'il ne voulait le laisser voir.

Deux semaines après Pâques, Meyer écrivit dans son registre :

> Le 21 avril 1716, est mort le très illustre seigneur baron de Lahontan, de nationalité française, avant d'avoir pu faire ses Pâques comme il l'avait souhaité. Qu'il repose en paix !

Le lendemain du décès, sur le soir, un petit cortège funèbre se rendit au cimetière pour l'inhumation du corps. Quelques courtisans étaient là, dont mademoiselle de Pöllniz. À côté d'elle, une femme aux cheveux gris, la figure couverte d'un voile noir, jeta une poignée de terre sur la tombe. C'était Marie-Laure Bélanger.

ÉPILOGUE

QUAND LEIBNIZ APPRIT LA MORT DE LAHONTAN, il écrivit le 4 mai une lettre à son libraire Forster, lui demandant de rééditer sa *Réponse à la lettre d'un particulier* et de la présenter comme une œuvre posthume du défunt, car il craignait se mettre à dos des intellectuels qui ne lui pardonneraient pas de prendre parti contre la Suède : « *Il vaudrait mieux alors nommer M. le baron de Lahontan comme auteur sur la page de titre, car, maintenant qu'il est décédé, cela ne peut lui faire de tort.* » Voulant accréditer sa supercherie, le philosophe écrivit à la princesse de Galles, Caroline, pour lui dire que Lahontan, dans sa *Réponse à la lettre d'un particulier*, n'était pas « entré fort avant dans les affaires », espérant que sa correspondante le contredirait. Il se sentit frappé brutalement quand elle lui répondit qu'en effet l'auteur de la *Réponse* manifestait « plus de zèle que d'intelligence à servir le roi ».

Dans sa lettre du 11 septembre, Leibniz apprenait à la princesse Caroline que le roi George avait trouvé un « successeur » au baron de Lahontan : le comte de Brandebourg. Il ajoutait : « *Comme lui et l'abbé Bucquoy ont été compagnons de Bastille, j'espère qu'ils s'accorderont mieux que l'abbé et le baron.* »

En novembre, la goutte força Leibniz à s'aliter et l'empêcha complètement d'écrire. Il mourut le samedi 14, et les funérailles eurent lieu un mois plus tard, en présence de son secrétaire Eccart, du chapelain royal Erythropel et de quelques connaissances. Aucun membre de la cour n'assistait à la cérémonie. Les courtisans étaient chez eux ou avaient accompagné le roi George, qui, tout près de Hanovre, chassait à Göhrde. Ni la Société royale de Londres, ni l'Académie des sciences de Berlin, ni celle de Vienne ne lui rendirent hommage. Seule l'Académie de Paris, par la bouche et la plume de Fontenelle, fit son *Éloge*, le 13 novembre 1717 :

> Godefroy-Guillaume Leibniz naquit à Leipzig, en Saxe, le 23 juin 1649...

NOTE DE L'ÉDITEUR

Il est bien possible que l'épilogue qui précède puisse laisser le lecteur un peu sur sa faim. En effet, la référence à Leibniz ne nous aide pas vraiment à comprendre la fin de Lahontan. « Un peu comme le triomphe de Homais, après la mort de madame Bovary, est le triomphe sinistre de la bêtise », m'explique l'auteur dans une de ses lettres.

En vérité, dans l'état actuel de nos connaissances, nous ignorons à peu près tout de Lahontan à partir de 1703, y compris le moment et les circonstances de sa mort (survenue avant 1716 selon certains recoupements).

Si l'on sait des choses sur Lahontan, grâce principalement à ses trois ouvrages, on ne le connaît pas vraiment. « Aucune correspondance intime de lui, aucun témoignage ne nous permet de connaître son monde intérieur, ses sentiments. A-t-il aimé ? S'est-il révolté contre son sort ? Contre l'attitude de la France, malgré ses états de service fort honorables ? Était-il croyant ? Quelles étaient ses valeurs ? Comment a-t-il vécu ses errances à travers l'Europe et sa présence à Hanovre ? On n'en sait rien ! » nous confie Réal Ouellet.

À part les registres civils, nous n'avons rien sur la période qui précède son séjour en Nouvelle-France. Et même après, nous ne possédons le plus souvent que ce qu'il en dit lui-même. Autrement dit, exception faite de la publication de ses livres en 1702-1703, Réal Ouellet a dû tout inventer à partir de minuscules informations. C'est particulièrement vrai pour les douze dernières années.

« Des lettres et des mémoires, nous a confié l'auteur, nous apprennent qu'il a essayé de vendre ses connaissances sur l'Amérique à l'Espagne et à l'Angleterre. Des bruits ont couru qu'il avait fait de l'espionnage en Hollande qu'il aurait été forcé de quitter, comme ce sera le cas quelques années plus tard en Angleterre. Mais comment vivait-il tout ce temps-là ? Quel rôle jouait-il à la cour de Hanovre où il a connu le grand philosophe Leibniz ? » Chose certaine, ses écrits ne peuvent l'avoir rendu populaire en France. Il y avait certes de nombreux détracteurs.

Par ailleurs, pour la vie de Lahontan en Nouvelle-France, soit de 1683 à 1693, l'auteur avait de bons repères. Tantôt, il s'est fié aux sources (dont Lahontan lui-même), tantôt il s'en est volontairement éloigné.

Le très sérieux Gustave Lanctot, archiviste et historien, a déjà qualifié Lahontan de « fantaisiste du mensonge ». Avant d'écrire, vers 1702, ses récits de voyages et ses mémoires, Lahontan a raconté, pendant près de dix ans d'errance, la vie en Nouvelle-France dont la sienne. D'une fois à l'autre, en bon Français qu'il était, il en a forcément ajouté un peu. Comme il a pu oublier ou apprendre à taire certains épisodes. Il a surtout pu vérifier ce qui intéressait les Européens, ce qui les fascinait. Il a certes vite compris que son œil critique plaisait. Il a donc laissé libre cours à ses dénonciations et à ses railleries.

Pour autant, est-il l'auteur véritable de la célèbre description de l'arrivée des filles du roi ? Réal Ouellet n'en est pas certain. A-t-il imaginé son dialogue avec le Huron Adario ? Très certainement. A-t-il effectué le voyage à la rivière Longue ? Probablement pas. Mais qu'importe !

En fait, pour la période qui va de 1683 à 1703, Réal Ouellet respecte pour l'essentiel les grandes étapes de la vie de Lahontan telles qu'il les a lui-même racontées. Il le corrige, le complète, l'imagine au besoin. En somme, l'ensemble n'est pas parfaitement vrai, mais certes vraisemblable.

Selon l'auteur, tout ce qu'on sait de Lahontan est consigné dans la chronologie présentée dans les *Œuvres complètes* de Lahontan publiées dans la Bibliothèque du Nouveau Monde (tome l, p. 209-238). Le lecteur curieux peut aussi parcourir la biographie de David Hayne parue dans le tome II du *Dictionnaire biographique du Canada*. Il y découvrira, ce que le présent ouvrage de Ouellet ne pouvait présenter, l'énorme rayonnement de Lahontan.

Ses *Voyages* en Amérique et ses *Dialogues avec un sauvage*, publiés en Hollande en 1702-1703, connurent un succès considérable. Plusieurs fois réédités, traduits, plagiés, tour à tour louangés et critiqués vivement, ils ont attiré l'attention du grand philosophe Leibniz et marqué certains personnages de roman et de théâtre, tel cet *Arlequin sauvage* qui triompha sur la scène à Paris et à Londres en 1721.

On le verra en consultant les *Œuvres complètes* ou la biographie de David Hayne, Lahontan a influencé Swift (Gulliver), Rousseau, Voltaire et Diderot. Qui dit mieux ? N'a-t-il pas ainsi semé des idées qui conduiront à la Révolution française ?

Pour quiconque se livre à l'étude de la Nouvelle-France, Lahontan est incontournable. Peu importe ses fantaisies, ses excès, son imagination. En effet, son sens de l'observation, son indépendance d'esprit et sa formation en font un témoin précieux au destin entouré de mystère.

TABLE

COMPOSÉ EN NEW BASKERVILLE CORPS 10,5
SELON UNE MAQUETTE RÉALISÉE PAR JOSÉE LALANCETTE
CET OUVRAGE A ÉTÉ ACHEVÉ D'IMPRIMER
EN SEPTEMBRE 1996 SUR PAPIER OFFSET 100M
SUR LES PRESSES DE AGMV
À CAP-SAINT-IGNACE QUÉBEC
POUR LE COMPTE DE DENIS VAUGEOIS
ÉDITEUR À L'ENSEIGNE DU SEPTENTRION